古典文獻研究輯刊

二三編

曾永義 主編

第31冊

石麟文集（第十二卷）：
古代詩文評說

石 麟 著

國家圖書館出版品預行編目資料

石麟文集（第十二卷）：古代詩文評說／石麟 著 -- 初版 -- 新
北市：花木蘭文化事業有限公司，2021〔民110〕
目 2+274 面；19×26 公分
（古典文學研究輯刊 二三編；第 31 冊）
ISBN 978-986-518-370-7（精裝）
1. 中國詩 2. 散文 3. 中國文學 4. 文學評論
820.8   110000442

ISBN-978-986-518-370-7

古典文學研究輯刊
二三編 第三一冊   ISBN：978-986-518-370-7

石麟文集（第十二卷）：古代詩文評說

作　　者　石麟
主　　編　曾永義
總 編 輯　杜潔祥
副總編輯　楊嘉樂
編　　輯　許郁翎、張雅淋　美術編輯　陳逸婷
出　　版　花木蘭文化事業有限公司
發 行 人　高小娟
聯絡地址　235 新北市中和區中安街七二號十三樓
　　　　　電話：02-2923-1455／傳真：02-2923-1452
網　　址　http://www.huamulan.tw 信箱 service@huamulans.com
印　　刷　普羅文化出版廣告事業
初　　版　2021 年 3 月
全書字數　219179 字
定　　價　二三編 31 冊（精裝）台幣 82,000 元

石麟文集（第十二卷）：
古代詩文評說

石麟　著

作者簡介

石麟，1953 年出生於湖北省黃石市。曾任湖北師範大學文學院教授，中南民族大學文學院教授，現為湖北大學客座教授。同時擔任中國《水滸》學會會長，中國《三國演義》學會副會長，中國散曲學會理事，湖北省屬高校跨世紀學科帶頭人，湖北省有突出貢獻中青年專家。先後出版專著《章回小說通論》《話本小說通論》《中國傳統文化概說》《中國古代小說批評概說》《說部門談》《稼稗兼收》《李攀龍與後七子》《野乘瑣言》《傳奇小說通論》《通俗文娛體育論》《中華文化概論》《從「三國」到「紅樓」》《閒書謎趣》《中國古代小說評點派研究》《稗史迷蹤》《石麟論文自選集·戲曲詩文卷》《中國古代小說文本史》《從唐傳奇到紅樓夢》《古代小說與民歌時調解析》《石麟文集類編》（五卷本）《中國古代小說批評史的多角度觀照》《施耐庵與〈水滸傳〉》《俗話潛流》二十三部，與人合著《明詩選注》《金元詩三百首》二書，主編教材三套，參編參撰書籍十種，撰寫《中華活頁文選》六期，並在《文學遺產》《明清小說研究》《戲劇》《古代文學理論研究》《藝術百家》《文史知識》《中國文學研究》《中華文化論壇》等刊物上發表學術論文二百二十多篇。

提　要

　　宋代以前，中國古代文學以詩歌、散文為主流，宋以後，戲曲、小說後來居上。但元明清三代的詩歌散文作品也不能忽視，它畢竟是傳統文學一個不可或缺的環節。本冊二十多篇論文，重點研究明代詩文及其流派，尤其是明代復古派領袖李夢陽的生平、思想和創作。筆者研究李夢陽多年，積攢了不少資料並形成研究系列，故而，將已經發表的相關文章一併列入。此外，從先秦到清代的重要詩文作品，筆者也偶有涉獵、時有感悟，甚或形成一些自己的看法，故略作爬梳，排列於此，實乃敝帚自珍之意。

目次

古代「散文」說略

　　本文有四個基本概念要首先搞清楚：散文、古文、駢文、賦。

　　今人之所謂「散文」云云，是受西方文化影響的一個廣義上的概念。古代並無散文這一名目，而只有「古文」「駢文」的提法。今人所謂「散文」，包括了古文、駢文，有人認為還包括「賦」。

　　「古文」這一概念出現較晚，目前所知，是由韓愈正式提出的（見《師說》《與馮宿論文書》等文章），但實際上它卻是中國最早出現的一種文體。它的特點是散行單句，不拘格式，不追求對偶、排比、音律，與駢文在許多方面恰恰相反。在「古文」這一概念出現之前，這種狹義的「散文」是屬於「文章」的一部分而以各個更小的概念得到表達的。曹丕在《典論‧論文》中說：「蓋文章，經國之大業，不朽之盛事。」他還將文章分成了四大類：奏議、書論、銘誄、詩賦。四類之中除了詩賦以外，其他三類都是古文的支類或與古文交叉的類別。此後，晉代摯虞的《文章流別論》僅存的少量殘文中就論述到頌、賦、詩、七、箴、銘、誄、哀辭、哀策、對問、碑銘諸類，其中一半以上的類別屬於古文。後來，又有所謂「文」「筆」之分，還有「言」、「文」、「筆」之分。樸實的經書叫做「言」，講究文采的傳記叫做「筆」，講究文采而又押韻的叫做「文」。劉勰《文心雕龍》論述了多種體裁，歸納起來有十一大類：（1）詩、賦、樂府；（2）頌、贊、封禪；（3）銘箴；（4）誄碑；（5）祝盟、哀弔；（6）雜文、諧隱；（7）史傳、諸子；（8）論說；（9）詔策、檄移；（10）章表、奏啟、議對；（11）書記。其中大多數的類別都是狹義的散文（古文）或韻散結合的文體。

　　「駢文」又稱駢體文、駢儷、今體、四六等，是指通篇用駢偶句式或以

駢偶句為主的文章。「駢」的本義是兩馬並駕一車，「偶」指兩人在一起，「儷」也就是偶、兩的意思，凡兩兩相對之物均可稱駢偶、駢儷，在詩文中，用以比喻句子的整齊對稱。因此，駢文的第一個特點便是對偶句式。其次，駢文每句的字數自齊梁以後以四字句或六字句為多，故稱「四六」。第三，駢文講究平仄，尤其是唐代以後，不講平仄格式便很難被認作是標準的駢文。第四，駢文講究用典使事、雕飾辭藻，魏晉以後更為注重。在中國散文史上，唐以前並無「古文」「駢文」相區分的概念，但作為文章的兩種不同形式卻已客觀存在。「古文」之稱始於韓愈，「四六」之稱則始於柳宗元（見《乞巧文》）。至於「古文」「今體」對舉，則見於李商隱《樊南甲集序》。而「駢體文」這一稱謂的出現，則不晚於清代李兆洛《駢體文鈔》一書。

「賦」在《漢書・藝文志》中與「辭」是同一概念，漢人將辭賦通稱的言論屢屢可見，但實際上「辭」與「賦」是兩種文體。「辭」即楚辭，是一種詩歌的形式。「賦」則是一種介乎詩歌與散文之間的文體。賦源於戰國後期，正式形成於漢代，其來源有二。一是受楚辭影響，楚辭的後期作品如《漁父》、《卜居》等篇，韻、散相間，以散為主，又為設問之文，這對漢代東方朔的《答客難》，揚雄的《解嘲》，司馬遷的《悲士不遇賦》產生了直接影響。同時，宋玉的某些作品如《對楚王問》、《風賦》等，其實已不是標準的「辭」，而開賦之先河。二是受先秦散文如《莊子》、《荀子》中某些篇章的影響，《莊子》散文取譬設喻，汪洋恣肆；《荀子》中的《賦篇》以四言為主，韻散兼出，設為問答，多用隱語，亦對賦的形成大有影響。

下面，結合古文、駢文、賦這三種文學樣式，對中國古代的散文（廣義）作一巡閱。

一、先秦歷史散文與諸子散文

根據現有資料，中國散文史的淵源可上溯到殷商之世。殷代王室占卜之記錄的甲骨文和簡單記事之彝器銘文（金文）是我國古代散文的雛形狀態，是當時神權統治的一種文化形式。周人卜筮並用，占筮者將其所搜集到的卜筮之辭彙集在一起，便是《周易》。較之甲骨文、金文而言，《周易》表情達意的方式較為生動形象一些，但仍比較駁雜，大體代表了古代散文形成階段的狀貌。

真正標誌著中國古代散文正式形成的，是大約編定於戰國時期的上古歷

史文獻集《尚書》。可惜由於秦始皇焚書，今所見之《尚書》多有殘缺。《尚書》所收集的是夏商周三代的典、謨、訓、誥、誓、命等文獻，記言、記事並存，是真正的「三代」之書。由於時代的差異，各篇之間從體例到語言風格並不相同，然文章結構已趨於完整。雖然整體上文句頗為佶屈聱牙，但大多篇章已注意到命意謀篇，有的還具有一定的文學色彩。《尚書》的寫作格式，對後世之詔令、奏啟、議對、檄移、書記等應用文的寫作影響甚大。而直接啟動先秦歷史散文和諸子散文的，則是《尚書》記言、記事並存的風格。

先秦散文，最有成就的無疑是歷史散文和諸子散文。

（一）先秦歷史散文

先秦歷史散文主要指春秋戰國時代官修和私著的歷史著作，以記事為主、記言為輔。

目前所知的第一部編年史是魯史《春秋》，相傳為孔子所修訂。其主要思想傾向是尊王攘夷、正名定分，使奴隸主政權的「大一統」局面得以恢復安定。《春秋》記事簡約，常以一字一句表示其褒揚或貶抑的態度，這種特點被後人稱之為「春秋筆法」、「微言大義」。由於其過於簡略，故有《公羊傳》、《穀梁傳》、《左氏傳》進行闡釋補充，合稱「春秋三傳」，其中以《春秋左氏傳》最具文學性。《春秋左氏傳》又名《左氏春秋》，簡稱《左傳》，是配合《春秋》的編年史，也是中國第一部記事詳明而又完整的編年體歷史著作。其作者是戰國初年或稍後的人，或以為是魯太史左丘明。《左傳》的思想傾向與《春秋》大體一致，但敘事卻詳細得多，有的片斷情節曲折緊張，富於故事性、戲劇性，尤善描寫軍政大事和行人辭令。其敘事之工、言辭之美，均達到當時最高水平，並垂範後世。

與《左傳》大體同時的《國語》，是我國現存的第一部國別體歷史著作，非成於一時，亦非一人手筆。是書分別載錄了春秋時期周、魯、齊、晉、鄭、楚、吳、越八國的政治活動、歷史事件乃至傳說故事，以記言為主。它行文委婉，但不及《左傳》風姿綽約，只有少數詳於記事的片斷情節生動、人物鮮明，堪與《左傳》相媲美。

稍後出現的《戰國策》亦為國別體歷史著作，它雜記西周、東周、秦、齊、楚、趙、魏、韓、燕、宋、衛、中山諸國之事，作者不可考，大概是秦漢間人雜採各國史料編纂而成。是書異名頗多，西漢劉向重加整理時定名《戰國策》。該書記事、記言均所擅長，尤善寫戰國時謀臣策士的事蹟和言論。文

辭絢爛，描寫生動，亦多誇飾之辭，與史實不盡相符。有的片斷已具有人物傳記特徵，對後世的傳記文學乃至傳奇小說都有較大的影響。

（二）先秦諸子散文

諸子散文是當時各派思想家表達政治思想、學術觀點的著作，其中最重要的有儒家著作《論語》、《孟子》、《荀子》，墨家著作《墨子》，道家著作《老子》、《莊子》，法家著作《韓非子》等。

從散文發展的角度看問題，先秦諸子散文可分為三大階段。

第一階段，語錄體。代表作有《論語》和《老子》。

《論語》是孔門弟子和後學輯錄孔子及其門人言行的著作，約成書於春秋戰國之際。它是典型的語錄體散文著作，以記言為主。書中稱謂、體例和行文習慣雖不一致，但卻具有言簡意賅、發人深省的共同特點以及雍容和順、紆徐含蓄的整體風格。

《老子》又稱《道德經》，是道家先驅老聃簡括而有韻的語錄體論說文。全書五千言，語言精練，說理透闢，時露感情色彩。

第二階段，過渡體。代表作有《墨子》和《孟子》。

《墨子》一書為墨翟後學所記，是墨子及墨家學派人物言行的記錄。該書文辭質樸，不求文采，但注重論辯，頗富邏輯性。《墨子》多數地方仍為語錄體，但有少數篇章已具議論文規模，是語錄體向論說文過渡的產物。

《孟子》是孟軻及其門人的理論著作，基本上為對話體，但有些篇章洋洋灑灑已接近專題論文。《孟子》以善辯著稱，氣勢充沛、感情激越、筆鋒犀利、咄咄逼人，極富鼓動性和說服力，且善用譬喻、寓言，又增強了文章的生動性和形象性，對後世論說文產生了重大影響。

第三階段，論文體。代表作有《莊子》、《荀子》、《韓非子》。

《莊子》現存三十三篇，一般認為，內篇七篇為莊周所作，外篇十五篇、雜篇十一篇為莊子門人所作，故文章風格不大一致。《莊子》在先秦散文中最富文學性，形式上大都是中心明確而獨立成篇的專題論文，表現手法上大量採用寓言故事作為論證手段，想像奇特，富於浪漫色彩，行文汪洋磅礴、儀態萬方，且善用譬喻，機趣橫生，對後世散文影響極大。

《荀子》是荀況的哲學著作，已是成熟的專題論文，體系完整、論點明確、句法整練、理論縝密，且講究文采，尤善引物連類、取譬設喻，反映了學者為文的風度，代表了先秦論說文的成熟。

《韓非子》是韓非的理論著作，所收者亦乃成熟的專題論文。其特點是議論透闢、筆鋒犀利，推求事理、長於駁難，且大量運用寓言故事和歷史知識，代表了先秦議論文的最高成就。

此外，尚有《孫子》、《商君書》、《孫臏兵法》、《山海經》、《呂氏春秋》、《公孫龍子》、《列子》等書，亦分別代表了當時各種學術思想，且各有特色，對後世散文均產生了不同程度的影響。其中有的著作，可能是秦代甚或稍後的人士所編。

二、秦漢至南北朝的古文、駢文和賦

秦代，除上面提到的《呂氏春秋》外，李斯的《諫逐客書》也是一篇漂亮的駁論文章。這些，我們可以看作是從先秦散文到漢魏南北朝散文的過渡。下面，將兩漢魏晉南北朝的散文分成古文、賦、駢文三個方面略作介紹。

（一）古文

漢代議論文卓有成就。漢初主要有賈誼《過秦論》、晁錯《論貴粟疏》等經世致用之文，大都寫得切合實際而又感情充沛。文景時，鄒陽的《獄中上梁王書》博引史實、排比鋪張，有縱橫家遺風。武帝時，董仲舒的《舉賢良對策》、《春秋繁露》則以綱目清晰、語言平易為其特色。昭帝時，桓寬的《鹽鐵論》寫得質樸平實，頗富論辯精神。西漢末，劉向的《列女傳》、《新序》、《說苑》，揚雄的《法言》等作品也各具特色。兩漢之交，桓譚的《新論》不事雕琢、縱意而談，表現了尚質的追求。東漢王充的《論衡》亦尚質之作，獨抒己見、文辭淺近。

然而，更能代表兩漢散文最高成就的則是歷史著作《史記》和《漢書》。

司馬遷的《史記》是我國第一部紀傳體通史，全書包括本紀、表、書、世家、列傳共一百三十篇，通過五種不同的體例及其相互間的補充、配合構成一個完整體系。全書記述了上自黃帝、下至漢初三千多年的歷史，被譽為「史家之絕唱，無韻之離騷」。（魯迅《漢文學史綱要》）司馬遷敢於直寫事實，表現自己鮮明的愛憎，並在實錄的基礎上塑造了鮮明的人物形象，行文縱橫馳騁，語言明白曉暢，具有很強的文學性，對後世史傳文學乃至小說創作影響極大。

班固的《漢書》是我國第一部紀傳體的斷代史，比較集中地體現了漢王朝的正統思想，在體制上基本沿襲《史記》，僅改「書」為「志」、將「世家」

併入「列傳」，從而確定了後世撰寫正史的體制。《漢書》雖缺少《史記》那種批判現實的精神，但增加了有關學術、文獻方面的資料，更帶學術氣息，且整體上敘事簡練、語言典雅、結構嚴密，亦間有生動之處。

漢末建安至三國鼎立期間，三曹七子等作家寫出了開一代風氣的文章佳作。曹操為文不尚華藻，簡潔樸素而富有個性，如《讓縣自明本志令》、《求賢令》等。曹丕散文既有乃父通脫自然之風，又具自身清麗特色。其《典論・論文》是我國最早的文學批評論著，其《與吳質書》、《又與吳質書》等作品則寫得悽楚動人。曹植尤擅長表章和書札，大都寫得意氣風發。其《與楊德祖書》直抒懷抱、文筆鋒利簡潔，《求自試表》則帶有極重的駢儷成分，辭藻富豔而不萎弱。七子中，孔融文章以議論為主，飛揚騁馳、膽大氣盛，辭采典雅又具有鋒芒，如《薦禰衡表》、《論盛孝章書》均乃如此。陳琳《為袁紹檄豫州》，阮瑀《為曹公作書孫權》等文章均帶駢體意味和縱橫家特色。七子之外，蜀漢諸葛亮的前後《出師表》亦散文名篇，感情熾烈、語言樸實，卓有影響。

魏晉易代之際，王弼、何晏、夏侯玄文章善言名理，使議論文寫作有所發展。而阮籍、嵇康的文章則更具個性，阮作《大人先生傳》韻散結合、奇偶相生，想像豐富而又充滿憤激之情；嵇作《與山巨源絕交書》則嬉笑怒罵、恣肆灑脫，於犀利的筆鋒之下見出作者峻急的脾性和剛烈的心腸。阮、嵇之作中，這種個性化產物不在少數。

兩晉時，文章駢偶日重，然亦有卓然不群之古文作者。張華文章自然灑脫、不事雕琢，劉琨散文則樸實自然、不加虛飾。王羲之作品清新疏朗、風神搖曳，《蘭亭集序》是其代表。陶淵明的《五柳先生傳》、《桃花源記》等文章則獨具清醇雅淡之風格，表現了作者不同流俗的理想和情趣。

南北朝時期，駢文鼎盛，重文采、講駢儷、喜用典的風氣彌蓋一時。然亦有崇尚質樸的作家作品，如范縝《神滅論》，裴子野《雕蟲論》，顏之推《顏氏家訓》等。當時，還有以散文為主、兼用駢偶者，如酈道元《水經注》，楊衒之《洛陽伽藍記》等。此外，這一階段的歷史散文亦頗為發達，如陳壽《三國志》、范曄《後漢書》。二書與《史記》、《漢書》並稱「前四史」，後代史家奉為圭臬。

（二）賦

賦，是漢代最輝煌的文學樣式。漢賦韻、散相間，句式長短自由，韻域

較寬，但十分注重偶句的整齊工巧，強調詞藻的華美豔麗，喜用僻字，講究排偶、對仗、比喻、誇張等修辭手法。

漢初賦家，大多在楚辭的影響下寫作騷體賦，如賈誼《弔屈原賦》、《鵩鳥賦》，淮南小山《招隱士》，嚴忌《哀時命》等。其中，賈誼的作品比較傾向於鋪陳手法的運用，散文氣息較濃，預示著賦體的新變化。枚乘《七發》的出現是一重大轉折，它以設為主客答問的形式構成賦的主體，楚辭的痕跡越來越少，初步具備了散體大賦的特點。

漢武帝時，以「潤色鴻業」（班固《兩都賦序》）為表現中心的漢大賦得到了極大的發展。司馬相如的《子虛賦》、《上林賦》是其代表，並影響了有漢一代。此後，如揚雄《甘泉賦》、《羽獵賦》、《長楊賦》，班固《兩都賦》，張衡《二京賦》等均屬此類。另外，東方朔的散體賦《答客難》，開「設論」一體，對後世揚雄《解嘲》、班固《答賓戲》、張衡《應間》等卓有影響。同樣是漢武帝時，董仲舒《士不遇賦》、司馬遷《悲士不遇賦》等則多牢騷之詞，又開後世述懷抒情賦之先河。

東漢中葉至漢末，反映現實、譏刺時政的詠物抒情小賦大量湧現，其間名作有張衡《思玄賦》、《歸田賦》，蔡邕《述行賦》，趙壹《刺世疾邪賦》，禰衡《鸚鵡賦》，王粲《登樓賦》，曹植《洛神賦》等等。

魏晉間，賦的創作發生較大變化。雖有承漢大賦餘緒之作如左思《三都賦》等作品，但成就更高的卻是抒情小賦。其間名作有何晏《景福殿賦》，阮籍《獼猴賦》，嵇康《琴賦》，向秀《思舊賦》，潘岳《西征賦》、《秋興賦》，陸機《豪士賦》、《文賦》，袁宏《東征賦》，郭璞《江賦》，孫綽《遊天台山賦》，陶淵明《閒情賦》、《感士不遇賦》、《歸去來兮辭》等。其中雖有些作品偶句增加、詞藻華麗，開始形成駢化趨勢，但仍不乏清新明麗、平淡自然之作。

南北朝，賦的創作主要在南朝，以體物之大賦與抒情之小賦並見。其中某些作品已十分講究聲律，大量用典，乃至通篇對偶，亦可稱為「俳賦」，與駢文相近，並影響到唐代的「律賦」。當時名作有謝靈運《山居賦》、《嶺表賦》，謝惠連《雪賦》，謝莊《月賦》，鮑照《蕪城賦》，謝朓《思歸賦》、《遊後園賦》，江淹《恨賦》、《別賦》，庾信《哀江南賦》、《小園賦》等。

（三）駢文

在寫文章的過程中，追求對偶音律、用典藻飾的現象，古已有之。因此，要明確界定「駢文」起於何時，恐非易事。大體而言，它源自漢賦，形成於魏

晉，全盛於南北朝，中唐以後漸成衰勢，然餘音則不絕如縷。

漢末魏初的建安、正始之際，蔡邕、孔融、曹丕、曹植、阮籍、嵇康等人的某些文章，駢化傾向已漸趨明顯。至西晉太康間，陸機的《哀魏武帝文》、《豪士賦序》、《歎逝賦序》等作品已是比較成熟的駢文。東晉駢文盛行，然成績不佳。劉宋時，顏延之、鮑照等亦有一些駢文之作。

南齊永明間，「四聲八病」說的出現，對駢文的發展具有很大的推動作用。孔稚珪是當時著名的駢文作家，《北山移文》即其代表作。此外，如王儉《褚淵碑文》、王融《三月三日曲水詩序》等均乃駢文名篇。沈約、任昉亦有駢儷之作。南梁昭明太子蕭統編《文選》，將駢儷之文選入其中，對駢文發展產生更大影響。梁簡文帝蕭綱、元帝蕭繹，均乃駢文高手。齊、梁、陳三代，駢文統治文壇，各種應用文體幾乎無一不駢化。劉駿、庾肩吾、陶弘景、吳筠、丘遲、江淹、王僧孺、陸倕、何遜、沈炯、徐陵、江總、陳後主等，均為一時駢文名家。代表作有吳筠《與朱元思書》，丘遲《與陳伯之書》，徐陵《玉臺新詠序》等。北朝駢文作家之佼佼者，則有溫子昪、邢劭、魏收、庾信、王褒等人。其中，庾信成就最高，其代表作《哀江南賦序》最為有名。

三、唐宋古文與駢文、律賦之鬥爭

隋煬帝好駢儷之文，由此而及初唐，駢文仍揚六朝之餘波。初唐四傑一方面不滿駢文之浮華柔弱，一方面又都是駢文高手。王勃《滕王閣序》、駱賓王《討武曌檄》都是駢文佳品。稍後，張說、蘇頲亦均為駢文名家。

至陳子昂出，方力倡古文，開啟中唐古文運動。盛唐時的蕭穎士、李華、獨孤及等人亦不滿駢文之弊，李華的《弔古戰場文》寫得古樸、暢達，為不事華靡之作。同時的另一批作家，也創造了一些言志抒情、寫景狀物的佳篇，如李白《與韓荊州書》、王維《山中與裴秀才迪書》等。元結的作品則力變俳偶為散體，其短小精悍的雜文，憤世疾俗、文筆犀利。而其山水園亭之作和寓言小品，又為柳宗元之先導。稍後，梁肅在獨孤及影響之下，倡「氣能兼詞」之說，為文古樸，直接啟發了韓愈。柳冕則進一步發展尊經崇儒的思想，強調文道並重。正是在上述這些作家的理論主張和創作實踐的影響下，出現了中唐以韓愈、柳宗元為首的倡導古文、反對駢文的古文運動。

「古文運動」的實質就是在思想上維護儒學、排斥佛老，在形式上提倡學習質樸自然的先秦、兩漢古文而反對浮豔華靡的六朝駢文。這是一場從文

體、文風到文學思想、文學語言各方面都進行變革的散文革新運動。韓愈和柳宗元都提到「文」與「道」的關係問題，主張文以明道。韓愈之所謂「道」，就是以孔孟儒家為正宗的封建思想體系。柳宗元之所謂「道」，雖也以儒道為本，但又含有比較突出的唯物論思想和政治革新主張。而所謂「文」，在韓、柳看來，乃是實現「道」的手段和形式。圍繞文與道這一核心問題，韓愈還提出了重道而不輕文、文道統一、言之有物、陳言務去、物不平則鳴等觀點。柳宗元也認為對社會生活作褒貶或諷諭是文章應有的功能，充實的內容和完美的形式二者不可偏廢。

在這些思想主張的指導下，韓、柳均寫出了不少優秀的散文作品。如韓愈的《送孟東野序》、《原毀》、《師說》、《雜說》、《進學解》、《送窮文》、《送李愿歸盤谷序》、《毛穎傳》、《張中丞傳後敘》、《柳子厚墓誌銘》、《祭十二郎文》等。大要而言，韓文的總體特徵是雄奇奔放而又流暢明快，其議論文縝密而又恣肆，敘事文簡潔而又生動，抒情文真摯而又婉曲。柳宗元的代表作則有《封建論》、《三戒》、《蝜蝂傳》、《捕蛇者說》、《種樹郭橐駝傳》、《童區寄傳》、《段太尉逸事狀》、《永州八記》等。較之韓文，柳文則在思想深刻的同時極富藝術獨創性，其議論文觀點明確、構思新穎、論證有力，其傳記文人物鮮明、情節曲折、敘議結合，其寓言小品語言犀利、風格嚴峻、想像豐富，其山水遊記文筆秀美、描繪精妙、尤能寓主觀感情於客觀景物之中而使山水景物人格化。總之，韓、柳的這些文章，題材豐富，內容充實，體式不一，千姿百態，代表了唐代散文乃至中國古代散文的最高成就。

在韓、柳的影響之下，中晚唐湧現出一批優秀的古文作家，如張籍、劉禹錫、元稹、白居易、李翱、皇甫湜、樊宗師、沈亞之、裴度、杜牧、皮日休、陸龜蒙、羅隱等，均有佳作傳世。

在唐代，還有一種以詩賦取士的形式——律賦。律賦根據命題而作，不僅要求遵守俳賦的對仗、聲韻，而且還限定表示立意要求的韻腳字。這種束縛作者手腳的形式當然不可能產生佳作，相反，倒是由俳賦又回歸散文化的一些作品如韓愈《進學解》、柳宗元《設漁者對智伯》等，雖不以賦名，實質上卻是很好的散文賦。至杜牧《阿房宮賦》，駢散相間，突破了俳賦、律賦之藩籬，成為宋代「文賦」產生之基礎。

韓、柳倡導古文，對駢文衝擊很大，當時雖有陸贄擅長駢體，但已呈明顯向散體轉化之勢。然而，自晚唐五代到宋初，古文漸衰，駢文日盛，歷史

又出現一次曲折。晚唐最著名的駢文作者當推李商隱，代表作有《上河東公啟》、《奠相國令狐公文》等。宋初，「西崑體」作家亦寫駢文，淫靡浮華之風復盛。

面對晚唐五代至宋初綺靡繁縟的駢文之風，有識之士又紛紛起而反對。柳開、王禹偁、穆修、石介、宋祁、范仲淹、蘇舜欽、尹洙等人，均乃繼武韓、柳，成為宋代古文運動之先行者。尤其是王禹偁《待漏院記》、范仲淹《岳陽樓記》等作品，或簡易曉暢、或駢散相間，均打破駢文的一統天下。然而，北宋古文運動領袖之桂冠卻非歐陽修莫受。

歐陽修領導古文運動，主要針對的目標是晚唐以來的浮豔駢文，同時，又要克服古文派內部的險怪奇澀之風。因而，歐陽修在嘉祐二年知貢舉時，就通過考試來提倡平實樸素的文風，並獎掖提拔了王安石、曾鞏、蘇軾兄弟等人，從而形成自上而下的散文革新運動。

就其淵源而論，北宋古文運動是唐代古文運動的繼承和發展。在文與道的關係上，歐陽修與韓、柳一脈相承，強調「道」對「文」的決定作用，主張文道統一、文以明道。但同時，他又注意到「文」的獨立地位和作用，主張「文」為現實政治服務。這樣，就在一定程度上擺脫了「道統」觀念的束縛。在這種思想的指導下，歐陽修寫下了一系列切於事實、不尚空談、平易曉暢而又搖曳多姿的名篇。如《與高司諫書》、《朋黨論》、《五代史伶官傳序》、《瀧岡阡表》、《醉翁亭記》、《尹師魯墓誌銘》、《讀李翱文》、《祭石曼卿文》等。

當時，集結在歐陽修周圍的古文家們也寫下了不少名作。曾鞏文章以古雅平正著稱，如《墨池記》等。王安石文章語言簡練樸素，論辯有力，鋒芒畢露，如《答司馬諫議書》、《讀孟嘗君傳》等。蘇洵文章議論縱橫、文筆酣暢，如《六國》等。蘇轍文章紆徐曲折、淡泊汪洋，如《黃州快哉亭記》等。成就最高的則是蘇軾，他是北宋古文運動的集大成者。在堅持文以明道的同時，他更重視「文」自身的價值，提倡為文如行雲流水、無拘無束、千變萬化、姿態橫生，從而完善了韓、柳、歐陽的理論。蘇軾的散文創作包羅宏富，眾體兼備。其議論文縱橫恣肆，而書札、雜記、雜說、記遊等文體更是舒卷自如。代表作有《留侯論》、《記承天寺夜遊》、《方山子傳》、《答謝民師書》、《文與可畫篔簹谷偃竹記》、《日喻》等。由於韓愈、柳宗元、歐陽修、王安石、曾鞏、蘇洵、蘇軾、蘇轍的文章代表了唐宋古文的最高成就，故被後人譽為「唐宋八

大家」。

　　有趣的是，作為古文大家的歐陽修、曾鞏、王安石、蘇軾等人，寫起公文來卻多用駢體，而且是那種較大程度的散文化趨勢的駢體。由此亦可見得，作為文章大家必須眾體兼備並融會貫通。

　　宋代「文賦」也是古文運動的產物。其代表作有歐陽修《秋聲賦》，蘇軾《赤壁賦》、《後赤壁賦》等。文賦與俳賦相對而言，是一種不拘於駢偶、聲律，形式比較自由的賦體文字。

　　南宋古文，大體繼承了北宋古文長於議論、平易自然的基本特徵。李綱、胡銓、陸游、葉適、辛棄疾、陳亮、文天祥、鄭思肖、謝翱、謝枋得等人均有佳作名世，其中以陸游《入蜀記》、《老學庵筆記》，辛棄疾《九議》、《美芹十論》，文天祥《指南錄後序》，謝翱《登西臺慟哭記》最為知名。

　　唐宋時期，古文與駢文、律賦的鬥爭，應該說最終是古文取得勝利。關於這一點，金元明清散文的發展可以證明。

四、金元明清的散文

　　金元明清時期，古文佔據了主導地位，而駢文與賦均處於次要地位。我們首先對駢文與賦在宋代以後的狀況作一了結，然後再談古文的發展。

　　「賦」大致上可分為古賦、俳賦、律賦、文賦四大類。古賦經三國兩晉南北朝變而為俳賦，唐人再變為律賦，宋人再變為文賦。而文賦已不再拘於對偶、聲律、藻飾、用典等形式，故與傳統的「賦」已有相當大的距離，因而，「賦」這種文體的發展至宋代以後也就到了終點。元明清三代，各體賦作雖仍然大量存在，清代的賦作在數量上甚至超出清代以前各代賦作總和的幾倍，但從文體的角度看已無創新，作品再多也沒什麼佳構，因為大都不過是一些模擬之作而已。

　　宋以後，駢文也屢經衰變，與齊梁時駢文舊貌相距日遠，四六句式、用典藻飾等問題已不被看重。清代駢文略顯轉機，強勝元、明。陳維崧、胡天遊、袁枚、汪中、洪亮吉、李慈銘、王闓運等均擅駢文，尤以汪中最為傑出。汪氏的《哀鹽船文》、《經舊苑弔馬守真文》等的確是駢文佳作，只可惜也是西風殘照了。

　　古文寫作方面，金、元自不及唐、宋，唯王若虛、元好問、吳澄、虞集等人寫過一些較好的作品。明初散文，以宋濂、劉基最為突出。宋濂承宋元理

學精神，乃明代「開國文臣之首」（《明史》本傳）。但他最為有名的倒不是那些典重文章，而是人物小傳和贈序文，如《王冕傳》、《杜環小傳》、《秦士錄》、《送東陽馬生序》等。劉基則以寓言體散文最為著名，其《賣柑者言》以及《郁離子》中的若干作品，都是優秀的寓言諷刺小品。

嘉靖間，「唐宋派」崛起，效法唐宋八大家文章。其領袖人物王慎中、唐順之在理論上多有建樹，茅坤則評選《唐宋八大家文鈔》以為範本，歸有光更以散文寫作而知名於世。歸氏最擅長寫生活瑣事，如《先妣事略》、《項脊軒志》、《寒花葬志》等，均感情真摯、筆墨疏淡，呈現出一種紆徐平淡的風格。此外，明代中後期還有幾位卓爾不群的作家。馬中錫為文奇崛橫放，王守仁為文俊爽暢達，楊慎散文古樸高逸，李贄作品潑辣尖銳，均體現了各自的寫作個性。

晚明，遊記、人物傳記的撰寫掀起高潮。在公安派、竟陵派革新思潮的影響下，出現了小品文創作的繁榮局面。一時間，名作佳篇紛紛湧現。如袁宏道《徐文長傳》、《滿井遊記》，袁中道《西山十記》，鍾惺《夏梅說》、《浣花溪記》，劉侗《水盡頭》，張岱《湖心亭看雪》、《西湖七月半》、《柳敬亭說書》，王思任《遊焦山記》等，均具清新氣息和強烈個性。或求新、或求變、或求俗、或求雅，是晚明小品文作家各自的目標。至於徐宏祖的《徐霞客遊記》，則堪稱古今紀遊第一。明末，在血與火的鬥爭中，出現了一些激昂慷慨的古文佳作，如張溥《五人墓碑記》，張煌言《貽趙廷臣書》，夏完淳《獄中上母書》等，至今讀過，仍使人感動不已。

明末清初，有所謂「學人之文」與「文人之文」的分野。黃宗羲、顧炎武、王夫之提倡經世致用，強調文、道、學的統一。他們都是學者兼文人，故以議論文寫得最好，如黃宗羲《原君》、王夫之《論梁元帝讀書》等。顧炎武的《吳同初行狀》，則更是一篇充滿民族氣節的佳作。與此同時，號稱「清初三大家」的侯方域、魏禧、汪琬的文章則被認為是「文人之文」。侯方域擅長人物小傳，《馬伶傳》、《李姬傳》均情節曲折、人物生動，被人譏為「小說家伎倆」，（黃宗羲引陳令升語）殊不知正是其獨特處。魏禧亦以人物傳記出色，其名篇《大鐵椎傳》文筆簡練而又繪聲繪聲，亦得小說家風采。汪琬為文疏暢而平實，名作有《周忠介公遺事》等。

雍正、乾隆、嘉慶間，理學思想抬頭，應運而生的便是籠罩清中後期文壇的桐城派。桐城派的先驅是戴名世，他提出為文須「道、法、辭」並重、

「精、氣、神」統一，其散文寓雄奇犀利於簡潔樸實之中，代表作有《與餘生書》等。

方苞是桐城派的奠基人，倡言「義法論」。方氏云：「義即《易》之所謂『言有物』也，法即《易》之所謂『言有序』也。義以為經而法緯之然後為成體之文。」（《又書貨殖傳後》）其散文深沉冷靜、醇厚精嚴，代表作有《左忠毅公逸事》、《獄中雜記》等。劉大櫆在接受「義法論」的基礎上，突出提出了「神氣」論，比較重視文章的感情和氣勢，代表作有《答吳殿麟書》等。姚鼐是桐城派之集大成者，強調「義理也、考證也、文章也」（《述庵文鈔序》）三者不可偏廢。姚鼐還認為：「所以為文者八：曰神、理、氣、味、格、律、聲、色。神、理、氣、味者，文之精也；格、律、聲、色者，文之粗也。」（《古文辭類纂序目》）他還將文章分為陽剛、陰柔兩大類，認為剛柔相濟乃為文之最高境界。（參見《復魯絜非書》《海愚詩鈔序》）他的散文，以醇正嚴謹著稱，大多寫得簡潔明快、清淡自然，代表作有《登泰山記》、《遊靈巖記》等。

姚鼐以後，桐城派逐漸佔據了清代文壇的統治地位，煊赫一百多年。其中重要人物有號稱「姚門四弟子」的梅曾亮、管同、方東樹、姚瑩，另外，以惲敬、張惠言為首的「陽湖派」亦乃桐城派之分支。再往後，以曾國藩為首的「湘鄉派」，亦號稱桐城派之中興。曾氏於義理、考證、文章之外，又加「經濟」一條，強調經世致用。湘鄉派骨幹分子有張裕釗、吳汝綸、黎庶昌、薛福成等人。晚清時，桐城派後勁還有林紓、王先謙、馬其昶等。

當然，在桐城派主導文壇之時，反對派也不斷出現，袁枚標舉性靈，為文機趣橫生而稍缺雅潔嚴謹，其名篇有《祭妹文》、《黃生借書說》、《書魯亮儕事》等。章學誠則既反對桐城派之「義法」，又不滿袁枚之「性靈」，提倡文章要氣昌而情摯。此後，包世臣提倡言事記事之文，反對抽象的載道之文。魏源亦提倡文章要深入實際、切於實用。龔自珍主張文學與現行政治的統一，其文直承先秦兩漢傳統，風格多樣，開近代散文新局面，代表作有《明良論》、《病梅館記》等。再往後，馮桂芬、王韜等人批評桐城派之義法論，主張文章要社會化。康有為、梁啟超、譚嗣同則進一步否定桐城派古文，提倡新體散文。尤其是梁啟超，倡言「文界革命」、「語文合一」，為清末的文體解放和「五四」白話文運動開闢了道路。

（原載《中華文化概論》，中州古籍出版社，2018 年 9 月出版）

《周易》三則導讀

　　《周易》又稱《易經》，簡稱《易》，儒家重要經典之一，作者不詳，相傳係周人所作。「易」有三義：變易（事物變化），簡易（執簡馭繁），不易（永恆不變）。「周」有二說：有別於「殷易」，具有周遍、周流、周密之義。《周易》內容包括「經」「傳」兩大部分：《經》主要是六十四卦和三百八十四爻，附卦辭、爻辭，主要用作占卜。舊傳伏羲畫卦，文王作辭，說法不一，其萌芽當早在殷商之際。《傳》包括解釋卦辭和爻辭的上彖、下彖、上象、下象、上系、下系、文言、說卦、序卦、雜卦等十篇，統稱「十翼」。舊傳《傳》作者為孔子，據考，《易傳》當為戰國或秦漢之際的儒家作品，且非一人所作。《周易》通過象徵天、地、雷、風、水、火、山、澤八種自然現象的八卦形式推測自然和人事的變化，以陰、陽二氣的交感作用為萬物產生之本源。其中，具有樸素辯證法的觀點。有些警句格言，亦對後世有鼓舞激勵作用。

【原文】

　　天行健，君子以自強不息。地勢坤，君子以厚德載物。（《卦象傳上》）

【導讀】

　　《周易‧卦象傳上》中的這兩句話非常有名，且流傳久遠。上句說「天」為「乾」，屬陽，主「動」，故而君子法乎天，必須永遠「運動」，自強不息。這樣的由天及人而天人合一的人生感悟是一種充滿「剛性」的進取精神。下句說「地」為「坤」，屬陰，主「靜」，故而君子法乎地，勢必相對靜止，厚德載物。這樣的由地及人而地人合一的人生感悟則是一種飽含「柔性」的守成心態。由此可見，上述兩句話實在是代表了君子人生的兩極和兩翼，只有最

為充分或完美地達到「自強不息」而又「厚德載物」的思想境界的人，才是完整意義上的「君子」。在這裡，天與地、乾與坤、陽與陰、動與靜、剛與柔之間，都是一種對立統一的關係，這就是一種辯證思維。世上的萬事萬物，不可偏執，亦不可偏廢。

（原載《大學語文新讀本》，湖北教育出版社，2006 年 8 月出版）

【原文】

君子有終。謙謙君子。用涉大川。（《謙卦》）

【導讀】

《周易·謙卦》之所謂「謙」，即屈躬下物，先人後己的意思。用這種態度對待萬事萬物，則人生處處坦途。然而，這種境界必須是自然而然的，不能偽裝。小人有時也做出「謙」的樣子，但那是不能長久的。唯有君子之「謙」，才有始有終。如果能夠真正達到謙而又謙的君子的境界，以之對付各種各樣的艱難險阻，都會一往無前，就好像順利渡過激流險灘一樣。

【原文】

君子之光，有孚吉。（《未濟卦》）

【導讀】

《周易·未濟卦》中所說的「君子之光」，指的是以柔順文明之氣質而居於尊位。以文制武，以柔克剛。既要發揮他物之能量，又不被自身所侷限。在發揮萬物之長時又不懷疑它，萬物就會竭誠為你所用。這樣，君子就會取得成功，因此而吉星高照。

（原載《大學語文新讀本》，湖北教育出版社，2008 年 7 月出版）

《論語》十一則導讀

　　《論語》22篇，是孔子弟子和後學記錄孔子及其門人言談行事的語錄體散文。孔子（公元前551～前479）名丘，字仲尼，春秋後期魯國曲阜（今屬山東）人，是儒家學派的創始者，也是我國古代著名的思想家、教育家。孔子學說的基本核心是「仁」和「禮」，在教育方面提倡「有教無類」，是第一個以學者身份聚徒辦學的人。《論語》最能體現孔子及其門人的思想，其內容涉及當時社會的政治、經濟、倫理、道德、文化、教育等多方面，是一部重要的儒家經典著作。《論語》富於哲理和感情色彩，言簡意賅，風格明快，有時還運用口語，生動形象。其中許多格言、警句特具生命力，兩千多年來一直對人們的思想和行為具有極其深刻的影響。

【原文】

　　曾子曰：「吾日三省吾身，為人謀而不忠乎？與朋友交而不信乎？傳不習乎？」（《學而》）

　　子曰：「為政以德，譬如北辰，居其所而眾星共之。」（《為政》）

　　子曰：「學而不思，則罔；思而不學，則殆。」（《為政》）

　　子曰：「不患無位，患所以立；不患莫己知，求為可知也。」（《里仁》）

　　子貢曰：「如有博施於民，而能濟眾，何如？可謂仁乎？」子曰：「何事於仁，必也聖乎！堯、舜其猶病諸！夫仁者，己欲立而立人；己欲達而達人。能近取譬，可謂仁之方也已。」（《雍也》）

　　曾子曰：「士不可以不弘毅，任重而道遠。仁以為己任，不亦重乎？死而後已，不亦遠乎？」（《泰伯》）

　　子曰：「法語之言，能無從乎？改之為貴。巽與之言，能無說乎？繹之為

貴。說而不繹，從而不改，吾末如之何也已矣。」（《子罕》）

　　子曰：「歲寒，然後知松柏之後凋也。」（《子罕》）

　　仲弓問仁。子曰：「出門如見大賓，使民如承大祭。己所不欲，勿施於人。在邦無怨，在家無怨。」（《顏淵》）

　　子張問行。子曰：「言忠信，行篤敬，雖蠻貊之邦行矣。言不忠信，行不篤敬，雖州里行乎哉？立則見其參於前也；在輿則見其倚於衡也，夫然後行。」子張書諸紳。（《衛靈公》）

　　子曰：「由也，女聞六言六蔽矣乎？」對曰：「未也。」「居，吾語女。好仁不好學，其蔽也愚；好知不好學，其蔽也蕩；好信不好學，其蔽也賊；好直不好學，其蔽也絞；好勇不好學，其蔽也亂；好剛不好學，其蔽也狂。」（《陽貨》）

【導讀】

　　孔子之所以成為萬世師表，其原因是多方面的。然而，其中最重要的一點應該是他所具有的偉大的道德精神力量和永久的人格魅力。孔子對自己要求非常嚴格，對自己的弟子門人同樣嚴格要求。這裡所引錄的十一段孔子及其弟子門人的對話，充分體現了他們對個人修養崇高境界的不懈追求。這裡有人際交往的反躬自問，也有篤學慎思的深入探求。這裡有自強自立的精神，也有任重道遠的自勵。「己所不欲，勿施於人」是仁者之心，「言忠信，行篤敬」則是君子之德。「恭、寬、信、敏、惠」是「仁」的五大釋放層面，「仁、智、信、直、勇、剛」則是做「人」的六字真言。明辨是非才能與時俱進，歷盡艱辛方可笑傲嚴寒。……孔聖及其門下的賢人，就是靠這樣一些可貴的內在精神品德自立於天地之間並永垂不朽。更有甚者，這些睿智的言論、深邃的思考以及他們身體力行的奮發精神，必然會薪盡火傳、流芳百世，對我們現在的「地球人」之勵志修養產生極大的鼓舞力量。謂予不信，請看如下事實。1988 年 1 月，75 位諾貝爾獎金的獲得者在巴黎宣稱：如果人類想繼續生存，那麼就不得不在時間上退回到 2500 年前去，領會孔夫子的智慧。1993 年 5 月，在北京召開了關於「東方倫理道德和當代青少年教育」的國際研討會，會上，許多西方學者發出呼籲：西方出現了道德危機，要向東方來尋找智慧，挽救西方文明。而孔夫子的智慧也罷，東方的智慧也罷，首先所指的正是此處所涉及的那些儒學思想最核心的東西——怎樣做人，怎樣磨礪自己的意志，怎樣增強自身的修養。如此看來，上述這些言論該是多麼具有對漫長歷史空

間的穿透性，又是多麼具有永恆不息的生命力啊！讓我們將這些千古不朽且具有無窮魅力的言語「書諸紳」，作為各自人生的座右銘吧！

（原載《大學語文新讀本》，湖北教育出版社，2008 年 7 月出版）

《孟子》一則導讀

　　《孟子》7篇，乃孟子及其門人所作，是記敘孟子及其弟子們言行的一部對話語錄體散文集。孟子，名軻（約前372～前289年），字子輿，鄒（今山東鄒縣）人。他是繼孔子之後儒家學派的一位大師，後世多將其與孔子並稱為「孔孟」。孟子哲學思想的核心是「性善」論，政治上主張「仁政」，強調民本思想。《孟子》中的文章，氣勢磅礴，感情充沛，邏輯嚴密，富於雄辯，對後世的古文寫作具有很大的影響。

【原文】

　　孟子曰：「舜發於畎畝之中，傅說舉於版築之間，膠鬲舉於魚鹽之中，管夷吾舉於士，孫叔敖舉於海，百里奚舉於市。故天將降大任於是人也，必先苦其心志，勞其筋骨，餓其體膚，空乏其身，行拂亂其所為，所以動心忍性，曾益其所不能。人恒過，然後能改；困於心，衡於慮，而後作；徵於色，發於聲，而後喻。入則無法家拂士，出則無敵國外患者，國恒亡。然後知生於憂患而死於安樂也。」（《告子下》）

【導讀】

　　孟子在這段話中一口氣列舉了六位古代聖賢之士的事蹟，無非是要說明一個道理：成大事者必須經歷種種磨難。古今中外不可計數的偉大人物的生命歷程，一次又一次地證明了孟子的這種觀點是顛撲不破的真理。將來，還有更多的偉大人物也會用新的生命證明孟子此番言論的正確和永恆。而我們，每一個平凡的人（或許中間就隱含著將來的傑出人物），從這段鏗鏘作鳴的話語中也會感受到一股內在的、飽滿的、強大的動力，它會鼓勵我們經

受來自外界和自身的重重考驗，不斷自新、自強，從而達到光明絢爛的人生境地。

本節在表述方面也很有特色，先用排比句列舉事實，又用排比句表述觀點，層層排比，當然會給人以「大珠小珠落玉盤」的美感，同時也體現了孟子文章氣勢磅礴、感情充沛的語言特色。

（原載《大學語文新讀本》，湖北教育出版社，2006 年 8 月出版）

劉義慶《世說新語》二則導讀

　　劉義慶（403～444），彭城（今江蘇省徐州市）人。宋武帝劉裕侄子，襲封臨川王，後任荊州刺史，官至尚書左僕射、中書令。劉義慶雅好文學，文學之士紛紛聚集其門下。《世說新語》當為其與門下文人共同編撰完成的。

　　《世說新語》是一部志人小說集，志人小說又稱軼事小說，是一種以記載著名人物的言行為主要內容的文言小說形式。《世說新語》記述描寫了從東漢末年到東晉年間的名人軼事和清談言論，全書按內容分為德行、言語、政事、文學等 36 類。它不僅具備了小說的雛形，而且對筆記文、小品文的發展起到了先導作用。全書語言簡約含蓄、雋永傳神，有些片斷寫得尤有韻致。既可啟發讀者的思維心智，也可滿足讀者的審美要求。

【原文】

　　管寧、華歆共園中鋤菜，見地有片金，管揮鋤與瓦石不異，華捉而擲去之。又嘗同席讀書，有乘軒冕過門者，寧讀如故，歆廢書出看。寧割席分坐，曰：「子非吾友也！」（德行第一）

　　華歆、王朗俱乘船避難，有一人慾依附，歆輒難之。朗曰：「幸尚寬，何為不可？」後賊追至，王欲捨所攜人。歆曰：「本所以疑，正為此耳。既已納其自託，寧可以急相棄邪？」遂攜拯如初。世以此定華、王之優劣。（德行第一）

【導讀】

　　《世說新語·德行》中記載了華歆四則故事，除了上選兩則而外，還有兩則是這樣寫的：「華歆遇子弟甚整，雖閒室之內，嚴若朝典。」「王朗每以識

度推華歆。歆蠟日，嘗集子侄燕飲，王亦學之。有人向張華說此事，張曰：『王之學華，皆是形骸之外，去之所以更遠。』」可見在當時人看來，華歆的德行還是不錯的，但並非最高。這裡所選的兩則故事，就是拿華歆與別人比較而展現其德行層次。第一則講的是華歆人品不如管寧，其關鍵處就在於管寧淡泊以明志，寧靜而致遠，不貪錢財，不慕榮華。華歆的修養較之管寧就稍遜一籌，對錢財不如管寧那麼淡然，對榮華富貴還有一定程度的豔羨心理。因此，管寧割席，表示了對華歆的反感與蔑視。第二則講的是華歆人品高於王朗。二人乘船避難，遇到求救者，華歆開始不願意，因為怕惹火上身，而王朗則輕率地答應了別人。等到危險即將發生的時候，王朗卻反悔動搖了，竟然要拋棄所救之人。而這時的華歆卻表現得很大氣——既然做了，就負責到底。兩相比較，孰優孰劣便躍然紙上了。

　　兩則故事的意義，一般讀者都能體會得出，那就是做人要講德行，要具備美好的道德情操。兩篇作品的寫作方法也基本相同，都運用了對比的方法。通過對比描寫，作者給我們留下了一個又一個生動活潑的人物形象。而這，恰恰也就是《世說新語》一個最為顯著的寫作特點。

（原載《大學語文新讀本》，湖北教育出版社，2008 年 7 月出版）

顏之推《顏氏家訓》一則導讀

　　顏之推（531～591？），字介，祖籍琅琊臨沂（今屬山東），後移居建康（今江蘇南京），最終落籍江陵（今屬湖北）。顏之推歷仕四朝，初仕梁，為散騎侍郎。西魏破江陵，投奔北齊，拜奉朝請、中書舍人、黃門侍郎、平原太守等職。齊亡入周，為御史上士。隋開皇中，為東宮學士，以疾卒。《北齊書》、《北史》均有傳。有《顏氏家訓》、《冤魂志》傳世。

【原文】

　　人見鄰里親戚有佳快者，使子弟慕而學之，不知使學古人，何其蔽也哉！世人但知跨馬被甲，長稍彊弓，便云我能為將；不知明乎天道，辯乎地利，比量逆順，鑒達興亡之妙也。但知承上接下，積財聚穀，便云我能為相；不知敬鬼事神，移風易俗，調節陰陽，薦舉賢聖之至也。但知私財不入，公事夙辦，便云我能治民；不知誠己刑物，執轡如組，反風滅火，化鴟為鳳之術也。但知抱令守律，早刑晚捨，便云我能平獄；不知同轅觀罪，分劍追財，假言而奸露，不問而情得之察也。爰及農商工賈，廝役奴隸，釣魚屠肉，飯牛牧羊，皆有先達，可為師表，博學求之，無不利於事也。（《勉學》）

【導讀】

　　在現實生活中，我們總會碰到一些志向高遠而能力奇缺的人。《顏氏家訓・勉學》中的這段話，所告誡的就是這種「眼高手低」者。這種人志大才疏，一會兒「將」，一會兒「相」，一會兒「治民」，一會兒「平獄」，似乎自己什麼都能做，而實際上什麼都做不來。與其這樣看著別人的成功而眼熱，倒不如自己老老實實去學一點本領，做好力所能及的事。在大學生面臨「就業

難」的今天，學習顏之推這一段平實而又深刻的「家訓」，應該說是大有教益的。俗話說，三百六十行，行行出狀元。農商工賈，販夫走卒，任何一個行業都是有前途的，都可以出人才，關鍵問題就看你是否能沉下心來，認認真真地「學」，踏踏實實地「做」。其實，這道理也通行於全世界。外國人不是也說過這樣的話嗎：一打綱領，不如一個行動！

這段話在寫作上有兩大特色：其一，善於用典用事。短短的一段文字，竟用了「反風滅火」、「化鴟為鳳」、「同轅觀罪」、「分劍追財」、「假言而奸露」、「不問而情得」等典實和故事，而且非常準確、恰當，能說明問題。這是一種頗為高超的表述藝術。其二，排比、對偶相結合。文中一連串的「但知」……「不知」……的排比句，從正反兩個方面展開論述，兼之對偶句夾雜其間，這就使得文章有一種毋庸置疑、不可辯駁的氣勢。家常文字能寫到這個份上，亦堪稱出神入化！

（原載《大學語文新讀本》，湖北教育出版社，2008 年 7 月出版）

元結《石宮四詠》賞析

【原文】

　　石宮春雲白，白雲宜蒼苔。拂雲踐石徑，俗士誰能來。
　　石宮夏水寒，寒水宜高林。遠風吹蘿蔓，野客熙清陰。
　　石宮秋氣清，清氣宜山谷。落葉逐霜風，幽人愛松竹。
　　石宮冬日暖，暖日宜溫泉。晨光靜水霧，逸者猶安眠。

【賞析】

　　《石宮四詠》是唐代詩人元結隱居猗玕洞時所作。元結（719～772），字次山，號猗玕子、漫郎、聱叟，河南魯山人。天寶十四年（775），安史之亂起，元結見「天下兵興，逃亂入猗玕洞」。（《新唐書・元結傳》）猗玕洞又名飛雲洞，亦即詩中所謂「石宮」，它位於今湖北黃石市市區東部的獅子山東面，明清以來的《大冶縣志》均將「玕洞飛雲」列為大冶八景之一。飛雲洞春捲白雲，夏藏寒水，秋承清氣，冬當暖日，一年四季，景色宜人。在兵戈紛擾的戰亂時期，元結能得到這麼一個幽靜而美好的隱居之地，自然會對它發出由衷的讚歎。

　　《石宮四詠》這組小詩，通過對飛雲洞四時景物的描繪，表達了作者幽人高士的隱逸情懷。第一首寫春景，以「白雲」為中心。在那春雲舒卷的層巒疊嶂之中，沿著蜿蜒的石徑，踏著斑斑的蒼苔，一步步向著白雲深處的石宮走去，作者的心境就像那淡淡的春雲一樣舒展、悠閒。在這時，令人沉醉的畫面與淡泊高逸的情懷融為一個有機的整體，成天蠅營狗苟的世俗之士是難以得到這種美的享受的。第二首寫夏景，以「寒水」為中心。夏日炎炎，而石

宮之中卻有沁人心脾的清涼泉水，更加上洞邊綠樹陰陰，蘿蔓輕搖，使人倍覺涼爽。大自然是靜寂的，詩人的心境也是靜寂的，唯有那潺潺流水伴著山林輕風，形成一種迷人的天籟。如此美妙的風光，只有遠離喧囂鬧市的野客才能領受。第三首寫秋景，以「清氣」為中心。金風肅殺，霜氣逼人，滿山遍谷，落木紛紛，唯有耐得風刀霜劍的青松翠竹依然如故，吸清氣，舞霜風，挺拔勁節，鬱鬱蔥蔥。「幽人愛松竹」，既是對松竹的讚美，又是詩人的自勵之辭。第四首寫冬景，以「暖日」為中心。飛雲洞不僅夏有寒水，而且冬有溫泉。詩人企腳高臥，沐浴著溫暖的晨光和蒸騰的水霧，何等安閒，何等愜意。這種軀體的舒適正是心靈閒逸的外化。

《石宮四詠》堪稱寫景抒情的短什佳製，四首詩分寫四季，又以一個「靜」字貫串其中，將春之白雲、夏之寒水、秋之清氣、冬之暖日連成一體。情在景中，景隨情出，情景交融，饒有趣味。詩人靈活運用了聯珠迴環和重章疊句的方法，更給人以音樂美的享受。

元結此詩還引起後世文人的共鳴，如「莫怪漫郎遊未扁，只應我輩歸遲遲」。（吳國倫《飛雲洞歌》）如「幽洞堪橫高士骨，白雲為繫漫郎心」。（余順明《玗洞飛雲》）如此等等，均可視作元結的同調，也都是對飛雲洞幽奇瑰麗景色的由衷讚美。

（原載《湖北旅遊景觀鑒賞辭典》，新華出版社，1993 年出版）

韓愈《張中丞傳後敘》導讀

　　韓愈（768～824），字退之，孟州河陽（今河南孟縣）人，自言郡望昌黎（今屬河北），故後世稱之為韓昌黎。幼年孤貧，由兄嫂撫養成人。唐德宗貞元八年（792）進士。唐憲宗元和十二年（817），宰相裴度督宰李愬等諸將平淮西藩鎮，韓愈任行軍司馬。兩年後，韓愈因諫唐憲宗勿迎佛骨，被貶謫為潮州（今屬廣東）刺史。唐穆宗時，復召為國子祭酒，歷任京兆尹、兵部侍郎、吏部侍郎。卒，贈禮部尚書，諡號「文」。

　　韓愈是唐代著名詩人，也是唐代古文運動的主要發起者之一。他極力反對六朝以來追求駢麗浮靡的文風，提倡言之有物，陳言務去，文道合一，不平則鳴。他在散文方面有很高的成就，講究謀篇布局，為文構思精妙、氣度恢宏、不拘一格。語言則在通達順暢、合乎文法的基礎上，善於創新，語彙豐富。有《韓昌黎集》。

【原文】

　　元和二年四月十三日夜，愈與吳郡張籍閱家中舊書，得李翰所為《張巡傳》。翰以文章自名，為此傳頗詳密。然尚恨有闕者：不為許遠立傳，又不載雷萬春事首尾。

　　遠雖材若不及巡者，開門納巡，位本在巡上，授之柄而處其下，無所疑忌，竟與巡俱守死，成功名，城陷而虜，與巡死先後異耳。兩家子弟材智下，不能通知二父志，以為巡死而遠就虜，疑畏死而辭服於賊。遠誠畏死，何苦守尺寸之地，食其所愛之肉，以與賊抗而不降乎？當其圍守時，外無蚍蜉蟻子之援，所欲忠者，國與主耳，而賊語以國亡主滅。遠見救援不至，而賊來益眾，必以其言為信；外無待而猶死守，人相食且盡，雖愚人亦能數日而知死

處矣。遠之不畏死亦明矣！烏有城壞其徒俱死，獨蒙愧恥求活？雖至愚者不忍為，嗚呼！而謂遠之賢而為之邪？

說者又謂遠與巡分城而守，城之陷，自遠所分始。以此詬遠，此又與兒童之見無異。人之將死，其藏腑必有先受其病者；引繩而絕之，其絕必有處。觀者見其然，從而尤之，其亦不達於理矣！小人之好議論，不樂成人之美，如是哉！如巡、遠之所成就，如此卓卓，猶不得免，其他則又何說！

當二公之初守也，寧能知人之卒不救，棄城而逆遁？苟此不能守，雖避之他處何益？及其無救而且窮也，將其創殘餓羸之餘，雖欲去，必不達。二公之賢，其講之精矣！守一城，捍天下，以千百就盡之卒，戰百萬日滋之師，蔽遮江淮，沮遏其勢，天下之不亡，其誰之功也！當是時，棄城而圖存者，不可一二數；擅強兵坐而觀者，相環也。不追議此，而責二公以死守，亦見其自比於逆亂，設淫辭而助之攻也。

愈嘗從事於汴徐二府，屢道於兩府間，親祭於其所謂雙廟者。其老人往往說巡、遠時事云：南霽雲之乞救於賀蘭也，賀蘭嫉巡、遠之聲威功績出己上，不肯出師救；愛霽雲之勇且壯，不聽其語，強留之，具食與樂，延霽雲坐。霽雲慷慨語曰：「雲來時，睢陽之人，不食月餘日矣！雲雖欲獨食，義不忍；雖食，且不下嚥！」因拔所佩刀，斷一指，血淋漓，以示賀蘭。一座大驚，皆感激為雲泣下。雲知賀蘭終無為雲出師意，即馳去；將出城，抽矢射佛寺浮圖，矢著其上磚半箭，曰：「吾歸破賊，必滅賀蘭！此矢所以志也。」愈貞元中過泗州，船上人猶指以相語。城陷，賊以刃脅降巡，巡不屈，即牽去，將斬之；又降霽雲，雲未應。巡呼雲曰：「南八，男兒死耳，不可為不義屈！」雲笑曰：「欲將以有為也；公有言，雲敢不死！」即不屈。

張籍曰：「有於嵩者，少依於巡；及巡起事，嵩常在圍中。籍大曆中於和州烏江縣見嵩，嵩時年六十餘矣。以巡初嘗得臨渙縣尉，好學無所不讀。籍時尚小，粗問巡、遠事，不能細也。云：巡長七尺餘，鬚髯若神。嘗見嵩讀《漢書》，謂嵩曰：『何為久讀此？』嵩曰：『未熟也。』巡曰：『吾於書讀不過三遍，終身不忘也。』因誦嵩所讀書，盡卷不錯一字。嵩驚，以為巡偶熟此卷，因亂抽他帙以試，無不盡然。嵩又取架上諸書，試以問巡，巡應口誦無疑。嵩從巡久，亦不見巡常讀書也。為文章，操紙筆立書，未嘗起草。初守睢陽時，士卒僅萬人，城中居人戶，亦且數萬，巡因一見問姓名，其後無不識者。巡怒，鬚髯輒張。及城陷，賊縛巡等數十人坐，且將戮。巡起旋，其眾見

巡起，或起或泣。巡曰：『汝勿怖！死，命也。』眾泣不能仰視。巡就戮時，顏色不亂，陽陽如平常。遠寬厚長者，貌如其心；與巡同年生，月日後於巡，呼巡為兄，死時年四十九。」嵩貞元初死於亳、宋間。或傳嵩有田在亳、宋間，武人奪而有之，嵩將詣州訟理，為所殺。嵩無子。張籍云。

【導讀】

　　唐肅宗至德二年（757）正月，安慶緒部將尹子奇率兵十三萬圍攻睢陽。睢陽太守許遠向張巡告急，張巡自寧陵引兵三千來救。張、許二人合兵不過一萬人，城中尚有百姓數萬，當時戰事十分危急。不善用兵的許遠以大局為重，將全城防禦戰的指揮權交給具有軍事才能的張巡，而當時張巡的職務比許遠要低得多。睢陽保衛戰是中國歷史上最為慘酷的戰爭之一，當時張巡和許遠面臨的形勢是外無救兵，內無糧草，而敵人卻不斷增加。在艱苦激烈的戰鬥過程中，睢陽城中軍民將老鼠、麻雀都吃個乾淨，最後竟至到殺人相食的地步。張巡殺了愛妾，許遠殺了忠僕，全都給殺敵的壯士做了軍糧。在如此艱難困苦的境況下，堅持了十個月以後，睢陽城終於被敵人攻破，城中殘兵只剩六百餘人。城破後，張巡、許遠等人均被俘。旋即，敵人殺害了張巡及其部眾，而將許遠押送洛陽。尹子奇之所以這樣做，是因為在他看來，睢陽城的最高指揮官是太守許遠。作為戰勝者，尹子奇必須將俘虜中官階最高者送到自己的上司安慶緒那裡請功。想不到尹子奇這一行為，卻給許遠帶來了意想不到的死後災難。

　　安史之亂平息後，朝廷表彰忠烈，分別追認張巡、許遠為大都督，並建有雙廟紀念他們。不料在唐代宗大曆年間，張巡之子張去疾聽信讒言，認為睢陽城破時自己的父親張巡很快被殺害而許遠卻沒有立刻被殺，而是押送他方，故而懷疑許遠投降了尹子奇。在這種錯誤認識的指導下，張去疾上書朝廷，要求追奪許遠被追封的官爵。皇帝命尚書省討論此事，尚書省根據慣例認為許遠沒有變節行為，他死於張巡之後不足為疑，事遂寢。然而，對許遠的誣陷卻並沒有就此消失。再加上李翰記敘睢陽之戰的《張巡傳》一文又沒有給許遠立傳，因此，歷史和社會給許遠留下了極大的不公平。韓愈對此大為不滿，為了給許遠鳴不平，也為了對睢陽之戰諸英烈作進一步的表彰，他寫下了這篇《張中丞傳後敘》。

　　文章既有議論，又有一些對當時戰事和諸英烈平常情事的補充記載，堪稱夾敘夾議之上乘佳作。文章前半部分以議論為主，輔以敘事，主要為許遠

辯白，同時也表彰了張、許二人保衛睢陽的歷史功績，批駁了攻擊張、許二人的流言蜚語，層層深入，絲絲入扣，說理透徹，令人信服。文章的後半部分則以敘事為主，補記了張巡、許遠以及南霽雲的一些生活瑣事和動人事蹟，人物生動，敘事感人，重點突出，詳略得當，充分體現了韓愈敘事之功力。全篇無論是議論抑或敘事，作者都帶有十分飽滿而深切的感情，令人讀後深受感動。

（原載《大學語文新讀本》，湖北教育出版社，2006 年 8 月出版）

千古江山吟到今
——古今兩首西塞山詩賞析

詩要描繪雄偉壯觀的山水很不容易，要正面描寫雄偉壯觀的山水更難，若以五言絕句區區二十字從正面寫盡山的氣勢、山的精神，那更是難上加難了。然而，總有那麼一些了不起的詩人，迎難而上，在極高的難度上寫出極美的詩篇。唐代詩人韋應物的《西塞山》就是一首從正面直接描寫西塞山雄姿的佳作。詩云：

> 勢從千里奔，直入江中斷。

> 嵐橫秋塞雄，地束驚流滿。

詩的首句起得突兀、剛硬，第二句承接得乾淨、有力。一讀這兩句，就使人感覺到西塞山似飛龍、如奔馬、挾風雷、帶雲霧從千里之外風馳電掣般地騰躍而來，飛臨浩瀚的大江而陡然直立。十個字，是用以動寫靜的手法表現出山的氣派。同時，這兩句又是實寫。一個「奔」字，是寫山勢，寫西塞山與黃荊山、月亮山、東方山等聯在一起，蜿蜒起伏、勢若遊龍。一個「斷」字，是寫山形，西塞山一面臨江，形同刀劈，僅留一半在江滸，另一半似乎隨著飛舞的慣性甩到那隔江遙遙的大別山脈。三、四兩句，是從靜的角度寫山的精神、氣質。嵐橫秋塞，雄在其中；地束驚流，滿不待言。而作者又加上「雄」、「滿」二字，是對響鼓而施重槌，加一層的寫法，直接點明西塞山渾莽的雄姿和江山一體的壯景。後兩句一「橫」一「束」兩個動詞，更是從正面寫盡西塞山的靜態美，既有磅礡的氣勢，又是道地的實寫。西塞山橫臥江心，如一把玉鎖束住金色的飄帶，將浩瀚的江水蓄滿自己寬闊的胸膛。讀了這兩句，

未到過西塞山的人，也可想像出山的陡峭的雄姿；而親到西塞山的人，卻更加驚異詩人描繪的逼真。整首詩，雖只二十字，但有動有靜，全力都在寫山的氣勢，又全詩都從正面寫來，句句硬寫、字字落實，毫不躲閃、渾然一氣。既能讓讀者欣賞一幅最完整、最明確的西塞江山圖，又能給人以無窮的韻味、豐富的聯想。這該需要多麼深的藝術修養、多麼大的概括力量啊！這在古代無數詠西塞山的詩中是別有特色的。

　　風流代有才人出，千古江山吟到今。距韋應物千餘年後的今天，又有一大批歌詠西塞山的詩詞湧現，前不久西塞山詩社編印的《西塞山詩詞》，選有武漢大學胡國瑞先生的《西塞山》詩，也是一首寥寥二十字的五言絕句，實在是可與古人爭勝的佳作。詩曰：

　　　　群馬赴江臬，一駒先臨水。

　　　　何時縱飲足，飛躍竦燕市？

此詩若不看詩題，匆匆以詠馬詩讀之，則意味難以領略。一看詩題，知為詠山之作，於是全詩陡然光華四射，顯示出無盡的活力。這首詩，全以比喻的手法寫出，不見「峰」、「嶺」、「嵐」、「岱」等等與山有聯繫的任何一個字；同樣，也不見作者對山發思古之幽情、感自然之秀美的任何一句話。而是攝住西塞山的六魄三魂，以馬喻之，以奔馬喻之，以江濱飲馬喻之。於是，山的精神帶著馬的氣質便躍然紙上。讀著這寥寥二十字，我們似乎看到西塞山這匹飛奔的龍駒，遠出群馬之先而臨大江，它是在豪飲江流，卻顯示出它巨大的力量和宏偉的氣魄。這是活馬的風姿，也正是活山的氣慨。詩人對這匹「年幼」的龍駒，寄予了巨大的希望，問它何時飛躍燕市，一顯英姿。（因為那裡有黃金買馬骨的環境）這一問不僅使山更加活了，而且有了更為豐富的內涵。西塞山有幸，因為她經過詩人藝術魔杖的鞭策，將永遠具有新的活力與生命；詩人亦有幸，因為這西塞山的精神感動了他，啟發了他，激勵了他，使他毫端流出這充滿活力與生命的詩篇，從而，也飛溢出那「老驥伏櫪，志在千里」的雄風和豪氣。

　　上述古今兩首寫西塞山的詩，一硬寫，一比喻，手法雖迥然不同，但實質卻是一致的。二者都是緊緊扣住山的氣質、精神作正面描寫。這裡沒有「鐵鎖真兒戲」（唐·胡曾）的懷古之情，沒有「一釣紫菱灣」（唐·錢珝）的閒適之意，沒有「臥入武陵花」（唐·法振）的出世之感，沒有「道士姓不傳」（清·方文）的文字之戲，（此處所引均為詠西塞山詩句）而是充分運用了五絕短短

的二十個字，盡全力給西塞山傳神。行文的氣勢猶如西塞山的氣勢，沒有任何的拖沓和枝蔓，但山之精魂、人之情意卻同時得到了酣暢淋漓的體現。而更可貴的是，作者的感情隱藏得很深很深。從字面上看，只有山的形態；再讀，才能體味到山的神態；三讀、四讀，作者感情的泉水已潺潺流進讀者的心田，而讀者卻渾然不覺。得到這樣的藝術享受後，我們不得不承認這是比那直接抒情更高一籌、更深一層的寫法。若感受不深、捕捉不准、概括不力，恐難以達到這種高深的境地。

（原載《散花》1986 年第二期）

唐代民間歌曲

　　我們這裡所說的唐代民間歌曲，主要指三方面的內容。其一，某些唐代文人所寫的適合民眾口味的通俗詩；其二，唐代興起的新詩體──民間詞；其三，唐代俚曲。

一、文人的通俗詩

　　談到通俗詩，尤其是唐代的通俗詩，人們很容易想到白居易。其實，白居易的詩雖被稱之為老嫗能解，卻不能稱之為通俗詩，因為它不過只是語言通俗而已。真正的、完整意義上的通俗詩，是要在審美情趣、思想感情、心緒口吻乃至引用方言俗語等方面全方位地通俗化、大眾化。

　　唐代比較著名的通俗詩人或擅長寫通俗詩的詩人主要有王梵志、顧況、胡曾、羅隱、杜荀鶴、李山甫以及詩僧寒山、拾得、豐干等。

　　生活在唐代初期的王梵志，是一個非常特殊的詩人，他的通俗詩多半體現出一種既出世而又關切世俗的態度。一方面，他根據佛家思想勸人揚善棄惡；另一方面，他又抑制不住對人情冷暖、世態炎涼的諷刺和批判；還有的時候，他也流露出一種悲觀厭世的自嘲情緒。我們且看他的一些詩句：「世無百年人，強作千年調。打鐵作門限，鬼見拍手笑。」「城外土饅頭，餡草在城裏。一人吃一個，莫嫌沒滋味。」這便是他對人生、死亡與墳墓的特殊解讀。既看破紅塵，又揶揄世態，還帶有一點兒淒涼況味。至於其間所蘊涵的人生哲理，則需要後人去細細咀嚼。更有意味的是，詩中的「鐵門限」「土饅頭」這兩個奇特而又妥帖的比喻，卻因為它們既通俗易懂，又警悟人生，故而深受後人喜愛。范成大在《重九日營壽藏之地》一詩中將它們概括成為「縱有

千年鐵門限，終須一個土饅頭」的人生警句。曹雪芹在《紅樓夢》中也對這兩個比喻再三致意，創造了「鐵檻寺」「饅頭庵」兩個地名，並讓妙玉說：「古人中自漢晉五代唐宋以來，皆無好詩，只有兩句好，道是『縱有千年鐵門檻，終須一個土饅頭。』」（第六十三回）然而，王梵志對後世影響更大的還不在於他某些通俗的詩句或生動的比喻，而是一種更深層次的心理情緒。如表現自足自保心態的詩句：「吾有十畝田，種在南山坡。青松四五樹，綠豆兩三窠。熱即池中浴，涼便岸上歌。優游自取足，誰能奈我何？」再如表現他狂放不羈之個性的詩句：「梵志翻著襪，人皆道是錯。乍可刺你眼，不可隱我腳。」還有如同《紅樓夢》中「好了歌」一般的當頭棒喝的詩句：「造作莊田猶未已，堂上哭聲身已死。哭人盡是分錢人，口哭元來心裏喜。」還有作者在痛苦生活中所磨練出來的對現實的特殊感受：「不羨榮華好，不羞貧賤惡。隨緣適世間，自得恣情樂。」當然，也有勸世淑世的詩句：「好事須相讓，惡事莫相推。但能辨此意，禍去福招來。」無論這些詩句能否經得起咀嚼回味，也無論這些詩句到底具有多大的美學價值。重要的是，王梵志的通俗詩影響的不僅僅是某些士大夫，還有廣大的民眾，而且，後者所受的影響更大。

王梵志的詩作不僅影響了世俗中人，還在更大程度上影響了唐代一些著名的詩僧，盛唐時的寒山、拾得、豐干就是其中的代表。豐干嘗稱「寒山特相訪，拾得常往來。」可見三人過從甚密。寒山有詩云：「有人笑我詩，我詩合典雅。不煩鄭氏箋，豈用毛公解。不恨會人稀，只恨知音寡。若遣趁宮商，余病莫能罷。忽遇明眼人，即自流天下。」既是通俗詩人的自我標榜、自我寫照，也是對正統的古典詩人們的揶揄諷刺。拾得有詩云：「世間億萬人，面孔不相似。借問何因緣，致令遣如此。各執一般見，互說非兼是。但自修己身，不要言他已。」這簡直就是一種機鋒、一種偈語，寫這樣的詩句，堪稱梵志嫡傳、寒山摯友。

中唐詩人顧況當然不是詩僧，甚至也不是一個哲理詩人，他屬於另一種品格的擅長寫通俗詩的作家。顧況詩歌所反映的社會生活面頗為廣闊，他最大的特點就是引用方言俗語入詩。如《田家》：「帶水摘禾穗，夜搗具晨炊。縣帖取社長，嗔怪見官遲。」諸如此類的作品還有《囝》《過山農家》《行路難》等等。

晚唐胡曾的「詠史詩」別具一格，也是一種通俗詩。由於語言的通俗流暢，為後世廣大讀者所喜愛，在一些通俗小說如《三國演義》等書中常常被

引用。而羅隱、杜荀鶴、李山甫等人的通俗詩，則更是形成了一個小小的氣候。他們作品中的某些句子，一直到今天還流傳在民眾語言中間。如杜荀鶴詩句：「逢人不說人間事，便是人間無事人。」如李山甫詩句：「勸君不用誇頭角，夢裏輸贏總未真。」如羅隱詩句：「今宵有酒今宵醉，明日愁來明日愁。」「採得百花成蜜後，不知辛苦為誰甜。」

　　唐代的通俗詩同樣是詩人們觀照生活的結果，不管是對現實的冷嘲熱諷也罷，抑或是勸人棄惡從善也罷，無論是同情民生疾苦，還是抒發個人感受，都是作者們對生活的一種解讀，而且是一種通俗的解讀。因為作家們在解讀現實生活時，往往站在普通人的立場，抱著平常人的心態，運用大眾化的語言，所以，這些詩歌一般都能受到老百姓的歡迎和喜愛。從這個意義上講，這些作品也就是地地道道的通俗文學。

二、唐代民間詞

　　「詞」作為一種文體，對於它的起源有多種說法，但無論如何，詞來自民間總是不錯的。唐代的民間詞，應該就是詞源自民間的標本。

　　唐代民間詞大量集中於「敦煌曲子詞」中，可察看王重民《敦煌曲子詞集》、任二北《敦煌曲校錄》、饒宗頤《敦煌曲》、任半塘（二北）《敦煌歌辭集》等書。

　　婦女問題是唐代民間詞中反映得比較充分的一個方面。如表現愛情堅貞的《菩薩蠻》：「枕前發盡千般願，要休且待青山爛。水面秤錘浮，直待黃河徹底枯。　　白日參辰現，北斗回南面。休即未能休，且待三更見日頭。」這首詞完全可以與漢樂府中的《上邪》相媲美，寫出了愛情的執著、甚至是執迷。再如反映在男權社會裏女性、尤其是妓女痛苦遭遇的作品兩首《望江南》：「天上月，遙望似一團銀。夜久更闌風漸緊，為奴吹散月邊雲。照見負心人。」「莫攀我，攀我太心偏。我是曲江臨池柳，這人折去那人攀。恩愛一時間。」無論是棄婦還是妓女，她們被玩弄的命運是一樣的，她們的痛苦是一樣的，因此，她們的憤怒也是一樣的。在唐代民間詞中，當然也有健康的、純潔的愛情的頌歌，如有一首《鵲踏枝》運用擬人的手法，通過女主人公與靈鵲的對話，生動地體現了一個盼望出征在外的心上人早早回來的女人的複雜而微妙的心理。與愛情緊密相關的婚姻問題也倍受詞作者們的注意，而在婚姻問題上作出犧牲、飽嘗苦果的往往是那些苦難的女性。這裡有「悔嫁風流婿」

（《南歌子》）的哀怨，這裡還有「教妾實在煩惱」（《魚歌子》）的憤懣，甚至還有那「一旦聘得狂夫，拋書業拋妾求名宦」的深閨飲恨。

戰爭以及戰爭所帶來的種種相關的問題，是唐代民間詞重點反映的又一個熱點。這裡有反對分裂、希望祖國內部暢通無阻的呼聲：「敦煌古往出神將，感得諸蕃遙欽仰。效節望龍庭，麟臺早有名。　只恨隔蕃部，情懇難申吐。早晚滅狼蕃，一齊拜聖顏。」（《菩薩蠻》）這裡也有對艱苦奮戰在邊庭的將士英雄氣概的由衷歌頌：「三尺龍泉劍，匣裏無人見。落雁一張弓，百支金花箭。　為國竭忠貞，苦處曾征戰。未望立功勳，後見君王面。」（《生查子》）當然，在這類作品中，也有對戰爭強烈不滿的悲憤的呼號和控訴。如「低頭淚落悔吃糧，步步近刀槍。」（失調名）如「不覺眼中淚千行，勸你耶娘少悵望，為吃他官家重衣糧。」（《搗練子》）更多的則是思婦對征人的懷念和對戰爭徭役的怨恨。如「孟姜女，杞梁妻。一去燕山更不歸。造得寒衣無人送，不免自家送征衣。」（《搗練子》）如「征夫數載，萍寄他邦。去便無消息，累換星霜。」（《鳳歸雲》）如「君在塞外遠征回，夢先來。」（《阿曹婆》）如「淚珠串滴，旋流枕上，無計恨征人。」（《洞仙歌》）如「情恨切，氣填胸，連襟淚落重重。」（失調名）儘管角度不同、程度不同，但所表達的情緒卻是一致的。

唐代，隨著城市經濟的繁榮、科舉制度的形成，士子與商人的生活也在民間歌曲中留下了深深的一筆。在敦煌曲子詞中，有三首《長相思》，描寫的都是商人的生活。其中，既有經商暴富，天天沉醉於紅燈綠酒之中者：「頻頻滿酌醉如泥，輕輕更換金巵。盡日貪歡逐樂，此是富不歸。」也有生意虧損，窮途末路，終日以淚洗面者：「塵土滿面上，終日被人欺。」「遙望家鄉長短，此是貧不歸。」還有本錢耗盡，一無所有，連屍骨都不能回家的客死他鄉者：「得病臥毫釐。」「村人曳在道傍西，耶娘父母不知。」「此是死不歸。」這三首詞，可以說是當時商人生活的多角鏡、連環畫，非常全面地反映了經商者的種種結局、種種心態。在真實反映商人生活的同時，唐代民間詞中還有一些反映讀書人生活的篇章。這裡有他們「也曾鑿壁偷光漏，斬雪聚飛螢」（《菩薩蠻》）的勤奮學習的寫影；這裡也有他們「幾度龍門點額退」（《蘇幕遮》）的悲哀；這裡還有他們「淼淼三江水，半是儒生淚」（《菩薩蠻》）的痛苦；最終，他們也只有落得個「所以將身岩藪下，不朝天」（《浣溪沙》）的可悲結局。唐代實行科舉制，從歷史發展的角度看，無疑具有相當大的進步意義。然而，

深入下去看問題，我們就可發現，這種進步往往是伴隨著一部分人的熱血和苦淚的。如果上述作品是讀書人自己的創作，那就是一種十分及時的心靈寫照，如果上述作品不是讀書人的創作，而是別人寫的，那就稱得上是對社會焦點問題最為敏感的捕捉，因為這一問題竟然往後延長了一千年左右。值得提出的是，描寫商人生活也罷，描寫士子生活也罷，這些民間歌辭都是從生活的最底層所發出的聲音，而且是帶有十分濃厚的時代氣息的聲音。這正是這些民間歌辭最重大的意義之所在。

三、唐代俚曲

　　唐代俚曲，目前所知的比較著名的作品有《歎五更》《十二時》《五更轉》《南宗贊》《太子入山修道贊》《思婦五更轉》（題擬）《太子十二時》《女人百歲篇》等作品，基本上都出自「敦煌」這一文學寶庫中。這些作品可以說是比民間詞還要俚俗的文學樣式，它們中的不少作品深深受到宗教、尤其是佛教的影響。在內容方面，它們是宗教思想與民眾願望的結合。從形式上講，它們是傳統詩歌和民間講唱藝術的聯姻。它們影響了後世的諸多講唱文學形式，尤其是寶卷之類。

　　《歎五更》所表達的是一種沒有文化的人們淺層次的人生感歎：「一更初，自恨長養枉身軀，耶孃小來不教授，如今爭識文與書。二更深，《孝經》一卷不曾尋，之乎者也都不識，如今嗟歎始悲吟。三更半，到處被他筆頭算，縱然身達得官職，公事文書爭處斷。四更長，晝夜長如面向牆，男兒到此屈折地，悔不《孝經》讀一行。五更曉，作人已來都未了，東西南北被驅使，恰如盲人不見道。」其他作品雖然具體描寫對象各有不同，但大體的情調卻如出一轍。宣揚孝義仁厚，表達人生悲哀，是這些作品共同的主題。當然，其中也有直接宣揚佛教思想的作品，如《南宗贊》《太子入山修道贊》等。在這些作品中，可以明顯感覺到的是一種通俗、直白、淺近的表達，沒有多少含蓄、曲折和高雅，更談不上什麼詩情畫意、意在言外之類的詩歌創作方面的追求。因而可以說它們大多都是詩歌的變種，甚至可以說是民間歌謠的變種，但同時，它們又是民間講唱文學的典型和模範。

　　當然，在上述作品中也有少數篇章在具備通俗曉暢的民間俚俗風貌的同時，又多多少少保持了前代樂府民歌的韻味，運用了多種藝術手法，並且具有令人回味的詩情畫意。且看《思婦五更轉》的一個片斷：「一更初，夜坐調

琴，欲奏相思傷妾心。每恨狂夫薄形跡，一過挽人年月深。君白（當作自）去來經幾春，不傳書信絕知聞。願妾變作天邊雁，萬里悲鳥（當作鳴）尋訪君。」這樣的作品，堪稱傳統詩歌創作與民間俚曲創作相結合的產物。

由上可見，在唐代這麼一個詩歌創作的黃金時代，迴蕩在廣袤的中國大地上的，絕不止於那些文人輝煌的歌唱，構建著大唐帝國的煌煌文化大廈的，也絕不僅止於李白、杜甫等偉大的詩人。這裡還有通俗的詩、通俗的詞、通俗的曲，還有一大批知名的和不知名的通俗作家、民間詩人。正是他們與李、杜、高、岑、王、孟、韓、柳們一起，推動了中國古典詩歌這位跨時代的美麗巨人的大踏步前進。

（原載《通俗文娛體育論》，湖北教育出版社，2006 年 10 月出版）

一種相思，兩樣言愁
——小議二晏的懷人詞

　　「陽剛」之美和「陰柔」之美，古人就已有明確的區分。具體到宋詞，各人的愛好也大不相同，因為對象越具體，標準也就越發細緻。有人喜歡豪放，有人喜歡婉約，有人喜歡風雅，有人喜歡俚俗，甚至對同一流派的作家、對同一作家的不同詞作，也各有所好。北宋詞人晏殊、晏幾道父子雖都是婉約派的作家，二人的不少懷人詞作雖都能給人以美的享受，但畢竟有所不同。於是，有人喜歡大晏思致的深廣，有人則欣賞小晏情感的誠摯；有人喜歡大晏詞的溫潤圓融，有人則欣賞小晏詞的頓挫淒婉。

　　二晏的詞，不同程度上都受到花間、南唐詞風的影響。這一點，周濟在《介存齋論詞雜著》中說得很清楚：「晏氏父子仍追步溫、韋，小晏精力尤勝。」進而言之，晏殊「喜江南馮延巳歌詞，其所自作，亦不減延巳」。（劉攽《中山詩話》）他是從馮延巳詞中「得其俊」，以其「和婉而明麗」的風格而「為北宋倚聲家初祖」。晏幾道呢？拿況周頤的話說，「小山詞從《珠玉》出，而成就不同，體貌各異」。（《惠風詞話》）他的詞雖從他父親的詞中脫胎，但有所發展變化。他繼承了南唐後主的某些精神，並將自己的身世之感寫入詞中，因而具有自己的風格。他雖然沒有象他父親那樣執詞壇牛耳，卻將小令的寫作推向高峰，也成為北宋詞壇上有數的詞人之一。

　　二晏都有不少美妙的懷人詞作，但這些詞給人以美的感受不同。本文擬通過對他們某些懷人詞的分析比較，來探討二晏懷人詞美感的異趣。

　　既是懷人，當然離不開相思之情的抒發，離不開對「愁」的描寫。但

是，一種相思，兩樣言愁，二晏懷人詞中所表達的情調是不相同的。大體而言，一個慣寫脈脈溫情，一個常露切切勞傷。我們先來看晏殊的一首《清平樂》：

> 紅箋小字。說盡平生意。鴻雁在雲魚在水。惆悵此情難寄。
>
> 斜陽獨倚西樓。遙山恰對簾鉤。人面不知何處，綠波依舊東流。

整首詞是在寫愁，但細細體味，這只是一種通常的、淡淡的離愁。主人公寫箋無寄，倚樓送目，惆悵之情油然而生，離愁別緒緩緩而來。讀後，使人感到一種脈脈的溫情，就彷彿有一隻柔軟的手掌撫摸著惆悵的心。哀而不傷，正是晏殊筆下主人公心靈的寫照，也正是這首《清平樂》所流露的情調的最好概括。我們再看他的一首《木蘭花》：

> 綠楊芳草長亭路。年少拋人容易去。樓頭殘夢五更鐘，花底離愁三月雨。　　無情不似多情苦，一寸還成千萬縷。天涯地角有窮時，只有相思無盡處。

此首也是寫相思懷人之情，詞中以綠楊芳草的春景反襯年少拋人的薄情，接著更以「五更鐘」、「三月雨」來烘托一種悽楚的景況，下片四句更是直接寫出愁的無窮無限、無盡無邊。這首《木蘭花》，較之上首《清平樂》似乎來得深沉一些、淒苦一些，但是，與小晏的某些詞比較起來，那種傷心的程度仍有距離，仍沒有達到千分悲苦、萬種傷情的地步，黃蓼園說這首詞「意思忠厚，無怨懟口角」（《蓼園詞選》）不是沒有道理的。諸如此類的詞，在大晏的詞中還有《破陣子》（「海上蟠桃易熟」）、《鵲踏枝》（「檻菊愁煙蘭泣露」）、《撼庭秋》（「別來音信千里」）、《訴衷情》（「露蓮雙臉遠山眉」）等。形成這種哀而不傷的情調，主要是大晏比較喜愛有節制地來寫感情的緣故。他筆下的主人公，心中雖有無窮無盡的愁思，然作者卻很少任其奔流迸發。正如同他詞中所寫的緩緩東流的綠波、綿綿而下的春雨一樣，總是那麼徐徐緩緩，很難看到大幅度的感情的起伏變化。這種紆緩舒徐的作風帶來了脈脈溫情的格調，而這種脈脈含情的格調，又成為大晏詞溫潤圓融的風格的一個構成面。

小晏的一些懷人詞在情調上與乃父大不相同。且看他的一首《蝶戀花》：

> 夢入江南煙水路。行盡江南，不與離人遇。睡裏銷魂無說處。
>
> 覺來惆悵銷魂誤。　　欲盡此情書尺素。浮雁沉魚，終了無憑據。
>
> 卻倚緩絃歌別緒。斷腸移破秦箏柱。

主人公思念心上人，欲從夢裏求之，不料就連夢裏也不見那人。夢裏滿腹愁苦無由訴說，自己十分勞傷。殊不料醒來之後愁苦滿腹仍訴說無人，勞傷之情增至百分。無奈何將此情寫入書信，卻又無從寄達，清清冷冷、悲悲切切，千分勞傷填塞胸臆。到底只好倚緩弦而歌別緒，以求自慰，不料心中之情移之於手；手上之恨，施之於弦，竟將箏柱移破。至此，主人公那滿懷切切勞傷之情已自萬分。哀而且傷，是小晏筆下主人公心靈的寫照，也是這首《蝶戀花》所流露的情調的最好概括。再看他的一首《思遠人》：

> 紅葉黃花秋意晚，千里念行客。飛雲過盡，歸鴻無信，何處寄書得。　　淚彈不盡臨窗滴。就硯旋研墨。漸寫到別來，此情深處，紅箋為無色。

因懷念之深切，不禁珠淚雙流，竟至和淚研墨；因情意之濃摯，不僅癡性大發，看似紅箋無色。這是何等深厚的相思，又是多麼大幅度的感情跳躍！像這類懷人詞，在小晏詞中不占少數，如《蝶戀花》（「黃菊開時傷聚散」）、《木蘭花》（「初心已恨花期晚」）、《虞美人》（「曲闌干外天如水」）、《采桑子》（「征人去日殷勤囑」）等，都可看作是和淚之作，都可以使人感到作者不是用筆在紙上疾書，而是將心在紙上跳動。這種搖盪奔流的作風帶來了切切勞傷的情調，而這種切切勞傷的情調就成為小晏詞頓挫淒惋的風格的一個構成面。

詩歌，是人的內在感情的一種外在的表現方式。心中無情固然寫不出好的詩歌，但僅僅心中有情也未必就一定能寫出好的詩歌。這裡面還有一個表現技巧的問題，而表現技巧又是多種多樣的。即便是相同或相近的思想感情，通過不同的方式表達出來，也會產生不同的效果，給人以不同的美的感染。同是相思之情，大晏寫來是那麼的從容不迫，感情是通過他那枝筆緩緩地從心田中流出。而小晏則不然，他不耐煩那樣地徐徐緩緩，而是一吐為快，讓感情衝破理智的閘門奔流迸發。

以上，還只是就二晏某些懷人詞所表達的情調來談問題。其實，一個作家的詞能給人以美的享受，遠不止一個情調是否使讀者產生共鳴的問題。還有詞中所構成的意境，也是感動讀者、打動讀者的一個重要方面。在意境的創造方面，正如情感的表達一樣，大小晏當然也有不少相同或相近之處。但是，他們又都有各自獨特的寫法，都善於創造一些具有特色的意境來為表達自己的感情服務。

前面舉過大晏那首《清平樂》詞中，「斜陽獨倚西樓」一句，雖在下片才寫出，但實際上卻是籠罩整首詞的。這首詞，上片抒情，下片寫景，二者有著緊密的聯繫。作者為了更好地表達主人公惆悵的情懷，為其創造了一個特有的意境。主人公身邊的一切——高樓、簾鉤、遠山、綠水、甚至包括主人公自身，全都染上了一抹夕陽的餘輝。這滿目殘陽下的一切，正好烘托出主人公的惆悵之情，而主人公的惆悵之情又正好與這一片斜陽相映照。這種以殘陽作境來表達惆悵之情的寫法，在晏殊的詞中遠不止這麼一首《清平樂》。如「畫閣魂消，高樓目斷，斜陽只送平波遠」，（《踏莎行》）如「夕陽西下幾時回」，（《浣溪沙》）如「一場愁夢酒醒時，斜陽卻照深深院」，（《踏莎行》）如「紫薇朱槿花殘，斜陽卻照欄杆」（《清平樂》）等。大晏寫「斜陽」「夕照」的詞至少有十五首。他善寫夕陽，也善以滿目殘陽來烘托一種惆悵的情懷。

小晏也有他自己的特色。他善於寫夢，善於通過夢幻的世界來表達自己的感情，來為筆下的人物造成一種淒迷的意境。如前面提過的那首《蝶戀花》，一開始就是夢，寫夢裏銷魂，醒來還是銷魂，銷魂之際又來作書、倚弦。她醒了沒有呢？好像是醒了，又好像並沒有醒，她的靈魂似仍在夢中，如癡如醉、恍恍惚惚。為了寫出這位傷情的女子的情傷，作者給她安排了一種撲朔迷離的環境，這種夢如醒、醒如夢、亦夢亦醒、非夢非醒的境界，用來表現女主人公那種趨向於麻木的痛苦是再恰當不過了。通過夢境來描繪現實，在夢一般的境界中進行著美好的追求，這正是小山詞一個突出的特點。小晏詞寫到「夢」的竟有五十五首之多，差不多占他所存詞的四分之一。其中如「別後除非，夢裏時時得見伊」，（《采桑子》）「曉枕夢高唐，略話衷腸」，（《浪淘沙》）「從別後，憶相逢，幾回魂夢與君同」，（《鷓鴣天》）「幾夜月波涼，夢魂隨月到蘭房」（《南鄉子》）等，都是那麼執著，那麼熱烈，又是那麼傷感。這與其父那種渾厚含蓄的寫法是迥然不同的。

上面談到的夕陽或夢幻，當然不能概括二晏詞各自創造的所有意境。這不過是擇其要而言之，是就他們最顯著的特色來談問題。其實，大晏又何嘗不寫夢，小晏又何嘗不寫夕陽呢？只不過不那麼顯著罷了。從美感的角度看問題，大晏筆下的夕陽，總是那麼含情脈脈地親吻著大自然的一切，但同時又使人惆悵。特別是滿腹離愁別緒的人，在這一脈斜陽之下，總會想得很多、很遠。人的思緒會追隨著夕陽的餘輝飛向那遙遠的地方，是那麼的飄飄忽忽、悠悠蕩蕩。這就是大晏為什麼愛以夕陽作境來寫脈脈溫情的原因，原

來夕陽、餘輝、惆悵、溫情是能夠緊密聯繫在一起的。詞的意境與詞的情調竟能如此地水乳交融、密不可分。明白了二者之間的這種關係，就能更深切地感受到大晏筆下夕陽的美，夕陽的魅力，夕陽的作用。

大晏筆下的夕陽是如此，小晏筆下的夢境又何嘗不是這樣？夢幻，乃是人們清醒的思想感情的剩餘表現和重複再現。但在文學作品中，夢幻已不僅僅是個剩餘表現和重複再現的問題，而是可以提高、可以昇華、可以表現人們在現實中不可能實現或難以充分體現的理想或思想感情。古往今來，寫夢幻的文學作品不勝枚舉。散文、詩歌、戲曲、小說，都有那麼多的作品寫到夢。莊周有莊周的夢，太白有太白的夢，臨川有臨川的夢，芹溪有芹溪的夢。然而，小晏筆下的夢境，就是小晏的夢，就是小晏這個「古之傷心人」的獨特的夢。這是一個純情的詞人的夢，是一個癡情的詞人的夢。這位純情的、癡情的詞人，在現實中是那麼一肚皮不合時宜。那滿懷的傷感，用正常的手段甚至不可能淋漓酣暢地表現出來，於是他寄情於夢。「夢魂慣得無拘檢」，只有在夢幻的世界中，他的思緒才能那麼自由地翱翔，他的勞傷之情才能得以充分的宣洩。這就是小晏為什麼要以夢幻作境來寫切切勞傷之情的原因。原來夢幻、魂靈、勞傷、哀情是能夠聯繫在一起的。詞的意境與詞的情調竟能那麼地水乳交融，密不可分。明白了二者之間的這種關係，就能更深切地感受到小晏筆下夢幻的美，夢幻的魅力，夢幻的作用。

誠然，詞的意境與情調是需要如此有機地結合在一起，但是要寫出一首美妙的詞，還有許多方面的問題。如字句的推敲、音韻的調節、詞牌的選擇、典故的運用等等，都有一個形式為內容服務的問題。這裡不能全面展開來談，僅談談關於氣勢的問題。

一篇文章，一首詩詞，都有各自所貫串的氣勢。氣勢之於文，猶如風神之於人。是一種捉不住、摸不著但卻可以感受到的東西。一首詞，即使它寫得字字珠璣，如果不能使人感覺到其中的氣勢，也畢竟不能成為一朵美妙的珠花，不能成為一件藝術珍品。氣勢，或許就是一種感情流動的線索吧，也就是作者的感情思緒在作品中走過去所留下的足跡。不同氣質的作者，即使寫題材相同的作品，貫串於作品中的氣勢也是不會相同的。大小晏的懷人詞也具有這種氣勢上的相異之處。

大晏許多懷人詞在氣勢上給人的感覺往往是渾厚從容。如前面提到的那首《清平樂》，可以說是一氣舒卷、天然渾成。人物的思想感情大體上是在一

個水平線上下微微的波動著。遠山靜靜立、綠波靜靜流、斜陽靜靜照、人兒靜靜愁。作者順筆而下，這一切一切，一齊呈現出來，構成一個渾然的整體，一個靜謐的世界。正是在這一氣舒卷下，我們可以感覺到人物的心情與其周圍的環境是一個有機的整體。是那麼一種脈脈的溫情充實著整首詞，是那麼一片西下的夕陽籠罩著整首詞，是那麼一種從容的氣勢貫串著整首詞。這些，都是那麼自然地統一在一首詞中。給人一種和諧、寧靜、含渾的美。

大晏給人以如此美感的詞絕非僅此一首。如他的《浣溪紗》（「一曲新詞酒一杯」）是抒發感傷情緒的名作，但整首詞並沒有一句感傷的話，而只是從天氣、亭臺、夕陽、落花、歸燕等各個不同的角度來表達一種感傷情緒。一切都是那麼平穩，只是到最後一句：「小園香徑獨徘徊」，才使人理會到作者的思緒原來並不平靜。然而，讀者領會的開始卻正是作者運筆的結末。這樣一來，讀者只好回過來再將前面幾句重讀一遍，方能從那字裏行間更加深對作者心境的體會。晏殊的一些懷人詞，也是這麼的「含」而且「渾」，它使人很難從詞句之中找出感情跌宕的斷層。如《訴衷情》（「芙蓉金菊鬥馨香」），《采桑子》（「時光只解催人老」），《木蘭花》（「朱簾半下香銷印」），《踏莎行》（「碧海無波」）等，均乃如此。

在氣勢方面，小晏的一些懷人詞與其父也大相異趣，簡直是層層轉折、步步深入、節節頓挫。還是先以那首《蝶戀花》為例吧！短短的一首詞，竟能容納幾層轉折，夢尋，一層；覺思，二層；書情，三層；倚弦，四層。而且每一層中又有小的轉折，夢中尋人，偏尋不到；覺來愁思，猶勝夢中；作書寄情，魚雁難傳；倚弦而歌，竟破箏柱。作者正是通過一連串的「動」，來體現主人公思念心上人的急切、甚至煩燥的心情的。把小令寫得如此轉折頓挫，也是小山詞的一大特色。更有甚者，小晏有些詞還寫得迴旋反覆，恰似九曲迴環的愁腸一般。如那首著名的《鷓鴣天》（「彩袖殷勤捧玉鍾」），上片追憶當年之樂，過片處，又突然轉入分別之後夢魂常繞，後二句，又突然轉到現實。且現實之真的相會，猶似過去之夢裏相逢，這又恰拾因為過去的夢裏相逢曾多次被誤認為今日的真實相會的緣故。這樣，就使得這首喜相逢的詞竟成為最好的苦分離的詞，成為一首曲曲折折的懷人詞。因為一切過去的追懷全在今日的歡欣之中反襯出來，而今日的歡欣竟又引起對將來分別後新的懷念的憂懼。就在這反反覆覆的感情變化之中，我們看到了作者濃摯的真情。而這種濃摯的真情，作者又沒有讓讀者一眼看到它的全部，而是將一個又一

個的感情橫斷面呈現在讀者面前。只有將這些橫斷面有機地結合起來，讀者才能更深入地體會到作者那一份深切的哀傷之情。這種感情上大幅度的跌宕起落的抒寫，這種曲折深妙的文心的運用，在小晏詞中是不乏其例的。如《臨江仙》（「夢後樓臺高鎖」）寫得曲折深婉，《阮郎歸》（「舊香殘粉當初」）寫得層層深入，都是顯著的例證。無怪乎黃庭堅評其詞「清壯頓挫，能動搖人心」了。（《小山詞序》）

綜上所述，可見二晏的這些懷人詞，一個是慣以和婉舒緩的風度，造成一種惆悵迷惘的境界，來表達那些脈脈的溫情；一個則是以節節頓挫的筆勢，轉出層層迷離恍惚的意境，來表達一份深深的悲傷。當然，這只是就二晏的某些懷人詞而言，並不能概括他們各自所有的風格。

一個詩人的藝術風格，與他所處的環境，與他一生的遭際，與他為人的氣質總有著千絲萬縷的聯繫。大晏少年得意，位居高臺，故發語高雅，自有大家氣象。而小晏則以貴人暮子，落拓一生，故發語淒切，自是古之傷心人。總之是兩晏詞風，既有相同，更各有異。譬如同為水，兩晏詞都不似長江大河。大晏詞如一鏡明湖，明潤晶瑩，風吹來，能泛起層層波紋；小晏詞則如山中小溪，曲折奔流，石擋住，可激起朵朵浪花。再譬如同為鳥，兩晏詞都不似雄鷹猛隼。大晏詞如長空白鶴，一發聲而振九霄，氣象高華；小晏詞則如幽澗血鵑，幾低啼而回山谷，意摯情悲。又譬如同為花，兩晏詞都不似霜菊寒梅。大晏詞如金瓶牡丹，富貴雍容；小晏詞則如有情芍藥，飽含春淚。還譬如同為女子，兩晏詞都不似村姑野妹。大晏詞如登臨貴婦，猛見陌頭楊柳，增眼前幾點淡淡煩惱；小晏詞則如傷春弱質，忍看遍地落英，刻心上萬道深深傷痕。大晏詞云：「霜前月下，斜江淡蕊，明媚欲回春」。（《少年遊》）小晏詞云：「紅燭自憐無好計，夜寒空對人垂淚」。（《蝶戀花》）二人詞品，以二人之心聲為照，不知可否？

（原載《湖北師範學院學報》1985 年第二期）

歐陽修《新唐書·顏真卿傳》（節選）導讀

歐陽修（1007～1072），字永叔，號醉翁，晚年又號六一居士，吉州廬陵（今江西吉安）人。少時家境貧寒，刻苦自學。23歲中進士，累官至翰林學士、樞密副使、參知政事。為人正直敢言，早年熱心政治改革，晚年趨於保守。歐陽修是北宋文壇領袖，蘇軾、蘇轍、曾鞏皆出其門；詩、詞、文並佳，而散文影響尤大；為文師法韓愈，反對浮華文風，但詞作卻繼承抒寫豔情的傳統。有《歐陽文忠公集》、《六一詞》、《新唐書》等著作。

【原文】

顏真卿，字清臣，秘書監師古五世從孫。少孤，母殷躬加訓導。既長，博學工辭章，事親孝。

開元中，舉進士，又擢制科。調醴泉尉。再遷監察御史，使河、隴。時五原有冤獄久不決，天且旱，真卿辨獄而雨，郡人呼「御史雨」。復使河東，劾奏朔方令鄭延祚母死不葬三十年，有詔終身不齒，聞者聳然。遷殿中侍御史。時御史吉溫以私怨構中丞宋渾，謫賀州，真卿曰：「奈何以一時忿，欲危宋璟後乎？」宰相楊國忠惡之，諷中丞蔣冽奏為東都採訪判官，再轉武部員外郎。國忠終欲去之，乃出為平原太守。

安祿山逆狀牙孽，真卿度必反，陽託霖雨，增陴濬隍，料才壯，儲廥廩。日與賓客泛舟飲酒，以紓祿山之疑。果以為書生，不虞也。祿山反，河朔盡陷，獨平原城守具備，使司兵參軍李平馳奏。玄宗始聞亂，歎曰：「河北二十四郡，無一忠臣邪？」及平至，帝大喜，謂左右曰：「朕不識真卿何如人，所

為乃若此！」

時平原有靜塞兵三千，乃益募士，得萬人，遣錄事參軍李擇交統之，以刁萬歲、和琳、徐浩、馬相如、高抗朗等為將，分總部伍。大饗士城西門，慷慨泣下，眾感勵。饒陽太守盧全誠、濟南太守李隨、清河長史王懷忠、景城司馬李暐、鄴郡太守王燾各以眾歸，有詔北海太守賀蘭進明率精銳五千濟河為助。賊破東都，遣段子光傳李憕、盧奕、蔣清首狗河北，真卿畏眾懼，紿諸將曰：「吾素識憕等，其首皆非是。」乃斬子光，藏三首。它日，結芻續體，斂而祭，為位哭之。

……

李輔國遷上皇西宮，真卿率百官問起居，輔國惡之，貶蓬州長史。代宗立，起為利州刺史，不拜，再遷吏部侍郎。除荊南節度使，未行，改尚書右丞。

帝自陝還，真卿請先謁陵廟而即宮，宰相元載以為迂，真卿怒曰：「用捨在公，言者何罪？然朝廷事豈堪公再破壞邪！」載銜之。俄以檢校刑部尚書為朔方行營宣慰使，未行，留知省事，更封魯郡公。

……

楊炎當國，以直不容，換太子少師，然猶領使。及盧杞，益不喜，改太子太師，並使罷之，數遣人問方鎮所便，將出之。真卿往見杞，辭曰：「先中丞傳首平原，面流血，吾不敢以衣拭，親舌舐之，公忍不見容乎！」杞矍然下拜，而銜恨切骨。

李希烈陷汝州，杞乃建遣真卿：「四方所信，若往諭之，可不勞師而定。」詔可，公卿皆失色。李勉以為失一元老，貽朝廷羞，密表固留。至河南，河南尹鄭叔則以希烈反狀明，勸不行，答曰：「君命可避乎？」既見希烈，宣詔旨，希烈養子千餘拔刃爭進，諸將皆慢罵，將食之，真卿色不變。希烈以身扞，麾其眾退，乃就館。逼使上疏雪己，真卿不從。乃詐遣真卿兄子峴與從吏數輩繼請，德宗不報。真卿每與諸子書，但戒嚴奉家廟，恤諸孤，訖無它語。希烈遣李元平說之，真卿叱曰：「爾受國委任，不能致命，顧吾無兵戮汝，尚說我邪？」希烈大會其黨，召真卿，使倡優斥侮朝廷。真卿怒曰：「公，人臣，奈何如是？」拂衣去。希烈大慚。時朱滔、王武俊、田悅、李納使者皆在坐，謂希烈曰：「聞太師名德久矣，公欲建大號而太師至，求宰相孰先太師者？」真卿叱曰：「若等聞顏常山否？吾兄也。祿山反，首舉義師，後雖被執，詬賊不

絕於口。吾年且八十，官太師，吾守吾節，死而後已，豈受若等脅邪！」諸賊失色。

希烈乃拘真卿，守以甲士，掘方丈坎於廷，傳將坑之，真卿見希烈曰：「死生分矣，何多為！」張伯儀敗，希烈令齎旌節首級示真卿，真卿慟哭投地。會其黨周曾、康秀林等謀襲希烈，奉真卿為帥。事泄，曾死，乃拘送真卿蔡州。真卿度必死，乃作遺表、墓誌、祭文，指寢室西壁下曰：「此吾殯所也。」希烈僭稱帝，使問儀式，對曰：「老夫耄矣，曾掌國禮，所記諸侯朝覲耳！」

興元後，王師復振，賊慮變，遣將辛景臻、安華至其所，積薪於廷曰：「不能屈節，當焚死。」真卿起赴火，景臻等遽止之。希烈弟希倩坐朱泚誅，希烈因發怒，使閹奴等害真卿，曰：「有詔。」真卿再拜。奴曰：「宜賜卿死。」曰：「老臣無狀，罪當死，然使人何日長安來？」奴曰：「從大梁來。」罵曰：「乃逆賊耳，何詔云！」遂縊殺之，年七十六。

【導讀】

顏真卿（709～784），祖籍京兆萬年（今陝西西安市西北）。因被封魯郡公，世稱顏魯公。一代書法大師，其書法端莊雄偉，名作有《家廟碑》、《麻姑仙壇記》等。新、舊《唐書》均有傳。

本文節錄自《新唐書》卷一百五十四，簡明扼要地介紹了顏真卿的生平事蹟。讀之，思顏魯公之品德，雖不能說十全十美，但也足以感動當代與後世。其事母孝，故而懲罰不孝之人；其事君忠，自然對抗不忠叛逆。博學多才，書法為一代大師；明辨真偽，斷獄能折服大眾。宅心仁厚，能救人危難之中；正直耿介，令宵小又恨又怕。預見國之大難，他從容應對，一木獨支大廈；面對強敵挑釁，他隨機應變，片言穩定軍心。烈士遺體，他哭奠之、掩埋之；姦佞逆行，他反抗之、鬥爭之。連遭貶抑，而終不低頭；明知地獄，而毅然邁步。面對刀叢劍樹，他不變神色；傳書家人小子，他諄諄教誨。怒斥勸降者，大義凜然；自作墓誌銘，笑對生死。身處逆境，仍不忘朝廷尊嚴；睥睨群凶，猶表彰家族英烈。直至舉身赴火而視死如歸，以身殉國而罵不絕口，使千秋萬代迴蕩聲討「逆賊」之聲，於是，顏魯公精魂毅魄便永存於天地。

古語有言：人固有一死，或重於泰山，或輕於鴻毛。顏魯公之死，無疑重於泰山。然而，顏魯公之偉大並非僅止於從容就義，更在於他七十六個春

秋持之以恆的「勵志修身」。相對於一瞬間的壯烈犧牲而言，數十年的生命寫出一個「人」字更其艱難。這篇傳記之所以感人，就因為它不僅寫了顏真卿從容不迫的「死」，而且寫了他光明磊落的「生」。因此，通過一系列言行反覆表現傳主可貴精神的點點滴滴，便成為本篇的一大寫作特點。當然，敘事的詳略得當、重點場面重筆寫足、寫滿，則是本篇的另一成功之處。

（原載《大學語文新讀本》，湖北教育出版社，2008 年 7 月出版）

蘇軾《曉至巴河口迎子由》賞析

　　蘇軾（1037～1101），字子瞻，號東坡居士，眉州眉山（今屬四川）人。宋仁宗嘉祐二年（1057）進士，因反對王安石的變法主張，先後通判杭州，歷知密州、徐州、湖州。在地方任上體恤民情，修堤救災，為民眾所擁戴。元豐二年（1079），由於作詩諷刺新法，被羅織罪狀，逮捕入獄，旋貶黃州團練副使。哲宗繼位，起用舊黨，蘇軾入朝，升任翰林學士，兼侍讀。又因不同意完全廢除新法，與執政者發生分歧，自請出知杭州、潁州等地。新黨再度執政後，被遠謫惠州、儋州。後遇赦北還，次年卒於常州，諡文忠。蘇軾一生積極進取，志向堅定，同時又樂觀曠達，坦蕩超邁，既執著於人生，又超然於物外，傳統的儒、道、釋思想與他的個性融為一體，構成了獨特的人生境界。蘇軾是北宋最傑出的文學家，繼歐陽修之後成為文壇領袖。其散文如行雲流水，汪洋恣肆，明白暢達，與韓愈、柳宗元、歐陽修、蘇洵、王安石、曾鞏、蘇轍並稱為「唐宋八大家」。其詩爽利明快，意境靈動，清新豪健，與黃庭堅並稱「蘇黃」。其詞開創豪放一派，與辛棄疾並稱「蘇辛」。有《蘇東坡集》《東坡樂府》等。

【原文】

　　去年御史府，舉動觸四壁。幽幽百尺井，仰天無一席。隔牆聞歌呼，自恨計之失。留詩不忍寫，苦淚漬紙筆。余生復何幸，樂事有今日。江流鏡面淨，煙雨輕冪冪。孤舟如鳧鷖，點破千頃碧。聞君在磁湖，欲見隔咫尺。朝來好風色，旗腳西北擲。行當中流見，笑眼青光溢。此邦疑可老，修竹帶泉石。欲買柯氏林，茲謀待君必。

【賞析】

宋神宗元豐三年（1080），蘇軾因「烏臺詩案」而被貶謫至黃州，其弟蘇轍（字子由）因以官爵替兄贖罪，貶筠州（今江西高安）。蘇轍一到九江，便匆匆溯流而上，想盡快見到幾死獄底的兄長。舟經西塞山後，不料風浪大作，不得已而暫避磁湖。蘇軾聞訊，急如星火，連夜起程，次日拂曉至浠水巴河口，寫下了這首《曉至巴河口迎子由》。全詩二十四句，前八句回顧了自己去年因「烏臺詩案」而下獄的痛苦經歷，後十六句表達了患難兄弟相見在即的複雜感情。其中「聞君在磁湖，欲見隔咫尺」二句，寫骨肉同胞一江之隔，望穿秋水的思念之情，至為真摯、沉痛，而「行當中流見，笑眼青光溢」二句，又寫出了歡笑中的涕淚、磨難中的欣喜，感人至深。全詩既有劫後餘生的痛定思痛，又有夢繞雲山的骨肉深情，既有仕途坎坷的滿腔憤懣，又有塵寰看破的隱逸情懷。種種複雜的思想感情，全借這首五言古詩得以宣洩。

磁湖在長江南岸，今湖北黃石市市區中部，與巴河口一江之隔。《湖廣通志》載：「瑤山磁湖上垂石懸江，昔蘇轍阻風於此，有寄兄子瞻詩。」詩云：「慚愧江淮南北風，扁舟千里得相從。黃州不到六十里，白浪俄生百萬重。自笑一身渾類此，可憐萬事不由儂。夜深魂夢先飛去，風雨對床聞曉鐘。」蘇軾渡江至磁湖後，蘇氏兄弟泛舟湖上，漫遊江濱，歌詩酬答，暢敘離情。蘇軾次韻蘇轍詩一首云：「平生弱羽寄沖風，此去歸飛識所從。好語似珠穿一一，妄心如膜退重重。山僧有味寧知子，瀧吏無言只笑儂。尚有讀書清淨業，未容春睡敵千鍾。」同時，蘇軾還寫了一詩：「驚塵急雪滿貂裘，淚灑東風別宛丘。又向邯鄲枕中見，卻來雲夢澤南州。睽離動作三年計，牽挽當為十日留。早晚青山映黃髮，相看萬事一時休。」蘇轍亦次韻一首：「西歸猶未有苑裘，擬就南遷買一丘。舟楫自能通蜀道，林泉直欲老黃州。魚多釣戶應容貰，酒熟鄰翁便可留。從此莫言身外事，功名畢竟不如休。」

磁湖三面環山，一面臨江，像一顆鑲嵌在長江飄帶上的藍寶石。身處逆境的蘇氏兄弟徜徉於風光迤邐的青山綠水之間，側耳聆聽前汀漁唱，隨風飄來鄰船酒香。江山勝景，南州之情，使他們產生了「青山映黃髮」「萬事一時休」的隱居思想。這種思想雖有消極的一面，但卻是他們當時真情實感的自然流露。當然，這也正是磁湖山水對他們強有力的誘惑和感染。

（原載《湖北旅遊景觀鑒賞辭典》，新華出版社，1993 年出版）

稗人猶自歎民瘼
——從方回的為人和作詩談起

　　方回（1227～1307），字萬里，別號虛谷，徽州歙縣（今屬安徽）人。南宋景延三年（1262），別省登第，為池陽提領茶鹽所幹官，遷知嚴州。入元，授建德路總管，不久罷官。晚年往返於杭、歙之間，號紫陽居士，倡講道學，肆意吟詠。著有《桐江集》、《桐江續集》、《瀛奎律髓》、《續古今考》、《文選顏鮑謝詩評》等。

　　在宋末元初文壇上，方回不僅以其詩作而奪得一席之地，更以其善於論詩而名噪一時。然而，當我們真正走近方回以後，才發現他其實是個人格詩品兩相違的人物。在當時的士林等輩之中，方回大節有虧、小節有損，實在是一個遭人唾棄的傢伙。

　　方回在政治上善於投機鑽營，且翻手為雲，覆手為雨。奸相賈似道當權時，方回曾賦《梅花百詠》以媚之。及至賈似道獲罪，方回恐受牽連，轉而論賈似道有「婬」、「詐」、「貪」、「淫」、「褊」、「驕」、「吝」、「專」、「謬」、「忍」十可斬之罪。結果，方回不僅未受牽連，反而因此得知嚴州。不久，元軍南下。方回倡言死守封疆，慷慨激昂。然而，當元軍真正逼近嚴州時，方回卻忽然不知去向了。人們四處尋找他，都以為太守大人以身殉職了。不料他竟然迎降於三十里之外，穿著元人的衣裝，揚揚自得，跨馬而還。由此，這位方大人又當上了新朝的建德路總管。對於方回這種翻雲覆雨的政治態度和廉恥喪盡的賣國行徑，當時人多所鄙賤、指責。當他反鋒論斬賈似道時，有人作詩諷刺道：「百詩已被梅花笑，十斬空餘諫草存。」當他郊迎三十里降元之後，

「郡人無不唾之」。（周密《癸辛雜識別集上‧方回》）

在為人處事方面，方回卻具有多重性。一方面，他「傲睨自高，不修邊幅」。甚至有點遊戲人生，垂老風流之意味。晚年，他在杭州蓄有周勝雪、劉玉榴二婢，酷愛之。因遊金陵，返回，周勝雪偕豪客逃之夭夭。方回追悔莫及，作詩二首，自行刻印，並張貼於通衢大道，見者無不笑之。可笑是真可笑，然而在方回這種無聊行徑背後，是否又掩抑著一份遊戲人生的狂狷呢？

當然，方回並非是永遠這樣地遊戲下去，有時候，他也來點「真格」的。周勝雪事件以後，方回又謀得一婢，年甚少，他益發曲意奉之。每當赴親朋好友家宴席回來，這位道學家的方先生一定會用荷葉包上一些熟食、果品之類藏於袖中，帶回家饋送給那位名叫半細的小婢。結果，有一次因為路上碰到熟人，在作揖時荷葉包掉到地上，因而露餡，原來是半隻鴨子，又引起過往行人大笑不止。人之所以笑者，大概在方回對一女奴的曲意奉承。其實這一層倒並不可笑，可笑的倒是一個白髮老翁對垂鬟小婢的畸形佔有，而且是帶強制性的佔有。後來，此婢年齡已大，賣身期限已到，乞求回歸母家，而方回卻以重金將此女重新取回。因此，嚴格而言，此事根本不可笑，它給人只是一種可悲的感覺。這是一種在強力壓制下的呈現著年齡差和地位差的老風流士大夫對少年奴婢的在愛悅掩蓋下的性佔有和性摧殘。

方回在兩性關係上還有許多令人啼笑皆非的穢行：與小婢交合時，竟至不避左右，甚至使床腳振動有聲，乃至搖落牆上土，打在隔壁鄰居的病人身上。碰見妓女，方回則跪下敬酒，並自稱小人，甚至吃猥妓的殘羹餘瀝。如此等等，不一而足。

諸如此類的「風月債」，方回的確欠了不少。這種事發生在「倡講道學」的紫陽居士身上，似乎有些不近情理。而實際上，對於封建時代的許多士大夫而言，道學、風流往往融為一體，有許多滿嘴道德文章的人實際上做出來的風流韻事比方回絕不遜色。只不過有些人做得更為隱晦曲折一些，而方回則比較袒露直率一些罷了。其實，從某種意義上講，這也算得上是方回的「可愛」之處。

生活中的方萬里，絕不僅僅給人留下一個風流加道學的形象。有的時候，他又是那麼刻薄寡情、貪得無厭。任建德路總管時，方回搜刮金銀數十萬兩，盡入私囊，由此很快就被罷官。罷官鄉居時，他又專門以欺騙威脅為能事，魚肉鄉里，鄉人對他恨之入骨。更有甚者，詩朋酒友之間做詩，偶然相

戲，他竟然惱羞成怒，誣對方以犯上的罪名，必欲置之死地而後快。當時的著名詩人仇遠就曾經在這方面吃過大虧，為了幾句帶有嘲諷意味的詩句，差一點被方回害了性命。

總之，方回之人品極其惡劣。

然而，就是這麼一個人品低下的方回，在詩學方面卻卓有見地。他的《瀛奎律髓》是一部唐宋五七言律詩的大型選本，很有特色。所謂「瀛奎」者，取「十八學士登瀛洲，五星聚奎」之義；所謂「律髓」者，因該書所選均乃律詩精華之義也。該書共四十九卷，分四十九類，不僅保存了近三千首唐宋律詩的精華之作，而且編者還通過評點的方式，對江西詩派的詩學理論進行了比較全面的總結和闡發。江西詩派「一祖三宗」的提法，亦首見於此書。該書在詩學理論上「以生硬為健筆，以粗豪為老境，以鍊字為句眼，頗不諧於中聲。」(《四庫全書總目·瀛奎律髓提要》)雖然有「執己見以繩縛古人」(馮定遠語，見《元詩選》)之弊病，然「實出宋末諸家上」(《四庫全書總目·桐江續集提要》)，其理論價值和資料價值無論如何是不能忽視的。方回的《文選顏鮑謝詩評》四卷，取《文選》所錄顏延之、鮑照、謝靈運、謝惠連、謝朓之詩，各為論次，也是一部很有個性的古詩選讀本。其中，對「謝靈運詩，多取其能作理語，又好標一字為句眼，仍不出宋人窠臼。然其他則多中理解。」「統觀全集，究較《瀛奎律髓》為甚，殆作於晚年，所見又進歟？」(《四庫全書總目·文選顏鮑謝詩評提要》)四庫館臣的話自有其道理，但就今天人們的認識而言，還是《瀛奎律髓》的影響比《文選顏鮑謝詩評》更大一些。

至於方回的詩歌創作，卻向我們展示了另一個世界，一個每每與其人品極不相符的世界。方回自序《桐江續集》云：「予自桐江休官閒居，萬事廢忘，獨於讀書作詩，未之或輟。」這話只能相信一半：作詩未輟是實，萬事廢忘是虛。方回詩作總體上的確有如顧嗣立所說的「吟詠最多，亦不甚持擇」的毛病，內容十分龐雜。方回的某些作品，也的確可以稱得上是極端無聊乃至油滑。如小婢周勝雪與人偕奔以後，方回作詩二首云：「鸚鵡簾開彩索寬，一宵飛去為誰歡？早知點嫗心腸別，肯作佳人面目看。忍著衣裳辜舊主，便塗脂粉事新官。丈夫能舉登科甲，可得妖雛膽不寒。」「一牝猶嫌將兩雄，趨新背舊片時中。陟忘前主能為叛，作事他人更不忠。玉碗空亡無易馬，絳桃猶在未隨風。何須苦問沙吒利，自是紅顏薄老翁。」雖然用了一些典故，也堆

砌了一些詞藻，但仍然掩蓋不住那無聊的內容。又如其《竹杖》詩有句云：
「跳上岸頭須記取，秀州門外鴨餛飩。」還有《甲午元日》詩云：「端平甲午
臣八歲，甲午今年又一周。六十八年多少事，幾人已死一人留。」如此無聊之
作，不一而足。

　　然而，方回的詩歌創作絕不僅僅是這些荒唐無聊的東西，他還有大量的
優秀之作。首先，我們來看看他的一些描寫自然景物乃至民風民俗的好篇佳
作。如《王幹三嶺》一詩：「澄練平泉水屈盤，青蒼松櫟擁峰巒。霜晴村落全
如畫，一見都忘上嶺難。」自然美景居然能給人以無盡的力量，在如畫景色
的鼓舞下，人們忘卻那登山的艱辛和勞累。這種感情，無疑是一種健康的、
積極向上人生態度的表現。再如《清湖春早》：「樓上春陰覆曉雲，一河天淨
碧沄沄。雨宜不驟風宜細，閒倚闌干看水紋。」作者的心境，是多麼悠閒、多
麼澄明，就如同那清清的河水，如同那細雨斜風。這種感情，同樣是健康的、
正常的。諸如此類的作品還有《過長安市》：「算橘租菱小市嘩，壩頭橋尾約
千家。人家已盡無人處，時見芙蓉一岸花。」還有《曉發富陽縣》：「長山礧石
片帆斜，小雨初晴日眩沙。回首遙看富陽縣，青堰低罩一叢花。」這裡有喧鬧
後的沈寂，有小雨初晴時的鮮花，一切都是那麼美好，那麼生機勃勃。這方
面的作品還有一篇《村女》：「青荷葉傘茜裙紅，隨母歸寧省外翁。莫笑梳妝
未京樣，兵餘猶見太平風。」詩篇仔細描寫了一位鄉村少女，跟隨自己的母
親到外婆家走動。那青青的傘，那紅紅的裙，那普通而又帶有地方風情的裝
束打扮，無不充滿了生活氣息，無不體現了戰爭過後的和平對於普通民眾的
極端重要。

　　《村女》一詩，其實已不是單純的寫景狀物之作了，而是在寫景寫人的
同時，灌入了作者對生活的一種感受、一種特殊的感受。這種狀物而言志、
寫景而抒情的作品在方回的詩歌創作中還有不少。如《江行大雨水漲》：「客
路由來但喜晴，山深何況更舟行。孤篷酒醒三更雨，滴碎愁腸是此聲。」作者
所「愁」的究竟是什麼，雖然詩中沒有明言，但無論如何，這種愁情是借著三
杯兩盞淡酒表達出來的，是借著雨打船篷的單調的聲音傳達出來的，這就是
一種情景交融，這就是一種真情實感的流露，這樣的詩篇所傳達的感情往往
是真實的，不是那種無聊之作。至於《長安》一詩中的「愁」，那就比上一首
來得更為明確，也更為深厚。先看作品：「客從函谷過南州，略說長安舊日
愁。仙隱有峰存紫閣，僧居無寺問紅樓。蘭亭古瘞藏狐貉，椒壁遺基牧馬

牛。萬古不隨人事改，獨餘清渭向東流。」尤其是頸聯，通過對古墓、遺基、狐貉、牛馬的描寫，向讀者勾畫了一幅國破家亡後的淒涼圖景。這是一種深沉的亡國之痛，是一種莫可如何的悲哀。無論如何，應該說作者寫到這些的時候內心是十分痛苦的。再如《題苦竹港寓壁》一詩：「三十年前此路行，來車去馬唱歌聲。旗亭沽酒家家好，驛舍開花處處明。白羽宵馳四川道，青樓春接九江城。如今何事無人住，移向深山說避兵。」這就更是運用今昔對比的方法，從亡國之痛寫到了人民的苦難，庶幾達到了方回詩作的最強音──關心民瘼。

方回的有些作品，讓人簡直不敢相信是出自他這個人格低劣的作者之手，《苦雨行》（並序）就是其中的代表作之一。我們先看此詩的詩前小序：「丁亥五月初三日夏至，雨已月餘，初四、五、六粗晴，初七夜復大雨，至十三日，晝夜不止。初六米價十二券，初十至十七券，十二至二十券，市絕糴。民初爭食麵，尋亦無之。」再看詩篇正文：「泥污后土逾月餘，四月雨至五月初。七日七夜復不止，錢王舊城市無米。城中之民不餓死，亦恐城外盜賊起。東鄰高樓吹玉笙，前呵大馬方橫行。委巷比門絕朝飯，酒壚日徵七百萬。」此詩描述了元代至元二十四年（1287）農曆四、五月間，連綿不斷的淫雨給杭州一帶的人民所帶來的災難，尤其是詩篇的最後，詩人通過高樓富戶與委巷比門的對比，更突出了貧富對立的社會現實，頗有點「朱門酒肉臭。路有凍死骨」的遺風。且全詩明白如話，不事雕琢，給人以相當真實的感覺和相當深刻的印象。

再如《路傍草》一詩：「野火燎荒原，霜雪日皓皓。牛羊無可噍，眾綠就枯槁。天地心不泯，根芽蟄深杳。春風一披拂，顏色還媚好。何如被兵地，黎庶不自保。高門先破碎，大屋例傾倒。間或遇茅舍，呻吟遺稚老。常恐馬蹄響，無罪被擒討。逃奔深谷中，又懼虎狼咬。一朝稍蘇息，追胥復紛擾。微言告者誰，勸我宿須早。人生值艱難，不如路傍草！」作者的筆調是相當凝重的，作者所勾畫出的戰亂黎民圖又是那樣地令人觸目驚心。戰爭頻仍，民不聊生，東逃西竄，無處容身。戰爭時期的老百姓長時間處於一種被欺凌、被遺棄的地位，甚至赤地千里，只有老人和孩童在無望地掙扎，發出痛苦的呻吟。更有甚者，過往行人目睹如此慘景，連表示同情的資格也被剝奪。到處都是死一般的沈寂，到處都是沈寂中的死。尤其是在作品的最後，作者發出了「人生值艱難，不如路傍草」的深沉歎息，含義深長，深得風人之致。這樣

的詩篇，若說是作者故作姿態、矯揉造作之作，實在令人難以置信，但他的的確確出自人格低劣的方回之手。這實在是一種令人不解的奇怪現象。

　　方回還有一首《秋大熱上七里灘》的詩，描繪了縴夫的辛苦勞頓：「秋半不肯涼，赫日炎洪爐。沸湍七里灘，觸熱乘畏途。坐船汗如漿，況彼牽挽夫。一檣合眾力，至數十輩俱。踏竿氣欲絕，沙立僵且枯。」作者還把這種艱苦勞動的場面視為「吾生所未見，自古恐亦無」。進而希望能夠有一個「大冰盤」，來普降清涼「及此徒」。可見方回並非時時處處都是刻毒寡情之人，有時候，他還是頗富同情心的。除此之外，方回還在不少詩歌作品中反反覆覆描寫了人民生活的淒慘情景，同時也不斷抒發了自己同情民瘼的仁人君子之情。如：「晝欲求一淘，有灶無灶煙。夜欲求一榻，有屋無屋椽。歷歷數百里，無人居道邊。」（《石頭田》）如：「訓狐號永夜，猛虎迫荒城。」（《殘春感事二首》）如：「坐念今民間，貪吏無與繩。」（《朱橋早行》）如：「暗驚兵亂後，猶有數蓮塘。」（《出馬家塢》）如：「吾道孤燈在，人寰幾枕安？」（《雨夜雪意》）這些詩句，從戰爭的破壞寫到官吏的貪污，從天災頻仍寫到百姓赤貧，一直寫到知識分子內心的沉痛。從而，構成了一幅幅天災人禍相交織的宋末元初社會大動亂人心大動盪的淒慘而可怕的圖景。我們實在難以確知方回為什麼要寫下這一切，為什麼能寫下這一切。一個出賣國家、出賣自己「領土」的官員為什麼會去關心那些生活在這塊土地上的普通民眾的痛苦和災難。但無論如何，方回，那大節有虧小節有損的方回，又的的確確、明明白白地給我們留下了這些動情的詩句。

　　更令人百思不得其解的還是方回的那首《種稗歎》，我們先看作品內容：「農田插秧秧綠時，稻中有稗農未知。稻苗欲秀稗先出，拔稗飼牛唯恐遲。今年浙西田沒水，卻向浙東糴稗子。一斗稗子價幾何？已直去年三斗米。天災使然贗勝真，焉得世間無稗人！」作品緊扣「稗子」這一問題，對大災之年普通民眾的痛苦生活進行了真實而又深刻的描繪。詩寫到「一斗稗子價幾何？已直去年三斗米」，意思已經表達清楚，這與以上所引的許多詩句的意思是一樣的——作者的憫農之歎。然而，我們這裡要特別提到的是最後兩句，那妙不可言的最後兩句：「天災使然贗勝真，焉得世間無稗人！」原來方回也知道人間有那種虛偽的、卑劣的、恬不知恥的「稗人」。不知道他方回本人算不算一個「稗人」，不知他那處於亂世之中的「稗人」的表現是否如同那處於災年的稗草一般竟至混跡於稻穀之中，甚至達到了「贗」勝於「真」的地步！

這裡，方回是在自我解剖？抑或是在自我解嘲？是在表白心曲？還是在傷時怨俗？或許他根本不為什麼，只是偶而想到而已，偶而寫到而已，個中緣由實在是難以弄清楚。人真是複雜，文人真是太複雜了，文人的詩歌更是複雜到無以復加的地步。面對如此複雜的問題，偉大的造物主為什麼不給我們一個固定的解說公式呢？

人中之「稗草」，居然能種出藝苑之「穀物」。這種現象，在中國文學史上恐怕絕非方回一例。揚子雲、潘安仁、嚴介溪、阮大鋮……，他們的為人，總有這樣那樣的、大大小小的「卑劣」之處，但他們一個個都寫出了優秀的作品，並且都在中國文學史上各自佔有不可磨滅的一席之地。這種特殊的文化現象值得我們深入探究。分析個中原因，當然是千頭萬緒，但最重要的應該是以下兩大方面。

其一，人是雜色的。人群是雜色的，只要有人群的地方，其中人們的思想性格絕對不可能完全一樣，甚至只要有兩個人在一起，他們之間就不可能具有完全相同的性格，既便是孿生兄弟姐妹也是如此。因此，我們不能要求凡是能寫出優秀作品的人，人人都具有屈原、陶潛、杜甫一般的思想品格。其實，就連屈原、陶潛、杜甫他們自身又何曾一致？進而言之，個人也是雜色的，每一個人都是雜色的。人生在世，不可能只受一種思想的影響，從而形成一種單一的、固定的、排他的思想品格。世界觀，人類的世界觀，恐怕是世界上最為複雜的事物之一。這種複雜的世界觀又勢必影響到人們的行為舉止，包括他的文學創作。一個道德高尚的人，很可能在一輩子中間也幹一件或幾件缺德的事。一個道德淪喪的人，也可能會有俠肝義膽的行為。人類性格的邏輯在大多數時候是有序的，但也有紊亂的時候，就如同一支恢弘的樂曲除了主旋律之外，往往會有變奏調一般。人類在某些時候的行為會逸出他思維的慣常軌道，從而體現出一種令人難以接受的矛盾性和特異性的狀況。明確了這一點，我們就會明白一位偉大的詩人往往也會創作出平凡甚至是無聊的作品。同樣的道理，一個行為卑劣的人往往也能夠寫出燦爛輝煌的詩篇。如果沒有這種生活中的變異性，那麼，五彩繽紛的世界就會變成黑白兩道，生活就會失去它應有的光彩，人類也會成為一種單調的低等動物。

其二，眾所周知，文學創作、尤其是詩歌的創作需要真情實感。但是，中國三千年的詩歌創作又有多少是真正意義上的真情實感的抒發？我們不能否認一種殘酷的現實，有不少詩人的不少詩作本身就是矯情之作。這是一種

詩國的墮落，是一種以矯情代替真情的墮落。這種墮落，造成了「人品」與「文品」的極不協調，乃至極大的矛盾。中華民族是一個尚德的民族，即使是一個道德敗壞的人，也不願意或者不敢公然標榜自己惡德的合理性，而是偽裝善良和美好，從而掩蓋自己的墮落和罪愆。而在文學創作領域，由於長期以來占統治地位的儒家思想的影響，尚德的主要標誌就是忠君愛國、勤政憂民。久而久之，就形成了一種憂國憂民的情結，一種所有知識分子自覺不自覺遵守的道德標準和心理定式。而且士大夫們又都極其願意在自己的文學創作中表現這種情結，表達這種心理。因為屈原、杜甫忠君愛民的詩篇流傳千古，被後人爭相傳誦，因而人人都想寫一點《離騷》《北征》那樣的作品，於是乎，「今之學子美者，處富而言窮愁，遇承平而言干戈，不老曰老，無病曰病」。（謝榛《詩家直說》）這種矯情的表演便出現在既缺乏生活感受又要顯得大義凜然的無聊文人們之間。甚至有些品行極其低劣的人，也在其詩文作品中擺出一副關心國家、關心人民的悲天憫人的架勢。

瞭解了以上兩點，至少瞭解了以上兩點之後，我們就可以明白為什麼像方回這麼一個大節有虧小節損的「稗人」，居然能寫出那樣一些關心民瘼、憂愁亂世的動人詩篇，居然會在自己的詩篇中大聲疾呼「焉得世間無稗人」！這種貌似奇特的現象，其實也很正常。之所以出現這種現象的根本原因，一是因為人類自身的複雜性——崇高和渺小的自然組合，二是因為某些作家自覺不自覺地以矯情的方式在掩蓋著自己思想和行為的卑劣低下。

那麼，面對諸如方回等人這樣一種「人品」與「文品」極其對立的奇特現象，我們應該採取什麼樣的態度呢？或者說，我們應該怎樣看待這種「稗人」生產「穀物」的奇觀呢？

如果僅僅根據幾篇像樣的作品便給它們的作者戴上一頂頂絢麗多彩的桂冠，或者僅僅因為某個作者的某些惡劣之處而對其優秀之作棄置不顧，這兩種極端的做法顯然都是不行的。將閃光的黃銅當作黃金反覆摩娑，或將真金的微粒與污濁的泥沙一起倒掉，其結果只能造成一些失誤和遺憾，因為這都是愚蠢的行為。人類只有真正去掉那種好人一切都好（包括能寫好詩）、壞人一切都壞（包括不能寫好詩）的根深蒂固的傳統偏見，才能真正地進行詩歌評判，因為這樣才是「實事求是」的。

（原載《中南民族大學學報》2005 年第三期）

歷史斷層裂變的低谷回聲
——元人題畫詩論略

一、「都是乾坤清淑氣，興來移入畫圖間」——發人深思的文學現象

中國傳統詩歌經歷過唐代的高峰、宋代的峻嶺之後，隨即而來的便是元代的一片丘陵。以至於當今的文學史家們寧可將眼光投向那委巷比門的小曲，也不願對元代詩歌示以青眼。然而，在並不引人注目的元代傳統詩歌中，卻出現了一種異乎尋常而又發人深思的文學現象，那便是在數量上空前之多的題畫（含詠畫）詩。

元代題畫詩究竟多到何種程度呢？我們從清人顧嗣立的《元詩選》中便可略窺端倪。《元詩選》雖曰之「選」，其實是目前所能見到的收錄元詩最多的一部總集。是書之初集、二集、三集中共有三百四十位詩人，而其間收有題畫詩者竟達二百一十五家之多，幾占詩人總數的三分之二，而所收題畫詩總數至少也有二千二百餘首。

為了說明問題，我們不妨針對作有題畫詩諸家的具體情況再作進一步的統計。先看各家作題畫詩的數量：一百首以上者，有虞集、吳鎮、柯九思三人；五十首以上者，有陳旅、鄧文原、貢性之、黃公望四人；二十首以上者，有二十一人。再看各家詩作中題畫詩所佔的比例數：《元詩選》僅收段輔詩一首，即《題李白泰山觀日出圖》，可謂百分之百；占其詩作百分之九十以上者，有黃公望、楊敬德二人；占百分之八十五以上者，有吳鎮一人；占百分之五十以上者，有錢選、鄧文原、郭天錫、貢性之、郭麟孫、錢良右、宇文公諒、熊夢祥、哲篤、祖柏十人；占三分之一左右的有柯九思、虞集等十八人。

　　元代詩人沈右曾提筆寫道：「都是乾坤清淑氣，興來移入畫圖間。」（《題高尚書秋山暮靄圖》）這原本是讚譽丹青妙手的話，但借來說明元人題畫詩的寫作同樣合適。當然，數以千計的元人題畫詩，不可能有那麼多的天地乾坤清淑之氣，大部分作品不過是一般應酬或就畫論畫而已。但是，確有為數不少的題畫詩卻實實在在題出了「畫外之音」，給人啟迪、促人思考。而且，如此之多的題畫詩，竟出現在短短的不到一百年、大致只相當於一個「初唐」的時間內，難道不發人深思嗎？正因如此，本文打算對這種異乎尋常的文學現象及其產生的原因作一點探究。

二、「何處有山如此圖，移家欲向山中住」——別有情致的隱居生活

　　元人題畫詩中，對隱居生活的嚮往是一個常見的題目，趙孟頫有一首《題商德符學士桃源春曉圖》，堪稱代表作：

> 宿雲初散青山濕，落紅繽紛溪水急。桃花源裏得春多，洞口春煙搖綠蘿。綠蘿搖煙掛絕壁，飛流淙下三千尺。瑤草離離滿澗阿，長松落落凌空碧。雞鳴犬吠自成村，居人至老不相識。瀛洲仙客知仙路，點染丹青寄輕素。何處有山如此圖，移家欲向山中住。

詩人全力描繪了圖中所畫的桃源美景之後，禁不住望圖興歎：「何處有山如此圖，移家欲向山中住。」眾所周知，趙孟頫乃宋室後裔，雖得到元朝禮遇，且居官高位，然其內心深處卻是無比痛苦的。家園故國之思、悲哀痛悔之情，常常湧於筆端。他曾作出過「在山為遠志，出山為小草」（《罪出》）的自省，也曾抒發過「水光山色不勝悲」（《岳鄂王墓》）的感歎。這首題畫詩，也正是他那複雜感情的曲折表現。

　　如果說這位趙宋後裔身在魏闕而心懷山林的思想矛盾具有他個人出身的特殊性的話，那麼，我們只要再翻開《元詩選》，便可發現與趙氏同調的詩人實在是太多了。且看黃溍《青山白雲圖》一詩：「十年失腳走紅塵，忘卻山中有白雲。忽見畫圖疑是夢，冷花涼葉思紛紛。」明明身在紅塵世界，卻嚮往山中白雲；明明拿著朝廷俸祿，卻思念冷葉涼花。諸如此類的題畫詩，在元人筆下不斷湧現。無論是真正的隱居者，還是隱居生活的嚮往者；無論是真心嚮往，還是擺出一副歸田的姿態。他們總是把隱居生活描繪得那麼美好，總喜歡在別人所畫的田園山野中尋找出一個或現實、或幻想之中的「我」來。宇文公諒寫道：「乞我茅三間，讀書貧亦足。」（《題小米戲墨卷》）鄭東寫道：

「世間榮辱如吾何，夕陽牛背青山多。」(《老牧圖》)錢選寫道：「武陵不是花開晚，流到人間卻暮春。」(《題桃源圖》)李祁寫道：「便擬明朝結長網，與翁同住浙江邊。」(《題畫二絕》其二)如此種種，不一而足，大致的趣味差不多，不過是陶淵明「田園將蕪胡不歸」的複寫。但也有寫得別有風味的，如謝應芳的《江山漁樂圖》：「數口妻兒網一張，船為家舍水為鄉。江南江北山如畫，欸乃聲中送夕陽。」似乎能使人們從畫面之外領略到一點生活氣息、真實感受。而陸居仁的《曹知白吳淞山色圖》則更妙一些：「終南求捷徑，少室索高價。唯有懶雲西，山深無俗駕。」對那種借隱居而求善價、待時飛的假隱士進行了無情的嘲諷，不僅追求隱居環境的脫俗，更追求一種隱居心境的純淨。如此方算得真正的隱居生活的頌歌。

三、「就使直鉤隨分曲，不將浮世釣浮名」──託物自勵的高尚情操

鮮于樞有《僧巨然畫》一詩，曰：「秋鱸春鱖足杯羹，萬頃煙波兩棹橫。就使直鉤隨分曲，不將浮世釣浮名。」十分明顯，作者是將其對隱居生活的嚮往和高尚情操的自持聯繫在一起來表達了。追求個人品質的清高勁節，乃是古代正直知識分子的一種傳統心理，在元人題畫詩中，此類作品亦不少見，而且多通過託物以自勵的方式表現出來。如吳鎮《畫竹十二首》其六：「抱節元無心，凌雲如有意。置之空山中，凜此君子志。」如王冕《墨梅》：「我家洗硯池邊樹，朵朵花開淡墨痕。不要人誇好顏色，只留清氣滿乾坤。」劉永之誠對竹感情深厚：「持向西窗聽夜雨，高情渾似對瀟湘。」(《寫墨梅竹一枝》)貢性之更與梅融為一體：「詩成酒力都消盡，人與梅花一樣清。」(《題梅》)在他們筆下，用以寄託自我高尚情懷的主要是竹、梅、松、菊、蘭、水仙等植物。詩人們借助這些植物的凌風、耐寒、清香、雅潔等特性來對照自我、認識自我、塑造自我、表現自我。但有時，他們還借助於老樹、怪石、巨龍、蒼鷹，來抒發他們性情的另一面、執拗傲岸的一面，以作為清高雅潔的補充，又把讀者的審美視角引入另一方位。如呂誠的《題枯樹圖》：「鐵幹槎牙翠葉殘，雲根剝落古苔斑。大材寧盡天年老，不遇工師不出山。」悲哀的另一面竟是極端的自負，痛苦的另一面則是執著的追求。同是這個呂誠，還寫了一首《題水墨龍圖》的詩，更是豪氣逼人：「書史憑陵造化機，硯池傾倒墨龍飛。生綃半幅春雲濕，疑是前山作雨歸。」那巨龍之形、神、氣、勢，誠可謂騰飛紙上、撲面而來，足以使人倒卻三步！而李祁的《題畫鷹》一詩，則更可以稱得

上氣勢磅礴了：「勁翮排霜戟，天寒氣轉驕。草間狐免盡，側目望青霄。」儘管詩中借助了老杜骨骼的支撐，但到底具有一種動人心旌的氣概。

元代詩人們不僅借畫中之物來寄託自己高尚的情操，而且還借畫中之物來抒寫自己心中的壘塊。如湯炳龍的《題竹梅圖》就寫得饒有意味：「歲晚空江見此圖，竹梅相伴占全湖。如何不與松為友？應怪人間作大夫。」松、竹、梅本歲寒三友，歷代文人無不並頌。而在這裡，卻因為青松曾被染上一絲俗氣，故較之梅、竹已遜一籌。松尚且如此，更何況其餘？作者的憤世嫉俗之情，已到了不吐不快的地步。那些終日狗苟蠅營、追名逐利之徒，讀此詩，又不知作何感想。

四、「少卿駝馬彌山谷，何似中郎一節歸」──傾心讚頌的節烈英靈

在託物自勵的同時，元人還在題畫詩中通過對某些歷史人物的褒揚讚譽來表達自己的歷史觀、人生觀、道德觀。在漫漫的歷史長河中，有兩類人物尤為作者們所傾倒、欽佩。一類是在歷史上建功立業的英雄，至少是希望有所作為的有識之士，如伊尹、屈原、伍子胥、韓信、蘇武、謝安、李白、杜甫、蘇軾、辛棄疾等；另一類是在歷史上雖無大功業，卻在文人心目中佔有崇高地位的風範千古的隱士，如伯夷、叔齊、嚴光、陶淵明、陳摶、林逋等。一般說來，作者們對這兩類人物的讚頌，無非是體現了「窮則獨善其身，達則兼善天下」這一儒家高尚人格的兩個側面。值得注意的是，在眾多的讚頌古人的題畫詩中，有一種道德觀念尤受元代詩人們的青睞，被擺在十分突出的位置。那便是「節」，熱血男兒的氣節，作為臣子而盡忠君國之「節」，作為遺民而高蹈不仕之「節」。

劉詵有一首《蘇武持節圖》詩：「朔雪漫沙幾白粃，胡風吹凍滿氈衣。少卿駝馬彌山谷，何似中郎一節歸。」以李陵反襯蘇武，態度十分鮮明。楊維楨的《題蘇武牧羊圖》也予蘇武以極高的讚譽，許之為「旄盡風霜節，心懸日月光」。盧摯的《采薇圖》一詩則讚美了伯夷、叔齊的首陽之節：「服藥求長生，孰與孤竹子？一食西山薇，萬古猶不死！」更有意味的是兩首歌頌陶淵明的題畫詩，其作者居然以醒目的詞句突出了這位不與世俗同流合污的高士「隱居」含意的另一面：「持節」。請看：「五柳莊前霜葉枯，歸來三徑已荒蕪。自書甲子紀正朔，世上那知劉寄奴！」（陸仁《題陶淵明圖惠良夫》）再看：「烏帽青鞋白鹿裘，山中甲子自春秋。呼童檢點門前柳，莫放飛花過石

頭。」（貢師泰《題淵明小像》）歷史上的陶淵明自書甲子以紀年，是否始於劉宋建國之後，又是否表現了與劉宋王朝的不合作態度，那是另一回事。而這兩位作者卻在詩中特筆寫下「自書甲子紀正朔」、「山中甲子自春秋」一類的話，還怕人不明白，又進一步點醒：「世上那知劉寄奴」（宋武帝劉裕），「莫放飛花過石頭」（宋都城金陵），竟從三徑荒蕪的五柳莊前、烏帽青鞋的山中隱士的畫面上題詠出不與新朝合作的傾向。如此看來，這出於同一機杼的兩首詩，實在不能再以一般的歌頌隱居生活的題畫之作而等閒視之了。在這裡，隱居、氣節、某一改朝換代的特殊歷史時期，三者之間當聯繫在一起看待。元人題畫詩中何以出現那許多千古節烈的英魂？在這裡似乎可以找到答案。

　　如果說，上述這種寫法還不那麼直接、多少帶有點借古喻今的味道的話，那麼，有些直接歌頌宋末的抱節孤臣的題畫詩則更令人大吃一驚了。我們不妨看看兩首詠歎鄭思肖的作品：「要寫秋光寫不成，愁凝苦竹淡煙橫。葉間尚有湘妃淚，滴作江南夜雨聲。」（宋無《題鄭所南推篷竹卷》）「秋風蘭蕙化為茅，南國淒涼氣已消。只有所南心不改，淚泉和墨寫離騷。」（倪瓚《題鄭所南蘭》）鄭思肖，字所南，宋亡之後，隱居吳下，坐必南向，歲時伏臘，輒望南野而哭，畫蘭不畫土，或詰之，則謂為人奪去，是一個典型的南末遺民。宋無、倪瓚的兩首詩，均借鄭氏所畫之物，或竹或蘭，從而寫出了一種無以復加的苦愁之情、淒涼之氣，其間所寄寓的是一種什麼樣的感受，難道還不明確嗎？這簡直不是在題畫，也不止於詠歎一位歷史人物鄭所南，而是在替已然逝去的大宋王朝鳴奏一曲哀婉淒切的輓歌了。若鄭氏泉下有靈，定當視宋、倪二人為人間知己。

五、「百年花鳥春風夢，不是錢塘是汴梁」——反覆詠歎的興亡感慨

　　中國文人的歷史意識是十分厚重的。千千萬萬的詩人，在萬萬千千的詩作中無休無息地反覆吟詠看「懷古」的大題目，但選取的角度卻各各不同，元人題畫詩亦如是。除了上述那種招千古節烈之英魂的作品而外，元代詩人還通過題畫詩的形式，表達出各自心中的那一份深沉的歷代興亡的感慨。尤其是歷史上某些帝王驕奢淫佚的生活所導至的失敗之悲、亡國之痛，更成為元人題畫詩中寫得最多的題材。在這裡，諷刺與同情、譴責與惋惜、嘲弄與憂傷、痛惡與哀悼，種種複雜的感情融合在一起，它超越了所題畫面的侷限，

也超越了年歲光陰的拘束，而成為一種情緒、一種超時空的帶有沉重悲劇意味的情緒。此類詩作舉不勝舉，而作者們筆鋒之所向，又多集中於唐明皇、宋徽宗等幾位最典型的風流天子、混帳君王身上。如段成己《題張郎中明皇小決圖》其一：「志在馳驅禍已胎，笑顏況更為誰開？貪爭飛鞠鞭驟去，不覺踰垣有鹿來。」如宋無《題玉環聯轡圖》：「赭紅袍映縷金衣，笑並花驄酒力微。試問六龍西幸日，有人曾侍翠華歸？」如虞集《宣和墨竹寒雀》：「灑墨寫琅玕，深宮春畫閒。蕭條數枝雪，不似紇干山。」如黃溍《宣和畫木石》：「石邊古木尚青枝，地老天荒石不知。故國小臣誰在者？蒼梧落照不成悲。」如仇遠《題趙松雪迷禽竹石圖》：「錦石似敲玉樹荒，雪兒無語戀斜陽。百年花鳥春風夢，不是錢塘是汴梁。」詩人們或大發感慨：「玉環去後千年夢，留與東風作夢看。」（金涓《徐熙牡丹圖》）或飽含諷刺：「開元天寶今陳跡、舞破中原馬不知。」（張伯淳《舞馬圖》）或乾脆直抒悲愴之情：「故國三千里，名禽十二紅。白頭供奉在，揮淚濕東風。」（柯九思《題黃筌畫紅蕉十二紅》）當作者們反反覆覆吟詠那一段段令人傷懷的歷史故事時，他們的筆一定都是沉甸甸的。然而，在此類作品中，作者把筆舉得高高、把墨蘸得濃濃，寸心飛越千秋、尺幅包容萬里，從而寫得最為酣暢淋漓的，當推劉因的《宋理宗書宮扇》一詩：

> 天津月明啼杜鵑，梁園春色凝寒煙。傷心莫說靖康前，吳山又到繁華年。繁華幾時春已換，千秋萬古合歡扇。銅雀香銷見墨痕，秋去秋來幾恩怨。一聲白雁更西風，冠蓋散為煙霧空。百錢襪錦天留在，禍胎要鑒驪山宮。當時夢裏金銀闕，百子樓前無六月。瓊枝秀發後庭春，珠簾晴卷天門雪。棹歌一曲白雲秋，不覺金人淚暗流。乾坤幾度青城月，扇影無情也解愁。五雲回首燕山北，燕山雪花大如席。雪花漫漫冰峨峨，大風起兮奈爾何！

詩人以宋理宗所題二宮扇為線索，從梁園春色直寫到燕山雪飛。詩中用了大量的史實典故，如漢武之金銅仙人、曹瞞之銅雀瓦現，後主後庭之玉樹瓊枝、明皇貴妃之百錢錦襪，靖康奇恥導至五雲回首日、南宋偏安沉迷吳山繁華年，……真有無盡的哀思、無窮的感慨。諷刺筆墨，溢於言表；借鑒意義，蘊於其中。是痛恨，也是惋惜；有指責，也有悲悼。誠可謂千年重負積澱於一詩，百代憂傷焚燒於五內。然而，作者並非無緣無故地大發思古之幽情，詩中還孕藏著作者親身經歷過的現實巨變的隱痛。「一聲白雁更西風，

冠蓋散為煙霧空」，所指的正是南末滅亡的悲劇。「白雁」，諧音「伯顏」，乃滅亡南宋的元軍統帥。田汝成《西湖遊覽志餘》卷六載：「先是，臨安有謠云：『江南若破，白雁來過。』蓋伯顏之讖也。劉靜修（即劉因）《白雁行》云：『北風初起易水寒，北風再起吹江干；北風三起白雁來，寒氣直薄朱崖山。乾坤噫氣三百年，一風掃地無留殘。萬里江湖想瀟灑，佇看春水雁來還。』蓋寓言也。」明白了這一點，我們便可以從那無情的扇影背後領略到詩人深情的歎息。如此將歷史與現實打成一片的濃筆重墨，正不知那輕絹素箋如何載得起！

六、「良工欲寫無言意，自託丹青作酒箋」——借題發揮的畫外意旨

一首題畫詩，如果僅僅是就畫而論畫，恐難免失之為平庸，但如果能題寫出畫外之音，甚至能以區區數十字將那無聲畫面的靈魂喚起、將那塵寰世界的憂患打入，從而在丹青之上擸射出現實生活的赤橙黃綠青藍紫，那才不枉為題畫「詩」。胡長孺有言：「良工欲寫無言意，自託丹青作酒箋。」（《題醉王母圖》）這裡指的是畫師，同樣，也是指的題畫詩人自己。當然，詩人們所注目的絕不止於一個「酒」字，而是形形色色的社會問題。請看：「禾黍連雲待歲功，爾曹竊食素餐同。平生貪點終何用，看取人間五技窮。」（鄧文原《錢舜舉碩鼠圖》）再看：「玉立丹墀氣尚粗，食殘豿豆更何須？太平未必閒無用，一幅君王納諫圖。」（柳貫《題立仗馬圖》）聖明天子之虛心納諫竟多半是假的，如盛唐立仗馬一般形同虛設；而貪官污吏之竊食素餐卻全都是真的，像先秦大老鼠一樣貪得無厭。這是在元代中葉所謂「承平日久」之際，由兩位為官均身居高位、為詩皆溫厚雍容的作者，以題畫詩為中介而傳達給讀者的一點時代訊息，卻不料竟也寫得如此醒目刺眼。若證之以史實，則詩人之言信不誣也。大德年間，在僅占全國三分之一地區的七個道中，就查出「髒污官吏凡一萬八千四百七十三人，髒四萬五千八百六十五錠」。（《元史成宗紀》大德七年）

上述二詩，尚是轉彎抹角的借古諷今。這裡，還有更現實的描寫：「去年苦旱蹄敲塊，今年水多深沒鼻。……縱然喘死死即休，不願徵求到筋骨。」（張翥《題牧牛圖》）這是寫牛嗎？是的，又不是。這是寫的牛馬不如的人，是寫那掙扎於水深火熱之中的野老村農面對著天災人禍所發出的痛苦呻吟和悲憤控訴！這裡，還有更鮮明的畫面：「雪藕冰盤斫簾廚，波光簾影帶風蒲。

蒼生病渴無人問，赤日黃埃盡畏途。」（張雨《避暑圖》）原本是題《避暑圖》的詩，卻題到了那一錢不值無法避暑的生活。畫面上的雪藕冰盤、波光簾影與畫面之外的病渴蒼生、黃埃赤日形成了多麼強烈的對比、何其鮮明的反差！如此畫外之音，讀者該縈於耳際了吧。如果還未聽清，不妨再讀幾句：「塞南健婦方把鋤，丈夫邊戍官索租。」（陳旅《題遼人射獵圖》）「向來北地誇豪俊，不省中原厭亂離。」（傅若金《金人擊鞠圖》）從遼人的射獵，竟然寫到「官索租」；由金人的擊鞠，居然想到「厭亂離」。畫面那種種風物景致，不過是作者們心弦撥動的起點；而畫外，那沉沉慘酷人寰，才永久地迴響著詩人們靈臺顫抖的餘音。想不到「題畫」這不起眼的方式，卻也能表現出如許強烈的憂患意識、批判精神。

七、「而今風景那堪畫，落日空城鳥雀悲」──歷史裂變的低谷回聲

以上，我們對元人題畫詩的部分作品進行了一次匆匆的巡閱，結果，卻從這題畫詩的交響樂中諦聽出了它的主旋律──「悲」。歷史興亡之悲、現實世界之悲、黎民百姓之悲、詩人自我之悲，幾幾乎無詩不悲、無處不悲了。「而今風景那堪畫，落日空城鳥雀悲」。楊果《崐山秋晚圖》中的這兩句詩，大至可以概括許多題畫詩作者的一種共同心態。

元代詩人所處的是一個特殊的時代。歷史斷層的裂變、自身價值的跌落、人格理想的破碎、傳統文學的萎縮，這一切一切，使元代許多詩人共同產生了一種失落感，巨大的失落感。許多在他們看來本應屬於他們的東西驟然失去，並且毫無力量失而復得。他們的心頭，只能銘刻一個大字：悲！

中國封建社會的歷史，經歷了多少次的改朝換代之後，突然寫下了前所未有的一頁。成吉思汗的子孫們以其席捲萬里、雄視千年的氣概混一九州，使東方世界出現了一個強盛無比的大元帝國。作為中華民族成員之一的蒙古族，掌握了神州大地的主宰權，這是一個歷史事實，是一個必須、也應當承認的歷史事實。但由於長期以來所形成的正統觀念的作用，許多人在接受這一事實時終不能那麼坦然、泰然。儘管元代史臣在修遼、金、宋三史時經過激烈爭議最終仍體現了以「金」為正統而元之代金乃滅國繼統的傾向，但在許多一貫接受封建正統觀念的漢族知識分子看來卻不是如此。他們認為元之滅南宋，不是一般的改朝換代，更不是消滅了一個地方政權，而是所謂「夷胡」取代了「正統」。然而，這種「非正統」居然「大一統」了。鐵一般的歷

史事實毫不留情地捶擊著他們心中石一般的正統觀念。於是，一種面臨歷史驟變而無法取得心理平衡的巨大失落感便在他們心頭產生。伴隨著這種歷史驟變的失落感而到來的又有另一方面的失落感——文人自身價值跌落的切膚之痛。新朝居然多年不行科舉，居然把儒人降到最為低賤的位置，居然如此地將他們視作可有可無。漢族文人們感到自身價值的貶抑，他們憤激、他們惱怒，最終只能於無可奈何之際各自尋找出路：或流落市井、或遁跡山林、或棲身官場。儘管他們的物質生活各有不同，但「儒人顛倒不如人」的感受卻共同存在。儘管元代的文網較之以前的宋、以後的明都要寬鬆得多，儘管他們發幾句牢騷尚不至於有身首離異的危險，但得不到重用乃是封建時代文人的最大不幸、受人歧視乃是封建時代文人的最大悲哀。不僅如此，漢族知識分子千百年來作為精神支柱的儒家思想，居然也在這一特殊的年代裏遭到了強有力的衝擊。什麼仁、義、節、烈，什麼禮、讓、忠、恕，竟不像從前那樣被人們看作比生命還重。儒家的人格理想在強權面前顯得那麼軟弱無力、無足輕重。漢族知識分子們既悲歎自身社會價值的跌落，更悲歎他們所景仰的人格理想的破碎。悲哀與恥辱好像孿生兄弟般一起到來，這該是多麼沉重的精神負擔。還有，對某些習慣於運用傳統詩文來抒懷言志的文人而言，那駕輕道熟的文學樣式也不知不覺地被通俗文藝擠到了一個十分可憐的角落中去。在政治上難以有所作為，在道德上無法有所振興，就連文化領域這一席之地也難以固守。失去！一切的一切，都在這麼一個歷史裂變的時代裏匆匆失去。具有如此多重的、巨大的失落感的詩人們，一旦提起筆來，不大書特書一個「悲」字，又能寫下什麼？

　　似乎可以這麼說，元人題畫詩，是元代部分詩人召喚傳統觀念、傳統道德、傳統生活、傳統文化「魂兮歸來」的悲哀樂曲，是歷史斷層裂變的低谷回聲。

（原載《湖北師範學院學報》1993 年第二期）

用盡我為民為國心
──張養浩受命赴秦後散曲及詩文臆探

　　張養浩是元代著名作家，但長期以來我們對他到陝西賑濟難民並以身殉
職期間的散曲詩文缺乏系統深入研究。本文以這個特殊事件為切入點，全面
探討張養浩生命歷程最後階段的詩文散曲之作，認為這些作品是一個有良知
的官員艱難賑災歷程和博大仁愛胸懷相結合的真實記錄，從而，充實了張養
浩研究的薄弱環節，並對我們今天的幹部廉政建設具有一定的借鑒意義。

　　古往今來，標榜自身憂國憂民的官吏和文人不在少數，但真正為蒼生黎
民嘔心瀝血者能有幾人？至於為了百姓而貢獻自己的一切乃至生命的達官貴
人則更是鳳毛麟角，而張養浩就是這樣一位極為罕見的「用盡我為民為國心」
的人物。

一、張養浩其人

　　張養浩（1270～1329），字希孟，號雲莊，又稱齊東野人，山東濟南人。
《元史》有傳，摘其要如下：

> 　　幼有行義，嘗出，遇人有遺楮幣於途者，其人已去，追而還
> 之。……及為丞相掾，選授堂邑縣尹。人言官舍不利，居無免者，
> 竟居之。首毀淫祠三十餘所，罷舊盜之朔望參者，曰：「彼皆良
> 民，飢寒所迫，不得已而為盜耳；既加之以刑，猶以盜目之，是絕
> 其自新之路也。」眾盜感泣，互相戒曰：「毋負張公。」有李虎者，
> 嘗殺人，其黨暴戾為害，民不堪命，舊尹莫敢詰問。養浩至，盡置
> 諸法，民甚快之。去官十年，猶為立碑頌德。……後以父老，棄官

歸養，召為吏部尚書，不拜。丁父憂，未終喪，復以吏部尚書召，
力辭不起。泰定元年，以太子詹事丞兼經筵說書召，又辭；改淮東
廉訪使，進翰林學士，皆不赴。天曆二年，關中大旱，饑民相食，
特拜陝西行臺中丞。既聞命，即散其家之所有與鄉里貧乏者，登車
就道，遇餓者則賑之，死者則葬之。……時斗米直十三緡，民持鈔
出糴，稍昏即不用，詣庫換易，則豪猾黨蔽，易十與五，累日不可
得，民大困。乃檢庫中未毀昏鈔文可驗者，得一千八十五萬五千餘
緡，悉以印記其背，又刻十貫、伍貫為券，給散貧乏，命米商視印
記出糴，詣庫驗數以易之，於是吏弊不敢行。又率富民出粟，因上
章請行納粟補官之令。……到官四月，未嘗家居，止宿公署，夜則
禱於天，晝則出賑饑民，終日無少怠。每一念至，即撫膺痛哭，遂
得疾不起，卒年六十。關中之人，哀之如失父母。（《元史》卷一百
七十五）

從上述材料中，我們已能夠大致瞭解張養浩之為人為官。幼時的張養浩，就
具有極大的同情心，拾金不昧，追趕失者而還之。正是這種自幼形成的仁者
胸懷，使得當官以後的張養浩能夠「用盡我為民為國心」。（張養浩〔南呂〕一
枝花《詠喜雨》）三十五歲擔任堂邑縣尹，張養浩就充分體現了為民造福的初
衷。首先是破除迷信，住凶宅、毀淫祠，然後免除對曾經的犯罪者侮辱性的
責罰。並說出許多官員不可能也不願意說出的話：「彼皆良民，飢寒所迫，不
得已而為盜耳。」這應該是封建時代對普通百姓偶而違法犯事的「罪犯心理」
的最清醒、最符合實際的認識和闡述。在容許和促使偶而犯罪者走向自新之
路的同時，張養浩又對那些危害百姓利益的黑惡勢力實行堅決打擊，將他們
「盡置諸法」，結果是「民甚快之」。當時的堂邑人民真是幸運，他們遇上了
張養浩這樣的宅心仁厚、清廉正直、年輕有為、剛柔相濟的好官。因此，張養
浩「去官十年」之後，當地百姓「猶為立碑頌德」。

此後，張養浩入朝歷官監察御史、禮部尚書，又因直言敢諫而屢遭風
險。至治元年（1321），以父老辭官家居。後朝廷七次遣使徵聘，均辭不就。
然而，就在他解甲歸田，不想再入仕途時，就在他離開官場八年，生活得消
遙自在時，一件突然的事情發生了：「天曆二年，關中大旱，饑民相食。」朝
廷拜張養浩為陝西行臺御史中丞，到關中賑濟難民。張養浩散盡家財，聞命
即赴。一路上，「遇餓者則賑之，死者則葬之」。並一再為災民祈雨。到官四個

月，懲治發「難民財」的貪官污吏，為百姓提供方便，傾囊橐以賑饑民。甚至每天住在辦公場所，夜以繼日地工作。每想到人民的痛苦，輒「撫膺痛哭」。最終憂勞成疾，一病不起，以六十高齡以身殉職，死在了賑濟災民的崗位上。這樣的官員，才是真正的百姓的「父母官」。因此，張養浩去世之後，「關中之人，哀之如失父母」。這應該是對死者最高的崇敬和慰藉。筆者曾在一篇文章中對張養浩「用盡為民為國心」的行為發出了由衷感歎：「他把一切都獻給了災民，包括他已到花甲之年的生命。如果每一個為官作宦之人，都能像張養浩這樣心裏裝著百姓，甚至為人民而死，如果人人心中都有這種人倫大德，人人皆為堯舜，人人皆為張養浩，那麼，天下何愁不治？人間何愁不美？」（《〈山坡羊・潼關懷古〉導讀》）

張養浩是元代後期重要的散曲作家和詩人，他的散曲集有《雲莊休居自適小樂府》，存套數二、小令一百六十一。多寫山林隱居之趣，亦不乏揭露現實、關心民生疾苦之作。風格平易自然，不事雕琢。其詩文亦有好作佳篇，詩風多樣化，清逸、豪放，兼而有之，有《雲莊類稿》。對於他的作品，四庫館臣有十分中肯的評價：

> 其言皆切實近理，而不涉於迂闊。蓋養浩留心實政，舉所閱歷者著之。非講學家務為高論，可坐言而不可起行者也。明張綖《林泉隨筆》曰：「張文忠公《三事忠告》，誠有位者之良規。觀其在守令則有守令之式，居臺憲則有臺憲之箴，為宰相則有宰相之謨。醇深明粹，真有德者之言也。考其為人，能竭忠徇國，正大光明，無一行不踐其言」云云，其推挹可謂至矣。（《四庫全書總目》卷七十九史部三十五）

四庫館臣以及他們所轉述這些推崇備至的讚譽之辭，應該說是符合張養浩為官為人實際的。雖然這裡評價的只是張養浩的議論文，但也同樣符合他文學創作的實際。

下面，我們重點討論張養浩受命陝西行臺御史中丞赴秦賑災以後的散曲及詩文作品。

二、赴秦後散曲之作

元文宗天曆二年（1329）二月，張養浩被召為陝西行臺御史中丞，赴秦地賑災，此後，直至他去世，不到半年的時間，留下的散曲作品有小令十三

首，套數一套，羅列如下：

〔中呂山坡羊〕九首：《北邙山懷古》、《洛陽懷古》、《潼關懷古》、《沔池懷古》二首、《驪山懷古》二首、《未央懷古》、《咸陽懷古》。

〔中呂喜春來〕三首：「十年不做南柯夢」、「路逢餓殍須親問」、「親登華嶽悲哀雨」。

〔雙調得勝令〕《四月一日喜雨》。

〔南呂一枝花〕套《詠喜雨》。

以上作品，我們可以統一稱之為張養浩受命赴秦後的散曲。而這些作品幾乎全都貫串一個主旋律：「用盡我為民為國心」。

〔中呂山坡羊〕《潼關懷古》是張養浩的代表作，也是上述這一組「懷古」之作的最強音。曲中寫道：

> 峰巒如聚，波濤如怒，山河表裏潼關路。望西都，意躊躇，傷
> 心秦漢經行處，宮闕萬間都做了土。興，百姓苦；亡，百姓苦！

該篇乃作者赴陝西途中經咸陽時作，題目雖為「懷古」，其實是「傷今」。全篇以高度概括的語言，對歷代王朝的興衰史作了全面、深刻的反省。「峰巒如聚」三句以磅礴氣勢描繪潼關地勢的險要，為後面的抒情作了紮實的鋪墊。「望西都」四句寫歷史變遷，大有滄海桑田之感慨。結末二句，「興，百姓苦；亡，百姓苦！」緊接前面的抒情而生發議論，發出了封建時代為普通民眾吶喊的最強音，同時，也揭示了一個千古以來鐵的事實：無論朝代興衰更替，受苦受難的永遠是蒼生黎元，是普普通通的老百姓。全曲開篇三句寫景，中間四句抒情，結末兩句議論，三者融合無間，氣勢雄偉，感歎深沉，為元人散曲中罕見之佳作。王季思等先生評價說：「這首曲通過『宮闕萬間』的化為焦土，發出了不管封建王朝的興亡，都只會給人民帶來痛苦的概歎。弔古傷今，同情人民命運，這在元曲中是少見的。」（《元散曲選注》）何貴初先生對此篇的認識有獨到之處：「在朝代興替中，其他作家只是一味嗟歎世變無常，人事滄桑；但張養浩卻在變中看到不變——老百姓受苦受難總是不變的。」（《張養浩及其散曲研究》第七章）薛祥生、孔繁信二先生對此篇也有中肯的評價：「『興，百姓苦；亡，百姓苦』二句，寫由懷古所引出的歷史性的結論：不論哪一個封建王朝的興衰，帶給老百姓的只有苦難，譴責了新王朝的罪惡，表達了對災民的同情，這樣深刻的認識，在當時是十分難能可貴的。」

其實，懷古傷今、關心民瘼是張養浩〔中呂山坡羊〕「懷古」組曲統一的幽懷悲訴，其他曲子中也多有意義相同的表達。如：「驪山四顧，阿房一炬，當時奢侈今何處？」「漢唐碑，半為灰，荊榛長滿繁華地。」（《驪山懷古》）「君也，誰做主？民也，誰做主？」（《沔池懷古》)「悲風成陣，荒煙埋恨，碑銘殘缺應難認。」（《北邙山懷古》)「見遺基，怎不傷悲，山河猶帶英雄氣。」（《未央懷古》)「想興衰，若為懷，唐家才起隋家敗，世態有如雲變改。」（《咸陽懷古》）對於「緬懷古蹟」之作怎樣轉換為「關心民瘼」之內涵這一問題，何貴初有精當的評說：「借趙惠文王和秦昭王澠池相會一事發揮，不滿藺相如『太粗疏』，著眼在『民，乾送了』。如果趙王或藺相如席上被殺，趙國一定陷入無君無相的混亂局面，那時候，受苦的就是趙國的老百姓了。」（《張養浩及其散曲研究》第七章）何氏此處所議論的乃是張養浩《沔池懷古》二首，全文如下：「秦如狼虎，趙如豚鼠，秦強趙弱非虛語。笑相如，大粗疏，欲憑血氣為伊呂，萬一座間誅戮汝，君也，誰做主？民也，誰做主？」「秦王強暴，趙王懦弱，相如何以為懷抱？不量度，剩粗豪，酒席間便欲伐無道，倘若祖龍心內惱，君，乾送了；民，乾送了！」

羊春秋先生嘗言，張養浩「拓寬了曲的創作天地」。（《散曲通論》第六章）具體而言，張養浩在哪些方面有所「拓寬」呢？趙義山先生在《元散曲通論》中對此有進一步闡發：「在張養浩以前，元散曲的題材範圍始終未能走出作家個人生活的圈子，是他，第一次將同情人民疾苦的內容引進了散曲創作的題材領域，他的貢獻是不朽的。」（第八章）這些評價毫無疑問是切中肯綮的，不僅上面展示的〔中呂山坡羊〕「懷古」組曲能夠印證這些觀點，而且，下面的〔中呂喜春來〕三首、〔雙調得勝令〕《四月一日喜雨》、〔南呂一枝花〕套《詠喜雨》均能進一步說明這一問題。

請看這樣的肺腑之言：「萬象欲焦枯，一雨足沾濡。天地回生意，風雲起壯圖。農夫，舞破蓑衣綠。和余，歡喜的無是處！」（〔雙調得勝令〕《四月一日喜雨》)「親登華嶽悲哀雨，自捨資財拯救民。」「路逢餓殍須親問，道遇流民必細詢。」（〔中呂喜春來〕）

對照史實，上述散曲中的句子都可以得到印證。《元史》卷一百七十五載：「道經華山，禱雨於岳祠，泣拜不能起，天忽陰翳，一雨二日。及到官，復禱於社壇，大雨如注，水三尺乃止，禾黍自生，秦人大喜。」明初靳顥《三事忠告序》曰：「又聞先生為西臺中丞時，憫民饑死。……即發粟賑貸，民賴

以活者不可勝數，先生之奇功碩德類蓋如此。」張養浩《祭李宣使文》云：「路出河南，流民寢遇。抵新安、硤石，則縱橫山谷，鵠形菜色，殊不類人，死者枕藉，臭聞數里。……余年六十，生長齊魯富庶之鄉，餓殍流民，雅未嘗見，一旦遇之，心酸鼻辛，不覺淚之交頤。……行次華陰，宿於岳祠，時旱嘆甚久，遂為文禱之，文詞甚悲。禱之夕，余自讀其文，讀至悲所，不覺失聲。……余遂出私鏹若干，詭為鬻粥者，凡三處食之。」

連接這些片段，我們可以大致勾畫出張養浩逝世前幾個月的行蹤事蹟。他接到朝廷的特殊重任，聞命立赴，驅車向西。在河南、陝西交界處就發現大量災民死於路途，餓殍遍野，不禁老淚縱橫。到華陰，祈雨於岳祠，哭拜於地，文辭甚為沉痛。似乎上蒼都被他感動，一連下了兩天雨。到任後，又將自己私囊中的銀兩全部拿出，開了三處粥棚，救濟災民。同時，一邊賑災，一邊求雨，終於迎來了四月一日的一場喜雨。這位賑災大臣和農民一起歡呼雀躍，高興得一塌糊塗。然而，正是由於長時間與災民同呼吸共命運，晝夜不停地工作，張養浩積勞成疾，最終為賑災事業獻出自己老邁的生命。所有這些，都在張養浩自己的散曲中得到不假雕飾的誠摯體現。而下面這套題為《詠喜雨》的散曲，更是他當時久旱逢甘霖喜悅心情的最真實而飽滿的表達：

〔南呂一枝花〕用盡我為民為國心，祈下些值玉值金雨。數年空盼望，一旦遂沾濡。喚省焦枯，喜萬象春如故，恨流民尚在途。留不住都棄業拋家，當不的也離鄉背土。〔梁州〕恨不的把野草翻騰做菽粟，澄河沙都變化做金珠。直使千門萬戶家豪富，我也不枉了受天祿。眼覷著災傷教我沒是處，只落的雪滿頭顱。〔尾聲〕青天多謝相扶助，赤子從今罷歎吁。只願的三日霖霪不停住，便下當街上似五湖，都淹了九衢，猶自洗不盡從前受過的苦！

這裡有興奮，也有焦慮；有企盼，也有擔當；有安慰，也有自牧；有祝願，也有感傷！全都是一位殫思竭慮的老者「為民為國心」的和盤托出、無遺展露。沒有絲毫的咬文嚼字，沒有丁點的造句修辭，一片天然，一片天籟。這是真的歌曲，因為它是心靈深處發出的。散曲寫到這個境地，我認為是無以復加了。

三、赴秦後其他作品

張養浩受命赴秦後的作品，並非只有上述那些散曲，至少還有詩歌《哀

流民操》《長安孝子賈海詩》《觀含元殿故址》等，散文《祭李宣使文》《西華嶽廟祈雨文》《西華岳催雨文》《為民病疫告鬥》等。

這些詩文作品所反映的內容，與同期散曲所反映的幾無二致，甚至可以說，在那半年時間裏，張養浩心中只有一個念頭：拯救災民！而他的詩文也罷，散曲也罷，全都是這個念頭的藝術化表現。謂予不信，我們不妨來看看這些作品。

其《觀含元殿故址》以滿目滄桑的筆調寫出了古建築周邊的荒涼景象：「當時宮觀上凌霄，回首陵夷半野蒿。愛煞堯階土三尺，至今猶與北辰高。」（《歸田類稿》卷二十二）

如果說《觀含元殿故址》只是借景抒情而表達心中鬱悶的話，那麼，下面這首《哀流民操》則是他將對流民的同情噴薄而出，心頭的哀傷躍然紙上了：

> 哀哉流民！為鬼非鬼，為人非人。哀哉流民！男子無縕袍，婦女無完裙。哀哉流民！剝樹食其皮，掘草食其根。哀哉流民！晝行絕煙火，夜宿依星辰。哀哉流民！父不子厥子，子不親厥親。哀哉流民！言辭不忍聽，號哭不忍聞。哀哉流民！朝不敢保夕，暮不敢保晨。哀哉流民！死者已滿路，生者與鬼鄰。哀哉流民！一女易斗粟，一兒錢數文。哀哉流民！甚至不得將，割愛委路塵。哀哉流民！何時天雨粟，使女俱生存，哀哉流民！（《元詩選初集》丙集）

對這首從白居易新樂府發展而來而又超越之的作品，後世讀者無不給予很高的評價。薛祥生、孔繁信《張養浩作品選前言》說：「以五言為主，雜以四言，節奏起伏跌宕，表現了詩人面對流民疾苦焦慮不安的心情。」黃瑞雲《金元詩三百首》云：「從這首《哀流民操》中，我們至今還能聽到他那慘痛的哭聲，這是詩人用生命譜出的哀歌，與一般泛泛所謂同情人民的作品自不可同日而語。」劉達科《遼金元詩選評》稱：「作品以沉痛的筆墨描繪出流民離家失所。賣兒鬻女、屍拋道旁的場景。它採用民歌反覆吟詠的章法，刻畫真切而又樸實無華，如泣如訴，聲情激蕩。」劉新文《金元詩選評》謂：「此為有良知的官吏的內心世界之縮影，是作者同情、關注民生悲苦疾痛的哀歌。」

張養浩直接表達對災民的苦難痛心疾首的詩篇其實不僅止於這篇《哀流民操》，其《長安孝子賈海詩》更帶有血腥氣味，但仍然是當時場景的真實再現。詩太長，摘引如下：

　　　　天曆元二載，西土罹薦饑。愚時拜中丞，帝曰汝往釐。嗷嗷三
輔間，十室九困疲。行者緦溝瘠，居者恒餒而。親戚自魚肉，遑恤
父子離。鄠縣民有賈，竭力奉母慈。闔門為口四，一妻仍一兒。操
瓢日行丐，有得歸母貽。不幸值虛往，見母顏忸怩。退省百無有，
滿屋風淒其。以湯和糠粃，進母母不怡。……子懼白其妻，無言第
頭垂。妻曰攜此子，從鬻無問誰。市呼不見售，復歸泣漣洏。子心
救火急，兒命累卵危。陰攜至他所，恩愛從此辭。解衣縋不殊，反
為子禁持。取盆拔佩刀，手足隨紛披。紿云黃犬炙，雅於補衰宜。
母知口腹美，不悟骨肉虧。子幸母解顏，不計妻攢眉。余聞驚此言，
怒詰官失治。使民至如此，賑貸猶遲疑。即引造行省，使細陳毫釐。
且命出兒肉，闔府徧示之。釘諸相坐前，余為失聲悲。……（《元詩
選初集》丙集）

該詩所記，是當時發生的一個真實事件，鄠縣鄉民賈海為了讓母親能填飽肚
子，竟然暗中殺子以獻其肉。此事慘絕人寰，無怪乎作者要震驚，要大發雷
霆，然後，又拿出自己的錢財救濟賈海一家。《元史》本傳也記載張養浩「聞
民間有殺子以奉母者，為之大慟，出私錢以濟之」。

　　張養浩還有一首詩，也是描寫災區民眾苦難生活的。該詩沒有收入《歸
田類稿》，但是在明初靳顥的《三事忠告序》中被引用：

　　　　作詩白於朝，有曰：「西風疋馬過長安，饑殍盈途不忍看。十里
路埋千百冢，一家人哭兩三般。犬銜枯骨筋猶在，鴉啄新屍血未乾。
寄語廟堂賢宰相，鐵人聞此也心酸。」

詩歌而外，張養浩這段時間還寫了好幾篇文章來記載賑災狀況，有的甚至直
接為救災服務。例如以下三篇見於《歸田類稿》卷八的文章，雖然都是帶有
迷信色彩的向上天神靈、西嶽北斗的祈求文字，但在當時那個時代，也是一
個賑災官員「工作」的一部分，至少可以起到安定民心的作用，更何況上天
還十分「巧合」地回報了這位百姓父母官的祈求。引人注目的是，即便是這
些「應用文字」，張養浩也寫得情感真摯。一之曰：「不幸屬民多艱，流亡強
半，餓而死者相枕於途。今將首夏，尚爾亢旱如故。某雖叨榮行臺，實悲實
懼。使某平昔素無為民為國之心，重以貪殘邪僻，神不見恤，則固其宜。萬一
少有可取，則神亦安能漠然坐視不為動於中也？伏望垂監愚忱，少沛甘澍，
使民回生，意歲秋有期，則神之血食古今者，為不誣矣！」（《西華嶽廟祈雨

文》）二之曰：「非勢窮事迫，臣亦何敢不知忌諱，連日薦瀆？惟神有以哀其愚而終惠之，則某雖旅困於途，敢不重報！」（《西華嶽廟催雨文》）三之曰：「今三輔之民，自春徂夏，由病疫而死者殆數萬計，巷哭裏哀，月無虛日，使彼有罪，已盈其罰！伏望明神自今咸加寬宥，杜其禍源，開以生路。滌之以甘雨，蕩之以祥飆，使人蒙休嘉，物遂生息。」（《為民病疫告鬥》）

張養浩的執著不僅感動上蒼，數次降落甘霖，而且，這位欽差大臣還感動了身邊的下屬，他們都願意追隨御史中丞將解民之倒懸視為己任。不怕苦，不怕累，勤奮工作，甚至有人還先於張養浩而倒在賑災第一線。有一位李宣使，張養浩稱之為李生，是其身邊職務較低的年輕工作人員，一路跟隨到陝西，幹了很多髒活、累活、苦活。且看：由河南進入陝西途中，滿路屍積如山，張養浩「即命生躬督主者，坎而瘞之」。當張養浩自讀《西華嶽廟祈雨文》時，「生與一二道流，亦皆哽噎」。後來，老天爺終於下雨，張養浩「命生市羊一豕一，反而謝之」。張養浩到處賑災，「每出巡，生必騎隨」。張養浩自己掏錢鬻粥，「凡三處食之，命生往來覆視」。張養浩「患庫錢細民艱於交易，又命生監蒞」。最終，在「病民雲集」的情況下，「生資稟素薄，其毒惡之氣乘而入之，遂感成疾，凡更數醫，迄不能起」，為賑災工作貢獻了自己年輕的生命。為此，身為欽差大臣的張養浩親筆為這位年輕的下級屬員寫了一篇祭文：「維天曆二年六月丁亥朔，越七日癸巳，資善大夫陝西諸道行御史臺御史中丞張希孟，謹遣令史賈仲乾等，以清酌之奠致祭故西臺宣使李生之靈！」「夫生之所以得疾者，實由余救民心銳，以生勤不憚勞，故每事命之，初不期生竟以是而不壽也。」並一再發出感歎：「嗚呼」「慟哉」「嗚呼哀哉」！（《祭李宣使文》）

張養浩給李宣使寫祭文的時間是「天曆二年六月丁亥朔，越七日癸巳」，亦即公元一三二九年七月四日。誰料不久之後，張養浩也因憂勞成疾永遠倒在了賑災第一線。

四、作品的精神內核

張養浩走了，他追尋那千千萬萬死亡的難民走了，追尋那忠心耿耿的屬員李宣使走了。但卻將他生命最後半年血化成墨汁、心作為硯臺而寫成的散曲、詩文留在了人間。讓後人看到一個封建時代的知識分子應該怎樣為人，應該怎樣做官！

　　本文所論及的張養浩的散曲、詩文，是他生命的凝聚、意志的凝聚、信念的凝聚，人格的凝聚。同時，也是一個有良知的官員艱難賑災歷程和博大仁愛胸懷相結合的真實記錄。沒有看到赤地千里的人寫不出這些作品，沒有聽到絕望哀號的人寫不出這些作品，沒有嗅到草腥土臭的人寫不出這些作品，沒有將百姓視為血脈至親的人寫不出這些作品，沒有將賑災救民作為生命最後動力的人寫不出這些作品！這，就是張養浩情懷，張養浩精神！

　　進而言之，張養浩情懷，張養浩精神的源動力是什麼？這文化密碼就隱藏在他的名字中間。他不是名「養浩」而字「希孟」嗎？此處所謂「希」，乃「仰慕」之意。《後漢書·王暢傳》云：「府君不希孔聖之明訓，而慕夷齊之末操，無乃皎然自貴於世乎？」其中的「希孔聖」就是仰慕孔聖人的意思。同樣，張養浩字「希孟」，就是仰慕亞聖孟子的意思。那麼，張養浩最仰慕孟子什麼樣的人格精神呢？

　　古人的「名」與「字」往往可以互訓，誠如班固所言：「聞名即知其字，聞字即知其名。」（《白虎通義》下）張養浩的「養浩」就是孟子所謂「我善養吾浩然之氣」。（《孟子·公孫丑上》）養浩然之氣，就是張養浩仰慕孟子的精神核心之所在。

　　正是這種充塞於天地之間並可以拔山撼嶽的浩然之氣造就了張養浩的人道情懷，成就了張養浩的賑災事業，寫就了張養浩的淒美詩章！這種說法，並非筆者的發明創造，早在張養浩那個時代，就有人對此做出了恰如其分的評價：

　　　　人聲之發為言，言之精者為文，而皆出於氣也。昔人謂：文不可以學而能，氣可以養而致。是氣也，孟子所謂「浩然」，至大至剛，以直養而無害者歟！夫其養充而氣完，然後理暢而辭達。孟子之言，非為作文設，而作文之法孰有過此？竊嘗以是驗之世之人，即其文之高下，而其氣之大小，能養與否與夫養而未至者，並可以得之也。故濱國文忠張公，名養浩，字希孟，庶幾學孟子者？（吳師道《歸田類稿序》）

吳師道是張養浩真正知心之人。文至此，可以結矣！然最後一言：張養浩受命赴秦賑災後之散曲詩文作品，均乃其「用盡我為民為國心」之強烈外化。

　　　　　　　　　　　　　　　　　（原載《荊楚理工學院學報》2019年第一期）

于謙詩二首導讀

　　于謙（1398～1457），字廷益。錢塘（今浙江杭州）人。永樂十九年（1421）進士，授山西道御史，遷兵部右侍郎，罷為大理寺少卿。宣德初，任監察御史，巡撫河南、山西，平反冤獄，賑濟災荒，頗有政聲。正統十四年（1449），召為兵部右侍郎。同年「土木堡之變」，于謙力排眾議，反對南遷，組織軍民，經營部署，拜兵部尚書。於是擁立景帝，整飭朝綱，率軍守城，擊退瓦剌，京師賴以安。天順元年（1457），英宗復辟，于謙被人誣陷，以謀逆罪處死，天下冤之。于謙為一代名臣，與宋代的岳飛頗為相似。詩歌創作乃其餘事，然而亦能冠冕時輩。其詩風格平實，語言樸素。有《於肅愍公集》。

【原文】

　《石灰吟》

　　千錘萬擊出深山，烈火焚燒若等閒。粉身碎骨全不怕，要留清白在人間。

　《詠煤炭》

　　鑿開混沌見烏金，藏蓄陽和意最深。爇火燃回春浩浩，洪爐照破夜沉沉。鼎彝元賴生成力，鐵石猶存死後心。但願蒼生俱飽暖，不辭辛苦出山林。

【導讀】

　　《石灰吟》流傳極廣，然並不見於《于肅愍公集》。個中原因可能是因為于謙被誣下獄，家產籍沒，其著作也多有流失。或謂此詩作於永樂十二年（1414）作者 17 歲時，亦可備一說。但無論如何，這是一首極好的詠物詩，

也是一篇膾炙人口的述志佳作。《詠煤炭》也是一首很不錯的通過詠物而言志的作品。二詩同一機杼，都運用了擬人的手法，借助石灰和煤炭這兩樣並不起眼的物品，挖掘了它們內在的輝煌，從而也就表達了詩人的崇高的品格和廓大的襟懷。

《石灰吟》多以人們習用語入詩，如「千錘萬擊」、「烈火焚燒」、「粉身碎骨」，貼切而又自然，能很好地表達少年作者勇敢而又堅韌的人生志向。《詠煤炭》則通過深入細膩的描寫，充分表述了「煤炭」熾熱而又深沉的精神氣質，當然，這也是成年作者人格精神的真實寫照。

（原載《大學語文新讀本》，湖北教育出版社，2006 年 8 月出版）

從出身寒門到聯姻左氏
——李夢陽研究之一

在數以萬計的詩國臣民中，有這麼一位詩人，他本身的詩歌理論並不怎麼高明，詩歌創作也算不上出類拔萃，然而，他卻對一個時代的詩風產生了巨大的影響。在多如牛毛的封建官吏中，有這麼一位官員，他官不過四品，卻屢屢衝犯權貴，乃至數次罷官，幾番下獄，從而贏得了一個剛直耿介的好名聲。這位頗為奇特的詩人兼名震朝野的直臣就是李夢陽，明代中葉的李夢陽。

李夢陽（1473～1530），初名莘，字天賜，更字獻吉，號空同子。他是明代復古派「前七子」領袖。在中國古代文學史上，他是一個不大不小的、頗有爭議的人物。他的一生，尤其是他幾十年的宦海浮沉的生活、執拗的性格、耐人尋味的詩學觀念，都極具傳奇色彩。

我們對他的研究，且從他的家世說起。

一

明建文二年（1400）四月，在燕王朱棣與其侄子惠帝朱允炆爭奪天下的決定性戰役——白溝之戰中，有一個名叫李恩的人戰死沙場。他，就是李夢陽的曾祖父。

李恩，號貞義。我們現在已經無法知道他祖籍何處，因為李夢陽自己也說：「號貞義公者，不知何里人也。」只知道他年輕時入贅河南扶溝人王聚家做女婿。王聚乃軍籍出身，於洪武三年（1370）歸軍於蒲州。不久，又從蒲州遷往慶陽（時屬陝西，今屬甘肅）。李恩跟隨岳父到了慶陽，由此，便被稱為

「慶陽李氏」。

本來，李恩戰死於白溝之役，其卒年是很清楚的。但是，李夢陽在其親筆所修的《族譜》之《家傳》《大傳》中，卻對其曾祖的卒年採取迴避態度、模糊記述，甚至自相矛盾。他一會兒說李恩「生卒年並闕」，一會兒說「北兵之起也，貞義公戰於白溝河，死於是。公有二男子，才數歲，會又失母，故不述其父聞」。一會兒又說：「往先君謂夢陽曰：貞義公歿時，處士公蓋八歲。」

李恩是有兩個兒子，長名忠，次名敬。李忠即夢陽祖父，於「洪武二十八年正月二十一日生。」從洪武二十八年（1395）到白溝之戰的建文二年（1400），統共只有六年時間，李忠在其父李恩戰死時怎麼可能會有八歲呢？明明知道曾祖父死於白溝之戰，卻又在其名下寫作「生卒年並闕」，李夢陽為什麼這樣做呢？推究其原因，無非是因為在白溝之戰中，李恩是為建文帝一邊而死的，而這次所謂「靖難之役」的結果，卻是永樂皇帝朱棣一系坐了天下。這麼一來，李恩的後人李夢陽還敢為其先人表功嗎？還敢彰揚忠烈嗎？無怪乎夢陽在《族譜》中不敢寫明「燕王之師起也」的字樣，而只能含糊其詞，說什麼「北兵之起也」。也無怪乎夢陽要將其曾祖父的卒年問題搞得撲朔迷離，令人莫名其妙。

李恩死後，大概是由於政治原因或者是生活問題，其妻王氏很快改適他人，丟下兩個幾歲的兒子寄居外祖父家，只好冒為王姓子。夢陽祖父李忠為了養活自己，少年時便往來於邠、寧之間做小生意。這是一個十分善良而又可憐的人，但他卻常常可憐別人，助人之急、急人之難，被當地人稱之為王善人、王菩薩。十多年後，李忠長大成人，亦小有家資，可命運之神又給他開了一個不大不小的玩笑。

寧州有一李媼看中了李忠，要把女兒李錦嫁給這個能幹而又忠厚的小夥子。但李媼只知道這位年輕的商人姓王，而李忠也自認為姓王，雙方都不知道乃是同姓。於是，李氏家族中人也就娶進了這麼一位李夫人——李夢陽的祖母。這是一位典型的封建女子，老實得近乎呆癡：「李夫人訥訥寡言，好顧，喜坐竟日，請飲食則飲食。」正統十二年（1447），其夫李忠死後，她竟然規規矩矩守寡達三十三年之久，直到離開人世。

李忠有三個兒子，長名剛、次名慶。第三子李正，字惟中，號吏隱，生於正統四年（1439），卒於弘治八年（1495），即李夢陽的父親。

　　李正與他的父親李恩一樣不幸，九歲喪父，只好依長兄李剛生活。長兄對他管教很嚴，也許再加上來自母親的遺傳因素吧，李正從小就沉默寡言，不惹是非。大概出於改換門庭的考慮，長兄讓李正攻儒業。李正是一個生性善良、學習刻苦的人，夢陽在《族譜》中是這樣描敘他父親的：「吏隱公少貧賤，徒肫肫有至性，重厚，寡事辭。……吏隱公年二十充郡學生，始受籍於師，日誦百千，過不成誦，於是諸後生咸目笑公，公第誦愈益苦。居歲餘，夢登危樓，遇織錦婦。於是織錦婦以色絲金針寶鏡貽公，而公自是輒彬彬有文學矣。……郡學歲一人貢，然二人行。梁生貢，公次。當行，梁生稔公文高，懼與偕。因要公置酒，奉百金壽。因闞席頓首，請欲自行。公許諾，卻其金不受。人曰：『甚哉！李君之憨也！垂成而棄厥功。』公聞之仰天歎曰：『嗟乎！是安知予哉？』卒讓梁生行。明年，吏隱公貢，次者王生。王生者，公師也。即亦置酒，要如梁生。公又卒讓王生。又踰年，公乃始貢。是時，年三十五矣！」

　　就這樣，學業甚高的李正讓來讓去，直到三十五歲才成為一名貢生。同年，他當上了阜平縣儒學訓導，這是一種在一縣之中協理文化教育的副職小官。五年之後，也就是成化十五年（1479）的冬天，李正的母親李夫人去世，李正歸而守孝。三年丁憂期滿，李正起為周府封丘王教授，並攜妻兒赴開封。從此，他便開始了長達十三年之久的王府教授生涯。

　　王府教授官雖不大，畢竟有了一個品級——從九品。也就是在擔任王府教授時，李正自號「吏隱」。據李夢陽追憶，這「吏隱」二字，正是李正數十年窮愁潦倒的生活與抑鬱苦悶的心情的真實寫照與概括總結：「公在王門十三年，沈晦於酒，然時人莫識也。公酒酣嘗擊缶歌曰：人慾為貪吏，貪吏殃及子孫；人慾為廉吏，廉吏窮餓不得行。我今既不為貪吏，又何可稱廉吏？王門之下，可以全身避世。於是乃自稱吏隱公云。」

　　李正娶赤城高成女高慧為妻，是為李夢陽之母。關於父母聯姻的過程以及母親的個性，李夢陽在《族譜・外傳》中是這樣記述的：「高夫人，赤城高家女。父曰高成，母曰劉媼。劉媼故居小十字街，生夫人，生六月。初，我大父有養女即高族女，曰朝華，將贅婿，大置酒，會有劉媼。劉媼抱夫人往，我大父見之大驚曰：『安得此福女，闊面大耳者！』因求劉媼，聘吾父。及期，吾家貧，乃徒以酒肉往請期。劉媼怒，數破酒擲肉，不得請。久之，或說劉媼曰：『而女終不聘乎？』劉媼悟，於是乃具妝奩，送夫人歸。夫人歸，居無何，

貧愈甚。夫人無怨言，乃獨曰：『此天也！』先大夫出務學，夫人則絮賣雞豕及酒醋，佐先大夫學。及時時負薪水行，人見之率憐苦夫人，夫人弗苦也。然夫人性至嚴重，好鞭笞僕奴。雖家人嗃嗃，而蒸蒸無間言，貴有婦矣。然猶日視米鹽零碎物及酒食與雞馬食，即與雞馬食，不肯妄用粟。至見哀憐人，則諮諮不已，周濟之。此雖其小細，可以觀大德焉。夫人生正統五年五月二十五日子時，卒弘治六年八月二十九日巳時，年五十四歲。」

高慧生三子，長子孟和，次即夢陽，幼子孟章。夢陽三兄弟是從年齡最小的死起的：孟章十九而夭，夢陽五十八而卒，而孟和卻活了七十五歲。此外，李夢陽還有三位姐姐。據李夢陽《族譜·外傳》載：「曰香，吏隱公女，適曹經。曰真，吏隱公第二女，適王璽。曰三姐，吏隱公第三女，生成化六年七月十五日，卒成化二十三年正月十五日，年十八歲，葬於開封府東門。東門者，宋門也。」

李夢陽家族直到李正這一代才恢復李姓。對這種在封建時代士大夫感到分外屈辱的幾代人「李冒王姓」的辛酸家史，夢陽深感痛心。他曾對此大發感慨：「嗚呼！我李冒王氏者蓋三代矣！至我先大夫而始復李氏云。」

李夢陽的這種感慨之情是不難理解的，進而言之，這種感慨尚不僅止於「李冒王姓」這一點，而是有著更深的莫可言狀的悲哀的。他的曾祖父作為皇族內部鬥爭的犧牲品在沙場上流盡了最後一滴血，祖父從少年時代起就浸泡在為養家活口而勞碌奔波的汗水之中，父親飽讀詩書卻只能在王府之中全身避世含淚悲歌。李家幾代人，從河南遷到甘肅，又從甘肅遷到河南，輾轉播遷、歷盡艱辛。甚至幾代人連自己到底姓什麼都弄不明白。李夢陽，這位將來蜚聲文壇的詩人，這位將來名震天下的直臣，卻具有如此可悲、可歎、可憐的家世，具有如此流血、流汗、流淚的先人。這是他的不幸，但換一個角度看問題，又正是他的幸運。

古人說過，茅屋出公卿；洋人說過，憤怒出詩人。李夢陽充滿傳奇色彩的一生，正好對這兩句話作出了最好的注釋。

二

李夢陽生於成化八年，這在他自己的詩作中可以找到證據。《空同集》卷三十二有《戊辰生日》詩云：「三十七年吾底事。」又《空同集》卷十九有《癸酉生日》詩云：「已經行年四十二。」古人以虛歲紀年。此處戊辰為正德三年

（1508），李夢陽實歲三十六，上推三十六年，為成化八年（1742）。此處癸酉為正德八年（1513），李夢陽實歲四十一，上推四十一年，亦為成化八年（1742）。還有一條證據，明·徐縉《明江西按察司副使空同李公墓表》載：「嘉靖己丑十二月二十九日，前江西按察司副使空同李公卒於大梁。……享年五十有八。」嘉靖八年（己丑，1529），李夢陽卒時享年五十八歲，實際五十七歲，上推五十七年，同樣還是成化八年（1742）。可見，李夢陽出生於成化八年是沒有任何問題的。

那麼，李夢陽生於成化八年何月何日呢？據《空同集》卷二十三《生日寫懷》詩：「臘日明朝是。」又據《空同集》卷三十《生日答李濂秀才》詩：「臘前此日梅花劇。」可知夢陽生於臘日的前一天。按梁·宗懍《荊楚歲時記》：「十二月八日為臘日。」可知農曆十二月初七日為李夢陽生日。然而，這裡有一個小小的問題，若以陽曆計算，則成化八年的臘月初七日已經進入下一年，即公元 1473 年元月 5 日。因此我們可以認定李夢陽生於成化八年，但卻不能認為他生於 1742 年，而只能認定為 1743 年。這裡面實在有點「陰錯陽差」的意味。

夢陽的出身地點在慶陽。據徐縉《明江西按察司副使空同李公墓表》：「公，秦人也。生於慶陽。……始，高夫人夢日投懷中，寤，生公，乃名曰夢陽，既字獻吉。」

李夢陽的童年是灰色的，這從他自己的回憶中可以得到印證。《空同集》卷十九有《弘治甲子屆我初度追念往事死生骨肉愴然動懷擬杜七歌用抒憤抱云耳》一詩，對童年生活多有回憶，對至親骨肉多有懷念，我們且看其中的一些片斷：

「母之生我日初赫，缺突無煙榻無席。是時家難金鐵鳴，倉皇抱予走且匿。艾當灼臍無處乞，鄰里相弔失顏色。」（其二）「歲收秔秉不盈百，男號女啼常在旁。黃鳥飛來啄屋角，碩鼠唧唧宵近床。」（其四）這些，就是年幼的李夢陽生存的背景。

夢陽幼年即有異才，年少時，隨父遷居開封。據高叔嗣《大明北墅李公墓表》：「北墅公始自慶陽徙開封，當成化之十八年。蓋為儒，無所成。有弟曰夢陽，世稱空同先生，幼異才。」北墅公即夢陽兄長李孟和。成化十八年（1482），李夢陽的父親升周府封丘教授，李孟和兄弟均隨父由慶陽遷居開封，夢陽當時十一虛歲。到開封以後，夢陽家的處境略有好轉，起碼可以保

持溫飽。正如夢陽自己所回憶的那樣：「昔我先君徙官於河藩，挈吾兄弟僦居垠邸。入飽出嬉，家室如火。」（《空同集》卷六十四《亡弟汝含祭文》）

少年時代的李夢陽是意氣風發、才華橫溢的。他有一首《冬野觀射三十四韻》的詩，回憶了這一階段的生活：「憶昔遊梁始，伊余實孺齡。探環遊汴館，懷橘向王庭。十五飛觚翰，冠年志典刑。彎弓獵草澤，走馬向林坰。」（《空同集》卷二十八）在上引那篇題目很長的《弘治甲子屆我初度……》詩作中，也有李夢陽自己對當時生活的描寫：「有弟有弟青雲姿，以兄為友兼為師。十五遍探古人籍，十九不作今人詩。」由此可見，當時的李夢陽，生活得頗為愜意。

但是，一個王府教授的家庭，在當時僅僅也就是溫飽而已，還談不上什麼錦衣玉食、富貴榮華。誠然，年輕的李夢陽並不在乎這些，但低得可憐的社會地位，卻通過「婚姻」這一正常人都應該經歷的人生驛站，讓李夢陽第一次品嘗到了人情冷暖、世態炎涼，第一次感受到了什麼叫做「自卑」，第一次萌發了由極端自卑轉而極端自尊的奇特而又正常的心態。這些，都對李夢陽的一生產生了不可估量的影響。

三

李夢陽的婚姻有著與父親的婚姻一樣的曲折，甚至更加令人難堪。

在當時，像李夢陽這樣的家庭處境並非找不到配偶，但要找到高門大戶的女兒卻是難上加難。李夢陽在《封宜人亡妻左氏墓誌銘》中，曾對自己的婚姻問題作過辛酸的回顧：「初，李子妁婚，妁咸不之婚也！」（《空同集》卷四十五）誰也不要他當女婿。為什麼？眾口一詞：「教授微而貧。」一個從九品的官兒無權無勢又無錢，富貴人家誰願意將女兒下嫁給一個窮官的兒子呢？

後來，李家又想與宗人府儀賓左家聯姻。那麼，這左家是一種什麼樣的來歷呢？《封宜人亡妻左氏墓誌銘》中說得非常清楚：「左氏，蓋廬陵人曰仁宏者，生泰州知州輔，輔生宗人府儀賓夢麟，而儀賓婚廣武郡君。成化乙未十月己丑，生左氏於汴邸。郡君者，鎮平恭靖王孫王周定王第八子也。」這樣的門楣，毫無疑問比李夢陽家高了許多。於是，自然而然發生了下面這一幕。

當左夢麟將李家求婚的消息帶回家與母親、妻子商量時，遭到了強烈反

對。婆媳二人反對的理由仍然是那句話：「夫非李教授兒邪？微而貧！」幸虧左夢麟慧眼識英才，斷然決定：「李氏子才，竟婚李氏！」於是乎夢陽才得有家室。這是弘治三年（1490）的事，當時李夢陽十九歲，左氏十六歲。

李夢陽是一個自尊心極強的人，對於聯姻左氏這件事，他除了感謝老丈人左夢麟之外，又對丈母娘廣武郡君頗有些憤然之氣，而且記恨很深。直到十三年後，李夢陽早已中舉人、中進士，並當上正六品戶部主事了，左氏也被封為「安人」，他還對當年丈母娘反對婚姻一事耿耿於懷。當他奉命餉軍西夏，要將妻子暫時安頓在開封娘家時，李主事大人卻讓自己的自尊心得到了一次大大的滿足：「是時儀賓母、儀賓亡矣，獨郡君，而左氏翟冠翠翹、揚帔曳裙見焉。其行於於也，皙而頎，瑱而流珠。郡君喜已而泣顧謂侍人曰：『向謂李生微而貧，乃今若此矣！』」李夢陽在為妻子所寫的《墓誌銘》中敘述此事時，洋洋得意之情溢於言表。似乎是一種無聲的報復，讓高貴的岳母廣武郡君看看：李教授兒，也有今日！

李夢陽對妻子有著非常深厚的感情，尤其是妻子去世後，他除了撰有《封宜人亡妻左氏墓誌銘》等文章之外，還以詩歌的形式多次表達對亡妻的悼念，其中，《結腸篇》尤為感人。此詩前面有一小序：「李子曰：結腸之事，蓋予妻亡而有此異云。奠妻以牲，烹腸焉，腸自球結。李子異焉，曰：胡為烹？胡為結？恍惚神怪，孰主孰使？厥理孰測，怨邪德邪？生有所難明，死託以暴衷邪？嗚呼嗚呼！作結腸篇，焚妻柩前。妻固識文大義，或亦契其置懷也。」（《空同集》卷二十二）

在祭奠亡妻時，李夢陽發現牲物之腸結成了球狀，這本來也不算什麼特異現象，但李空同借題發揮，寫出了一組悼亡詩，共三首。其中有些句子的的確確真摯感人。例如：「哀者且停聲，弔客坐在堂。聽我結腸篇，曲短哀情長。」（其一）「結腸結腸忍更聞，妾年十六初侍君。父也早逝母獨存，為君生子今有孫。昔走楚越邁燕秦，萬里君寧恤婦人，外好不補中苦辛。中年得歸計永久，命也百病攢妾身。言畢意違時反唇，妾匪無忤君多嗔。中腸詰曲難為辭，生既難明死詎知。千結萬結為君爾，君不妾知腸在此。」（其二）「結腸三閭聲更咽，汝腸難解我腸結。夙昔失意共奔走，汝實千辛我蹭蹬。宦歸家定今稍寧，豈汝沈綿遽離絕。魂乎魂乎遊何方？兒號女哭周汝旁。劌心飲泣看彼蒼，愚者何壽慧何亡？佇立逶迤若有望，迫而即之獨空床。梁間二燕哺子急，觸落青蟲污我裳。錦衾塵埃委鴛鴦，繐帷中夜風琅琅。魂驚夢搖中慘

傷，陰雨啾唧燈無光。嗚呼此曲不可竟，為君賡歌妾薄命。」（其三）

如此悼亡詩之所以感人，乃在於模擬妻子的口吻，從對面寫來；乃在於寫夫妻間的摩擦，寫丈夫對妻子的照顧不周，寫妻子對丈夫的哀怨。從而，在譴責自己的同時更深層次地表達了對妻子的懷念。李夢陽不愧為詩壇高手，能將悼亡詩寫得如此感人肺腑。但是，如果沒有對妻子那一份深切的懷念，詩才再高也是寫不出這樣動人的作品的。

左氏有弟四人：國璿、國璣、國玉、國衡。其中，以左國璣與李夢陽最為相得，國玉次之。《空同集》中，夢陽各有詩歌數首送給這兩位妻弟。

左國璣小李夢陽八歲，郎舅二人相處甚好。據《列朝詩集小傳·左舉人國璣》載：「國璣，字舜齊，祥符（今開封）人。李獻吉之妻弟也。嗜酒落拓，不甚攻舉子業，年幾四十，始舉於鄉，累上不第，竟病酒卒。」可見李夢陽這位小舅子也是一位個性極強、狂狷不羈的士人。褚人獲《堅瓠三集》卷四還載有一段左國璣的軼事：「左有一妹嫁某，某不憐其妹，取妓以充後房。一日妓逃，左作詩嘲之云：『桃葉歌殘事可傷，家池莫養野鴛鴦。閉門運目春容減，仍對無鹽老孟光。』」事雖涉無聊，但也可見其放浪不拘的個性。這麼一位小舅子，夢陽卻與他很是投機，除了詩作贈酬之外，甚至自己在慶陽守孝時，也把國璣帶在一起。夢陽之性格，於此亦可見一斑了。至於左國玉，則在夢陽危難時，曾陪同姐夫。並在萬分危急時幫助姐夫奔走京城，終使李夢陽化險為夷。此事另文再敘。

四

綜上所述，中舉以前的李夢陽，其幼年、少年、青年時期的生活基本上是灰色的。雖然不至於衣不蔽體、食不果腹，但寒微的出身，低下的門楣卻與空同子那恃才傲物、心高氣盛的性格形成極度的反差，從而給他造成一種沉重的精神壓抑。然而，夢陽並不是像他父親那樣的遠禍全身、消極避世的弱者。在屈辱的環境中，他反而養成了一種剛介耿直、桀驁不馴的個性，而這種個性又決定了他在以後幾十年的人生道路上勢必形成大起大落的態勢。

（原載《湖北師範學院學報》2011 年第一期）

初入仕途與連番下獄
——李夢陽研究之二

　　弱冠之年，李夢陽的生活軌跡發生了巨大的轉變。二十一歲中舉，次年成進士，他開始了生命歷程的輝煌階段。不料，父母相繼離世，成為他入仕的第一道障礙。丁憂守制五年之後，李夢陽正式步入仕途。可他哪裏知道，等待他的竟是一場意料之外的牢獄之災。

一

　　李夢陽於弘治三年（1490）與左氏成親之後，次年便生一子，取名李枝。不久，夢陽又回到慶陽（時屬陝西，今屬甘肅），準備博取功名。為什麼要從河南跑到陝西參加考試呢？因為當時的「高考」政策與今天有很大的相似之處，考生參加秀才、舉人兩級考試都必須回原籍進行，而李夢陽的籍貫正是慶陽。

　　這一次，命運之神熱烈地擁抱了這位出身貧寒的李家兒，他得到了「貴人」的賞識和提攜：「時邃庵楊提學陝西，見公，大奇之，補為弟子員。」（徐縉《明江西按察司副使空同李公墓表》）

　　此處所謂「弟子員」，乃「秀才」之別稱。而所謂「邃庵」者，姓楊，名一清，字應寧，邃庵其號也，雲南安寧人。楊一清乃成化八年進士，由中書舍人歷官提學副使。正是這位楊大人在陝西當教育廳長時，「賞識李獻吉，召置門下」。（錢謙益《列朝詩集小傳·楊少師一清》）也正因此，李夢陽一輩子對楊一清感恩戴德、推崇備至。後來，楊一清的《石淙類稿》「屬獻吉評點行世，而獻吉亦亟稱公之詩筆與長沙（李東陽）並駕」。（同上）

當時，李東陽為文壇盟主，一世宗匠，學士大夫多出其門牆。夢陽將李東陽、楊一清並稱，無非是揚楊而抑李，不欲李東陽獨操文柄。這也算是他對恩師楊一清受恩圖報的一點私心吧！

弘治五年（1492），「李子舉陝西鄉試第一。」（李夢陽《封宜人亡妻左氏墓誌銘》）鄉試得中者就是舉人，而舉人的第一名就是所謂「解元」。此時的李夢陽，可謂春風得意。由「貧寒子」一躍而成「解元公」了。

次年三月，李夢陽進京參加會試、殿試，終於「登進士第」。（同上）按照正常程序，李夢陽很快就會進入仕途，或在中央某部門工作，或在地方當一名縣令。但是，天有不測風雲，人也旦夕禍福。當年八月，李夢陽的母親高慧離開人世。夢陽未及授官而丁母憂，必須回鄉守制。緊接著，夢陽的父親李正又於弘治八年（1495）撒手塵寰，夢陽更須接連守制家居。這對於一位剛剛進入官員後備隊的年輕人而言，毫無疑問是一個極大的打擊。

父母連喪，夢陽只好帶著妻子歸慶陽守孝。具體地點，在離慶陽北城威武樓不遠的華池。「華池，古樂蟠縣也。……威武樓，慶陽北城樓也。……李子曰：余如華池，在弘治乙卯年焉。居蓋三年云。」（李夢陽《華池雜記》）此處的乙卯年即弘治八年（1495），李夢陽當時二十四歲。

弘治十年（1497），李夢陽服滿入京候官。這年夏天，「北寇謀犯大同」，朝廷命李介「兼佐僉都御史往督軍餉，且經略之」。（《明史·李介傳》）實際上，也就是讓李介擔任大同一帶軍事主帥以固邊防。就在李介離開京城料理西北邊防軍務的時候，居京師的李夢陽作《送李帥之雲中》一詩贈送之，對李介此行寄予很大的希望。詩云：「黃風北來雲氣惡，雲州健兒夜吹角。將軍按劍坐待曙，紇干山搖月半落。槽頭馬鳴士飯飽，昔為完衣今繡襖。沙場緩轡行射雕，秋草滿地單于逃。」

李介到大同後，果然不負眾望，治軍有方，取得很好的效果。而從李夢陽的角度來說，上引那首七言古詩，至少讓我們看到空同子的兩個方面：其一，關心國事大事，希望建功立業，對國家命運、個人前途，都充滿信心。其二，善寫七古，雄奇奔放的詩風已初露端倪，就連「黃風」「雲氣」「吹角」「沙場」「秋草」等等這樣一些詞彙或意象也在李夢陽的詩中開始大量出現，並且在此後的幾十年中被反反覆覆地運用。

弘治十一年（1498），李夢陽銓官戶部主事。按《明史·職官志》：「主事二人，正六品。」次年，夢陽在通州履行職責。通州，今屬北京，當時也是京

畿要地。元代以來，從北京城東到通州城南，為運糧要道。而錢糧問題，恰歸戶部管理。

弘治十二年，在李夢陽身邊發生了一喜一悲兩件大事。

喜事是夢陽妻左氏被朝廷封為「安人」。《封宜人亡妻左氏墓誌銘》載：「孝宗皇帝上聖慈仁壽太皇太后尊號。封左氏安人，給勅命。」所謂「安人」，乃是宋徽宗時定下的給命婦的一種封號，在「宜人」之下，明代為六品官員妻子的封號。

所悲之事則是李夢陽唯一的弟弟李孟章青年早卒。李夢陽《族譜・家傳》云：「孟章，吏隱公第三子，字汝含。……弘治十二年十一月二十日子時卒。」李夢陽為此撰寫《亡弟汝含祭文》以哭奠之。李孟章卒時年僅十九歲，妻朱氏，有一女。

不久，李夢陽又監稅三關。此所謂「三關」，即內三關。明代以今河北境內沿內長城而設的居庸關、倒馬關、紫荊關為「內三關」。這是由京城通往西北一帶的幾大軍事要塞和經濟通道。夢陽監稅於此，兢兢業業，忠於職守。然而，正因為他秉公辦事，不徇私情，恰恰觸犯了某些權貴的利益。結果，他被人誣陷，竟至下吏逮獄。

此事發生在弘治十四年（1501），歲在辛酉。這一年的二月，夢陽還在北京昌平東北的銀山寺遊覽，其《閒居寡營忽憶關塞之遊遂成七首》之七原注有云：「弘治辛酉二月之望，宿銀山寺觀鄧隱峰詩刻。」不料，旋即便有牢獄之災。據李夢陽本人《下吏》詩自注：「弘治辛酉年，坐榆河驛倉糧。」榆河，一名溫餘河，俗名富河，自居庸關南流，經昌平、順義至通縣北入白河。榆河驛正在李夢陽的管理範圍之內。

關於這件事，一些材料記載如下：

「公初稅三關也，立法嚴整，請謁不行。勳璫誣之，逮獄，尋釋。」（徐縉《明江西按察司副使空同李公墓表》）

「常監三關，招商，用法嚴，格勢人之求，被構下獄，尋得釋。」（《明文海》卷四百三十三，崔銑《江西按察司副使空同李君墓誌銘》）

「權關格勢要，構下獄，得釋。」（《明史・李夢陽傳》）

「監三倉，下獄，尋得釋。」（《列朝詩集小傳・李副使夢陽》）

此案具體情況、詳細過程，尤其是李夢陽所「格」之「勢要」究竟是誰，由於上述材料均未作明確記載，故而我們要想知道詳情有很大的難度。但有

一點卻可以肯定：李夢陽監稅三關時，因「立法嚴整」，與某些權豪勢要的利益發生激烈衝突。這些人便抓住榆河驛倉糧的一點小事大做文章，極盡誣陷攻擊之能事，最終導致李夢陽被停職查辦，下獄待審。幸而「皇恩浩蕩」，朝廷很快就弄清真相，李夢陽得以釋放，官復原職。

李夢陽滿懷報國之心、立身之志，初入仕途便秉公執法、不徇私情，這正是其剛介耿直性格的第一次充分表現。但是，他畢竟對當時黑暗的官場缺乏深入暸解，僅憑一腔「初生牛犢不怕虎」的銳氣與權豪勢要相抵格。其結果，自然是受到惡勢力的打擊和陷害，蒙受不白之冤，初嘗鐵窗之苦。這是他宦海生涯的第一道波瀾，也是殘酷現實對他的首次考驗。

吃了一次大虧的李空同，從此以後是見風轉舵，抑或是依然故我？這只有看他在政治舞臺上的繼續表現了。

二

因「榆河驛倉糧」事件下獄旋被釋放以後，李夢陽重歸戶部任職，並於次年、亦即歲在壬戌的弘治十五年（1502）攜妻左氏榷舟河西務。李夢陽自言：「壬戌，李子榷舟河西務，左氏從河西務。」（《封宜人亡妻左氏墓誌銘》）河西務，集鎮名，在今天津市武清西北北運河西岸。明代於此置戶部分司、巡司，該地當時商民攢聚，舟航輻輳。夢陽至此，仍是履行戶部主事職責。

這一年，京師文壇上又添兩名新秀——康海、何景明。《明史·孝宗紀》載：十五年三月「庚寅，賜康海等進士及第出身有差」。《列朝詩集小傳·何副使景明》載：「弘治壬戌，舉進士。」由此可知，康對山、何大復為同榜進士，而且康海還是該榜的進士第一，亦即中國老百姓所津津樂道的「狀元及第」。

康海、何景明同中進士並任職京師，使京城的文壇更加熱鬧了，尤其是使得文壇上的復古派陣容更加強大。其實，早在五年前李夢陽京城候選的時候，他就開始了「倡為古學」的活動，並與京城中一些志同道合者多有往來。

在京中，李夢陽最先結識的是喬宇，所謂「二十逢君同躍馬」也。（李夢陽《喬太卿宇宅夜別》）喬宇乃成化二十年（1484）進士，比夢陽年長，又早入仕途，二人文學觀點比較接近。幾年後，喬宇便開始「與李獻吉、王伯安切

摩為文」。(《列朝詩集小傳·喬少保宇》)王伯安即王守仁，弘治十二年（1499）進士，除刑部主事。這位王主事「在郎署，與李空同諸人遊，刻意為詞章」。(《列朝詩集小傳·王新建守仁》)同時，還有杭濟、杭淮兄弟「與李空同結社」。(《列朝詩集小傳·杭布政濟都御史淮》)

康海、何景明進入京師以後，很快加入復古陣營。請看：「德涵於詩文持論甚高，與李獻吉興起古學，排抑長沙，一時奉為標的。」(《列朝詩集小傳·康修撰海》)「獻吉……謂漢後無文，唐後無詩，以復古為己任。信陽何仲默起而應之。」(《列朝詩集小傳·李副使夢陽》)

弘治十六年（1503），李夢陽奉命餉軍西夏。因為要出遠門，他只好將妻子左氏送回娘家開封暫住。《封宜人亡妻左氏墓誌銘》載：「壬戌，……明年，李子餉軍西夏，挈左氏還，過汴。」隨後，李夢陽開始了他到西北邊陲犒賞軍隊的工作。途中渡過黃河時，他寫下了《秋望》一詩：「黃河水繞漢宮牆，河上秋風雁幾行。客子過濠追野馬，將軍彀箭射天狼。黃塵古渡迷飛挽，白日橫空冷戰場。聞道朔方多勇略，只今誰是郭汾陽？」

該詩描寫了邊塞風光，充滿著對邊庭戰事的深切關心，全詩雄渾健勁、慷慨悲涼。這首詩在李夢陽的詩作中堪稱出類拔萃，但李夢陽自己編定的《空同集》中卻未收入。個中原因，據《四庫全書總目·空同集提要》云：「《因樹屋書影》載其『黃河水繞漢宮牆』一詩，以落句有『郭汾陽』字，涉用唐事，恐貽口實，遂刪其稿不入集中。其堅立門戶至於如此。」

《因樹屋書影》為清代周亮工撰，不知他所看到的是《空同集》的哪一種版本，但引用周氏這番話的四庫本《空同集》中，卻於卷三十二之末錄存了這首《秋望》詩。然而，周亮工的話卻可以從王世貞《藝苑卮言》中得到證明：「《空同集》是獻吉自選，然亦多駁雜可刪者。余見李嵩憲長稱其『黃河水繞漢宮牆，……只今誰是郭汾陽』一首，李開先少卿誦其逸詩凡十餘首，極有雄渾流麗，勝其集中存者。爾時不見選，何也？」(《弇州四部稿》卷一百四十九）

詩中的「郭汾陽」即郭子儀，乃中唐名將，平息「安史之亂」的功臣。刪此詩不入《空同集》，主要是因為最後一句用了唐代、尤其是中唐的典實。這種做法，自然是李夢陽「以復古自命」，「不讀唐以後書」之後的事。在寫這首詩時，他的門戶之見未必這樣深。因此，詩作反而顯得真切感人。恰是王世貞所謂「勝其集中存者」之「雄渾流麗」之作。再者，夢陽所謂「不讀唐以後

書」不過是為復古而提出的一個口號而已，事實上也不可能那樣做。誠如朱彝尊所言：「其謂：『唐以後書不必讀，唐以後事不必使。』此英雄欺人之言。如『江湖陸務觀』，『司馬今年相宋朝』，『秦相何緣怨岳飛』等句，非唐以後事乎？」（《靜志居詩話》卷十）

或許是因為又一次踏上大西北土地的緣故吧，李夢陽在弘治十七年寫下了很長的一組詩歌《弘治甲子屆我初度追念往事死生骨肉愴然動懷擬杜七歌用抒憤抱云耳》來懷念自己的親人。當時，李夢陽的父親李正、母親高慧、弟弟李孟章、三姊李三姐均已先後去世，因此，夢陽這組「擬杜七歌」便依次追懷父、母、弟、姊等親人，均寫得情真意摯、動人肺腑。我們不妨看看其中幾個片斷。

如回憶父親帶他作客豪門的情景：「當時攜我登朱門，舞嬙歌媵爭看面。二十年前一回首，往事凋零淚如霰。」（其一）

如表達對母親生養之恩未及回報的痛苦心情：「男兒有親生不封，萬鍾於我乎何益？高天蒼蒼白日凍，今辰何辰夕何夕？」（其二）

如表達兄弟間的骨肉親情：「從兄翱翔潞河側，寧料為殤返鄉域。孤墳寂寞崔橋西，渺渺遊魂泣寒食。」（其三）

如此等等，不一而足。在充分瞭解李夢陽戀親情結的同時，我們也能領略到年輕的空同子七言古詩風格的另一面：迴旋往復，沉鬱頓挫。

弘治十八年（1505），歲在乙丑，對於從西夏返回京師的李夢陽而言，這注定是一個多事之「春」。因為僅僅當年的前五個月，就在他身邊接連發生了三件大事。

第一是復古陣營隨著徐禎卿的加盟已成為一個龐大的團體，「前七子」全部「到位」。這年春天的杏榜，徐禎卿赫然在列。《列朝詩集小傳·徐博士禎卿》載：「弘治乙丑進士。」

而此時文壇上的倡復古學活動，亦可謂風起雲湧，雲蒸霞蔚。且看《列朝詩集小傳》中的記載：

「子衡起何、李之後，凌厲馳騁，欲與並駕齊驅。」（《王宮保廷相》）

「敬夫館選試端陽賜扇詩，效李西涯（東陽）體，遂得首選，有名史館中。……既而康、李輩出，唱導古學，相與訾謷館閣之體，敬夫捨所學而從之，於是始自貳於長沙矣。」（《王壽州九思》）

就連「七子」中之姍姍來遲者徐禎卿，也很快加入這一行列：「其持論於

唐名家獨喜劉賓客、白太傅，沉酣六朝散華流豔文章煙月之句。……登第之後，與北地李獻吉遊，悔其少作，改而趨漢魏盛唐。」（《徐博士禎卿》）

此外，尚有顧璘、孟洋、陸淵、朱應登、陳沂、鄭善夫等參與結社唱和。誠如陳田所記：「《橫雲山人史稿》：『弘治時，李東陽主文柄，天下翕然宗之。夢陽譏其萎弱，倡言文必秦、漢，詩必盛唐，與何景明、徐禎卿、邊貢、朱應登、顧璘、陳沂、鄭善夫、康海、王九思號十才子。』」（《明詩紀事》丁簽卷一）

這樣，就掀起了一股強大的復古狂飆。正如李夢陽事後回憶的那樣：「當是時，篤行之士，翕然臻向。弘治之間，古學遂興。」（《答周子書》）正是在這樣一個基礎之上，才形成了「弘（治）、正（德）間作者倡復古學，同調六、七人，李、何實為之長」。「北地一呼，豪傑四應，信陽角之，迪功犄之，……華泉、東橋（顧璘）等為之羽翼」的局面。（《靜志居詩話》卷十）

而「七子」之名，在當時也已形成：「弘治時，朝士有所謂七子者：北郡李夢陽、信陽何景明、武功康海、鄠杜王九思、吳郡徐禎卿、儀封王廷相、濟南邊貢也。」《列朝詩集小傳・邊尚書貢》）

這樣一種局面的形成，其實已經意味著李夢陽即將取代前輩盟主李東陽而執當時文壇之牛耳，令人對這位當時只有三十四歲的後起之秀敬佩有加。但是，讓人對李夢陽刮目相看的還是緊接著發生的另一件轟動朝野的大事。

三

弘治十八年四月，李夢陽「應詔上書陳二病、三害、六漸，凡五千餘言，極論得失」。（《明史・李夢陽傳》）因為這篇疏文的結末言及壽寧侯張鶴齡怙寵秧民，結果，又導致李夢陽第二次下獄。正如李夢陽自己所言：「弘治乙丑年四月，坐劾壽寧侯逮詔獄。」（《述憤》詩自注）

那麼，這位壽寧侯張鶴齡何許人也？居然能讓一位劾奏他的朝廷命官「逮詔獄」呢？

原來，他是弘治皇帝的小舅子，也就是民間所謂「國舅爺」。

要瞭解張鶴齡的「事蹟」，還得從他姐姐張皇后說起。《明史・后妃傳》：「孝宗孝康皇后張氏，興濟人。父巒，以鄉貢入太學。母金氏，夢月入懷而生后。成化二十三年選為太子妃。是年，孝宗即位，冊立為皇后。帝頗優禮外

家，追封巒昌國公，封后弟鶴齡壽寧侯，延齡建昌伯。」

張鶴齡兄弟貴為皇親國戚，不思報效國家，卻倚仗權勢，一味橫行霸道。早在弘治九年（1496），他們就與另一位皇親國戚長寧伯周彧家「競營私利」，「至聚眾相鬥，都下震駭。」（《明史·外戚傳》）多年來，「鶴齡兄弟並驕肆，縱家奴奪民田廬，篡獄囚，數犯法。」（同上）李夢陽對他們的罪惡行徑深為不滿，於是，借著應詔陳言的機會，撰寫了《上孝宗皇帝書稿》，「末言壽寧侯張鶴齡招納無賴，罔利賊民，勢如翼虎。」（《明史·李夢陽傳》）

關於這次上疏劾奏張鶴齡的經過，四庫本《空同集》在疏文後面附有一篇李夢陽自己寫的《秘錄》，對其過程記載頗為詳細，《明史·李夢陽傳》也有一些相關的記載。下面，綜合這兩方面的材料，對這一「六品小官」勇鬥國舅爺的過程作一評述：

「初，詔下懇切。夢陽讀既，退而感泣，已歎曰：『真詔哉！』於是密撰此奏，蓋體統利害事。」

李夢陽寫完奏疏以後，準備找個人參謀一下，畢竟這是劾奏國舅爺的大事。找誰呢？他首先想到了最要好的朋友、時任太常博士的邊貢。他們二人還沒有正式談及此事，恰恰碰上另一位朋友、官居刑部主事的王守仁也來湊熱鬧。於是，出現了下面饒有意味的一幕：

「草具，袖而過邊博士。會王主事守仁來。王邃目予袖而曰：『有物乎？有必諫草耳！』予為此，即妻子未之知，不知王何從而疑之也。乃出其草，示二子。王曰：『疏入，必重禍。』又曰：『為若筮，可乎？』……筮得田獲三狐，得黃矢，貞吉。王曰：『行哉，此忠直之由也。』及疏入，不報也，以為竟不報也。」（《秘錄》）

這位王守仁就是後來在中國歷史上赫赫有名的王陽明先生，明代垂範百年的「心學」大師。但在當時，他也是一位與李夢陽一樣血氣方剛、敢於直言的年輕官員。當然，相對於李夢陽的近乎莽撞的勇敢而言，他似乎更為老成一些，於是，提出通過卜筮先預測一下後果，然後決定是否行動。結果，「筮得田獲三狐，得黃矢，貞吉。」於是，王守仁當即鼓勵李夢陽將奏疏交上去。

那麼，「筮得田獲三狐，得黃矢，貞吉」究竟是什麼意思呢？

按《周易正義》卷四：「九二，田獲三狐，得黃矢，貞吉。」王弼注：「狐者，隱伏之物也。剛中而應，為五所任。處於險中，知險之情，以斯解物，能

獲隱伏也。故曰：田三狐也。黃，理中之稱也，矢，直也。田而獲三狐，得乎理中之道，不失枉直之實，能全其正者也。故曰：田獲三狐，得黃矢，貞吉也。」孔穎達疏：「正義曰：田獲三狐者，狐是隱伏之物，三為成數，舉三，言之搜備懽盡。九二，以剛居中而應於五，為五所任，處於險中，知險之情，以斯解險，無險不濟。能獲隱伏如似田獵而獲窟中之狐，故曰田三狐。得黃矢、貞吉者，黃，中之稱；矢，直也。田而獲三狐，得乎理中之道，不失枉直之實，能全其正者也。故曰：得黃矢，貞吉也。」

簡而言之，這段話的意思是說。處在危險的境況中，但知道危險的程度，而能以正直之道處之，是可以解脫危險的。無怪乎王守仁當即鼓勵李夢陽說：「行哉，此忠直之由也。」

李夢陽上疏以後，沒有得到回音，以為不會有什麼結果了。但他沒有想到，張鶴齡及其親屬肯定也會採取行動的。果然，張鶴齡得知李夢陽對他的劾奏以後，進行了瘋狂的反撲：「鶴齡奏辨，摘疏中『陛下厚張氏語』，誣夢陽訕母后為張氏，罪當斬。時皇后有寵，後母金夫人泣愬帝，帝不得已，繫夢陽錦衣獄，尋宥出，奪俸。金夫人愬不已，帝弗聽，召鶴齡間處切責之，鶴齡免冠叩頭乃已。」（《李夢陽傳》）

張鶴齡的手法是極其卑劣的。本來，李夢陽在疏文的末尾說：「臣竊以為，宜及今慎其禮防，則所以厚張氏者至矣，亦杜漸剪萌之道也。」只是請弘治皇帝適當遏制張鶴齡，防微杜漸，以免引發禍端。而張鶴齡卻抓住其中「厚張氏者至矣」幾個字，採取斷章取義、移花接木的手段，硬將揭露「張國舅」之「張氏」說成是訕罵「張皇后」之「張氏」，給李夢陽扣上「訕母后」的大帽子，欲論李夢陽以斬罪。更加上當時張皇后有寵，而皇后的母親金夫人又在皇帝面前嘮叨個不停。這樣一來，李夢陽的處境就萬分兇險了。

幸而弘治皇帝是個明白人，他深深知道張家那兩位國舅爺是什麼貨色，李夢陽的劾章肯定是有理有據的，而且疏文中的「張氏」指的就是張鶴齡而非張皇后。因此，他決定不能重處李夢陽這位大膽直言的六品主事。但是，皇后的面子還是要給的，岳母金夫人的哭訴也要稍加撫慰。左右為難的明孝宗只好將夢陽繫錦衣獄，但很快就釋放出來，僅僅「罰俸三個月」而已。同時，這位心裏明鏡一般的皇帝又把小舅子叫來狠狠地訓了一頓。於是，這樣一場劾奏國舅爺的激烈鬥爭就被各種勢力給「消解」殆盡了。

對此，李夢陽的一段記載充分顯示了他內心深處的不滿而又無可奈何：

「一日，忽有旨拿夢陽，送詔獄，乃於是知張氏有本辯矣。張氏論我斬罪十，然大意主訕母后，謂疏末張氏斥後也。……奉聖旨：『李夢陽妄言大臣，姑從輕，罰俸三個月。』此十八年四月十六日也」（《秘錄》）

　　然而，事情並沒有就此畫上句號。一方面是拍皇后馬屁的官員，要求對李夢陽予以杖刑，但卻遭到弘治皇帝的拒絕和批評：「左右知帝護夢陽，請毋重罪，而予杖，以泄金夫人憤，帝又弗許。謂尚書劉大夏曰：『若輩欲以杖斃夢陽耳！吾寧殺直臣快左右心乎？』」另一方面，生性倔強而自負的李夢陽，如何能咽下這口怨氣？於是，最能體現空同子性格的一幕在京城大街上上演了：「他日，夢陽途遇壽寧侯，罵之，擊以馬箠，墮二齒，壽寧侯不敢校也。」（《李夢陽傳》）

　　這是中國歷史上一次真正的小京官當街怒打國舅爺，沒有絲毫的誇張和虛構。從中，我們可以看出李夢陽具有何等的膽氣！

　　在第二次與權豪勢要的鬥爭中，李夢陽的膽子越來越大。他冒著極大的危險，直言上疏，劾奏皇親國戚，甚至在事後還怒打國舅。雖然他也曾被抓下獄，且損失了三個月的薪俸。但是，在當時的朝廷之上，他卻贏得了忠直剛介的好名聲。

四

　　除了倡言復古和劾奏國舅這兩件大事以外，在弘治十八年的上半年，還有一件與李夢陽息息相關的大事也在他身邊發生，那就是弘治皇帝「駕崩」。

　　《明史·武宗紀》載：「十八年五月孝宗崩。壬寅即皇帝位，以明年為正德元年。」弘治皇帝的兒子就是正德皇帝，亦即明武宗。他在父親死後繼位為新的天子。這可是位寶貝皇帝，關於他的事蹟，我們在後面還有敘述。

　　弘治皇帝的死，在李夢陽的作品中得到迅速反映，他很快就寫了《大行皇帝輓歌》三首，原注：「弘治十八年五月。」

　　在上一節中，我們已經涉及弘治皇帝對李夢陽的愛護。那麼，李夢陽對弘治皇帝又是什麼態度呢？四個字可以概括：感恩不盡。

　　其實，只要我們認真地想一想，就會明白李夢陽何以如此感戴弘治皇帝。

　　年輕的李夢陽在進入仕途的幾年時間裏，居然兩次與權貴發生劇烈衝

突，竟至連番下獄。但是，每一次下獄都很快被釋放，而且官復原職。之所以發生這種情況，應該與明孝宗的明白事理不無關係。《明史》等書的記載告訴我們，相對於明中葉的其他皇帝而言，弘治皇帝應該是最明事理的一位了。而作為當事人的李夢陽，對弘治皇帝於自己的愛護自然是心中有數。因此，他對孝宗亦可謂忠心耿耿。直到孝宗死後，李夢陽還一再寫詩表示對這位心中明主的悼念。而且，那些詩作大都寫得誠摯懇切、慟自肝腸，完全不是通常的那種臣子寫給先帝的官樣文章的大行皇帝輓歌。如：

「忽憶臨崩詔，看天淚數行。」（《紀變》）

「孤臣萬古淚，偏灑泰陵園。」（《七月十五日食不見追往有歎》）

「十年放逐同梁苑，中夜悲歌泣孝宗。」（《限韻贈黃子》）

這些詩句，有的寫於弘治皇帝剛剛離世之時，有的則寫於十幾年之後。李夢陽對弘治皇帝的恩德可謂終身不忘：看到日食，他思念心中的「太陽」弘治皇帝；回顧往事，他於深更半夜痛哭悲歌。李夢陽如此再三表達對孝宗的悼念，其心情實際上是異常複雜的。一方面，當然是因為孝宗比較能夠理解他、信任他，甚至在關鍵的時候庇護他；另一方面，也由於他後來在正德年間總是很難得到武宗的理解和信任。換句話說，李夢陽於武宗朝大力追懷孝宗，其實也是對武宗的不滿和抗議的一種含蓄的表現。

更有甚者，李夢陽在孝宗朝任戶部主事這種六品小京官，並且從弘治十一年（1498）一直當到孝宗駕崩的弘治十八年（1505），七年時間沒有升職，但他的心情卻比較舒暢；而在武宗朝他升過三次官，最後當到正四品的江西提學副使，但心情卻不見得怎麼暢快。個中原因何在？具體情況如何？並且，在此後的日子裏，李夢陽於文學理論和文學創作方面又有什麼表現？他的言行和交遊又對當時和以後的文壇有什麼樣的作用和影響？所有這些，我們只好且聽下文分解了。

（原載《湖北師範學院學報》2012 年第一期）

在復古浪潮與政治漩渦中的搏擊沉浮
——李夢陽研究之三

從弘治後期到正德初年，有兩個大的浪潮牽動朝野。一是以李夢陽為領袖的文學復古活動達到高潮，一是李夢陽暗中策劃並積極參與的彈劾「八虎」事件所引發的政治漩渦。結果，是政治漩渦直接導致了文學復古浪潮的暫時消歇。

一

李夢陽進入官場之初，也就是他踏上文壇之始。在弘治後期到正德之初這段時間裏，他結識了不少前輩和同輩的士大夫，如楊一清、李介、劉健、李東陽、謝遷、韓文、喬宇等，或政治、或生活、或學術、或創作，在各個方面都與李夢陽有著不同層次的接觸和交往。這裡主要介紹以「前七子」為核心的與李夢陽同輩的文人士大夫在文學方面與李夢陽千絲萬縷的聯繫。

王守仁，字伯安，浙江餘姚人。嘗築室會稽陽明洞，自號陽明子，學者稱陽明先生。弘治十二年（1499）進士，任刑部雲南清吏司主事、兵部武選清吏司主事，並主考山東鄉試。王守仁任職刑部時，鼓勵李夢陽彈劾國舅爺張鶴齡一事，已見前述。隨後，在劾奏「八虎」的事件中，他與李夢陽亦為同志。王守仁因此而忤劉瑾，謫貴州龍場驛丞。劉瑾伏誅，王守仁量移江西廬陵知縣。此後，歷任南京刑部、吏部主事，南京太僕寺少卿，鴻臚寺卿，都察院左僉都御史等職。正德十一年，升任南贛僉都御史，正德十四年升任都察院右副都御史，六月，奉旨督兵討伐寧王宸濠在南昌發動的叛亂，僅用三十五天即生擒宸濠。因功封新建伯，升南兵部尚書，後退職回鄉。晚年又總督

兩廣軍務，病死歸途。諡文成，遺著有《王文成公全書》三十八卷。王守仁與李夢陽的交往，一直持續到晚年。嘉靖三年（1524），李夢陽有《甲申中秋寄陽明子》一詩表達情誼：「風林秋色靜，獨坐上清月。眷茲千里共，眇焉望吳越。窈窕陽明洞，律兀芙蓉闕。可望不可即，江濤滾山雪。」

杭濟、杭淮昆仲亦為夢陽好友。濟字世卿，淮字東卿，宜興人，他們「與李空同結社」。（《列朝詩集小傳·杭布政濟都御史淮》）李夢陽於正德初被罷官時，杭淮有《送李獻吉致仕歸陝三首》，詩云：「秦谷有佳人，皎皎絕代姿。二十事夫君，生死以為期。一朝失舊歡，憔悴谷之隈。心熱忍終棄，行道每遲遲。谷口多芳蘭，採掇修其儀。百年恩情在，豈無合歡時。」「美人別我去，各在天一方。相見不可期，秦川浩湯湯。昔別長不惡，今別一何長。采采芙蓉花，照見君衣裳。從之不可得，攬轡徒彷徨。」「美人遺我別，手圖雙竹枝。謂我覯無期，遺以長相思。所思亦何有，不忘者操持。竹枝干雲霄，濯濯君子姿。願言長披拂，清風起軒墀。」香草美人，以喻君子，以敘離情，以示遺憾。

陸深，字少淵，上海人。弘治十八年（1505）進士。「少與徐昌國善，切摩為文章。」（《列朝詩集小傳·陸詹事深》）入京後與李夢陽、王守仁、杭淮諸人遞相唱和。夢陽與陸深關係頗為融洽，甚至相互嘲謔。李夢陽有《嘲陸子二首》，詩前小序謂：「松江陸子，以予久不造過，遂蒙嘲詠。然陸子往許以小楷《南征賦》貽我，久亦愆焉。予故得反嘲戲之，兼訊後約焉。」詩云：「甚欲來餐張翰魚，只緣難換會稽書。西家愚夫莫浪謔，北海先生久索居。」「我今四海覓雲松，南遊笑指匡廬峰。他時倘慕金光草，與爾同鞭赤玉龍。」徐禎卿與李夢陽相識，亦乃陸深紹介。李夢陽《與徐氏論文書》載：「前過陸子淵，子淵出足下文示僕。讀未竟，撫卷歎曰：『佳哉！鏗鏗乎古之遺聲耶？』」

張鳳翔，字光世，漢中洵陽人。弘治十二年進士，官戶部主事，卒，年僅三十。張鳳翔之才華及其與李夢陽之交誼，《列朝詩集小傳·張主事鳳翔》記之甚詳：「光世生有異質，落筆千萬言，左手橫書，瞬息滿紙。角尚丱，與李獻吉同舉於鄉，又同官戶部，王公大人求識面者無虛日，聲名出李上，而光世故推遜李，兄事之。光世卒，母七十餘歲，子七歲，獻吉上書孝宗皇帝，請養贍其母妻，孝宗仁聖，遂允行焉。」同時，李夢陽還作有《哀鳳操》紀念張鳳翔，云：「哀鳳操，為漢中張子作也。張子三十而夭，予傷其孤貧無歸也，

援琴而哀之：鳳之來兮，爾胡為兮？牛有卓兮雞有棲。鳳兮鳳兮今何歸，傷哉命兮我心悲。」

熊卓，字士選，南昌豐城人。弘治九年（1496）進士，拜監察御史。後參與劾奏劉瑾事，被勒致仕。「正德己巳（1509），卒於家。再踰年，瑾誅。李獻吉過豐城，哭其墓，刻其詩可傳者六十篇。」（《列朝詩集小傳‧熊御史卓》）其《熊御史卓墓感述》一詩云：「幽幽山下江，峩峩山上松，累累松下墓，瑟瑟松上風。慨昔與君遊，並遊京華中。峩冠省臺內，鳴鑾趨步同。中更歡莫偕，永逝當何逢。絕弦已易慘，掛劍今誰從。駕舟亂回洋，展墓臨高崇。浮雲駛南流，顧望摧我衷。德音既長已，情感胡由通。秖余泣麟意，悲歌傷命窮。」

孟洋，字望之，信陽人。弘治十八年進士，除行人。「望之為何仲默之妹婿，為行人時，仲默與李獻吉、崔子鍾、王子衡、田勤甫切劘為文章，時稱『十才子』，而望之亦與焉。」（《列朝詩集小傳‧孟大理洋》）孟洋曾謫桂林教授，夢陽曾有詩寄送：「長沙賈誼君仍遠，南涉三湘復九疑。虎豹深山聊澤霧，蛟龍得雨固須時。行藏學閣蒼梧夕，鼓角夷城白髮悲。悵望適荊心豈忝，飄零極海翅非垂。」（《寄孟洋謫桂林教授》）

王尚絅，字錦夫，弘治十五年進士，官兵部職方主事。王尚絅亦乃當時名士，何景明《六子詩》有《王職方尚絅》贊之：「職方吾益友，契誼鮮與同。少齡負奇氣，萬里飄雲鴻。手中握靈芝，高操厲孤桐。讀書邁左思，識字過揚雄。為辭多所述，結藻揚華風。寸心素相許，撫志慚微躬。」正德二年，王尚絅與李夢陽同放歸田里。李夢陽作《發京師》詩，自注：「正德二年春二月，與職方王子同放歸田里。」後來，在《哭白溝文》中，李夢陽再次提及此事：「正德二年閏月初吉，予與職方王子俱蒙放歸，南道白溝之野。往白溝之戰，王子伯大父、予曾大父死焉。百載憤痛，爰託於斯文。」

顧璘，字華玉，吳縣人。弘治九年進士，「官留曹六年，學益有聞，所與遊若李獻吉、何大復、徐昌穀，相與頡頏上下，聲名籍甚」。（《列朝詩集小傳‧顧尚書璘》）李夢陽有《二月四日部署餞徐顧二子》等詩紀其交遊。後李夢陽遷江西提學副使，顧璘有《贈李副使獻吉江西視學》詩，對夢陽極盡推崇之能事，詩曰：「軺軒分羽節，高義豈為榮。南省文儒化，中朝國士名。嵩雲兼雨動，楚月出江明。莫道風塵暗，君行自有情。」

張子綸，李夢陽《哭張子》詩自注：「張子者，平谷張子綸也。以都御史

鎮遼東，顯矣！然無何卒。李子者，張之舊僚也。聞之哀焉，於是作哭張子二章。語曰：歲在龍蛇賢人嗟。張之卒，庚辰歲也。」詩曰：「虎豹威邊日，龍蛇哭爾年。故人今若此，吾道合潛然。部曲歸旌擁，風雲舊國連。薊門秋草徧，何處是新阡。」「翰海龍真泣，遼陽鶴竟歸。壯心元鐵石，神爽尚旌旗。光繞新埋劍，香殘舊賜衣。至今生仲達，猶怯孔明威。」

何孟春，字子元，郴州人。弘治六年進士。李東陽異其才，擬入史館，以父憂罷。授兵部職方主事，歷郎，出補河南參政。《明史‧何孟春傳》：「正德初，請釐正孔廟祀典，不果行，出為河南參政，廉公有威，擢太僕少卿。」何孟春深感境遇困頓，作詩有「官似黃楊厄閏年」之句，李夢陽作《贈何君遷太僕少卿》詩及《贈何君遷太僕少卿序》以慰之。詩云：「省客新乘卿士車，尋盟特別水雲居。還朝賈誼元前席，去國虞生合著書。貪顧休輕冀野馬，祖行親釣汴河魚。虛疑厄閏春情晚，驛路群花宛宛舒。」

許天錫，字啟衷，閩縣人。弘治六年進士，選庶吉士。正德初，進都給事中，清查內庫時，發現劉瑾多次貪污，「欲劾瑾，懼弗克，懷疏自縊」。（《明史‧劉瑾傳》）李夢陽聞之，作《許子誄》其小序云：「正德三年，歲在戊辰，六月己巳，工科都給事中許天錫卒，李夢陽曰：嗚呼哀哉！許子！乃作誄。」

當然，弘正之交與李夢陽關係至為密切者還是所謂「七子」「十子」之流。所謂七子，一直是明確的：「弘治時，朝士有所謂七子者：北郡李夢陽、信陽何景明、武功康海、鄠杜王九思、吳郡徐禎卿、儀封王廷相、濟南邊貢也。」《列朝詩集小傳‧邊尚書貢》）但「十才子」之說，卻有不同的版本。陳田《明詩紀事》丁籤卷一載：「《橫雲山人史稿》：『弘治時，李東陽主文柄，天下翕然宗之。夢陽譏其萎弱，倡言文必秦漢，詩必盛唐，與何景明、徐禎卿、邊貢、朱應登、顧璘、陳沂、鄭善夫、康海、王九思號十才子。』」《明史‧李夢陽傳》的說法大體相同。然而，上引《列朝詩集小傳‧孟大理洋》則謂：「仲默與李獻吉、崔子鍾、王子衡、田勤甫切劇為文章，時稱『十才子』，而望之亦與焉。」這裡的崔、王、田三人，在《明詩紀事》和《明史》所謂之「十才子」中並沒有存在。再者，《列朝詩集小傳》中堅持「十子」「七子」中均有王廷相（子衡），而《明史》《明詩紀事》所謂「十子」中卻沒有王子衡。可見，所謂「十才子」之說，在當時並無定準。只不過是因為上述諸人經常在一起切摩文章，旁人概而言之而已。但有一點必須明確，無論「十子」中究竟

包括何人，上述這些士大夫文人都與李夢陽有著較為密切的交往卻是毫無疑問的。

至於「七子」，後來為了與李攀龍、王世貞那個「七子」相區別，被稱之為「前七子」，成為一個文學派別，並且，其中人員確定無異議，故而，應該作進一步的探究。

「前七子」最基本的情況如下：李夢陽（1473～1530），字獻吉，號空同子，慶陽（今屬甘肅）人，弘治六年（1493）進士，官至江西提學副使，有《空同集》。何景明（1483～1521），字仲默，號大復山人，河南信陽人，弘治十五年（1502）進士，官至陝西提學副使，有《大復集》。徐禎卿（1479～1511）字昌穀，一字昌國，吳縣（今江蘇蘇州）人，弘治十八年進士，官至大理寺左寺副，有《迪功集》。邊貢（1476～1532），字廷實，號華泉，歷城（今山東濟南）人，弘治九年進士，官至南戶部尚書，有《華泉集》。康海（1475～1540），字德涵，號對山，陝西武功人，弘治十五年狀元，授翰林院修撰，有《對山集》。王九思（1468～1551），字敬夫，號渼陂，陝西鄠縣人，弘治九年進士，官至壽州同知，有《渼陂集》。王廷相（1474～1544），字子衡，號濬川，蘭封（今河南蘭考）人，弘治十五年進士，官至兵部尚書，有《王氏家藏集》。

「前七子」又被稱為「弘治七子」，以區別「後七子」的「嘉靖七子」。但究其實，「弘治七子」這個稱謂是有問題的，至少是不夠準確的。七人之中，李夢陽為弘治六年進士，但因連經父母先後而亡的內外憂，他在十一年才除服拜為戶部主事，入京師為官。王九思、邊貢為弘治九年進士，待李夢陽弘治十一年進京後他們三人才有可能相識、交往。再過一年，到了弘治十二年，康海為狀元，何景明、王廷相為同科進士，這樣，以上六人才有可能在京師交流。唯徐禎卿乃弘治十八年才由吳郡進京，當年三月成進士。而明孝宗卻於當年五月「駕崩」，接著便是武宗登基，朝廷上下忙得不亦樂乎。在這有限的幾個月內，他們不可能組成「弘治七子」的文學集團。進而言之，徐禎卿是在進京以後過了一段時間才由陸深介紹與李夢陽相識，而且當時李夢陽對徐禎卿完全是一種居高臨下的態度，因此，徐禎卿也不可能在較短的時間內被李夢陽引進其他六子的文學社團並與其他人並稱「七子」。因此，從時間上看，「七子」並稱，應該是正德初年的事，故而，不應稱之為「弘治七子」。

　　「七子」之中，李夢陽與邊貢關係最好。夢陽劾壽寧侯，這是連妻子都隱瞞的事，卻找邊貢商量。在《空同集》中，還有大量給邊貢的詩作。如《繁臺書院同邊子二首》《邊君生日來訪時近中秋不虞雷電》《發京別錢邊二子》《柬邊子變前韻》《乙亥元日柬臺省何邊二使君邊病臥久》《乙亥元夕憶舊柬邊子臥病不會》《七夕邊馬二憲使許過繁臺別業不成》《郊齋逢人日有懷邊何二子》等等。而邊貢《華泉集》中亦有《過汴呈獻吉》《春日有懷空同李子》《獻吉留別》《除夕臥病柬空同子》《人日答何李二子見懷之作》《祭李空同妻左宜人文》《題空同書翰後》等詩文。可見二人過從甚密，詩柬頻繁。現各錄一首以為證：李夢陽《乙亥元夕憶舊柬邊子臥病不會》：「憶昔金錢並卜歡，稱心燈火獨長安。爐香欲散尚書省，環佩先歸太乙壇。十載酒杯喧五夜，九衢遊馬閱千官。蓬將轉合今同此，月滿梁園卻自看。」邊貢《除夕臥病柬空同李子》：「天涯臥病驚除夕，河上逢人感昔遊。歲月浮生雙鳥翼，風塵遠道一狐裘。君還豈為鱸魚膾，我出真同雪夜舟。梅蕊柳條俱動色，幾時攜杖並登樓。」當時，李夢陽與何景明、康海的關係也不錯。正德三年，夢陽被劉瑾抓捕下獄，何景明致以問候，夢陽作《答何子問訊三首》，詩云：「伊汝投簪日，憐余冒網羅。江湖鴻雁絕，道路虎狼多。萬死還鄉井，潛身葺薜蘿。天涯歲仍晚，無路覓羊何。」「仲夏辭梁地，中秋出夏臺。醉行燕市月，留滯菊花杯。日暮千行淚，天寒一雁來。亦知張季子，不為食鱸回。」「弱冠真憐汝，投閒更可哀。山高桐柏觀，水曲范滂臺。假寐憑岩桂，潛行倚岸梅。此時誰借問，日短暮寒催。」至於康海冒著政治風險救李夢陽一節，更是時人共知之事，下文再作詳敘。直到李夢陽於正德九年羈廣信獄時，還寫信給何景明傾訴說：「自僕罹此難，友朋多不復通書問。結交在急難，徒好亦何益？僕交遊偏四海矣，赤心朋友惟世恩、德涵與仲默耳！其難如此，可悲可歎！」（《與何子書二首》之二）更為有趣的是何景明臨死之前發生的一件事：「李開先《中麓閒居集》：大復病危，屬墓文必出空同手。時孟有涯、張崑崙並其侄某在側，相與私議曰：『自論詩失歡後絕交久矣，狀去，空同文必不來。吾輩並樊少南、戴仲鶡亦可攢輳一空同。』」（陳田《明詩紀事》丁籤卷一）何大復對李空同至死不渝的友情，於此可見一斑。此外，李夢陽還先後給康海、邊貢、何景明三人的父親作過墓碑、墓誌銘之類的紀念文字。

　　這裡要特別提到李夢陽與徐禎卿之間的關係。弘治十八年，徐禎卿進京會試。到京師以後，很快就由陸深介紹，與李夢陽相識。據夢陽《與徐氏論文

書》所言：「吳下人皆曰：吾郡徐生者，少而善歌吟，而有異才。蓋心竊嚮往久之。聞足下來舉進士，愈益喜，計得一朝侍也。」二人當時文學觀雖大相徑庭，但這種始於文字的交往卻使他們的名字永遠聯繫在一起了。後來，夢陽還作有《寄徐子》《別徐禎卿得江字》《贈徐禎卿》《追舊寄徐子》《南陽宅訪徐禎卿》等詩。更為感人的是，徐禎卿臨死，託人帶信給李夢陽，請夢陽為其詩文集作序。夢陽於是整理徐禎卿詩文刻印，並作《徐迪功集序》，略云：「《徐迪功集》六卷並《談藝錄》，子容寄我豫章，予即豫章刊焉。印傳同好，意表迪功文云。初，迪功亡京師也，予在梁，子容訃予曰：『昌穀遺言，子序其遺文。』於是手其文，歔欷久之，曰：『嗟乎！予忍序吾友文邪？』」又作《哭徐博士二十韻》，略謂：「乾坤風色暮，江漢哭斯人。棘寺翻飛日，文園久病身。數奇官竟左，材大命須貧。放浪原違癖，羈淹只為親。……」夢陽、禎卿之交，亦可謂深矣！

　　總之，弘治、正德之交，無論是就官場而言還是就文壇而論，李夢陽都結識了一大批朋友。上述諸人，不過是其中一部分罷了。更有意味的是，正是這樣一些朋友，與李夢陽一起，造就了明代中葉兩次大的波瀾：復古高潮與彈劾「八虎」。

二

　　弘、正之交的「七子」「十子」雖然有十多人，但其核心人物卻是李夢陽、何景明。尤其是李夢陽，可以說是發起並領導了明中葉的這次復古活動。

　　李夢陽的復古理論，從初具端倪到走向極端，有一個發展過程。弘治後期，李夢陽在戶部供職時，正是他與某些人「倡言復古」的階段。這段時間，夢陽雖然與喬宇、王守仁、何景明以及杭氏兄弟等人「結社」「切摩為古文」「刻意為辭章」，但基本上還是屬於一種探索、提倡，門戶之見尚未到壁壘森嚴的地步。就李夢陽個人而言也沒有真正做到不讀唐以後書。在詩歌創作方面，也偶然涉及中唐以後故事。在理論上，他除了大力鼓吹「復古」的口號以外，也不時流露出某些較好的文學見解。這種情況，在李夢陽於弘治十八年寫給徐禎卿的信中表現得比較明顯。

　　在那篇《與徐氏論文書》中，除了表達友情之外，李夢陽對徐禎卿頗有點居高臨下的姿態，甚至還有些教訓的口吻：「今足下忘鶴鳴之訓，捨虞周賡和之義弗之式，違孔子反和之旨，而自附於皮、陸數子，又強其所弗入，僕竊

謂足下過矣。」首先用「周易有言曰：鳴鶴在陰，其子和之」、「昔者舜作股肱卿雲之歌，即其臣皋陶岳牧等賡和歌。……其後召康公從成王遊卷阿之上，因王作歌，作歌以奉王」、「且孔子何人也與？人歌善矣，必反而後和」的「訓」、「式」、「旨」的大帽子扣住對方。然後又批判對方原先之所師法：「元、白、韓、孟、皮、陸之徒，為詩始連聯鬥押，累累數千百言不相下，此何異於入市攫金、登場角戲也。」這實際上是在嘲笑徐禎卿從前學詩根基不正，走入了左道旁門。接下去，李夢陽意猶未盡，又以兵戰為例，言孫武、司馬穰苴乃「變詐之兵也」，而尚父《六韜》才是「兵莫善」者。結論：「夫詩固若是已！足下將為武與穰苴邪？抑尚父耶？」換言之，也就是告誡徐禎卿為詩要依規矩正道而行，不應出奇制勝；持論要高，不該學中晚唐元、白、韓、孟、皮、陸之徒。亦即所謂「圖高不成，不失為高，趨下者未有能振者也」。這一大段議論，並非全無道理，但其核心卻是作詩要不要依規矩而行的問題。這裡，已經體現了李夢陽依古人規矩而為詩的理論端緒。

然而，在這同一篇文章中，李夢陽又說：「夫詩，宣志而道和者也。故貴宛不貴嶮，貴質不貴靡，貴情不貴繁，貴融洽不貴工巧。」這種認識本來是不錯的，但他接下去又說：「三代而下，漢魏最近古，向使繁巧嶮靡之習誠貴於情質宛洽，而莊詖簡佻浮孚意義殊無大高下，漢魏諸子不先為之邪？」明明是自己弄清楚了的道理，卻偏要拉出「漢魏諸子」來做大旗。似乎沒有先賢的規矩在前，後人便不能作詩論詩了。究竟是實踐來源於規矩，還是規矩來源於實踐？後人在受前人之規矩的制約、指導的前提下，要不要在自己的實踐中去完善、發展這些規矩？對這些問題，李夢陽似乎沒有作深入的探究。因此，他忽視了規矩與實踐之間相互作用的辯證關係，從而走入了片面強調規矩對實踐的指導作用、唯先賢成法是用的歧途。

徐禎卿雖然服膺夢陽，但並沒有完全跟著夢陽走，在其創作實踐中仍然「江左風流，故自在也」。而夢陽也「譏其守而未化，蹊徑存焉」。（《列朝詩集小傳·徐博士禎卿》）不過，幸虧如此，徐禎卿方能成為徐禎卿，否則就成為李夢陽第二了。更有意味的是，夢陽譏禎卿「守而未化，蹊徑存焉」的話，如果拿過來反譏夢陽自己，則似乎更為合適一些。

不僅李夢陽與徐禎卿的文學觀念有些不同，就整個「前七子」而論，他們的詩文理論也有一定的差別，但無論如何，在復古這個問題上，他們的觀點是基本一致的。那麼，這個一致性是統一在什麼基點上呢？答曰：以李、

何二人，尤其是李夢陽的標準為標準。關於這一點，在當時和以後的文獻中多有闡明記述。略具數則如下：

「王廷相《家藏集》：李獻吉以恢闊統辯之才，成沉博偉麗之文。遊精於秦漢，割正於六朝，執符於雅謨，參變於諸子，用成一家之言，遂能掩蔽前賢、命令當世。」（《明詩紀事》丁籤卷一）

「孟望之云：是時關中李獻吉，濟南邊廷實以詩文雄視都邑。何君往造，語合，乃力變之古。自是操觚之士，往往趨風漢魏矣。」（朱彝尊《明詩綜》卷三十）

「黃清甫云：邊詩詞旨淒婉，調亦入雅，歷下之產，無以過之。越在太常，蜚聲藝苑。時獻吉主盟，群英為輔，君其一也。」（《明詩綜》卷三十一）

「弘治初，北地李夢陽始為古文詞，變宋元之習。文稱左遷，賦尚屈宋，古詩體尚漢魏，近律則法李杜。學士大夫，翕然從之。」（李贄《續藏書》卷二十八）

「自空同出，突然以扶衰起弊為己任。汝南何景明起而應之，其說大行。」（黃宗羲《南雷文約》卷四）

「弘、正之間，有李獻吉者，唱為漢文杜詩，因以叫號於世。人皆靡然從之。」（錢謙益《初學集》卷二十九《答唐訓導論文書》）

「成、弘間，詩道旁落，雜而多端，臺閣諸公，白草黃茅，紛蕪靡蔓。……北地一呼，豪傑四應，信陽角之，迪功犄之。」（朱彝尊《靜志居詩話》卷十「李夢陽」）

「弘、正間，作者倡復古學，同調六七人，李、何實為之長。」（《靜志居詩話》卷十「何景明」）

「弘、正之間，李東陽出入宋元，溯流唐代，擅聲館閣，而李夢陽、何景明倡言復古，文自西京、詩自中唐而下，一切吐棄。操觚談藝之士，翕然從之。明之詩文，於斯一變。」（《明史・文苑傳序》）

「永樂以還，體崇臺閣，骫骳不振。弘、正之間，獻吉、仲默力追雅音，廷實、昌穀左右驂靳，古風未墜。」（沈德潛《明詩別裁集序》）

看了上述資料，我們可以明確，就弘、正之交復古高潮的理論建樹和領袖地位而言，「前七子」當以李夢陽為首，何景明次之。那麼，若從詩歌創作實踐的角度出發看問題，又會得出什麼樣的結論呢？

　　我們不妨先看沈德潛、周準在《明詩別裁集》卷五「邊貢」名下所說的一段話：「華泉邊幅較狹而風人遺韻故自不乏，李、何、邊、徐並名，有以也。」其實，將李夢陽、何景明、邊貢、徐禎卿四家詩作並稱，並非始於清人，在明中葉就有這樣的說法。袁袠曾經說過：「李、何、徐、邊，世稱四傑，邊稍不逮，只勘鼓吹三家耳。」（《列朝詩集小傳·邊尚書貢》）此話切中肯綮，四傑之中，邊貢邊幅較狹，華采不足，較之其他三家稍遜一籌。至於康海和二王，僅就詩歌創作而論，又在邊貢之下，完全無法與李、何、徐比肩。且看錢謙益的評價：「今所傳《對山集》者，率直冗長，殊不足觀。」「敬夫《渼陂集》粗有才情，沓拖淺率，續集尤為冗長。」「子衡五七言古詩，才情可觀，而摹擬失真，與其論詩頗相反。今體詩殊無解會，七言尤為笨濁。」（俱見《列朝詩集小傳》）

　　進而言之，李、何、徐三家詩又各有特色。顧璘嘗言：「弘治間詩學始盛，獻吉、仲默、昌穀各有所長，李氣雄、何才逸、徐情深，皆準則古人，鍛琢成體。」（《明詩綜》卷三十一）顧璘是與「前七子」倡和結社的好朋友，他這段話可謂切中肯綮、符合實際。這裡，既指出了李夢陽、何景明、徐禎卿各自詩作的基本特色，又指出他們的共同之處：「準則古人，鍛琢成體」。可以這麼說：三人在詩歌寫作上的共同傾向正在於不同程度地模擬古人，尤其是模擬六朝、盛唐諸大家。明清兩代的某些詩人，在談到李夢陽詩歌創作的來源時，都明確地指出了這一點。王廷相云：「獻吉遊精於秦漢，割正於六朝。」楊慎云：「空同以復古鳴弘、德間，觀其樂府，幽秀古豔，有鐃歌童謠之風。其古詩緣情綺靡，有徐、庾、顏、謝之韻。」陳子龍云：「其詩漢魏以至開元，各體見長。」孫枝蔚云：「先生五言古詩，本於陸、謝，句中皆有筋骨。」（均見《明詩綜》卷二十九）朱彝尊云：「惟七古及近體，專仿少陵，七絕則學供奉，蓋多師以為師者。」（《靜志居詩話》卷十）至於顧璘所謂「李氣雄」，在當時和此後的許多人那裡都得到了響應。王子衡謂之「以雄渾為神樞」；徐子容謂之「渾厚沉著」、「雄健可喜」；穆敬甫謂之「才高氣雄、風骨遒利」；吳明卿謂之「縱橫跌宕，搖五嶽而凌滄州」；黃清甫謂之「豪雄之氣，矯然千仞之上」；王百穀謂之「調高而意直」；馮元成謂之「雄渾悲壯」；孫文融謂之「格律雄渾」；陳臥子謂之「志意高邁、才氣沉雄」；孫豹人謂之「風飆烈烈」。（以上俱見《明詩綜》卷二十九）又，《大復集》謂之「超代軼俗」；《國寶新編》謂之「泛濫諸家，益濟宏博」；《藝苑卮言》謂之「金翅摩天，神

龍戲海」；《詩談》謂之「龍門之派，一瀉千里」；《元成選集》謂之「縱橫開合」，「雄渾豪麗」；《談藝錄》謂之「雄豪壯麗」。（以上俱見《明詩紀事》丁籤卷一）

可見，豪宕縱橫、雄渾遒勁，的確是李夢陽詩歌取法漢魏、盛唐的得意之處。而他在京師作為詩壇領袖的時候所寫的那些作品，尤其能體現這種特色。聊舉數首為例：

「咸東天險設重關，閃日旌旗虎豹閒。隘地黃河吞渭水，炎天白雪壓秦山。舊京想像千官入，餘恨逡巡六國還。滿眼非無棄繻者，寄言軍吏莫嗔顏。」（《潼關》）

「朝飲馬，夕飲馬，水鹹草枯馬不食。行人痛哭長城下，城邊白骨借問誰？云是今年築城者。但道辭家別六親，寧知九死無還身？不惜身為城下土，所恨功成賞別人。去年賊掠開城縣，黑山血迸單于箭。萬里黃塵哭震天，城門晝閉無人戰。今年下令修築邊，丁夫半死長城前。城南城北秋草白，愁雲日暮聞鳴鞭。」（《朝飲馬送陳子出塞》）

「冬十二月邊馬來，白草颯颯黃雲開。沿邊十城九城閉，賀蘭之山安在哉？傳聞清水不復守，遊兵早扼黃河口。即看烽火入甘泉，已詔將軍屯細柳。去年穿塹長城裏，萬人齊出千人死。陸海無毛殺氣蒸，五月零冰凍河水。……」（《再贈陳子》）

「清風店南逢父老，告我己巳年間事。店北猶存古戰場，遺鏃尚帶勤王字。憶昔蒙塵實慘怛，反覆勢如風雨至。紫荊關頭晝吹角，殺氣軍聲滿幽朔。健兒飲馬彰義門，烽火夜照燕山雲。內有于尚書，外有石將軍。石家官軍若雷電，天清野曠來酣戰。朝廷既失紫荊關，吾民豈保清風店？牽爺負子無處逃，哭聲震天風怒號。兒女床頭伏鼓角，野人屋上看旌旄。將軍此時挺戈出，殺敵不異草與蒿。追北歸來血洗刀，白日不動蒼天高。萬里風塵一劍掃，父子英雄古來少。……」（《石將軍戰場歌》）

「黃雲橫天海氣惡，前飛鵁鶄後叫鶴。陰風夜撼醫巫閭，曉來雪片如手落。中丞按轡東視師，躬歷嶮巇揮熊貔。已嚴號令偃鼓角，更掃日月開旌旗。椎牛李牧將士躍，射虎李廣匈奴知。屯田金城古不謬，賣劍渤海今其時。塞門蕭蕭風馬鳴，長城雪殘春草生。低飛鴻雁飛沙靜，遠遁鯨鯢瀚海清。不觀小范安邊日，誰言胸中十萬兵。」（《送李中丞赴鎮》）

像這樣雄奇豪放的詩句，在《空同集》中還有一些。當然，就是在這些

最見空同子功力的詩作中，也難免「古人影子」的晃動，更何況李夢陽還有不少充分體現其復古思想的擬古詩作。這些擬古作品，大致上有兩種情況：一是有意識地擬古，亦即某些低劣地仿傚和拼湊古作的贗品；另一種則是無意識的擬古，亦即在某些詩作中不自覺地搬運古人成貨，從而寫出那種不好不壞的圓熟之作。前者有寫於弘治間的《榆臺行》《白馬篇》《淋池歌》《招商歌》等等。如《淋池歌》云：「翩翩黃鵠，玉距金衣。飛引兩雌，來下我池。蕭我徒，駕我舟，折荷花兮棹中流。女揚歌，龍豹馴，陽阿雜進齊謳陳。會鼓擊，樂未央，皇家萬壽民阜康。」後者的例子在上引詩作中就已出現，如《石將軍戰場歌》中的「追北歸來血洗刀」，就是將杜甫《悲陳陶》中的「群胡歸來血洗箭」搬來。上述兩種情況，雖有「自覺」與「不自覺」的區別，但根源卻都是來於夢陽的復古思想。這種思想，導致了他吞剝古人的習慣，形成了他詩作的擬古傾向。這種因襲的重壓，使這位很有才華的詩人終究沒有在學習古人的基礎上盡可能地突破古人、超出古人，從而寫出一批真正屬於李空同自己的千古名篇。但是，卻成就了他作為復古領袖的崇高地位。這就是歷史的奇特之處，也是文學史的奇特之處。

然而，歷史等待李夢陽的，還不僅僅是他在復古浪潮中的搏擊奮進，而是在震驚朝野的政治漩渦中的沉浮。

三

弘治十八年（1505）五月，孝宗皇帝卒，明武宗即位，李夢陽官升一級，為戶部員外郎，從五品。第二年，正德改元，李夢陽又升一級，為戶部郎中，正五品。在一年多時間內，李夢陽可謂仕途通達，一升再升。其實，這不過是新皇帝登基時總要搞的那一套：提升一些在朝中頗有影響的臣子，以表示新君能用人才。這並不標誌著正德皇帝對李夢陽有什麼特別的信任。

弘治皇帝臨死前，「召大學士劉健、李東陽、謝遷受顧命。」（《明史·孝宗紀》）希望他能盡心輔佐新皇帝。劉健等三人當時在朝中威信很高，如果真讓他們秉政，弘治間「兢兢於保泰持盈之道」的政治局面也許會得以繼續。對此，李夢陽與大多數朝臣一樣，一開始是充滿信心和希望的。他寫了不少讚揚新朝的詩歌，雖然是官樣文章，但也表明他對新朝開明政治的企望。就個人關係而言，李夢陽雖然在文學觀點方面與李東陽唱反調，但在個人關係上，他還是極其尊重這位內閣大臣的。正德元年，適逢李東陽六十大壽，夢

陽作《少傅西涯相公六十壽詩三十八韻》以賀。在戶部郎中任上，李夢陽更是忠於職守，繼續與權貴奸商進行鬥爭。他在一篇自注「為戶部郎中時撰」的《擬處置鹽法事宜狀》中說：「夫譚景清等，一商賈耳！比以附搭貴戚，假狐虎之威，持風雨空目，冒買補名號，阻遏國利，仇怨小民，動搖朝廷。既不奉詔還官，又不退直自保。是損先帝聖德，阻格陛下新令也。」種種跡象表明，正德之始，李夢陽希望新上能與故主一樣，明辨是非，任用賢良，振興朝綱，也好讓他們這些忠心的臣子各盡其責，為國效力。然而，現實很快就粉碎了像李夢陽這樣的一大批忠藎之臣的幻想。

正德皇帝即位後，原在東宮的一幫舊閹當權，干擾朝政、橫行霸道。劉瑾「掌鍾鼓司，與馬永成、高鳳、羅祥、魏彬、丘聚、谷大用、張永並以舊恩得幸，人號『八虎』。而瑾尤狡狠，嘗慕王振之為人，日進鷹犬、歌舞、角抵之戲，導帝微行。帝大歡樂之，漸信用瑾，進內宮監，總督團營。……大學士劉健、謝遷、李東陽驟諫，不聽。」（《明史·劉瑾傳》）同時，又有禮部尚書張昇等人交章諫之，帝亦不聽。因此，朝中正直之士多有不滿。

當時的戶部尚書韓文，亦乃正直之士，目睹此情，滿懷憂慮。「每朝，退對屬吏，言輒泣淚數行下，以閹故。而郎中李夢陽間說之曰：公，大臣也！義共國休戚，徒泣何益？韓公曰：奈何？曰：比諫臣有章入，交論諸閹，下之閣矣。夫三老者，顧命臣也！聞持諫官章甚力。公誠及此時率諸大臣殊死爭，閣老以諸大臣爭也，持必更易，力易為辭，事或可濟也。韓公於是拊鬚昂肩，毅然改容曰：善！即事弗濟，吾年足死矣！不死，不足以報國。翌日早朝，韓公密叩三老，三老許之；而倡諸大臣，又無不踊躍喜者。韓公乃大喜，退而召夢陽，令具草。」（李夢陽《代劾宦官狀疏》秘錄附）

李夢陽代韓文草擬的，就是那篇有名的《代劾宦官狀疏》。據其自注，是在「正德元年九月。」緊接著「疏入，帝驚泣不食，瑾等大懼。」「於是帝命司禮王岳等詣閣議，一日三至，欲安置瑾等南京。遷欲遂殺之。健推案哭曰：先帝臨崩，執老臣手以付大事。今陵土未乾，使若輩敗壞至此。臣死，何面目見先帝？」「尚書許進曰：過激將有變。健不從。王岳者，素謇直，與太監范亨、徐智心嫉八人，具以健等語告帝，且言閣臣議是。健等方約文及諸九卿詣朝伏闕面爭，而吏部尚書焦芳馳白瑾。瑾大懼，夜率永成等伏帝前環泣。帝心動。瑾因曰：害奴等者王岳。岳結閣臣欲制上出入，故先去所忌耳。且鷹犬何損萬幾？若司禮監得人，左班官安敢如是？帝大怒，立命瑾掌司禮監，

永成掌東廠，大用掌西廠，而夜收岳及亨、智，充南京淨軍。」「而健等不知，方倚岳內應。明日，韓文倡九卿伏闕固爭，健逆謂曰：事且濟，公等第堅持。」「諸臣入朝，將伏闕，知事已變，於是健、遷、東陽皆求去。帝獨留東陽，而令焦芳入閣。追殺岳、亨於途，箠智折臂。時正德元年十月也。」「瑾既得志，遂以事革韓文職。」「初，健、遷持議欲誅瑾，詞甚厲。惟東陽少緩，故獨留。健、遷瀕行，東陽祖餞，泣下。健正色曰：何泣為？使當日力爭，與我輩同去矣！東陽默然。」（以上分別引自《明史》之《武宗紀》、《劉健傳》、《韓文傳》、《劉瑾傳》、《李東陽傳》）

更為嚴重的是，當時朝廷不僅「罷戶部尚書韓文，勒少師劉健、少傅謝遷致仕」。（鄭曉《今言》）而且還牽連到所有參與此事的正直士大夫。正德二年三月，「逆瑾矯勅，戒諭百官，勒罷公卿臺諫數十人。又指內外忠賢為奸黨，矯旨榜朝堂」。（同上）以「五十三人黨比，宣戒群臣」。（《明史·武宗紀》）「郎中李夢陽」之大名，自然也在五十三人之列，但由於當時劉瑾並不知劾章出夢陽之手，僅將其視為一般「奸黨」成員，於正德二年（1507）春二月放歸田里。

這就是當時震驚朝野的請誅「八虎」事件。這場鬥爭，雖以失敗而告終，但對朝中諸大臣，無異於一次嚴峻的考驗。上至閣臣、下至各部院屬員，許多人都在這場政治鬥爭中作出各自充分的表演。這次事件，雖由劉健、謝遷作後盾，以韓文出面領頭，但主動策劃並代寫奏疏的卻是區區五品郎中李夢陽。並且，事件發生後，在劉健等人慘遭迫害的「黑雲壓城城欲摧」的惡劣政治氛圍中，作為此事件策劃者、參與者之一的李夢陽，並未屏息斂聲、全身遠禍，反而滿懷義憤，作《送河東公賦》以贈劉健。同時，還寫下《去婦詞》一詩，為韓文等人鳴不平。充分顯示出他剛介的性格和驚人的膽略，從而也反映出他為了國家利益與邪惡勢力作鬥爭的一貫性。當然，這件政治色彩極為濃厚、在當時震驚朝野的大事，也毫無疑問進一步提高了李夢陽在士大夫中間的政治威信和人格魅力。

然而，由於李夢陽、何景明兩大領袖的罷官離京，「前七子」的復古活動，不得不暫時告一段落。

（原載《湖北師範學院學報》2013 年第一期）

罷官潛居・被繫詔獄・提學江西
——李夢陽研究之四

彈劾劉瑾等「八虎」，是正德初年震驚朝野的一件大事。事後，李夢陽被罷官，潛居開封。可這時的空同子哪裏知道，還有更大的人生的驚濤駭浪在等待著他，當然，也還有仕途的最後一次機會在向他招手。

一

本來，按照李夢陽在劾奏「八虎」事件中的作用而論，他應該是劉瑾最主要的仇人之一。但因為當時劉瑾並不知道彈劾的奏章草稿出自夢陽之手，因此，僅將其視為一般的「奸黨」成員，罷官而已，未作特殊處置。

正德二年（1507）閏正月，李夢陽被罷官，放歸田里，攜妻左氏潛居大梁。當年春三月，夢陽在開封附近「築草堂而居其地。」秋七月，又於「草堂之東，築臺高二丈餘」，名「儵然臺」。冬十一月，又於「草堂之南，築瓦堂廬旅，名曰『需於堂』。」（以上引文，參見《空同集》卷四十九《河上草堂記》《儵然臺記》《需於堂記》，以下凡引該書原文，一律不注出處，只標篇名。）同時，又作《定居》詩。詩云：「故業秦山北，新居梁苑西。平生一丘壑，何處竟安棲。玄豹終隨霧，神龍或困泥。向來登眺夢，常繞杜陵溪。」

「玄豹終隨霧，神龍或困泥」的潛居生活開始了，李夢陽幹了些什麼，又在想些什麼呢？

正德二年十一月，李夢陽修成自己家族的《族譜》，分為《世系》《家傳》《大傳》《外傳》《譜序》五部分。修族譜，是一種在家族內部權威地位的體現，也是一種內心淡泊寧靜的表現。但此時的李夢陽真正如同隱居隆中的諸

葛孔明一樣「淡泊以明志，寧靜而致遠」了嗎？非也！

正德三年春，李夢陽曾到輝縣一遊。這裡，也就是《左傳》隱公元年所記「鄭伯克段於鄢」而後「大叔出奔共」的那個地方。在這麼一個容易讓人發懷古之幽情的古城，空同子有何感慨呢？且看他的《遊輝縣記》所寫：「李夢陽曰，詩云：泌之洋洋，可以樂饑。予當正德戊辰，值春仲之交而遊於輝縣。於是覽蘇門之山，降觀於衛源。乃登盤山，至侯趙之川，遂覽於三湖返焉。李子登蘇門之山，扣石而歌，歌曰：泉水活活北之流矣，有女懷春採彼薇矣，山川修阻暮予何之矣。歌竟長嘯，響應林谷，時人莫測也。」表面看來，李夢陽是何等平靜、何等悠閒，似乎對國家大事、個人前途都漠不關心。用力於家譜整理，寄情於山水優游。但實際上，他的內心卻充滿著憤懣和痛苦。那句「歌竟長嘯，響應林谷，時人莫測也」，可謂洩露天機，是從獻吉先生心底發出的唱歎。結合正德二年他所寫的一首長詩《東園翁歌》，我們更可以看出這位曾經幹過驚天動地的大事業而今鎩羽而歸的空同先生的內心世界。歌云：

「東園翁今六十餘，面常泥垢髮不梳。身藏寶劍人不識，反閉衡門讀古書。此翁十五二十時，咳唾落地迸成珠。陸機不敢以伯仲，管輅警敏空嗟吁。生鱗既與蛟龍伍，未汗寧同凡馬趨？爾時射策黃金闕，三百人中最英發。驊騮舉足狹萬里，便欲登天攬日月。豈知德尊常轗軻，獨買扁舟泛吳越。三十年來萬事變，富貴於我真毫髮。歸來灌園種瓊花，荷鋤自理東門瓜。夜眠海月掛丹牖，晝看江風滾白沙。遼東合有逢萌宅，齊西再睹陶朱家。北郡李生三十六，擯斥高歌臥空谷。前輩後輩道豈殊？同坐同行限江麓。東望東園亂心曲，安得逐爾騎鴻鵠？」

在這首摩仿王維《老將行》的長歌中，李夢陽對那位寓居東園的前輩知音極盡歌頌、讚美之能事。其實，這哪裏是在寫什麼「東園翁」，分明是作者在寫自己！潛居大梁的李夢陽，有著射策金闕、咳唾成珠的過去，也有著身藏寶劍、高臥空谷的如今，還憧憬著舉足萬里、登天攬月的將來。多少痛苦、多少憂鬱、多少憤慨、多少希冀，全都在這當哭的長歌中奔流迸發而出。這就是李夢陽，三十六歲的李夢陽，正可以大顯身手、報效國家而只能潛居大梁之墟的李夢陽！

正當李夢陽在大梁之墟飲恨潛居時，劉瑾終於得知那篇要命的以戶部尚書韓文領銜的《劾宦官狀疏》竟然出自李空同這區區五品郎中之手，不禁勃

然大怒。於是，正德三年五月，劉瑾矯旨將夢陽由開封抓到京師繫詔獄。

何以謂之「詔獄」？辭書的解釋是：關押欽犯的牢獄。《明史‧刑法志一》謂：「或本無死理，而片紙付詔獄，為禍尤烈。」現代學者丁易在其《明代特務政治》一書中專闢一節「十八層地獄──詔獄」來介紹這人間地獄的慘酷情景：

「所謂詔獄便是錦衣衛獄。特務逮來的人以及獨夫下令交給特務問訊的人都關在這獄裏。獄由北鎮撫司專領，這司原本是錦衣衛使的下屬，成化十四年，增鑄北司印信，一切刑獄不必關自本衛，連衛所下的公事也可以直接上請皇帝解決，衛使不得干預，至於外庭的刑部大理寺都察院三法司自然更不敢與之抗衡了。這牢獄環境十分陰慘，直是十八層地獄。」

而該書曾經引用的《萬曆野獲編》中的一則材料，則更能證明其間「陰慘」狀態：「凡廠衛所廉謀反弒逆及強盜等重辟，始下錦衣之鎮撫司拷問。尋常止云『打著問』，重者加『好生』二字，其最重大者，則云『好生著實打著問』。必用刑一套，凡為具十八種，無不試之，亦從無及士人者。不知何年始加之縉紳，後遂為恒事，士氣消折盡矣。鎮撫司獄，亦不比法司。其室卑入地，其堵厚數仞，即隔壁嗥呼，悄不聞聲。每市一物入內，必經數處驗查，飲食之屬十不能得一。又不得自舉火，雖嚴寒不過啖冷炙披冷衲而已。家人輩不但不得隨入，亦不許相面。惟拷問之期，得於堂下遙相望見。」（卷二十一《禁衛‧鎮撫司刑具》）

當時，劉瑾掌管了司禮監，而司禮監又控制著錦衣衛、東西廠等特務組織。據《明史‧劉瑾傳》記載，正德元年那場彈劾「八虎」的鬥爭，其轉折點就是「帝大怒，立命瑾掌司禮監，永成掌東廠，大用掌西廠」，從而導致宦官得勢、大臣遭殃的恐怖結局的。在將劉健、謝遷趕下臺以後，李東陽依違其間，馬永成、谷大用原本就是「八虎」中人，朝政大權盡落入劉瑾手中：「是時，內閣焦芳、劉宇，吏部尚書張采，兵部尚書曹元，錦衣衛指揮楊玉、石文義，皆為瑾腹心。」也就是說，當時的詔獄，更在劉瑾的直接掌控之下。

李夢陽作為劉瑾最切齒的仇人，現在被抓進劉瑾操控的「十八層地獄」──詔獄之中，他的結局注定凶多吉少。李夢陽自知情況不妙，憂心忡忡，在從開封到京城的路上寫下《離憤》五首，表達了心頭的離愁別恨和憤懣痛苦。詩前小序云：「正德戊辰年五月，閹瑾知劾章出我手，矯旨詔獄。」

詩云：

「采采河邊蘭，鯉魚何盤盤。念我同胞人，訣絕摧心肝。事變在須臾，浮雲逝無端。臨發路踟蹰，誰敢前為言。原鴒抗高聲，我行何時還？十步九回頭，淚下如流泉。其二：練練晨明月，鬱鬱風中柳。蒼茫遮我車，識是平生友。感君故意勤，贈我雙瓊玖。虎狼夾衝軛，狐狸草間走。東方漸發白，聊歸勿為久。天威煽方處，君子愍其口。其三：北風號外野，五月知天寒。海水晝夜翻，南山石爛爛。丈夫輕赴死，婦女多憂患。中言吐不易，拊膺但長歎。永夜步中庭，北斗何闌干。裂我紅羅裙，為君備晨餐。車動不可留，佇立淚汍瀾。願為雲中翼，阻絕傷肺肝。其四：驅車重行行，前上西山陾。白日忽已冥，歸鳥來何遲。飄風吹征衣，北逝方自茲。行路見我行，不行為嗟諮。苦稱途路澀，君子莫何之。欲訴難竟陳，天命自有期。其五：結髮事君子，締結固不解。青蠅玷白璧，馨香逐時改。恩阻愛不周，棄擲良在此。紅塵何冥冥，白日淪西海。對面有訣絕，何況萬餘里。得寵各自媚，誰為展情理。訛言方蜩興，君子慎其始。」

就是在這樣一種悲憤滿腹而又無可奈何的複雜心境中，李夢陽告別了妻子親屬朋友，離開了第二故鄉開封，被大劊子手劉瑾投進了歸路渺茫的俗稱「天牢」的詔獄。

二

劉瑾對李夢陽恨之入骨，大家都認為此次空同子必死無疑。李夢陽在詔獄之中，更是感到萬分痛苦。兼之周圍環境的惡劣，他幾乎瀕臨絕望。在《下吏》詩中，他表達了這種心態。該詩序云：「正德戊辰年，坐劾劉瑾等封事。」
詩云：

「十年三下吏，此度更沾衣。梁獄書難上，秦庭哭未歸。圍牆花自發，鎖館燕還飛。況屬炎蒸積，憂來不可揮。」

李夢陽畢竟是一個見過大世面而且性格堅定到十分倔強的知識分子，因此，身陷十八層地獄時，仍然能通過對「圍牆花自發，鎖館燕還飛」的描寫，借助大自然的美麗來反襯內心情緒的極端糟糕，這也體現著空同子詩藝的純熟。然而，當真正的好消息傳來的時候，他那種抑制不住的興奮和喜悅還是要頑強地表現出來的。如《在獄聞余師楊公誣逮獲釋踴躍成詠十韻》一詩，就足以證明這一點。

楊一清是李夢陽的老師，當然，這個老師並非一般意義上的傳道、授業、解惑的老師，而是宗師大人的意思。早在弘治五年（1492），時年二十一的李夢陽回原籍陝西參加鄉試，排名第一。是誰對他報以青眼呢，就是當年提學陝西的楊一清。據載：「時邃庵楊提學陝西，見公，大奇之，補為弟子員。」（徐縉《明江西按察司副使空同李公墓表》）不僅如此，這位提學副使還「賞識李獻吉，召置門下」。（錢謙益《列朝詩集小傳・楊少師一清》）可見楊一清對李夢陽確實是恩情深似海了。而楊一清在此後的歲月中，守邊有功，但卻得罪了劉瑾。正德初，「劉瑾憾一清不附己，一清遂引疾歸。……瑾誣一清冒破邊費，逮下錦衣獄。大學士李東陽、王鏊力救得解。」（《明史・楊一清傳》）這真是令人遺憾的政治悲劇，當年一對惺惺相惜的師生，像楊一清、李夢陽這樣正人君子，如今卻被權閹雙雙投入詔獄。這正從一個側面證明了正德初年政治之黑暗。

所幸經過李東陽等人大力營救，楊一清終於重見天日，但李夢陽卻仍然深陷牢獄之中。然而，當身陷囹圄的李夢陽得知恩師脫離險境之後，不禁喜出望外，寫下了為楊一清歌功頌德的詩篇：「六苑中丞府，三邊大將旗。先皇親授鉞，報主獨搴帷。朔漠威名壯，風霜鬢髮衰。功高元避賞，道大不容時。丞史輕周勃，朝廷重子儀。未論遭鵬鳥，先已縱塗龜，北固潛夫早，東山起謝遲。蛟龍沒海闊，日月倒江垂。杖屨金山寺，文章鐵甕碑。終頒陸贄詔，四海漸瘡痍。」

就在李夢陽歌頌恩師的同時，劉瑾對李空同這位敢於與自己作對的區區五品郎中的迫害卻日益加劇。按照劉瑾的想法，是必欲殺李夢陽而後快的。李夢陽本人呢？當然也意識到這一次在劫難逃。而且，當時似乎誰也救不了李夢陽。就在這千鈞一髮之際，李夢陽自己突然想到一個人可以救自己一命。

這個人就是康海。

原來劉瑾用事之初，也知道沽名釣譽，弄幾個名流來給自己裝點門面。他首先看中了狀元出身的同鄉康海，多次派人與康狀元拉關係，康海沒有理會他。而李夢陽雖然祖籍慶陽，但當時沒有甘肅省，慶陽亦屬陝西。從這個意義上講，李夢陽與康海、劉瑾都是「關中」老鄉。李夢陽當然知道康海在劉瑾心目中的分量，同時也知道自己與康海之間友情的深厚。於是，他從牢房中寫一短信讓妻弟左國玉迅速傳遞給康海，請老朋友出面營救自己。

關於康海營救李夢陽一事，當時人多有記載。

　　王世貞在《弇山堂別集》卷二十九中有詳細的記述：「康對山海卒，呂柟為墓表，謂慶陽李獻吉詞賦追漢魏，自謂一時豪也。嘗犯宦官劉瑾，繫獄幾死，先生既用策脫之。李後著文，令他人擅其美。李名士也，猶且不識，況其他乎？至許宗魯為傳，盡削之，而張治道為行狀，則甚詳。云韓文率諸大臣劾瑾等擅權，而彈文出李夢陽手，恨之，以他事構夢陽下獄，欲致之死。人情洶洶，莫敢拯救。夢陽自獄中傳帖甚急，曰：『對山救我，救我！』何柏齋對眾曰：『對山肯救之瑾，李尚可活也。』人以語先生，先生曰：『我何惜一往，而不救李耶？』先生雖承往，而人猶難之。明日，先生同御史某，往左順門。值柏齋自內閣出，曰：『此為獻吉來耶？』先生曰：『是！』柏齋附先生耳曰：『此可獨往，不可與他人同也。』先生遂不之往，且謂柏齋曰：『瑾橫惡，肆權人也。性好名，可詭言而奪，不可正言而論也。』柏齋曰：『此惟先生能之，他人不能也。』又明日，先生往瑾所。瑾聞先生至，倒屣迎之，留飲。坐話久之，瑾謂先生曰：『人謂自來狀元俱不如先生，真為關中增光。』先生紿言曰：『海何足言，今關中有三才，古今所稀少也。』瑾驚曰：『何三才，古今稀少也？』先生曰：『李郎中之文章，張尚書之政事，老先生之功業。』瑾曰：『李郎中為誰？乃與我並耶？』先生曰：『是今之獄中李郎中也！』瑾曰：『非李夢陽耶？』先生曰：『是。』瑾曰：『若應死無赦！』先生曰：『應則應矣！殺之關中少一才矣！』飲，晚罷，出。明日，瑾奏上，赦李夢陽。」

　　王世貞此文又引薛應旂《憲章錄》所言，大同小異。文長不錄。

　　何喬遠《名山藏》敘之亦頗詳盡：「劉瑾用事，以海鄉人，欲致之，海常自疏闊。其後李夢陽下獄，瑾幾殺之矣。夢陽妻弟曰左國玉者，為書通海，乞請劉。坐之，海謝國玉曰：『我固自遠劉太監，乃何惜生李子！』上馬馳至瑾門，門者阻之，海曰：『我康狀元，乃公里人。』瑾聞即攝衣出迎，坐海上坐，留海飲。海談笑睨瑾曰：『自古三秦豪傑有幾？』瑾愕然曰：『惟先生教之。』海曰：『昔桓溫問王猛三秦豪傑何以不至，猛捫虱而談世務。三秦豪傑捨猛其誰？溫闇若此哉！』瑾面發赤，疑其譏己，因問曰：『於今則幾？』海默然，屈指曰：『三人爾！昔王三原秉銓衡，進賢退不肖；今則有密勿親信在帝左右。』瑾意指己，轉發喜色，因復問曰：『尚有一人，其先生乎？無謂王猛在前吾不識。』海曰：『公何謬稱。其一人者，今李白也。海卑卑耳。』瑾固問，則曰：『昔曹操憎恨禰衡假手黃祖，此奸雄小智。李白醉使高力士脫靴，可謂輕傲力士，力士脫而不辭，容物大度也。』瑾俛首思曰：『先生豈謂

李夢陽耶？此人罪當誅。』海即起辭，瑾謝曰：『我知，我知！』明日入奏，出夢陽。」

稍後，錢謙益在《列朝詩集小傳‧康修撰海》中改寫此事，更為簡明：「正德初，逆瑾恨李獻吉代韓尚書草疏，繫詔獄，必殺之。獻吉獄急，出片紙曰：『對山救我！』秦人皆言瑾恨不能致德涵，德涵往，獻吉可生也。德涵曰：『吾何惜一官，不救李死？』乃往謁瑾。瑾大喜，盛稱德涵真狀元，為關中增光。德涵曰：『海何足言？今關中自有三才，古今稀少。』瑾驚問曰：『何也？』德涵曰：『老先生之功業，張尚書之政事，李郎中之文章。』瑾曰：『李郎中非李夢陽耶？應殺無赦！』德涵曰：『應則應矣，殺之關中少一才矣！』歡飲而罷。明日，瑾奏上，赦李。」

王世貞文中的何柏齋，名何瑭，也是一條不向劉瑾屈膝的硬漢，史載：「何瑭，字粹夫，武陟人。……弘治十五年成進士，選庶吉士。……劉瑾竊政，一日贈翰林川扇，有入而拜見者。瑭時官修撰，獨長揖。瑾怒，不以贈。受贈者復拜謝，瑭正色曰：『何僕僕也！』瑾大怒，詰其姓名。瑭直應曰：『修撰何瑭。』知必不為瑾所容，乃累疏致仕。後瑾誅，復官。」(《明史‧何瑭傳》)何柏齋之所以激發康海去救李夢陽，而又囑咐康海「此可獨往，不可與他人同也」，一方面是考慮康海這次游說的效果，另一方面也是盡量縮小此事對康海可能造成的負面影響。因為在當時，但凡與劉瑾沾邊的官員，可能會紅極一時，但終究會被釘在歷史的恥辱柱上的。

據此可知，康海說劉瑾而救夢陽，是冒著極大的政治風險的。當時劉瑾權傾天下、炙手可熱，朝中正直士大夫多所不滿，視之為逆豎。而康海卻極盡朋友之義，直抵閹豎之門，利用劉瑾想培植個人勢力、抬高自己聲望的心理，抓住同是「關中」人的老鄉觀念來打動劉瑾，從而取得營救活動的成功。康海這樣做，絲毫沒有替自己打算的意思，也沒想加入劉瑾一黨。事後，劉瑾欲以吏部侍郎的高位來拉攏康海，康海堅決拒絕了。然而，康海這一行動本身，已給自己沾上了「瑾黨」之嫌，極其嚴重地影響了他的政治聲譽。果然，兩年之後，劉瑾事敗伏誅，康海也因之「坐瑾黨，奪官為民。」(《名山藏》)

李夢陽被救出獄，是在正德三年的秋天。「李子曰：『余以正德三年五月十七日繫而北行，至秋八月八日乃赦之出。』」(《述征集後記》)近三個月的牢獄生活，使性格倔強的空同子飽受鐵窗之苦。而且，這已是他平生第三次

下大牢了。出獄後，夢陽曾在康海那兒作短暫逗留，並為康海的父親康鏞作《將仕郎平陽府經歷司知事贈儒林郎翰林院修撰康長公墓碑》以示報答。不久，他就動身回開封。途徑河北定縣北三十里的「清風店」時，他寫下了《石將軍戰場歌》，末云：「沉吟此事六十春，此地經過淚滿巾。黃雲落日枯骨白，沙礫慘淡愁行人。」面對黃雲落日、枯骨白沙的古戰場，李夢陽在大發懷古之幽情時，也流溢出身世坎坷的悲愴憤怨。但說到底，這一次的死裏逃生，使李夢陽英雄之氣頓減，悲觀失望、意志消沉。正德三年十一月他所作的《戊辰生日》詩云：「生還淹跡倚荒廬，懶散經秋賦索居。雙淚弟兄揮酒日，寸心關隴望鄉餘。臘晴柳日輝輝動，春逼冰河滾滾虛。三十七年吾底事，彈歌不為食無魚。」正德四年閏九月作的《對菊懷鄰菊子三首》云：「舊種寒株傍吹臺，重陽今歲不曾開。遙思爛熳還憐汝，欲比馨香恐見猜。其二：睡起今晨看菊花，霜枝冷藥忽參差。非時未必輸桃李，三徑遙憐是一家。其三：爾家堂閣皆鄰菊，秋至滿地黃金錢。不信南州能暑熱，直將花藥破霜天。」正德五年所作《庚午除日》詩云：「於今將四十，始悟昔年非。白髮誰能那，紅顏我漸違。行藏沙上鳥，日月故山薇。悵望勞歌起，風河柳色歸。」正德六年所作《辛未元日》詩云：「萬事渾如昨，蹉跎四十臨。取塗傷老馬，聞道愧前禽。日變風雲氣，春生海岳陰。趁時聊物賞，此外更何心。」李夢陽如同失群的孤雁、脫水的蛟龍，他無法施展自己的才能、無法實現自身的抱負，有的只是感傷、絕望、痛悔、哀鳴。

與此同時，李夢陽只有將自己的才華用在哀悼親戚朋友或替古人唱讚歌的碑、銘、祭、誄等文體的寫作之中。僅正德四年到六年這兩年時間裏，他至少寫下了《明故遙授滄州判官賈君墓誌銘》、《邱先生祭文》、《處士松山先生墓誌銘》、《汪世興祭文》、《明故朝列大夫宗人府儀賓左公遷墓誌銘》、《左舜欽墓誌銘》、《明故封太安人裴母張氏墓誌銘》、《江都縣丞蘇君墓誌銘》等眾多了無意義的「諛墓」文字。

空同子，這一個筋斗摔得夠慘了，他幾乎失去重新爬起來的勇氣。然而，造物主究竟還是給了他一次重新抬頭的機會，他倔強的性格，還有重新再現的舞臺。

三

正德五年（1510）八月，劉瑾伏誅。第二年四月，詔夢陽起復，遷江西按

察司副使。當時，李獻吉就寫下了《正德辛未四月十七日簡書始至於時久旱甘澍隨獲漫爾寫興》一詩：「苦蒸卓午汗交頤，昏暝雨飛如揚絲。舟楫自茲杳將去，波濤滿意復何疑。璽書況屬臨門日，江漢須看放舸時。肯信吾遊兼吏隱，五峰彭蠡是襟期。」同時，又作有《留別李田二秀才》，詩云：「五年梁苑棲遲穩，千里南州忽此行。海內尚還憂盜賊，老夫何用拜簪纓。音書陸續憑誰寄，餞酒留連見我情。惆悵暮天雲不盡，秋風相憶豫章城。」

這時，李夢陽的心情極為複雜：一方面，他在大梁之墟已經困居五年之久，對自己的過去進行了苦澀的回味和深刻的反思，對黨同伐異的官場糾葛，對令人窒息的特務政治，對瞬息萬變的政治鬥爭，他也有了一定程度的認識和體會，甚至於多多少少有一點畏懼、逃避乃至厭惡的心理；另一方面，如今政局突然大變，大仇人已然垮臺，而他自己又被升為正四品的提學副使，猶如久旱逢甘雨一般，正可以滿足牢牢地潛藏在他內心深處的立身揚名的自尊心理和報效朝廷的士大夫情結，因而又感到萬分的喜悅歡欣。是吏？是隱？還是吏而兼隱、亦吏亦隱？他苦悶之後突然亢奮，亢奮之餘又有所猶疑，猶疑之後又激起豪邁，豪邁之後又有些兒惆悵。然而，每個人的性格的主導面都是壓抑不住、遮蓋不了的。李夢陽不是他的父親「吏隱公」，他不是那種甘願寄人籬下、全身避世的懦弱之人，他不願意沈晦於酒、擊缶悲歌，而是希望到那激流險灘中游泳搏擊、大顯身手。這才是李夢陽，真正的、一絲不掛的李夢陽。機會來了，難得的機會終於來了。李夢陽從大梁之墟的塵埃中爬起來，他洗去滿臉泥垢、亮出太阿龍泉，拋卻那深閉困居的衡門，放棄那荷鋤獨種的瓊花。他去了，毅然決然地去了！「五峰彭蠡是襟期」，他要咳唾成珠，要舉足萬里，要登天攬月，他要讓別人認得，四十歲的空同子還是那樣剛直耿介、桀驁不馴。他去了！又踏上那坎坷的仕途，又投身於浮沉的宦海之中。

正德六年五月，李夢陽赴官江西。六月到任，居南昌。明代的提學副使大致相當於今天的省教育廳長兼管精神文明建設等事務，其最根本的任務就是在一任三年之內，到全省巡迴，通過考試，將「秀才」選出來。於是，李夢陽開始了他繁忙而又有序的工作。當年八月，他到九江、南康一帶。九月，登廬山。十一月，至建昌府。十二月，到饒州府。農曆年底，又登廬山。他每到一處，就忙於巡視學校、禮拜先賢、表彰節義、採訪風俗、布宣德意，忙得不亦樂乎。當然，這一切，都是作為提學副使份內的工作。同時，由於空同子在

當時名氣太大，在士林中威信尤高，因此，每到一處，總有人請他題碑撰文。在南昌，他作《提學江西分司題名碑》、《南新二縣在城社學碑》；在九江，他作《九江謁濂溪先生祠告文》；在廬山，又作了《蘇先生入白鹿洞先賢祠告文》、《六合亭碑》；在饒州餘干縣，還作了《東山書院重建碑》；如此等等，不一而足。

正德七年，李夢陽繼續巡視江西諸地，仍然不停地寫詩撰文。正月十五，在滕王閣，有《上元滕閣登宴》二首，詩云：「滕閣上元宜，章江登宴時。衣冠還大國，唐宋自殘碑。燈火闌堪憑，風塵淚欲垂。黃雲驅日暮，回首見征旗。其二：陽浦通新霧，陰城帶古樓，君王罷歌舞，棟宇白雲留。草色歲年換，客心江水流。暮昏仍一望，燈火萬家州。」春日，他巡視南昌豐城，寫了《清明曲江亭閣》詩：「寒食花爭麗，豐江柳獨深。此行元慷慨，落日更登臨。浩蕩五湖際，風煙千里陰。坐看舟楫急，徒切濟川心。」五月，又作《曲江祠亭碑》。

正德八年四、五月間，李夢陽巡視贛州，有《端午贛州晚發》詩為證：「戲倦龍舟返，吾驅彩鷁行。晚天開古驛，轉眼過孤城。嫋嫋雲生瀨，悠悠弟憶兄。泛蒲雖念我，寧解嶺邊情。」六月，再登廬山，作《遊廬山記》。

總之，在江西境內的三年時間裏，李夢陽輾轉跋涉於山山水水之間，也將自己的文字留在各地的樓臺亭閣之上，這在客觀上妝點了各地的精神文明。早在三年以前，他赴官江西的時候，好朋友顧華玉就有《贈李副使獻吉江西視學》詩一首，對李夢陽在江西一帶的行蹤做了歌頌式預測：「軺軒分羽節，高義豈為榮。南省文儒化，中朝國士名。嵩雲兼雨動，楚月出江明。莫道風塵暗，君行自有情。」（顧璘《息園存稿詩》卷八）李夢陽的表現，是當得起這種期許和讚頌的。

李夢陽到江西後的第二年，亦即正德七年，他就將妻子左氏接到任所。不過，左氏這一路上可是屢經險境，據李夢陽自己的記載：「李子起江西按察司副使提學，是年左氏有孫。壬申，李子迎左氏於江西。左氏舟河行，值椿，舟破，僅免。入江，過馬當，帆腳打僮人落江，沒。及湖口，風逆，困崖下洄渦中。舟突嵲石，時時響。於是左氏怖欲死，計繫之，登石免。」（《封宜人亡妻左氏墓誌銘》）

左氏舟行江湖的風險總算是過去了。她終於到達江西，來到丈夫的身旁。但——，李夢陽仕途上的風波卻又開始了。更為可怕的是，這場風波，不

僅攪亂了整個江西官場上層，而且將李夢陽夫妻趕到了江西境外，甚至將空同子永遠「踢」出官場。

（原載《湖北師範學院學報》2015 年第一期）

「廣信獄」的前前後後
——李夢陽研究之五

自正德六年（1511）五月到正德八年年底，在江西提學副使任上，李夢陽得罪了一大幫達官貴人。對於李夢陽而言，這是他一貫性格使然，但對於當時江西許多上層人士而言，那卻是絕對不能接受的。因為這位「教育廳長」所衝犯的，乃是赫赫的「漢官威儀」。故而，李夢陽勢必迎來對他毀滅性打擊的「廣信獄」。

一

自到江西後，李夢陽首先就與總督陳金的關係沒有搞好：「副使屬總督，夢陽與相抗。總督陳金惡之，監司五日。」（《明史・李夢陽傳》）在當時，總督陳金可是位非同凡響的角色。正德六年二月，由於江西盜賊猖獗，「詔起金故官，總制軍務。南畿、浙江、福建、廣東、湖廣文武將吏俱隸焉。許便宜從事，都指揮以下不用命者專刑戮。」（《明史・陳金傳》）陳金當時總督的是五省軍政，而且可以便宜行事，都指揮以下官員不服從命令者可以「刑戮」之。李夢陽以一個四品官員居然與總督大人相抗，無異於雞蛋碰石頭，關他五天禁閉算是客氣的。

隨即，李夢陽又與巡按御史江萬實鬧翻了：「會揖巡按御史，夢陽又不往揖，且敕諸生毋謁上官，即謁，長揖毋跪。御史江萬實亦惡夢陽。」（《明史・李夢陽傳》）同時，夢陽還觸犯了淮王祐棨：「淮王府校與諸生爭，夢陽笞校。王怒，奏之，下御史按治。」（同上）淮王府的校尉與秀才發生矛盾，專管秀才的李夢陽居然給書生們做後盾，甚至將淮王府校尉抓來打板子。這一下，

可干犯了王爺的威嚴。淮王將李夢陽告到御史江萬實那兒，而這位御史大人正對李夢陽一肚子氣哩！因為這位小小的四品官居然敢挑唆學生們見了巡視大臣只是打躬作揖而不下跪，這簡直是目無尊長、藐視權威！御史不與淮王聯手對付李夢陽那才怪哩！

其實，當時與李夢陽有矛盾的尚不止上述諸人，還有一位江西省右參政吳廷舉「與副使李夢陽不協，奏夢陽侵官，因乞休。不俟命竟去，坐停一歲俸」。（《明史·吳廷舉傳》）這位吳廷舉大人與李夢陽一樣是個強脾氣，他認為李夢陽手伸得太長，在上奏無果的情況下，竟然掛冠而去，就連處罰一年的俸祿都在所不惜。

當李夢陽得知自己與淮王的矛盾交給御史江萬實審理的時候，想到早已得罪了這位巡按大臣，這次絕對沒有好果子吃。於是，李夢陽決定先下手為強：「夢陽恐萬實右王，訐萬實。」（《明史·李夢陽傳》）這一下，江萬實也成為當事人，不能審理此案了。而且，事情已經鬧大，朝廷只好派總督親自過問此事：「詔下總督金行勘，金檄布政使鄭嶽勘之。」（同上）「會提學副使李夢陽與巡按御史江萬實相訐，嶽承檄按之。」（《明史·鄭嶽傳》）布政使是一省主管吏治的官員，是除總督、巡撫以外最有實權的方面大員。李夢陽一看事情越鬧越大，緊急中採取了雙管齊下的對策。一方面，文筆如刀的李夢陽「偽撰萬實勘金疏以激怒金」（《明史·李夢陽傳》）；另一方面，「夢陽執嶽親信吏，言嶽子沄受賕，欲因以脅嶽」。（《明史·鄭嶽傳》）這本來就夠熱鬧的了，不料江西的另一位王爺——寧王宸濠也來插手此事，就使得事態更為複雜了。

寧王宸濠在明代歷史上可是一個遺臭萬年的人物。他於明正德十四年（1519）據南昌舉兵造反，殺了巡撫孫燧等人，兵陷南康、九江，圍安慶。後因南贛巡撫王守仁起兵討伐，攻克南昌，宸濠回救，兵敗被擒。次年，被明武宗所殺。當然，李夢陽提學江西的正德八年，寧王尚未造反，但卻一直是一個名聲不太好的藩王。史書有載：「宸濠益恣，擅殺都指揮戴宣，逐布政使鄭嶽，御史范輅，幽知府鄭巘、宋以方，盡奪諸附王府民廬，責民間子錢，強奪田宅子女，養群盜劫財江湖間，有司不敢問。」（《明史·諸王二》）就是這麼一位為非作歹的王爺，卻也知道附庸風雅：「寧王宸濠者浮慕夢陽，嘗請撰《陽春書院記》，又惡嶽，乃助夢陽劾嶽。」（《明史·李夢陽傳》）夢陽雖然曾經與宸濠有過交往，但很快就發現宸濠心術不端，與之斷絕了往來。但這一次宸

濠為了打擊鄭嶽而利用李夢陽，卻讓空同子陷於更加被動的地步。

在這種情況下，處於對立面的那些達官貴人紛紛收集資料，打擊李夢陽。誠如夢陽在寫給好朋友何景明的信中所言：「僕此一言一動，悉為仇者所搜羅。江御史搜羅者二、吳廷舉者二、淮人者三。」（《與何子書二首》其一）

在這些人的聯合進攻下，李夢陽低頭屈服了沒有呢？沒有！這個青年時期就抵格動瑒的強人，這個敢於怒打國舅爺的硬漢，這個曾經與大權閹劉瑾為敵的直臣，其性格決定了他是不會屈服的。然而，不屈服而抗爭下去的結果有只兩種：要麼取得勝利，要麼遭到更大的打擊。那麼，李夢陽的結局又是如何呢？一場「廣信獄」會給我們以答案。

二

御史江萬實抓住李夢陽的一些短處、尤其是偽撰奏章一事後，又一次上奏彈劾夢陽：「萬實覆奏夢陽短，及偽為奏章事。」（《明史·李夢陽傳》）參政吳廷舉本來就與夢陽有隙，趁機上疏論其侵官，在沒有達到目的的前提下，憤而離職。出人意料的是，李夢陽在如此緊張的局勢下，居然還寫了一首長詩《戲作放歌寄別吳子》（題下自注：吳名廷舉，字獻臣，蒼梧人）來嘲弄這位政敵，同時，也表白自己的胸懷。詩云：「惟昔少年時，彈劍輕遠遊。出門覽四海，狂顧無九州。獻策天子賜顏色，錫宴出入黃金樓。揚鞭過市萬馬避，半醉唾罵文成侯。結交盡是扶風豪，片言便脫千金裘。彎弓西射白龍堆，歸來洗刀青海頭。崑崙河磧不入眼，拂袂乃作東南遊。江海洶湧浸日月，島嶼蘙杳混吳越。匡廬小瑣拳可碎，鄱陽觸怒踢欲裂。澤中龍怪能人言，噴濤吹浪昏漲天。大鵬舉翼四海窄，笑爾弋人何慕焉？東湖子，君非淰涗闇穆取位之丈夫，余亦豈卑卑與世而浮沉？恟復共鬥非庸劣，廉藺終投萬古欽。攀鱗掃氛代不乏，我豈復戀頭上簪？鹿門黃犢穩足駕，商岩紫芝山固深，有飛倘附秋空音。」

陳田《明詩紀事》丙籤卷九引《國史唯疑》：「吳廷舉初請從李獻吉學詩，音響不諧，為所哂，怒相排抵，免官去。後顧疏薦李。余誦李《放歌》云：『東湖子，君非淰涗闇穆取位之丈夫，余亦豈卑卑與世而浮沉？恟復共鬥非庸劣，廉藺終投萬古欽。』吳亦報之詩：『夫既靦顏面，豈不愜素心！如何異同論，三兩多參差。』蓋兩公皆偉人，負氣不下，微生睚眥，旋消釋久矣！」

意謂李夢陽和吳廷舉初有仇隙，後冰釋前嫌，此亦可聊備一說。但無論如何，就李夢陽這首《放歌》而論，則充分體現了空同子豪邁的氣概、瀟灑的態度和縱橫恣肆的詩風。

還是回到江西上層的矛盾鬥爭。當時這些達官貴人分成了兩大派，一是江萬實與淮王祐楪等人堅決打擊李夢陽，一是寧王宸濠想通過表面上幫助李夢陽而達到打擊布政使鄭嶽的目的。於是，在江萬實彈劾李夢陽的同時，「宸濠因助夢陽奏其事，因掠沄。巡撫任漢顧慮不能決，帝遣大理卿燕忠會給事中黎奭按問。」（《明史・鄭嶽傳》）這樣，就把大致相當於江西省長的巡撫任漢給扯了進來。而且，這位巡撫大人看到兩邊都不好惹，正在猶豫不決時，朝廷居然派欽差大臣大理寺卿燕忠下來了。這可是相當於最高法院派人了。據夢陽自己所言，皇帝之所以派燕忠前來，乃是「給事中王爌有章奏此事」（《廣信獄後記》）。王爌之所以要奏此事，乃是因為當時江西的上層人物幾乎全都被卷了進來。從總督、巡撫、巡按御史、布政使、提學副使、參政直到淮、寧二藩，互相攻訐，互相打擊，一時間弄得劍拔弩張、天翻地覆。如是，這些達官貴人之間的摩擦終於釀成了驚天大案。

正德八年（1513）歲末，燕忠至江西廣信府（今上饒）勘問此事，這就是李夢陽所稱的「廣信獄」。當時，李夢陽「寓南康府，臥病待罪」。（《廣信獄記》）他已經感到情勢對自己極為不利，滿心憂傷，焦躁不安。在十二月初七的《癸酉生日》詩中他寫道：「已今行年四十二，我辰安在百憂結。」隨後，在當年農曆最後一天所寫的《歲暮五首》其五中，他又哀歎：「歲當癸酉廬山曲，冬盡扁舟記獨棲。」翌日大年初一的晚上，他又於《南康元夕二首》其一中寫道：「罷誼風乍起，嗟爾楚南人。」這些詩句，所表達的除了哀怨情結和憤懣心理之外，還有就是無可奈何的心態。這樣一種自我感覺和心理狀態，已經預示著李夢陽在這場官司中的敗訴。

正德九年（1514）正月二十八日，「大理卿燕忠往鞫，召夢陽，鞫廣信獄」。（《明史・李夢陽傳》）在此案的審理過程中，李夢陽一直處於被動地位。赴獄前，夢陽還抱著一線希望，自認為「勘官勘畢，必酸心流涕，痛我之冤而憤讒說之易扇」。（《與何子書二首》其一）然而，黑暗的官場，殘酷的現實卻再一次粉碎了李夢陽這一絲天真的幻想。本來，「勘事一二日畢矣」，卻不料被一拖再拖，從正月底拖到三月底，「淹至三月廿五日始發回省城候命」。本來，「是時赦下已久」，卻有人從中阻擾：「有使之無引赦者，而勘官遂不引之

赦。」本來,「勘官初許只在廣信候,命下,形諸言矣」,卻又有人從中作梗,「已又發回省城,此亦有使之者」。就連勘官燕忠也感到受人左右,頗有怨言:「臨發第歎曰:斯非我意,你眾人所知耳!」(以上引文均見李夢陽《與何子書二首》其二)在這種極端不利的情勢下,李夢陽能有什麼辦法呢?只好咽下敗訴的苦果。「廣信獄」的最後結局:「忠等奏勘嶽子私有跡,而夢陽挾制撫、按,俱宜斥。嶽遂奪官為民。」(《明史·鄭嶽傳》)李夢陽因為「倚恃氣節,凌轢臺長,坐訐奏罷免」。(《列朝詩集小傳·李副使夢陽》)對此,李夢陽自己也有記載:「正德九年,是歲甲戌,閏月辛未,臣以居官無狀,得蒙寬遣,罷歸。」(《宣歸賦》自注)空同子徹底失敗了,他在仕途上翻了最後一個大跟斗。

三

在這次與權豪勢要的鬥爭中,李夢陽自有其狂狷使氣的一面,有些做法也嫌過當偏激,甚至不太光明正大,當然,他還有被人利用的地方。但是,就事情的本質而論,身為提學副使的空同先生並無大錯。無論是頂撞總督也罷、拒揖御史也罷、鞭撻淮王府校尉也罷、揭露官二代受賄也罷,乃至於侵官云云,李夢陽所衝擊的,無非是達官貴人的權勢、威嚴和利益而已。而他所保護的,正是那些他治下的儒生秀才。這些人相對淮王府校尉而言,毫無疑問是弱者。同時,李夢陽揭發官場腐敗,維護的也是國家利益和官場純潔。從這個意義上講,空同子自有其獨立的人格、耿介的氣骨和可貴的精神。當然,對於這種可悲的結局,李夢陽自己也要負一定的責任。從某種意義上講,他的失敗也是由他本人造成的,是性格使然。誰要他一到江西就把上下左右的關係弄得如此僵硬?誰要他敢於蔑視上下尊卑的封建規矩?誰要他為了諸生的利益而損卻藩王的面子?誰要他大膽揭露朝廷命官的黑幕隱私?誰要他上當受騙被寧王宸濠當槍使?在當時的官場中,只要在以上諸多問題中犯了一個錯誤就會吃不了兜著走,而空同先生居然接二連三地犯這種低級而又明顯的「錯誤」。在那樣的語境中,會當官的人是絕對不會犯這種錯誤、做這種蠢事的,而李夢陽卻一而再再而三第幹這種蠢事。結果,他老先生鬧得在江西上層之中「官憤」極大!所有這些,都說明李夢陽不會當官,也不配當官。既然他本人沒有當官的稟賦,那麼,江西的達官貴人們將他從官場中驅逐出去,也就是理所當然的了。

　　然而，世界上的事物往往是對立統一而存在的。得失、榮辱、毀譽、功過、是非總是那麼纏綿地交織在一起而得以體現。毫無疑問，李夢陽被罷官是禍、是失、是辱，但他同時又有所得。當時，他被「羈廣信獄，諸生萬餘為訟冤，不聽」。（《明史‧李夢陽傳》）雖然統治者並沒有重視一萬多秀才們的意見，但對於李夢陽而言，這萬餘知識分子的齊聲吶喊，難道不是一種最大的「得」嗎？難道不是流芳百世的「榮」「譽」嗎？千百年來，在中國文化史上，在中國文學史上，能有幾位文人在他被審判的時候居然出現一萬多「文化人」為之吶喊訟冤的場景？恕筆者孤陋寡聞，這種場面極為罕見！李夢陽，失去的是一頂區區四品官兒的烏紗帽，卻得到了如此溫暖的人間真情——一萬多讀書人發自內心的愛戴和尊重。「廣信獄」事件，空同子到底是失敗還是勝利，到底是有所得還是有所失？每個人心中都有一桿「公平秤」。

　　李夢陽赴「廣信獄」時，預料這一次可能是自己仕途的終點，於是，也就做好了「歸途」的準備。他本來將其妻子左氏遷到星子縣居住，但由於當時風傳星子一帶有盜賊過往，左氏便自己遷往九江以待夢陽。「廣信獄」畢，時值正德九年初夏，夢陽既以罷官遣歸，於是，取道九江，就左氏溯江而上，達於漢水，又沿漢水而至襄陽。

　　此間，李夢陽曾於四月八日給摯友何景明連寫二書，其一略云：「勘官以送門子造偽章二事與我無干，乃反大懊恨，深其文鉤織，如以釘釘木，惟恐不入也。……僕靜觀性命之變，窮通顯晦斷斷有默定之數。」其二略云：「家人尚頓九江，蓋俟僕同歸居鹿門耳。自僕罹此難，友朋多不復通書問，結交在急難，徒好亦何益？僕交遊偏四海矣，赤心朋友惟世恩、德涵與仲默耳！其難如此，可悲可歎！」（其二）表達了自己委屈、通達以及準備隱居的心態，同時，也表達了對朋友的思念和對友情的珍視。何景明收信後，隨即作《得獻吉江西書》一詩以答，詩云：「近得潯陽江上書，遙思李白更愁予。天邊魑魅窺人過，日暮黿鼉傍客居。鼓枻襄江應未得，買田陽羨定何如？他年淮水能相訪，桐柏山中共結廬。」表達了老朋友之間的深情厚誼和對李夢陽不幸遭遇的深切同情。同時，也表現了封建時代正直知識分子的人生價值觀和達則兼善天下、窮則獨善其身的人格追求。隱居，在這些為人正直而又屢遭厄運的知識分子往來信件中，已被提上議事日程。

　　那麼，李夢陽究竟選擇什麼地方作為隱居之地呢？這裡面有一點小小的波折。且看李夢陽自己所記：「是年李子官復罷，道潯陽，就左氏，泝江入漢，

至於襄陽。將居焉，會秋積雨大水，堤幾潰。左氏曰：『子不心大梁，非患水邪？夫襄汴奚殊矣？且蘇門箕潁之間，可盡謂非丘壑地哉？』李子悟，於是挈左氏歸。」（《封宜人亡妻左氏墓誌銘》）從江西九江回河南開封路過湖北襄陽的時候，李夢陽因為愛峴山、習池之勝，本來想長期隱居於此。不料當地秋雨連綿，漢水暴漲，堤防幾潰。左氏本是開封人，不想長期客居他鄉，於是借機奉勸丈夫回歸開封。左氏的一番話，使李夢陽頓然醒悟。是呀，襄陽雖然是自古名勝之地，有東漢諸葛亮、盛唐孟浩然等前賢隱居於此，但河南開封一帶不是也有很多隱居的好山好水嗎。例如輝縣的蘇門，晉朝的孫登、宋代的邵雍、元代姚樞不是都曾經隱居於此嗎？還有登封縣附近的箕山、潁水，則更相傳是堯時的巢父、許由的隱居之地，爾後伯益避大禹之子也曾隱於此哩！中州大地的丘壑山林，自古多有隱居之大賢，空同子何不步其後塵而作玄豹之隱呢？妻子左氏既已厭惡異地江湖之驚濤駭浪而眷戀自己的家鄉，李夢陽又何嘗沒有宦海沉浮的疲憊感而希冀休憩於精神家園？歸去來！澆灌瓊花去吧，高臥空谷去吧。李夢陽終於下定決心，歸隱於第二故鄉中州腹地。於是，空同子與左氏這一對飽經江湖風險和宦海風波的夫妻離開了荊楚大地，重又回到大梁之墟。

其實，李夢陽當時不僅僅是政治上的失意，他的身體也每況愈下。提學江西時，李夢陽剛剛四十歲，身體狀況就不太好，他自己曾說：「體質綿弱，飲食甚少。年逾四十，白髮種種。自到江西，水土不服。」（《乞休致本》）在這份請求退休的報告中，李夢陽對自己的身體衰弱情況可能會有些許誇大，但他早生白髮卻是事實。關於這一點，他在詩作中反覆言及，如：「白髮向來多。」（《生日寫懷》）如：「我髮忽已素。」（《申州贈何子》）李夢陽早生華髮，一方面固然是生理因素所致，另一方面又何嘗沒有心理方面的因素？「十年三下吏」（《下吏》），「歧路獨含悲」（《庚辰清明東郭》），「日暮千行淚」（《答何子聞訊》），「孤雲恆自輝」（《贈姚員外》）。宦海風波折磨著他，失路之悲啃齧著他。心高氣傲的空同子，卻偏偏被剝奪了展露才華、施展抱負的機會。在這種貧病交加、窮途末路的生理、心理雙重折磨下，李夢陽邁過了人生的輝煌，迎來了暮年的黯淡。

可憐廣信蒙冤獄，斷送功名到白頭。四十三歲的李夢陽就這樣被迫告別官場，徹底離開了政治舞臺，開始了他長達十五年之久的家居生活。

四

　　李夢陽雖然在身心俱疲的狀況下離開了江西，但他卻在這片工作過三年的熱土上留下了極深的痕跡。這些痕跡，主要是他的詩文著作，甚至還有一些關於他的逸聞趣事。這裡，略舉空同子在江西的一些詩作，以便進一步明瞭李夢陽此段時間的行為和心態。

　　首先值得一提的是李夢陽的《土兵行》一詩，詩云：「豫章城樓饑啄烏，黃狐跳踉追赤狐。北風北來江怒湧，土兵攫人人叫呼。城外之民徙城內，塵埃不見章江途。花裙蠻奴逐婦女，白奪釵環換酒沽。父老向前語蠻奴，慎勿橫行王法誅。華林姚源諸賊徒，金帛子女山不如。汝能破之惟汝欲，犒賞有酒牛羊豬，大者陞官佩綬趨。蠻奴怒言萬里入爾都，爾生我生屠我屠。勁弓毒矢莫敢何，意氣似欲無彭湖。彭湖翩翩飄白旗，輕舸蔽水陸走車。黃雲卷地春草死，烈火誰分瓦與珠。寒崖日月豈盡照，大邦鬼魅難久居。天下有道四夷守，此輩可使亦可虞。何況土官妻妾俱，美酒大肉吹笙竽。」

　　這首詩，從某種意義上講乃是譴責總督陳金的。詩中所說的「土兵」，即廣西土司狼兵。那麼，廣西的土兵怎麼會跑到江西境內作惡呢？原來這都是陳金惹的禍。上文說過，陳金在正德六年被朝廷派到江西一帶總督五省軍政，而陳金面臨的境況卻是非常糟糕的：「六年二月，江西盜起，……當是時撫州則東鄉賊王鈺五、徐仰三、傅傑一、揭端三等，南昌則姚源賊汪澄二、王浩八、殷勇十、洪瑞七等，瑞州則華林賊羅光權、陳福一等，而贛州大帽山賊何積欽等又起，官軍累年不能克。金以屬郡兵不足用，奏調廣西狼土兵。明年二月，先進兵東鄉，遣參議徐蕃等分屯要害，而令副總兵張勇、土官岑鏜、岑猛各統官兵目兵擊賊。……半歲間，剿賊幾盡。遂即東鄉立縣，並立萬年縣，招降人居之。前後每奏捷輒賜璽書嘉勞，賚銀幣，加太子少保，蔭子錦衣世百戶。金累破劇賊然所用目兵貪殘嗜殺，剽掠甚於賊，有巨族數百口闔門罹害者，所獲婦女，率指為賊屬，載數千艘去。民間謠曰：『土賊猶可，土兵殺我。』金亦知民患之，方倚其力，不為禁，又不能持廉，軍資頗私入。功雖多，士民皆深怨焉。」（《明史·陳金傳》）

　　由上可知，總督陳金調用廣西土兵剿滅江西賊寇的行為，無異於飲鴆止渴。結果，江西百姓便接二連三地遭受到賊兵、土兵的反覆蹂躪。而作為五省軍政大權集於一身的總督陳金，卻從中撈到了極大的政治利益和經濟利益。瞭解了這一內幕，但凡有良心的人都會覺得陳金絕非好官，甚至是江西兵難

的始作俑者。李夢陽是一個正義感特強的詩人，恰巧又讓他親眼目睹了土兵的為非作歹、禍害百姓。這就使得他不由自主地會揮動手中的如椽巨筆寫下這動人心扉而又激人憤怒的《土兵行》。然而，《土兵行》問世，毫無疑問是揭了頂頭上司總督大人的瘡疤，陳金對李夢陽的仇恨是不言而喻的。但基於李夢陽是朝野知名的硬骨頭鬥士，想當年，空同子連國舅爺張鶴齡都敢當街施以馬箠，連炙手可熱的權閹劉瑾都敢上疏劾奏，為此，幾番下獄，數次罷官，於是，陳金對李夢陽只能「冷處理」，找由頭關了空同先生五天禁閉，殺殺這位官場鬥士的銳氣。

然而，儘管李夢陽本人受到了些許警告和折辱，但他這首如泣如訴的《土兵行》卻不脛而走，在當時和此後都產生了巨大的影響，並且引起了後世文人極高的評價。且看以下資料：

「楊用修云：『只以謠諺近語入詩史，而高古不可及。』孫豹人云：『贛州賊作亂，都御史陳金奏調廣西狼兵征之，《土兵行》所由作也。此詩當與杜陵《北征》詩並傳。」（朱彝尊《明詩綜》卷三十四）

《國史唯疑》：「江西苦調到狼兵掠賣子女，其總兵張勇童男女各二人送費文憲家。費發憤疏聞，請嚴禁。誦李夢陽《土兵行》諸篇，情狀具見。」（陳田《明詩紀事》丁簽卷一）

楊慎對這首詩的評價是「高古不可及」，孫枝蔚則認為這首詩可與杜甫名作《北征》相提並論，這都是相當高的評價。而《國史唯疑》中的那段話，更是指出了《土兵行》一詩無比巨大的社會效應。土兵的領導將擄掠到的童男童女進貢給朝中高官，高官竟高歌李夢陽的《土兵行》而向朝廷上奏嚴禁此事。文學創作的巨大社會功效，於此可見一斑；李夢陽某些詩作的強烈現實精神，也從這裡得到一次極好的印證。

像這種關心民生疾苦，直面現實弊端的詩作，在空同子江西之行的任上絕非上述那首《土兵行》，像下面這首《豆萁行》也足以催人淚下：「昨當大風吹雪過，湖船無數冰打破。冰驪嶇峇山嶽立，行人駭觀淚交墮。景泰年間一丈雪，父老見之無此禍。鄱陽十日路斷截，廬山百姓啼寒餓。旌竿凍折鼙鼓啞，浙軍楚軍袖手坐。將軍部兵蔽江下，飛報沿江催豆萁。邑官號呼手足皴，馬騾雞犬遭眠臥。前時邊達三千軍，五個病熱死兩個。彎弓值凍不敢發，昔何猛毅今何懦。李郭鄴城圍不下，裴度淮西手可唾。從來強弱不限域，任人豈論小與大。當衢寡婦攜兒哭，秋禾枯槁春難播。縱健征科何自出，大兒牽

繢陸挽駬。」沈德潛《明詩別裁集》卷四謂此詩「似古謠諺，俚質生硬處，正不易到。」也是很高的評價。

諸如此類的作品還有《餘干行》：「荒濱鵲立夕啼鴟，春行緣岸竹木枯。黃蒿破屋走白狐，東至信州西鄱湖。男兒輸粟婦刈芻，問誰為此軍前須。去年冰雪十丈餘，凋瘁至今猶未蘇。姚源帶甲已數萬，岩湫莫展金僕姑。近聞殺官兵復北，道路誼傳真有無。安能飛刀取賊顱，貂裘白馬還京都。」

當然，在「廣信獄」的前前後後，李夢陽更多的詩作還是抒發個人感慨者居多。且看數篇：

「廬山隨晚坐，江漢淨秋襟。九日黃花雨，書堂紅葉深。細雲飄古峽，寒兒吼空林。不用風吹帽，尊前有靜琴。」（《廬山九日》）

「年今四十身千里，生日登臨寓此中。憂國未收南望淚，思家猶阻北來鴻。寒冬白霧峰巒隱，車馬深山道路通。學海久傷青鬢改，振衣真愧玉岩風。」（《初度懷玉山有感》）

「廬山臘日地凍裂，白猿鹿麇啼深雪。臥病松林北岸湖，黃蒿古阪行人絕。已今行年四十二，我辰安在百憂結。小孫呼爺戲床側，縱惱忍能即嗔說。」（《癸酉生日》）

「歲當癸酉廬山曲，冬盡扁舟記獨樓。湖海合冰龍晝立，溪林壓雪虎時啼。陰陽晴晦雙過鳥，南北行藏一杖藜。今日中原對河嶽，暮雲回首楚江西。」（《歲暮五首》其五）

「畏途值除夕，會我得投閒。海雪寒城古，江春碧草還。星河掛嶽樹，燈燭熨歸顏。竊計臨家日，薔薇滿舊山。」（《南康除夕》）

「此日故鄉酒，應憐千里違。是處萋萋草，王孫歸不歸？」（《南康元日》）

「四海逢今夕，孤城有獨身。干戈猶野哭，梅柳自江春。月向平湖滿，燈於靜夜親。罷誼風乍起，嗟爾楚南人。」（《南康元夕》其一）

「發春南地北同寒，旅宿張燈雪氣殘。三晉樓臺違夜月，五湖鷗鷺伴風湍。真防柳色侵梅色，莫道蟬冠勝鶡冠。匣劍沖星愁易泄，倚笻還向斗牛看。」（《南康元夕》）

從這些詩篇中，分明可以看出李夢陽在江西三年的心路歷程。一開始，只是因為第一次被派外任到了一個陌生的地方自然而然產生的一種思念家鄉親人的情緒和由於物象轉換而導致的莫可名狀的淡淡的憂愁。而後，隨著

漸漸陷於江西上層官場鬥爭而不能自拔，作者在作品中體現了一種或隱或現的煩躁不安。一直到政治風雲突變，自己身處逆境之中而動彈不得，那種憤懣、焦慮、不安以及由此而產生的「歸去來」情緒就必然會湧上空同子的筆端了。

上述而外，李夢陽在江西還有不少描寫當地風土人情的詩作。例如寫南昌炎熱無比的句子：「豫章之熱真毒潚，六月已破仍不禁。赤雲行空日在地，萬里一望炎煙深。東蒸扶桑乾欲槁，黑河水乾龍不吟。」（《苦熱諫屠參議》）例如寫月夜美景的句子：「同是中秋月，匡廬只自看。故臨石鏡上，偏傍落星灘。」（《中秋南康》）這裡有滕王閣的夜景：「草色歲年換，客心江水流。暮昏仍一望，燈火萬家州。」（《上元滕閣登宴》其二）這裡還有小溪邊的靜謐：「三年作楚客，五月度吳溪。日射桃花嶺，松陰鵜鳩啼。」（《吳溪》）辦公室旁邊的小景也時常被作者攝入筆底：「故鄉叢菊歎離居，客邸秋梅葉且舒。四海重陽三滯酒，兩河歸雁幾傳書。」（《九日荷齋對酒偶作》）文人聚會的周邊美景自然也會映入詩人的眼簾：「不倦登樓目，遙憐秋色重。楓村迷暗浦，霜日抱孤峰。」（《九日薛樓會集》）然而，其中最妙的還是那些人境合一的好作佳篇：「岳雲黃嬝嬝，夜半忽淒風。度市春燈亂，穿梅野樹空。人依青岸酌，月漾碧湖中。擬盡江城賞，無欺蠟炬紅。」（《元夕風起南康》）

除了詩文作品之外，李夢陽還在江西留下了一些逸聞趣事。這裡，以其與學生之間融洽而又風趣的一則趣聞作為本文的結束：

「李空同督學江西，有士子適同其姓名，公呼而前曰：『汝不聞吾名而敢犯乎？』對曰：『名命於父，不敢更也。』公思久之，曰：『我且出一對句試汝，能對則已，否則終不恕。』曰：『藺相如、司馬相如，名相如，實不相如。』其人思不久，輒應曰：『魏無忌、長孫無忌，汝無忌，我也無忌。』公笑而遣之。」（蔣一葵《堯山堂外紀》卷九十二）

此乃文字遊戲，或後人附會以為談資，事在疑信之間。若信之，則似可作為李夢陽「繫廣信獄，諸生萬餘為訟冤」之注腳。

（原載《湖北師範學院學報》2015 年第五期）

嘯傲林泉而心懷魏闕
——李夢陽研究之六

　　李夢陽罷官回開封後，「失勢家居，賓從日進，間從汴雒間少年射獵繁、吹兩臺間。」（《列朝詩集小傳·李副使夢陽》）過著一種「酒闌卻憶十年事，半醉呼鷹向此來」（李夢陽《九日繁臺二首》其二）的大名士的隱居生活。

一

　　從正德十年（1515）到嘉靖八年（1529），在這十五年的家居生活過程中，李夢陽的一些舊友並未因為空同子的失勢而疏遠他，仍堅持與其來往。或登門拜訪，或詩書致問，算得上絡繹不絕。

　　邊貢曾數次到開封看望李夢陽，並多次寫詩表達對老朋友的思念。其《過汴呈獻吉》詩云：「兩年京郭居，空望故人書。五月梁園道，來乘長史車。川流赴海急，隔日漾沙虛。欲訪漁樵徑，蓬蒿不可除。」《春日有懷空同李子》詩云：「南中數枉故人書，北上蹉跎信轉疏。四海酒杯形影外，十年詩草夢魂餘。藏身笑我同方朔，作賦憐君過子虛。春入吹臺芳草徧，塔雲樓月近何如？」《獻吉留別》詩云：「初春郊甸積雪滿，客子出門岐路長。征車杳杳去不息，關柳青青愁未央。卻望泰山懷故道，即歸梁苑亦他鄉。十年京洛交遊地，日夕風煙思渺茫。」

　　顧璘也曾有詩向李夢陽致以問候，其《重別行送李川甫還河南兼訊李獻吉》詩云：「送君將歸舊思翻，悵望南雲回白首。倘過夷門見李白，問渠詩興春多否？」《明史》載：「顧璘，字華玉，上元人。弘治九年進士。……初，璘

與同里陳沂、王韋，號『金陵三俊』。其後寶應朱應登繼起，稱四大家。璘詩，矩矱唐人，以風調勝。韋婉麗多致，頗失纖弱。沂與韋同調。應登才思泉湧，落筆千言。然璘、應登羽翼李夢陽，而韋、沂則頗持異論。」（《顧璘傳》）「弘治時，宰相李東陽主文柄，天下翕然宗之，夢陽獨譏其萎弱。倡言文必秦、漢，詩必盛唐，非是者弗道。與何景明、徐禎卿、邊貢、朱應登、顧璘、陳沂、鄭善夫、康海、王九思等號十才子。」（《李夢陽傳》）可知顧璘是當時著名詩人，同時也是李夢陽的好朋友，甚至是詩壇羽翼。而顧璘送行的李川甫名李濂，祥符人，時任沔陽知州，他與李夢陽的交往後面再敘。顧璘在詩中直呼李夢陽為「李白」，是以詩壇盟主仰視空同子的意思。

在接受老朋友們問候的同時，李夢陽也對朋友表示了真誠的關心。李夢陽有《贈何君遷太僕少卿》一詩，詩云：「省客新乘卿士車，尋盟特別水雲居。還朝賈誼元前席，去國虞生合著書。貪顧休輕冀野馬，祖行親釣汴河魚。虛疑厄閏春情晚，驛路群花宛宛舒。」自注：「是年遇閏，何有『官似黃楊厄閏年』之句。」此詩作於正德十年（1515），按《明史·武宗紀》載，正德十年「閏四月」。詩中的何君乃何孟春，《明史》本傳載：「何孟春，字子元，郴州人。……正德初請釐正孔廟祀典，不果行。出為河南參政，廉公有威。擢太僕少卿。」「黃楊厄閏」的典故出自蘇軾《監洞霄宮俞康直郎中所居四詠·退圃》：「百丈休牽上瀨船，一鉤歸釣縮頭鯿。園中草木春無數，只有黃楊厄閏年。」自注：「俗說黃楊歲長一寸，遇閏退三寸。」意思是說黃楊生長遇閏年而受到厄止，後人遂用以比喻人處於厄運。李夢陽此詩，主要是為安慰朋友何孟春而作。

李夢陽還與老友王守仁保持聯繫，嘉靖三年（1524）歲在甲申，空同子當時已經五十三歲了，他還有《甲申中秋寄陽明子》一詩：「風林秋色靜，獨坐上清月。眷茲千里共，眇焉望吳越。窈窕陽明洞，律兀芙蓉闕。可望不可即，江濤滾山雪。」寫景、抒情、敘舊，還帶有一絲兒哲理意味。因為這是寫給哲學家、思想家的詩，不可缺少思辨性。

除了與文壇舊知往來之外，李夢陽在開封一帶還有一大批在朝在野的新老朋友。王孫公子、朝廷大員、地方官吏、文人騷客，乃至行商坐賈、市井少年，空同子一概往來。不僅往來，還給其中許多人的父母、自身寫下了大量的墓誌、墓表。甚至於有些並不怎麼熟悉的人也慕名而來，請李夢陽撰寫這些莫名其妙的阿諛死者的文字。除了替私人撰寫碑文外，開封以及開封附近

的一些大建築物旁的碑石上，也常常留下李獻吉先生的手筆。如正德十年夏五月，作《嘯臺重修碑》。同年夏末，作《少保兵部尚書于公祠重修碑》。正德十二年作《鄢城縣城碑》。正德十五年作《雙忠祠碑》。嘉靖元年作《河南省城修五門碑》。嘉靖二年作《禹廟碑》。一直到李夢陽去世的頭一年，即嘉靖七年，他還撰寫了《敕賜愍節祠碑》。四庫本《空同集》一共六十六卷，從卷四十一到卷四十七，整整七卷數十餘篇，都是這種為公為私、各式各樣的碑文。這大概也是一種大名士必要的門戶裝潢和人際應對。不過，喜歡這樣做的並非一個空同子，從古到今的許許多多文人、尤其是官僚中的文化人、文化人中的官僚都對此樂而不疲。

李夢陽不僅在開封一帶到處題碑，而且到處漫遊。在長時間漫遊的過程中，他結交了大量的朋友。空同子汴中交遊的成分頗為複雜，範圍十分廣泛。這裡，僅據有關資料，略述如下：

丘琥，字伯玉，號松山，蘭陽人。（蘭陽即蘭封，在開封北五里，今已與考城縣合併為蘭考縣）正德四年，丘琥卒，李夢陽為之作《處士松山先生墓誌銘》略謂：「大明正德四年六月四日，處士松山先生卒，年七十有六歲。先是，處士便數諸飲食不可口，顧惟啜白酒，又足時時腫無力。謂余曰：『歲在蛇矣！吾其死乎？死則子銘其墓。』余止之曰：『胡言之遽邪？』然竟死也，悲夫！」同時，又作《丘先生祭文》，略云：「維正德四年歲在己巳六月甲子，處士松山先生丘公卒，其友人北郡李夢陽以柔毛庶品為奠，而致辭曰：於乎！士有曠百世而心相求者矣，而公與僕生並時也，又共里閈而居，豈不幸哉！當是時，公年六十餘矣，而與余交。余仕宦人也，而獨敬重公以隱操，此非世俗所謂相左者哉？然仆於公則相合也，此豈苟然而已者邪？」丘琥乃草野處士，獻吉乃仕宦中人，二人相交，全在意氣相投。李夢陽所佩服的，正是丘伯玉身上那份隱士的操守。

李濂，字川甫，祥符（今開封縣）人。正德八年舉河南鄉試第一，次年成進士，知沔陽州。李濂未入仕途之前，性格狂放：「少負俊才，時時從俠少年聯騎出夷門，馳昔人走馬地，釃酒悲歌，慕公子無忌、侯生之為人。一日作《理情賦》，友人左國璣持以示李獻吉，獻吉大驚，訪之吹臺，川父自此名滿河雒間。」（《列朝詩集小傳·李僉事濂》）李夢陽第一次歸居開封時，有《生日答李濂秀才詩》。後來，李夢陽赴官江西時，又作《留別李田二秀才》詩。李濂於嘉靖五年由山西按察司僉事罷歸，時年三十八歲，歸田後又四十餘年

乃卒。李夢陽長李濂十七歲，二人實乃忘年交，亦師亦友。然李濂晚年覺得李夢陽持論太過偏頗，「不屑附和」。（《明史・李濂傳》）並寫有絕句云：「唐人無選宋無詩，後進輕狂肆貶詞。真趣盎然流肺腑，底須摹擬失神奇。」（《列朝詩集小傳・李僉事濂》）

張詩，字子言，北平人。學詩於何景明。順天府試士，令自負桌凳以進，張詩拂衣而去。遂漫遊黃河兩岸、大江南北。後來，「還大梁，晤李空同於吹臺，哭大復於汝南，乃旋京師。」（《列朝詩集小傳・崑崙山人張詩》）看來，這位張詩之所以得到李夢陽的青睞，主要是他也有一份類似於空同子的狂放與倔強。

程誥，字自邑，自號汭溪山人，安徽歙縣人。嘗「從李獻吉遊，酬和於繁、吹兩臺之間。黃勉之諸人，北學於空同者，皆以自邑為介。」（《列朝詩集小傳・程山人誥》）程誥是李夢陽的好朋友，也是空同子詩歌理論的有力傳播者，而他本人，也因李夢陽而聞名於時。正如《列朝詩集小傳・程布衣去輔》所言：「自邑遊梁，其詩以李獻吉名。」

趙澤，正德十年為開封府儒學訓導，李夢陽友人。趙澤妻溫氏卒，李夢陽為之作《趙妻溫氏墓誌銘》，云：「溫氏者，予友趙澤妻也。正德十年，趙君拜開封府儒學訓導，挈其妻暨諸子來。越五年是為正德己卯，而其妻溫氏卒。……李子曰：禮緣情，踰情以賢。過昔者，予也居趙同巷焉，遊同學焉，謀同道焉，寢嘗同榻焉，又嫂呼溫，以是知溫之賢稔。」

鮑弼，號梅山，安徽歙縣人。從李夢陽為之所撰《梅山先生墓誌銘》中，可知二人相知甚久且感情深厚：「嘉靖元年九月十五日，梅山先生卒於汴邸。李子聞之，繞楹彷徨行曰：前予造梅山，猶見之，謂病癒且起，今死邪？昨之暮，其族子演倉皇來，泣言買棺事，予猶疑之，乃今死邪？於是趣駕往弔焉。門有懸紙，繐帷在堂，演也擗踴號於棺側。李子返也，食弗甘寢弗安也數日焉。時自念曰：梅山，梅山。梅山姓鮑氏名弼，字以忠，歙縣人也。年二十餘，與其兄鮑雄氏商於汴，李子識焉。」而當鮑弼靈柩離開開封運回故鄉時，李夢陽路祭之，並作《祭鮑子文》，略謂：「維嘉靖元年十月癸酉朔越十有六日戊子，梅山先生柩還於故山，其友人李夢陽設奠夷門道左，再拜送之。」可見老朋友之間的深厚情誼。

韓玉，字廷瑞，號寄傲，通許縣（時屬開封府）人。常與李夢陽來往。嘉靖二年七月，李夢陽尚與韓玉相會於酒筵之中。當年八月，韓玉卒，空同子

作《寄傲先生墓誌銘》，記載了二人之交誼：「大梁人李知縣者，先生姊夫也，每招之來會。其長子禹卿，從空同子游。又其孫叢為儀賓，而其同邑李知府亦罷郡居大梁。正德末，先生乃徙大梁居焉。是時，道州何公以都御史巡撫河南，聞先生有數學，敦禮之叩焉。先生辭謝，卒不傳。嘉靖二年七月，空同子會先生於酒筵，見其篇文富贍而嶄巇，驚曰：寄傲今七十歲矣，乃為此大文邪？時李知府亦在坐，曰：寄傲尚作蠅頭楷字，與人札即片紙，吾未見一畫苟也。空同子喜曰：壽徵，壽徵。居無何，儀賓叢喪其配君，禹卿喪其妻，而先生亦不起矣！」

由於李夢陽汴中交遊的對象多而雜，此不一一羅列。概而言之，其交遊對象有以下四種情況。其一，朱明王朝的宗室後裔。如封丘溫和王、博平恭裕王、鎮平端裕王、鄢陵安僖王等。其二，故鄉在開封一帶，而本人或在外當官、或致仕家居的地方名流。如通許人李志學曾官衢州知府，尉氏人蘇琇官江都縣丞，睢人尚縉曾官臨江知府等。其三，開封一帶的雜色人物。如大梁處士高彥傑，夷門隱士蔡思賢，汴中商人鮑崇相等。其四，開封一帶的大小官吏。如正德間博平王教授蕭惟正，嘉靖元年河南巡撫王溱，嘉靖七年河南都司蔡汝愚等。如此種種，不一一贅述。就連朝中內閣大臣，李夢陽亦與之有詩柬往來。如文淵閣大學士劉忠，嘉靖元年七十壽辰，李夢陽有《酬閣老劉公》詩四首。其二有云：「大號更嘉靖，明公會古稀。」按《明史·劉忠傳》：「瑾誅，以本官兼文淵閣大學士，入閣預機務。……嘉靖二年卒，年七十二。」甚至外省的地方官，逢盛大事典，亦有請李夢陽助筆者。如正德十五年河北長垣縣令伍余福修「雙忠祠」以祀關龍逢、比干，竟派人懇請李夢陽撰寫碑文。這種從官場到民間、從京師到外地、從皇族到庶民的廣泛交往，益發使李夢陽成為當時的大名士。

二

李夢陽對開封有著非常深厚的感情，在正德二年和正德九年兩次罷官遣歸的時候，他並沒有回到慶陽老家而是居於開封，他早已將開封當做第二故鄉了。之所以如此，恐怕有三方面的潛在因素。第一，李夢陽的父親李正早在成化十八年（1482）就擔任周府封丘王教授，舉家遷居開封，當時李夢陽只有十一歲。第二，李夢陽的妻子左氏出生於開封，並與夢陽在開封成婚，且左氏家族在開封人脈甚廣。第三，李夢陽在慶陽以前的真正的老家應該與

河南徐溝大有瓜葛。據李夢陽自己記載：「號貞義公者，不知何里人也，而贅於扶溝人王聚。王聚以洪武三年歸軍於蒲州，已又自蒲州徙慶陽，於是貞義公從如慶陽。」（《空同集》卷三十八《族譜》）從此後，李氏就以慶陽為籍貫。後世文人亦有竟將李夢陽當做河南人看待的：「曹潔躬云：獻吉雖產於秦，其父正教授封丘，遂徙家大梁，故登科錄直書河南扶溝人。居於康王城，葬於大陽山麓。然則李、何皆中州人矣。李、王後起，以中原二子自居。王稱李云：人龍自起中原臥。李稱王云：高臥中原堪有客。又云：足知上國群公疏，猶作中原二子看。蓋隱然自比於李、何也。」（《明詩綜》卷二十九）

李夢陽一生只活了五十八歲，其中一半以上的時間是在開封一帶度過的。空同子十一歲隨父到開封，此後，他在開封生活、讀書、娶妻、生子，直到二十一歲到陝西參加鄉試並中舉、二十二歲到北京參加會試成進士才離開河南。正德二年（1507），李夢陽因彈劾劉瑾事被罷官，潛居開封，一住又是五年，直到正德六年才赴官江西。「廣信獄」後，李夢陽罷官歸開封，家居達十五年，直到去世。前後加起來，李空同在開封居住的時間近三十年之久。並且，就在從江西回到河南不久，「歸而左氏病，踰年，骨立死。死之日，正德丙子五月丁未，年四十二矣。」正德十一年（1516），歲在丙子。數年後，「李子買大陽之山，嘉靖某年月日葬左氏山下。」（李夢陽《封宜人亡妻左氏墓誌銘》）這大陽山麓，也將是空同子自身的歸骨之處。

李夢陽既在開封一帶生活了半輩子，並對開封的山山水水、名勝古蹟有著深厚的感情，因此，在這一段時間裏，他的不少詩篇就真切反映了他的這些生活和情感。這裡有對第二故鄉人傑地靈、物華天寶的歌頌，也有借古人酒杯澆自己胸中塊壘的牢騷，還有以貌似狂狷的姿態而宣洩著的不平之氣。對此，我們不妨稍作掃描瀏覽。

正德十年春，開封城馬軍衙橋西固有的于謙祠得以重修，夏末告成。李夢陽應邀作《少保兵部尚書于公祠重修碑》，同時，他忍不住又寫了《于少保廟》一首：「朱仙遺廟已沾衣，少保新宮淚復揮。金匱山河丹券在，玉門天地翠華歸。平城豈合留高祖，秦相何緣怨岳飛？最怪白頭梁父老，哭栽松柏漸成圍。」馮時可《遠程選集》謂：「空同歌行，縱橫開合，神於青蓮；七律雄渾豪麗，深於杜陵。」（《明詩紀事》丁籤卷一）空同子的這首七律，哀武穆，歎少保，聲淚俱下，在雄渾豪麗的同時，難道不帶有一些自己的身世之慨、委屈之悲嗎？

正德十一年十二月初七日，空同子在《丙子生日答田生詩》中，又一次表達了自己心頭的悲哀憤懣：「當時結客少年場，走馬看花紫陌香。三黜偶然齊柳惠，兩朝奚但有馮唐？壽杯今夕餘同醉，獻賦開春爾一方。京國逢人問衰健，為言吾鬢已蒼蒼。」當時只有四十五歲的李夢陽，卻有三下吏的挫折，白了頭的悲哀。適逢生日，他自然會回憶自己那如同柳下惠一樣「直道而事人，焉往而不三黜」（《論語·微子》）的悲劇經歷，也自然會發出「持節雲中，何日遣馮唐」（蘇軾《江城子·密州出獵》）的由衷感歎。

正德十二年重陽節，李夢陽有《丁丑重九繁臺酒集》：「高會今秋始，重陽逐歲同。上臺寒日午，開合古林風。且酌黃花醉，休嗟白髮翁。舊遊不須問，天際有飛鴻。」繁臺是開封名勝之地，又碰上登高節令，四十六歲的李夢陽已經兩鬢斑斑，故而，在這樣的詩篇中，景物、人物，環境、心境，總是那麼和諧而又惆悵地結合在一起的。

正德十五年，歲在庚辰，這一年的清明節，空同子來到開封的東郊，寫下了《庚辰清明東郭》一詩：「少日歡遊處，逢春老大悲。強持杯酒勸，怕遣落花隨。草木梁園在，山河宋殿移。上墳人盡返，岐路獨含思。」在古代詩人那兒，傷春、悲秋是永恆的話題，何況是年近五旬的老者，何況是落紅滿地的晚春，何況是古老的梁園宋殿，何況是上墳人散的曠野，是個人都會感傷，何況是最敏感的詩人。

越到暮年，李夢陽的這種敏感與憂傷就愈加濃厚。嘉靖三年（1524），歲在甲申，空同子那年五十三歲了，在這一年的大年初一，他寄給朋友的「明信片」居然是這樣一首詩作：「人生五十驚衰醜，五十從今又數三。老慢更何防市虎，少狂曾亦濫朝驂。鴛鷺舊侶俱鳴佩，鹿豕深山自結庵。短髮不須憂重白，吾居元傍菊花潭。」（《甲申元日試筆柬友》）這首詩中，有不少「杜詩」意象：「白頭搔更短，渾欲不勝簪。」「叢菊兩開他日淚，孤舟一系故園心。」「親朋無一字，老病有孤舟」。

當然，空同先生在開封所寫的詩歌並非都是憂傷與惆悵，有時候，生活中的亮點也會使得暮年的詩人興奮一陣子、活躍一陣子。請看這位老人在五十四歲那年寫的《乙酉上元上方寺》：「地愛僧林僻，人邀燈節遊。緣塍朝借馬，改路晚登舟。春水鳧鷖滿，夕陽鍾磬幽。相留待明月，簫鼓在中流。」元宵之夜無疑是美麗的，燈火、春水、夕陽、明月、古寺、田塍、鍾磬、簫鼓，我們的主人公一會兒信馬由韁，一會兒擊楫中流，自由自在，快樂逍遙，享

受著美的生活、生活的美。

節日的歡欣而外，李空同還有一種快樂，那就是學習陶淵明等先賢，來一點種瓜得瓜、種豆得豆的生活調劑。《為園》一詩，很好地表現了李夢陽的這種心態：「平生走馬呼鷹地，白首為園學種瓜。碧草故邀安石屐，青天常滿邵雍車。圍闌換土心真苦，繞菊依松徑不斜。昨遇日晴閒自步，別蹊桃李又風花。」

除了用詩歌表達自己對開封一帶的依戀和歲月不再的憂思以外，空同子還寫了一些文章來表達這些時空交錯的複雜情緒。如他五十四歲那一年所寫的《敘九日宴集》就是一種企圖用歡樂場面的描寫留住悄然消逝的歲月的表現：「嘉靖四年九月九日，趙帥觴客於青蓮之宮，歡焉。於是空同子立韻賦詩焉。眾和之，袞然而珠聚，爛然而錦彰。主人賡焉，鏗然而卒章。」

以上，就是李空同用詩文表現的自家晚年隱居開封的生活面面觀，情感面面觀。當然，還有更重要的一個方面我們在下面單獨展示。

三

其實，像中國古代很多隱而仕、仕而隱的文人士大夫一樣，李夢陽那種嘯傲林泉的態度只是一種表面的東西，他的內心深處卻一直是「處江湖之遠而心憂其君」的。家居十五年，他仍然關心國家大事，仍然關心民生疾苦，而正德、嘉靖年間，又是明代歷史上一個相對「昏聵」的時代，較之弘治皇帝，正德、嘉靖實在差得很遠。這樣，就使得許多有良心的文人心頭有太多的擔憂、憤懣、委屈、悲哀，李夢陽就是其中較為突出的一個。

明武宗朱厚照，堪稱明代最荒唐的皇帝。他在位十六年，盡幹些莫名其妙的事，尤其好遊玩、好女色。早在正德之初，李夢陽就寫過《林良畫兩角鷹歌》，此詩前面都是說的繪畫之奧妙，最後，筆鋒一轉，作者寫出了下面這一段：

> 我聞宋徽宗，亦善貌此鷹。後來失天子，餓死五國城。乃知圖寫小人藝，工意工似皆虛名。校獵馳騁亦末事，外作禽荒古有經。今皇恭默罷遊燕，講經日御文華殿。南海西湖馳道荒，獵師虞長俱貧賤。呂紀白首金爐邊，日暮還家無酒錢。從來上智不貴物，**滛巧**豈敢陳王前？良乎良乎寧使爾畫不值錢，無令後世好畫兼好畋！

以史為鑒，正話反說。先是摘出宋徽宗玩物喪志終至亡國的歷史教訓，接著

又說當今皇上聖明，絕不會如此荒唐昏聵，最後甚至發出振聾發聵的呼喊，寧可讓林良這樣的畫師的絕妙作品一錢不值，也絕不能讓皇帝養成驕奢淫逸的壞習慣！

然而，明武宗的所作所為，實在是太令人失望了。正德元年冬十月，劉健等正直的大臣被迫致仕後，朝政大權盡歸劉瑾等「八虎」。正德二年，明武宗作「豹房」以為遊樂之所。正德五年，劉瑾雖謀反被誅，然武宗仍然信用張永、馬永成、魏彬等宦官。同時，武宗又自稱什麼「大慶法王西天覺道圓明自在大定慧佛」。正德七年，又擴建「豹房」。正德九年，因修建皇宮而加賦百萬兩。正德十年，京師傳言選女，民間爭相嫁娶。明武宗本好冶遊微行，到正德十二年，乾脆宣諭外廷，公然行之。自稱「威武大將軍」，率佞倖江彬等至宣府、大同一帶，甚至夜入民宅強索婦女。正德十三年，武宗至昌平，民間婦女驚避。正德十四年，武宗以親征宸濠為由南下，至南京，沿途民間大受騷擾。正德十五年，武宗在南京，少女充離宮。如此等等，不一而足。生活在這麼一個寶貝皇帝統治下的臣民百姓，簡直是苦不堪言。

正德十年以後，李夢陽雖然沒有繼續為官，但對於朝廷大事、民生疾苦卻時時注目。正德十三年，「春正月辛丑，帝在宣府。」「二月己卯，太皇太后崩。壬午，至自宣府。」（《明史·武宗紀》）太皇太后王氏，即明憲宗皇后，明武宗的祖母。這位老祖母在北京咽氣的時候，他的寶貝孫子皇帝卻在宣府淫樂。這種事情，為封建時代廣大臣民難以接受。李夢陽亦對此甚為不滿，當時就寫下了《繁臺雨望和田生》一詩，以特筆記下此事：「何計上賓留鳳馭，（夾註：是時有孝貞太皇太后喪。）無書北狩挽龍旗。（夾註：是時帝在宣府。）」如果李夢陽當時尚在朝為官，說不定又要斗膽上諫了。但，可憐得很，他連提意見的資格都沒有了。只好在草莽之中通過自己的詩作中醒目的夾註載明此事，用來表達對正德皇帝的強烈不滿。

正德十五年，明武宗藉口征剿宸濠之後在南京滯留，恣意淫樂。李夢陽於這一年清明節郊行於開封城東，在宋徽宗驕奢淫逸的歷史見證——艮嶽舊址，寫下了《庚辰清明東郭》《艮嶽》二詩。上一首前已引錄，下一首引如次：

> 宋家行殿此山頭，千載來人水一丘。到眼黃蒿元玉砌，傷心錦
> 纜有漁舟。金繒社稷和戎日，花石君臣棄國秋。漫倚南雲望南土，
> 古今龍戰是中州。

借古諷今，幽懷悲訴。空同子在這裡既表達了深沉的歷史喟歎，又暗寓對

現實的不滿和擔憂。可惜明武宗不可能看到這些文字，更不可能受到什麼觸動。

明武宗後面的明世宗，也是一個荒唐透頂的君王，他們這一對堂兄弟堪稱真正意義上的「難兄難弟」——給國家和人民製造災難的皇帝兄弟。在他們統治的那個時代，國家表面上太平無事，而實際上隱藏著極大的危機和災難。對此，像李夢陽這樣的有良心的文人，往往會用自己手中的筆記載下這些國家的災難和人民的痛苦。

嘉靖元年（1522）春正月，「甘州兵亂，殺巡撫都御史許銘。」（《明史·世宗紀》）李夢陽從一個姓熊的官員口中得知發生在當地的一些情況之後，寫下了《熊子河西使回》三首，並於題下注「是時甘軍殺都御史許銘。」詩云：

> 偶遇西河使，真傳塞上情。一春常凍雪，千里半荒城。永斷匈奴臂，猶勤哈密征。重聞帳下變，無語對沾纓。

> 絕塞田誰廢，甘州稻舊畦。荒屯惟見兔，破屋不聞雞。磧石烽煙北，祁連戰鼓西。平生邊務意，一一願封題。

> 舊說窮源使，人今出武威。葡萄應啖足，沙棗故攜歸。燧火真憔面，邊塵尚黯衣。問君春塞雁，曾過玉門飛？

在敘寫兵變場景和邊疆風物的同時，尤其對兵變給民眾造成的災難表達了深切同情。

嘉靖三年，歲在甲申，開封一帶長時間下著大雨，形成澇災。李夢陽看到天災給民眾帶來的痛苦，寫下了古詩《我出城闉》三首，其詩前小序云：「《我出城闉》，閔水也。嘉靖甲申秋，久雨水湧，陸地行舟。」全詩如下：

> 我出城闉，浩浩其流。我車我馬，登彼方舟。昔也長薄，乃今舟之，滔滔波塗，昔也疇之。

> 嗚呼蒼天，雨無其極。淤我良田，湢我稼穡。賣牛買船，賣鋤買楫。夕之朝之，濟有深涉。

> 彼負者子，涉寒號咷。彼輦者子，陷泥中濤。彼車者子，馬顫濡毛。彼往來者誰子？冠蓋而遊遨。

從自己生活的不便，寫到百姓遭受天災的窘迫。道路淹了，莊稼淹了，田地不能種了，耕牛換成了小舟，鋤頭換成了船槳，人民生活在沼澤之中，扶

老攜幼，在一片泥濘中掙扎。這就是一位有良心的詩人給我們勾畫的澇災流民圖。

嘉靖六年年底，恨病交加的李夢陽於睡夢中爬起來，寫下了《除前五更聞習儀鼓角感而有作》二首：「蒼龍闕動朝元日，玉筍班齊舞蹈時。枕上忽傳新鼓角，眼中如閃舊旌旗。」「兩朝舊是含香吏，豹隱俄驚二十年。猶記習儀端笏地，朝天宮裏聽鳴鞭。」垂老之年，空同子還在回味著那輝煌的金殿丹墀的生活，這真是身在山林，心懷魏闕，寸心不死，猶憶朝廷了。

李夢陽就是這麼念念不忘朝政大事，時時注目國計民生。他的一片苦心自然不會「白費」，對於已經退出官場的李空同先生，他的政敵們對他也念念不忘，時時注目。只要有機會，定當竭盡全力「照顧」於他。正德十五年，寧王宸濠因謀反被誅殺於京師後，李夢陽因曾經為他撰寫過《陽春院記》，具有「歷史問題」，獄詞連染，受到牽累。御史周宣劾夢陽黨逆，差一點治罪。幸虧大學士楊廷和、尚書林俊救之，空同子才又一次免於大禍。

嘉靖八年，歲在己丑，這一年是李夢陽生命的終結之年。在這一年的端午節，他寫下了《己丑五日》一詩：「往歲沾宮扇，含香拜玉墀。只今飄白髮，刈麥向東菑。樹樹鳴蜩日，家家望雨時。萬方多難意，誰達聖明知？」既有對以往輝煌的回憶，也有對現在生活的咀嚼。更為重要的是，空同子在生命即將消逝的時光裏，並非只想到自己，而是希望千家萬戶災難的呼喊能夠上達天聽。這種胸懷，這種博大的胸懷，並不是每一個詩人都能在生命的最後時刻擁有的。

嘉靖七年（戊子），李夢陽就已經疾病纏身，嘉靖八年（己丑）八月，赴京口（今江蘇鎮江）治病，效果不好。有李夢陽《己丑八月京口逢五嶽山人》詩為證。又據徐縉《明江西按察司副使空同李公墓表》載：「嘉靖戊子病，己丑，病大作。就醫京口，罔効。歸卒於家，享年五十有八。」「嘉靖己丑十二月二十九日，前江西按察司副使空同李公卒於大梁。」（《明文海》卷四百三十二）

在新年即將到來的日子裏，李夢陽，這顆明代詩壇的巨星，隕落在他的第二故鄉——大梁之墟康王城。

（原載《湖北師範學院學報》2016 年第四期）

滿園桃李・身後是非・時人評說
——李夢陽研究之七

　　李夢陽雖然離開了骯髒人寰，但卻留下了深刻的印記於青史。他桃李滿天下，他耿介傳朝野，他被門人弟子私諡「文毅」，他成為明代文壇復古派的代表人物，然而，其文學創作和詩文理論，卻引起了時人乃至後世毀譽參半的評說。

一

　　李夢陽之所以聞名於時，除了他生前的廣結廣交而外，還有兩個重要原因：一是因為他在「十年三下吏」（李夢陽《正德戊辰年坐劾劉瑾等封事》）的過程中所表現的剛介耿直之氣，二是因為他倡復古學並擁有相當多的門人弟子和崇拜者。前者上述章節已做詳細論述，後者則在此節稍作紹介。

　　錢謙益有言：「正、嘉之間，傾心北學者，袁永之、黃勉之也。」（《列朝詩集小傳・蔡孔目羽》）「南方之士，北學於空同者，越則天保、吳則黃省曾也。」（同上《周給事祚》）這裡涉及李夢陽三大弟子袁袠、黃省曾、周祚。

　　袁袠，字永之，吳縣人。嘉靖五年進士，累官至廣西提學僉事。他對李夢陽崇拜至極，嘗言：「獻吉發憤慧業，掃蕩陳言，吐詞則振羽沉宮，宣藻則日光玉潔。維時徐生虎視於荊吳，邊丞蛟躍於齊魯，何子揚瀾於河洛，而君騰踔踤躪，總統包容，所謂無可無不可者也。」（《明詩綜》卷三十四）袁永之在李、何、徐、邊四人中，獨推李夢陽為首領。反之，陸師道《袁永之文集敘》也證明了李夢陽對袁袠的喜愛：「袁君永之，實頡頏其間。……北地李獻吉，今代宗匠，雄視海內，少所許可，一見歡然如故交，賦《相逢行》為贈。

且命其子：『他日必袁生表吾墓。』其重之如此。」（《明文海》卷二百四十二）
李夢陽《相逢行贈袁永之》全詩如下：「清晨客叩門，投我一書札。開緘錦雲
爛，鏗然玉相戛。問客何方來，新下黃金臺。揚鞭指河洛，回旆陵高崖。選
珍掇琪草，探美收璵瑰。路逢赤松子，並舉收氛埃。道同心乃冥，神投誼難
乖。古人重良契，豈必聲影偕。行行報嘉績，貢此明堂材。」（《空同集》卷十
六）詩中充滿讚譽之言辭。

黃省曾，字勉之，號五嶽山人，吳縣人。嘉靖十年，「以春秋魁鄉榜，固
已為宿名之士矣。累舉不第，交遊益廣」。先就學於王守仁、湛元明，「李獻吉
以詩雄於河雒，則又北面稱弟子，再拜奉書而受學焉。獻吉就醫京口，勉之
鼓枻往候，拜受其全集以歸」。（《列朝詩集小傳‧黃舉人省曾》）李夢陽自訂
之《空同集》，即由黃省曾刊出。李夢陽有《限韻贈黃子》、《立春前一日柬黃
子》、《己丑八月京口逢五嶽山人》、《京口楊相國園贈五嶽山人》、《懷五嶽山
人黃勉之》等詩。且看最後一首：「吳下元多士，黃生更妙才。心常在五嶽，
名已動三臺。係自汝南出，文從西漢來。各天難見汝，翹首獨徘徊。」（《空同
集》卷二十七）可見其讚譽之情和懷念之心。黃省曾對李夢陽推舉更高，嘗
云：「空同先生靈蛇早握，天池獨運，黃鐘特奏，白雪孤揚，主張風雅，深詣
堂室。樂府古詩，駸淴漢魏，而覽眺諸篇，逼類康樂。近體歌行，少陵太白。
往哲可凌，後哲難繼，明興以來，一人而已。」（《明詩綜》卷三十四）

周祚，字天保，山陽人。正德十六年進士，除來安知縣，歷官給事中，因
病不起。「當時李空同崛起河雒，東南士大夫多心非其學，天保自越走使千里
致書，稱弟子。」（《列朝詩集小傳‧周給事祚》）孫宜《周氏集序》謂周祚「慕
空同李子之學，馳書訊質。李重其文，答之，而天保於是名益顯」。（《明文海》
卷二百四十八）李夢陽《答周子書》最後一段話是這樣寫的：「今足下於僕同
時最近，涉疑而不疑，又無傾蓋之譚，接袵之雅，乃一旦走千里之使，聲應而
氣求之，僕以是知足下立之獨而往之勇也。以是而的古，何古之不的矣。諺
有之曰：『一年二年，與佛齊肩；三年四年，佛在一邊。』言志之難久也。幸
足下無悅其易，無憚其難，積久而用成，變化叵測矣。斯古之人所以始同而
終異，異而未嘗不同也，非故欲開一戶牖，築一堂室也。足下誠不棄蒭蕘，幸
採焉察焉。《墨本賦》一通，《戰國策》一部，附獻左右者。」（郭紹虞主編《中
國歷代文論選》）由此可見，空同子對後學期望甚深。

李夢陽妻弟左國璣，字舜齊，亦為空同子門下。與左國璣齊名的還有一

個田汝棘，字深甫，亦為祥符人，年輕時即領鄉薦，然考進士十三次皆不第，乃謁選官，終兵部司務。田氏亦「遊於李空同之門，與左國璣齊名。人呼為田、左」。（《列朝詩集小傳・田司務汝棘》）左國璣在當時也算汴中名流，關於他的故事亦有不少，如《堯山堂外紀》卷九十二所載一則：「李空同嘗與袁永之會憲書，極言其內弟左國璣猜忌之狀，末有云：『此人尚爾，何況邊、李耶？』邊、李，尚書庭實與獻吉，素稱國士交者。左號中川，開封舉人也。有妹夫不憐其妹，取妓以充後房。一日妓逃，左作詩嘲之云：『桃葉歌殘事可傷，家池莫養野鴛鴦。閉門連日春容減，仍對無鹽老孟光。』世傳誦之。」李夢陽《空同集》中多有與田、左二人詩，如《丙子生日答內弟璣》、《己卯元日內弟璣見過二首》、《丙子生日答田生》、《繁臺雨望和田生》、《留別李田二秀才》等等。此錄《丙子生日答內弟璣》一首，以見其間情誼：「今夜今年聚，誰知骨肉稀。汝猶悲燎粥，予豈那於飛。對火霜威入，侵杯月色微。斗斜燈更續，不是醉無歸。」（《空同集》卷二十六）

李夢陽門人之中，交情頗深的還有鄭作。作字宜述，歙縣人，讀書於方山之上，自號方山子。已而，「棄去為商，往來梁、宋間，時時從俠少年，輕弓駿馬，射獵大梁藪中。獲雉兔，則敲石火炙腥肥，悲歌痛飲，垂鞭而去。為詩敏捷，一揮數十篇。李空同流寓汴中，招致門下，論詩較射，過從無虛日。其他雖王公大人，不置眼底」。（《列朝詩集小傳・方山子鄭作》）李夢陽有《乙酉除夕答鄭生兄弟見贈之作》、《鄭生至自泰山二首》、《贈鄭生》等詩。嘉靖初，鄭作年四十餘，因痰病而別夢陽南歸，死於豐沛舟中。夢陽聞訊大慟，即作《聞鄭生死豐沛舟中二首》，詩云：「短劍英雄氣，孤舟疾病身。那知生別後，竟作死歸人。汴柳詩筒斷，江花縗幔新。白頭交誼者，灑淚向殘春。」「客櫬收豐沛，歸舟渺越吳。扶持有令弟，書劍付遺孤。墓草親朋隔，山松舊業蕪。當年走馬地，魂繞孝王都。」（《空同集》卷二十八）對其性格、氣質以及二人之間情誼的描寫，都很真切感人。鄭作初識夢陽時，空同子曾規其詩率易，於是沉思苦吟，不復放筆塗抹，詩藝大進。方山子卒後，夢陽選其詩二百餘首，序而傳之。

李夢陽提學江西時，自然有一大批另一種意義上的弟子。如正德八年，夢陽至南康府，「使學生劉峻往書院視地掘井，得諸亥方」，因而作《井銘》一篇。（《空同集》卷六十）另有一劉潛者，泰和人，夢陽對他非常賞識，於諸生中異而首拔之。劉潛對夢陽也很感激，佩服萬分。嘉靖元年，劉潛「以中江教

論文衡於河南」，「見李子而泣，而求銘其父墓」。夢陽旋即命筆，為已經死去二十年的劉潛之父劉熙作《劉處士墓誌銘》。（《空同集》卷四十五）

此外，可稱為李夢陽門人弟子的尚有如下人物：

張含，字愈光，永昌人，與左國璣、黃省曾、孫繼芳皆以老舉子有名於時。「嘗師事李獻吉，友何仲默」。（《列朝詩集小傳·張舉人含》）李夢陽有《柬張含》、《月夜柬張含》、《送張含》、《贈張含》、《送張含還金齒》等詩。如《柬張含》：「戰國侯嬴裏，梁園李白杯。夏驕惟潦雨，秋弱尚鳴雷。病館經旬滯，歸旌萬里催。別書期早寄，莫俟北鴻回。」（《空同集》卷二十六）此詩，對遠隔千山萬水的弟子思念之情溢於言表。

高叔嗣，字子業，祥符人。嘉靖二年進士，累官湖廣按察使。「子業少受知於李獻吉，弱冠登朝，薛君採一見歡服，詩以清新婉約為宗，未嘗登壇樹幟，與獻吉分別淄澠，固已深懲洗拆之病，而力貶其膏肓矣。」（《列朝詩集小傳·高按察叔嗣》）嘉靖元年，李夢陽為高叔嗣祖父高瑾、祖母侯氏寫有《高處士合葬誌銘》，時「叔嗣舉人」。（《空同集》卷四十五）可見兩家知交甚厚。

李禎，祥符人，居於杞縣。李夢陽曾為其父李大法作《故明李大法合葬誌銘》，略云：「李大法者，予門人李禎之父也。……明年甲申二月二十一日，大法果卒於是。君子謂大法知天順命，李禎問其師曰：『仁者有不壽乎？』曰：『有之。仁而壽者，理也；或不者，其數也。仁而謂必壽，則堯、舜、周、孔雖至今存，可也。』於是禎吞聲哭曰：『父未嘗學，而知天順命。』已而曰：『吾母之奉姑也，姑矇，母籲天願以身代者六年，而姑目復開。其事夫也罔不敬也？然罔不勤也？如是而弗之壽，亦數否邪？』李子曰：『嗟，禎！修短非所論人，顏、跖是也。自教之衰也。孝悌忠信之士，不表於鄉閭，於是田野篤行，率闇焉無聞。如大法者，夫婦純懿，設非其子禎以文學與縉紳遊，即美，誰其知者？於乎，斯足以觀世矣！」（《空同集》卷四十六）從這段師生對話可以看出，空同子並非只教弟子寫詩作文，有時還要進行命理之學的訓導。

上述登堂入室的弟子門人之外，李夢陽在當時還擁有一大批崇拜者。其中，尤以王維楨、江以達二人為最。

王維楨，字允寧，華州人。嘉靖十四年進士，累官南京國子監祭酒。「於文好司馬遷，於詩好杜甫，而其意以夢陽兼此二人。終身所服膺效法者，夢

陽也。」(《明史‧王維楨傳》) 王維楨認為:「空同有神交無方之用,有精純不雜之體,縱橫奇正不一,其裁粹美同也;珩琚璜瑯弗一,其形溫柔同也。至倒插頓挫之法,自少陵善用之後,空同一人而已。學者未睹其大,漫試詆醜,以空同掠古市美,比之剽掠。嗟乎!空同賦才神解,能自作古。假令與李、杜二豪並生當代,不為李則為杜矣!」(《明詩綜》卷三十四)

江以達,字於順,貴溪人。嘉靖五年進士,官至湖廣副使,有《午坡集》。「其論詩專推何、李,且謂獻吉之文,力已出歐、蘇上。」(《列朝詩集小傳‧江副使以達》)「午坡以北地文出廬陵、眉山之上。」(《明詩綜》卷四十五) 江以達竟然認為北地李空同的文章出廬陵歐陽修、眉山蘇子瞻之上,這當然應該視為過譽之詞。

最有意思的是,明嘉靖間一代奸雄嚴嵩,在未發達時讀書鄉間,亦與李夢陽有一面之緣,並對空同子之才華表達了由衷的欽佩:「李獻吉督學江西,試士袁州畢,嚴介溪來見。時嚴方讀書鈐山堂,有盛名,獻吉亦雅重之。談次,嚴偶及某生文字,曰:『此盡佳,何不置上等?』獻吉曰:『固也!』為舉其詞,自首至尾,不遺一字,且誦且問曰:『如此可得上人否?』嚴駭服曰:『公天人也。』不敢復談文字長短矣。」(朱國禎《湧幢小品》卷之十一「天人」)

李夢陽之所以「交遊徧四海」,(李夢陽《與何子書二首》) 而成以「中朝國士名」。(顧璘《贈李副使獻吉江西視學》) 究其原因,恰如《四庫全書‧空同集提要》所言:「夢陽為戶部郎中時,疏劾劉瑾,遘禍幾危。氣節本震動一世,又倡言復古,使天下毋讀唐以後書。持論甚高,足以竦當代之耳目。故學者翕然從之,文體一變。」

二

李夢陽是一個性格極其倔強而身體狀況極差的文人,他早生華髮,四十多歲就兩鬢蒼蒼。他甚至寫了《客有笑余霜髮者走筆戲之》一詩對自己的滿頭白髮進行了自嘲式的描寫:「客且盡,手中觴,不須笑我頭上霜。客盡觴,且停之,聽我高歌霜髮詞。君不見,天上烏,東跳西走不相待。又不見,黃河水,萬古滔滔向東海。我身不是南山松,又不是山上峰,奈何與少年爭春風,鬥雞走狗傾春紅。君不見,昔時孔仲尼,轍環憔悴無已時。盜跖殺人如亂麻,錦衣高壽顏回嗟。聽我霜髮歌,歌短情則多。軒車駟馬渾等

閒，何似日銜金叵羅。金叵羅，青玉案，何以贈客錦繡段，頭白頭白何須歎！」（《空同集》卷十八）在一片自嘲聲中，又飽含發自肺腑的深沉歎息和牢騷之氣。

李夢陽還患有嚴重的痔瘡，有時甚至連車子都不能坐。《空同集》卷三十六中有十首絕句，正是李夢陽晚年遠離官場、長期賦閒生活中在精神、肉體雙重折磨下的痛苦心情的表白。這組詩的題目很長：《痔不可車旬日，乃造於東園，春葩向殘，夏英欲起，慨焉動於老懷，再賦絕句十首》，今錄於次，以見垂暮之年、窮病交加的詩人之心境：「鮑歸昨誇百結勝，惜我病阻孤春妍。豈謂今開兩荊樹，分枝的的照紅煙。」「桃杏葉尖荷葉圓，楊花亂撲如白綿。若言春事渾無曲，榆莢何緣亦貫錢。」「昨當春色散年芳，競媚爭妍各擅場。一出牡丹諸便歇，固知渠是百花王。」「檻西新筍不太甚，一夜迸階橫我簹。汝雖天生剛直物，豈容出地頭頭尖。」「吾園種種無樛木，兩葛縈紆底自芳。客到更無愁醉酒，醉時但臥此花旁。」「情閒有時被物惱，即無恚怒亦生嗔。頻來語燕如疑主，獨立鳴鳩不怕人。」「為園偏種閒花草，我欲移松無處栽。深山瑟瑟誰知汝，可惜凌雲聳壑材。」「亦知盆沼非源水，試放魚苗喜即成。敢說寸鱗無變化，煦花吹絮已橫行。」「花時酒客園花坐，今日紅稀客不看。即使盛衰遵物理，何須反覆似波瀾。」「萬竿美竹修修翠，愛此朝朝坐竹中。困酒實應慚阮老，揮弦聊竊比嵇公。」

嘉靖七年（1528），李夢陽大病纏身。次年，病情加劇。無奈何，只好於八月就醫於京口（今鎮江）。

長江邊上，五嶽山人黃勉之早已等候在那裡。二人舟船相會，夢陽將自訂的《空同集》授予勉之，勉之拜而受之。同時，夢陽還作有《己丑八月京口逢五嶽山人》詩，詩云：「夜雨清池館，晨光散石林。一舟相過日，千里獨來心。樹擁江聲斷，潮生山氣陰。異時懷舊意，應比未逢深。」（《空同集》卷二十七）

李夢陽在京口治病期間，還曾謁見恩師楊一清。楊一清的祖籍雖在雲南安寧，然其父楊景早已徙居巴陵。成化八年楊一清中進士後，「父喪葬丹徒，遂家焉。」（《明史·楊一清傳》）丹徒屬鎮江府，從丹徒到京口路程極近。楊一清在京口建有宅邸園林，明武宗曾於正德十五年八月「癸卯，次鎮江，幸大學士楊一清第」。（《明史·武宗紀》）夢陽剛到京口不久，即嘉靖八年九月，楊一清由於受到張璁、桂萼餘黨霍韜的攻訐，被迫致仕。《明史》載嘉靖八年

「九月癸巳，召張璁復入閣。癸丑，楊一清罷。」（《世宗紀》）「帝果允致仕，馳驛歸，仍賜金幣。明年……一清大恨曰：『老矣，乃為孺子所賣！』疽發背死。」（《楊一清傳》）因此，楊一清、李夢陽這一對都曾經風雲一時的師生，就在生命即將消逝的前夜，相會於京口。

當年暮秋，陪伴李夢陽到楊一清府上拜望的應該是黃省曾，此事有李夢陽《京口楊相國園贈五嶽山人》為證：「遠客乘秋至，名園水竹分。林寒翻易雨，池靜合偏雲。臥屙思知己，逢君愜素聞。蕭蕭綠雲裏，誰解有論文。」（《空同集》卷二十七）同時，在楊一清府上，李夢陽碰到了後來成為「南曲之冠」的王磐。因為當時夢陽對王磐不太禮貌，還遭到王西樓的諷刺：「相傳嘉靖初，李空同就醫京口，遇人故自矜重。元夕飲楊文襄，西樓短衣下坐，空同傲不為禮，西樓分賦，得老人燈，應口而成云：『形骸憔悴不堪描，還自心頭火未消。自分不知年老大，也隨兒女鬧元宵。』空同心知其嘲，默然而罷。」（《列朝詩集小傳・王西樓磐》）

因在京口治療無效，李夢陽只好回到大梁。當年冬日，他還給杞人張廷恩寫下《明故例授宣武衛指揮使張公墓碑》，末云：「嘉靖八年冬李子作文樹碑。」（《空同集》卷四十三）這大概是他最後給別人寫墓碑了。不過，這個署名的時間，似乎又證明了錢謙益《列朝詩集小傳》關於李空同與王西樓相遇的記載時間有誤，或者竟是錢牧齋的「移花接木」之舉，因為這位受之先生是一貫不太喜歡李空同的。

嘉靖八年十二月二十九日，李夢陽卒於大梁。若按之陽曆，則這一日已入下年，即公元一五三〇年元月二十八日。空同子享年五十八歲，墓在大陽山麓。

夢陽身後有四子。長子李枝，字伯材，嘉靖二年進士，官南京工部主事，謫海州判官。就是這位李伯材，曾經將其父李獻吉的幾篇文章呈給父親的好友陸深閱讀，並引起陸子淵先生的痛哭流涕。此事陸深在其《停驂錄》中有記載：「李憲副夢陽，字獻吉，號空同子，弘、正間名士。與予交好，嘗約獻吉遊吳卜居，予將入梁訪族，二十餘年未酬也。嘉靖己丑秋，獻吉尋醫渡江，留京潤一兩月，予適有延平之行。是歲除日，獻吉下世。予赴晉陽，以庚寅三月二十一日經汴城而西望几筵，一慟而已。其子枝，字伯材，以空同子八篇來覘。燃燈讀之，重為之流涕。」（《儼山外集》卷十四）李枝以下，李夢陽次子李楚、再次李梁、再次李柱，還有女二人。此外，夢陽卒時，已有孫男四，

孫女一。

「死後是非誰管得？」（陸游《小舟遊近村舍舟步歸》，《劍南詩稿》卷三十三）李夢陽死後，他生前的許多「作業」卻留下無盡的身後是非，有些事特別令人感慨不已。下面聊舉數例：

李夢陽自號「空同子」，很多人認為指的是甘肅平涼崆峒山，因為李夢陽的先人曾經在甘肅慶陽居住，故很多文獻稱李夢陽為慶陽人，或稱之為北地李獻吉。其實，李夢陽先人的先人是河南扶溝人，空同子之所以對中州汴梁一帶有如此深厚的感情，這也是重要原因之一。李夢陽自號空同子，也並非平涼崆峒山，而是河南禹州空同山。對此，清代王士禎有專門的考證：「北平韓鼎業，字子新，流寓中州。李空同墓在禹州山中，為流賊所發，韓收其骸骨葬之。……按空同山在禹州，與具茨接。獻吉本扶溝人，且生於汴，故取為號，歿即葬焉，非平涼之空同山也。」（《池北偶談》卷五《談獻》一《韓計》）

王士禎的話，在康熙年間的汪價那兒得到了印證。汪價，字介人，號三儂，又號贅人，嘉定（今屬上海）人。他在《三儂贅人廣自序》中說：「李獻吉，前朝之文人也，葬於崆峒山，塚已崩阤，幾齗狸首，潁人無過而問焉者。余語禹州史太守：『張良洞旁黃石塚，聶政墓側姊嫈墳，大抵荒唐，為土人耳食語。獨明詩人李獻吉墓，埋骨不過百年，沒於豐草，碑識無存焉。為太守者，所當急為表治，以培風雅。』守即鳩工往葺，余親為輿土而封，出故碑而重泐之曰：『明詩人李夢陽之墓』。」（漲潮《虞初新志》卷二十）可見，李夢陽的確葬在禹州的空同山，而且，他生前自號的「空同子」乃是以這座空同山為指向的。

墓葬、自號之外，李夢陽遭人議論的還有一個「稱謂」。《空同集》中對左國璣兄弟李夢陽一直稱為「內弟」。然而，就是這個「內弟」稱謂，也遭到後人嘲笑：「《儀禮·喪服篇》『舅之子』，鄭氏注云：『內兄弟也。』賈公彥疏云：『內兄弟者，對姑之子外兄弟而言，舅子本在內不出，故得內名也。』按：齊陸厥有《奉答內兄顧希叔》詩，唐王維有《秋夜獨坐懷內弟崔與宗詩》，皆謂『舅之子』也。前明《李獻吉集》中，稱妻弟左國璣為內弟，而某宗伯譏之。今世俱以妻兄弟為內兄弟，見之於詩文者，往往而然，殆不免沿獻吉之誤。」（王應奎《柳南隨筆》卷一）如果真是這樣，則將「舅之子」的「內弟」移植為「小舅子」的「內弟」，也算李夢陽先生的一項發明，而今人

所用，則正是李夢陽發明的「後起義」。其實，語言本來就是個約定俗成的東西，大家習慣了，用下去即可。被淘汰的語言「木乃伊」，只有專門的學者才去研究。

中國人向來有「蓋棺定論」之說，而在古代，對於大人物的蓋棺定論無過於「諡號」。李夢陽雖然為當時黑暗官場所不容，但在士林中威信頗高。據徐縉《明江西按察司副使空同李公墓表》載，李夢陽「歸卒於家，享年五十有八，弟子私諡曰文毅先生。」（《明文海》卷四百三十二）所謂「私諡」，就是沒有得到國家承認的「諡號」。我國古代諡法極嚴，按《明史‧禮志》規定：「定例，三品得諡。」李夢陽官終四品提學副使，是不能得到朝廷賜諡的，故而，只能由弟子門人「私諡」。直到九十多年以後，李夢陽才得到朝廷賜諡：「至天啟元年，始賜諡景文。」（《湧幢小品》卷十一）而且是一種特殊的追認：「天啟元年始降旨，……凡八十四人，其官卑得諡者，……李夢陽以文章。」（《明史‧禮志‧賜諡》）歷代諡號，有美諡、惡諡之分，唐以後，百官諡號以「文」為貴，明代尤其如此。據載：「故事：凡入閣者皆用『文』字，下加一字，如『文正』、『文貞』之類。」（《湧幢小品》卷三）其中，尤以「文正」被視為美諡之最，明代兩位曾居內閣首輔的人物竟至以此作為「私下人情」來往：「劉瑾欲中傷楊邃庵一清，李西涯力救乃免。及西涯病篤，楊慰之曰：『國朝以來，文臣無有諡文正者，如有不諱，請以諡公。』西涯頓首稱謝。卒後，得諡文正。」（《堅瓠集》卷三「諡文正」）

李夢陽先得私諡「文毅」，後又得賜諡「景文」，這些字眼究竟體現了什麼樣的評價呢？清代梁章鉅《南省公餘錄》卷五有《諡典》一篇，其中「下冊則群臣得諡者用之」載曰：「道德博文曰文，修治班制曰文，勤學好問曰文，錫民爵位曰文。」「致果殺敵曰毅，強而能斷曰毅。」「由義而濟曰景，布義行剛曰景。」博文勤學，強而能斷，布義行剛，這些正符合李夢陽平生之為人處事，也代表了時人或後人對這位空同子的基本看法和人格定位。

上述而外，還有人通過軼事記載的方式，表達一種對李夢陽身後是非得失的評價。例如：「李獻吉晚而與某論學，自悔見道不明，曰：『昔吾汩於詞章，今而厭矣。靜中恍有見，意味迥然不同，則從而錄之。』某曰：『錄後意味何如？』獻吉默然良久，驚而問曰：『吾實不自知，才劄記後，意味漸散，不能如初，何也？』某因與之極言天根之學，須培養深沉，切忌漏泄，因問平生大病安在。曰：『公才甚高，但虛志與驕氣，此害道之甚者也。』獻吉曰：

『天使吾早見二十年，詎若是哉！』」（《明儒學案》卷三《崇仁學案三》）通過高人「某」的精彩言辭，無形中將李夢陽貶得很低、很蠢，完全沒有了自以為是、叱吒風雲的氣概。

當然，也有借助一個故事來抬高李夢陽者。例如「左諭德繆昌期下獄」的故事就是如此：「昌期湖廣典試，策語侵魏忠賢，忠賢銜之。以昌期負文名，人望所屬，不即發。及楊漣二十四罪疏，昌期為之屬草，忠賢深恨之。昌期往告葉向高以清君側之惡，向高唯唯，昌期色變而出。韓爌當國，頗信昌期，益持正議。及爌去，趙南星、高攀龍逐，楊、左削奪，昌期日慷慨，置酒餞別。忠賢愈怒，使人詈於朝曰：「昌期何人，尚留此送客耶！」昌期請告，忠賢矯旨勒閒住。忠賢嘗營墳於玉泉山，遣人詣昌期乞墓碑，昌期瞋目叱曰：「吾生平恥為諛墓，豈肯順璫旨耶！」客曰：「身履虎尾，不畏其咥乎？壽寧事可鑒也。」昌期大恚曰：「壽寧曾困李獻吉，今日壽寧安在？」忠賢聞之，怒益不解。至是起大獄，與周順昌同詔獄，為許顯純所斃。」（《明史紀事本末》卷七十一）這位繆昌期真是鐵漢子，敢於赤手空拳與魏忠賢鬥爭，但讀到故事的最後，原來他在內心深處卻是以敢於鬥權貴的李夢陽為榜樣，由此可見李空同人格魅力之巨！

如果說，谷應泰的記載對李夢陽的表彰還有點拐彎抹角的話，李卓吾對空同子的推崇可就有些直言不諱了：「太守李載贄，字宏甫，號卓吾，閩人。在刑部時已好為奇論，尚未甚怪僻。常云：『宇宙內有五大部文章，漢有司馬子長《史記》、唐有《杜子美集》、宋有《蘇子瞻集》、元有施耐庵《水滸傳》、明有《李獻吉集》。余謂《弇州山人四部稿》更較弘博，卓吾曰：『不如獻吉之古。』」（周暉《金陵瑣事》卷一「五大部文章」）李卓吾先生眼光甚高，不意他在整個明代卻選出李獻吉作為文學代表人物，真有點出人意料。

更有意味的是，後人還收錄了李夢陽的一首《如夢令》詞，以見其文風趣味的另一面，詞云：「昨夜洞房春暖，燭盡琵琶聲緩。閒步倚闌干，人在天涯近遠。影轉，影轉，月壓海棠枝軟。」（《明詞綜》卷二）

縱觀李夢陽一生，二十一歲中舉，二十二歲成進士，歷官戶部主事、員外郎、郎中，終官江西提學副使，四十三歲罷官家居。二十年宦海生涯，他抵格勳璫、彈劾國戚、指斥閹豎、陵轢臺長，曾經數次下獄、幾度罷官，誠可謂清節不渝、膽氣過人。論其詩，毀譽褒貶，自可再議；若論其人，則足稱封建時代正直士大夫的楷模。

三

李夢陽文不如詩,而且相差甚遠,這是不爭的事實。王維楨、江以達輩欲將李夢陽之文比於司馬歐蘇,實在是溢美之辭,不足為據。誠如《四庫全書‧空同集提要》所言:「其文則故作聱牙,以艱深文其淺易。明人與其詩並重,未免怵於盛名。」因此,夢陽之文,除可作為考察其生平、思想、交遊的材料及體現其文學理論之外,絕大多數是不能當文學作品來評價的。

至於夢陽的詩歌創作,卻不可等閒視之,尤其是在明代詩壇上,自應有其一席之地。

夢陽詩作,最少也有二千餘首。後世對其詩作的評價也是毀譽褒貶各不相同。此處,我們僅將空同子同時代人的某些評價摘錄一些,以作管豹之窺。

李夢陽的弟子門人和崇拜者,對空同子詩作大加讚譽的言論已見上述,此再補充數則:

王子衡(廷相)序《空同集》云:「杜子美雖云大家,要自成格爾,元稹稱其薄風雅,吞曹劉,固知其溢言矣。其視空同規尚古始,無所不極,當何以云?」(《列朝詩集小傳‧王宮保廷相》)他還說:「獻吉遊精於秦漢,割正於六朝,以柔淡為上乘,以沉著為三昧,以雄渾為神樞,以蘊借為堂奧。會詮往古之典,用成一家之言。巨者日融,小者星列,長者江流,闊者海受。洋洋爔爔,無所不極。後有知言之選,歎賞不暇,尚安能為之揚抑哉?」(《明詩綜》卷三十四)對李夢陽的詩作可謂推崇備至,且不讓別人講李空同的壞話。

顧璘《國寶新編》云:李獻吉「朗暢玉立,傲倪當世。讀書斷自漢、魏以上,故其詩文卓爾不群。晚始泛濫諸家,益濟宏博,或失則龐,矯枉之偏,不得不然耳。」(《明詩紀事》丁簽卷一)

以上是對李夢陽褒獎有加的言論,當時還有一些人,對夢陽詩作或亦褒亦貶,或半褒半貶,或明褒暗貶,亦列舉數家如下:

何景明《與李空同論詩書》云:「近詩以盛唐為尚,宋人似蒼老而實疏鹵,元人似秀峻而實淺俗。今僕詩不免元習,而空同近作,間入於宋。僕固蹇拙薄劣,何敢自列於古人?空同方雄視數代,立振古之作,乃亦至此,何也?凡物有則弗及者,及而退者,與過焉者,均謂之不至。譬之為詩,僕則可謂弗及者,若空同求之則過矣。……譬之樂,眾響赴會,條理乃貫;一音獨奏,成章則難。故絲竹之音要眇,木革之音殺直。若獨取殺直,而並棄要眇之

聲，何以窮極至妙，感情飾聽也？」（郭紹虞主編《中國歷代文論選》）在作自我批評的同時，又將李夢陽拉在一起。意謂李空同「過猶不及」，為詩只知殺直，鮮有要眇，未免有疏鹵之病。

楊慎（用修）云：「空同以復古鳴弘、德間，觀其樂府，幽秀古豔，有鐃歌童謠之風；其古詩，緣情綺靡，有徐、庾、顏、謝之韻。而人但稱其律詩，予謂空同之可傳者，不在律。空同之律，少陵之餘瀝遺胏耳！」（《明詩綜》卷三十四）在充分肯定李夢陽樂府、古體的同時，又將其律詩貶得一塌糊塗。

對李夢陽詩作，當時人也有因意見不同而引起爭議者。皇甫汸（子循）云：「薛君采詩：『俊逸真憐何大復，粗豪不解李空同。』夫大復未足於俊逸，空同不全於粗豪也。」（《明詩綜》卷三十四）薛蕙評判李、何二人詩作的這兩句詩，在當時影響很大。朱彝尊有言：「薛君采詩云：『俊逸終憐何大復，粗豪不解李空同。』自此詩出，而抑李申何者，日漸多矣。」（《靜志居詩話》卷十）在這種一邊倒的情勢之下，皇甫子循卻能獨抒己見，做出另一番評價，實在難能可貴。

當然，在當時也有對李夢陽詩作直接進行批判的。顧璘一方面對李夢陽在詩壇的歷史地位予以充分肯定，另一方面，也對空同子詩作所存在的問題毫不客氣地提出批評：「空同言作詩必須學杜，詩至於杜，如至員不能加規，至方不能加矩矣！此空同之過言也。夫規矩方員之至，故匠者皆用之，杜亦在規矩中耳。何得就以子美為規矩邪？」（《明詩綜》卷三十四）朋友歸朋友，意見歸意見。顧華玉既可稱李獻吉為當代李白、中朝國士，當然也可以毫不留情地指出其不應以老杜為規矩來約束自己的食古不化的行為。

楊慎也對李夢陽在學杜的同時流於剽襲雷同的問題提出了嚴肅的批評：「唐子元薦與余書論本朝之詩，李、何一出，變而學杜，壯乎偉矣！然正變雲擾，而剽襲雷同；比興漸微，而風騷稍遠。」（《明詩紀事》丁籤卷一）由此可知，楊用修先生對李空同的評價也是一分為二的。

嘉靖以降，對李夢陽文學理論和詩歌創作的評價更是形成一個波瀾起伏的局面，其中，眾說紛紜，令人莫衷一是。此處限於篇幅，不能一一臚列，只好再做專題另作討論了。

（原載《湖北師範大學學報》2017 年第一期）

宦海浮沉，剛直名世
——士林領袖李夢陽的仕宦生涯

　　提起李夢陽，大家都知道他是明代「前七子」的領袖；然而，李夢陽三起三落的仕宦生涯卻更具傳奇色彩。

　　李夢陽（1473～1530），初名莘，字獻吉，號空同子，甘肅慶陽（明代屬陝西）人。十一歲時（成化十八年，1482）隨父徙居開封，其父李正時為周府封邱王教授。二十一歲時（弘治五年，1492）李夢陽舉陝西鄉試第一，次年成進士。因當年其母高慧去世，兩年後其父又去世，李夢陽一直丁憂在家，未授官職。一直到他二十七歲時才拜戶部主事，當上了一個正六品的官兒，開始了他的宦海生涯。

　　李夢陽出身寒微，兼之他為人強直，入仕不久，當其監稅三關時，就第一次觸犯權貴而下獄。據李夢陽《下吏》詩自注：「弘治辛酉年，坐榆河驛倉糧。」崔銑《空同李君墓誌銘》中說：「常監三關，招商，用法嚴，格勢人之求，被構下獄，尋得釋。」徐縉《空同李公墓表》也記載：「公初稅三關也，立法嚴整，請謁不行。勳璫誣之，逮獄，尋釋。」綜合以上材料，可知夢陽在監稅三關時，因用法嚴整，與權豪勢要相牴觸，因而被誣告，以榆河（在今北京附近，離居庸關不遠）驛倉糧事下獄，但很快就得以釋放。這是弘治十四年（1501）的事，夢陽時年正當「而立」，卻經歷了宦海浮沉的第一道波瀾。

　　弘治十八年（1505），李夢陽上書孝宗皇帝，劾壽寧侯，結果又導致了他第二次下獄。此事全過程，李夢陽在《上孝宗皇帝書稿》所附之《秘錄》中

述之甚詳：「於是密撰此奏，蓋體統利害事。草具，袖而過邊博士（貢）。會王主事守仁來，王邃目予袖而曰：『有物乎？必諫草耳。』予為此，即妻子未之知，不知王何從而疑之也。乃出其草示二子，王曰：『疏入，必重禍。』……及疏入，不報也，以為竟不報也。一日，忽有旨拿夢陽，送詔獄，乃於是知張氏有本辯矣。張氏論我斬罪十，然大意主訕母后，謂疏末張氏斥後也。……奉聖旨『李夢陽妄言大臣，姑從輕，罰俸三個月。』此十八年四月十六日也。」

張氏即張鶴齡，孝宗張皇后弟，時封壽寧侯，這位國舅爺招納無賴、罔利害民。夢陽向皇帝剛直進言，揭露了張的惡行。壽寧侯匆匆反撲，抓住李夢陽奏疏中最後一句「厚張氏者至矣」幾個字，採取斷章取義、移花接木的手法，硬將揭露張國舅之「張氏」說成是訕罵張皇后之「張氏」。當時「皇后有寵，後母金夫人愬不已。帝不得已，繫夢陽錦衣獄」。（《明史·李夢陽傳》）幸虧孝宗還算明白，很快就將夢陽放了，並召張鶴齡進宮訓斥了一頓。但李夢陽受此屈辱，怒氣不平，「他日，夢陽途遇壽寧侯，罵之，擊以馬箠，墮二齒。壽寧侯不敢校也」。（同上）在第二次與權豪勢要的鬥爭中，李夢陽冒著殺頭的危險，直言上疏劾奏國戚，甚至於事後還怒打皇親。雖然也曾被抓入獄，且損失了三個月的俸祿，但在朝廷之上卻贏得了剛直的好名聲。

當年五月，孝宗卒，武宗即位。夢陽官升一級，進戶部員外郎，從五品。第二年，正德改元，夢陽又進郎中，正五品。

武宗即位後，原在東宮的一幫舊閹當權，干擾朝政、橫行霸道，朝中正直官員多所不滿。戶部尚書韓文得內閣三老臣劉健、李東陽、謝遷支持，令夢陽執筆代作疏劾宦官，率群臣請誅劉瑾等八虎，此事在當時引起軒然大波。李夢陽《代劾宦官狀疏》所附《秘錄》中記載：「韓文每朝，退對屬吏，言輒泣淚數行下，以閹故。而郎中李夢陽間說之曰：『公，大臣也！義共國休戚，徒泣何益？』韓公曰：『奈何？』曰：『比諫臣有章入，交論諸閹，下之閣矣。夫三老者，顧命臣也。聞持諫官章甚力。公誠及此時率諸大臣殊死爭，閣老以諸大臣爭也，持必更易，力易為辭，事或可濟也。』韓公於是持鬚昂肩，毅然改容曰：『善！即事弗濟，吾年足死矣！不死不足以報國。』翌日早朝，韓公密叩三老，三老許之，而倡諸大臣，又無不踊躍喜者。韓公乃大喜，退而召夢陽，令具草。」

李夢陽代韓文草擬的，就是那篇有名的《代劾宦官狀疏》。此疏九月上

呈，十月，韓文率廷臣力爭。誰知正德皇帝卻在這個月讓劉瑾入司禮監，「罷戶部尚書韓文，勒少師劉健、少傅謝遷致仕」。（鄭曉《今言》）劉瑾「勒罷公卿臺諫數十人，又指內外忠賢為奸黨，矯旨榜朝堂」。（同上）以「五十三人黨比，宣戒群臣」。（《明史‧武宗紀》）夢陽自然在五十三人之列，但由於當時劉瑾並不知劾章出夢陽之手，僅將其於正德二年（1507）春二月放歸田里。第二年五月，劉瑾得知劾章乃夢陽代草，又矯旨將夢陽從開封抓到北京下獄，必欲殺之而後快，幸「康海為說，乃免」。（《明史‧李夢陽傳》）直到當年八月，夢陽才被赦出。

李夢陽第三次對權豪勢要的鬥爭，更顯示出他倔強的性格和驚人的膽略，政治色彩也更加濃厚。劾奏八虎之事，雖由韓文出面領頭，實際上卻是由李夢陽主動策劃的。這件在當時震驚朝野的大事，無疑進一步提高了夢陽的威信。

正德五年（1510）八月，劉瑾伏誅。第二年四月，詔夢陽起復，遷江西按察司副使，正四品。當年五月赴官，六月到任。這是李夢陽第四次陞官，也是他仕宦的終點。這一年他剛好四十歲，但他剛介耿直的個性並來改變。到江西後，李夢陽首先沒搞好與總督陳金的關係。「副使屬總督，夢陽與相抗，總督陳金惡之，監司五日」。接著，又與巡按御史江萬實鬧翻了。「會揖巡按御史，夢陽又不往揖，且敕諸生毋謁上官，即謁，長揖毋跪。御史江萬實亦惡夢陽」。與此同時，夢陽又得罪了淮王祐棨。「淮王府校與諸生爭，夢陽笞校，王怒奏之」。在這前後，夢陽還與參政吳廷舉有矛盾，「參政吳廷舉亦與夢陽有隙，上疏論其侵官」。（均見《明史‧李夢陽傳》）這些人紛紛搜集材料，打擊夢陽，正如夢陽自己所言：「僕此一言一動，悉為仇者所搜羅。江御史搜羅者二，吳廷舉者二，淮人者三。」（《與何子書二首》其一）

矛盾加劇後，總督陳金命布政使鄭嶽勘此事。夢陽不甘示弱，進行反擊，「執嶽親信吏，言嶽子沄受賕，欲因以脅嶽」。（《明史‧鄭嶽傳》）糟糕的是：「寧王宸濠者，浮慕夢陽，嘗請撰陽春院記，又惡嶽，乃助夢陽劾嶽。」（《明史‧李夢陽傳》）據徐縉《空同李公墓表》：「宸濠乃以詭術誘公，弗察也，未及乃覺，絕弗與見。」宸濠為了利用李夢陽打擊鄭嶽而插手其間，更把事情弄得一塌糊塗。當時江西上層人物之間劍拔弩張，以致「巡撫任漢顧慮不能決」，（《明史‧鄭嶽傳》）只好請中央政權派人來解決這場大糾紛。「正德八年秋八月，給事中王爌有章言此事。」（李夢陽《廣信獄後記》）「帝遣大理寺卿

燕忠會給事中黎奭按問。」（《明史・鄭嶽傳》）

燕忠到江西後，於廣信（今上饒）勘問此事。李夢陽《廣信獄後記》云：「十二月，燕卿至廣信府。明年正月二十八日，至廣信就獄。是年三月事完。」這是正德九年（1514）的事，李夢陽《亡妻左氏墓誌銘》云：「甲戌，李子以與江御史構，從理官於上饒。」在當年四月八日的《與何子書二首》其二中，夢陽又說：「勘事一、二日畢矣，而淹至三月二十五日始發回省城候命。」可知在勘審過程中，夢陽一直是比較被動的，孤立無援，處境可憐，況又是「臥病待罪」。（李夢陽《廣信獄後記》）勘審結果，自然是夢陽敗訴，誠如他自己所言：「臣以居官無狀，得蒙寬譴，罷歸。」（《宣歸賦》自注）他徹底失敗了，在仕途上翻了最後一個大跟斗。

在第四次與權豪勢要的鬥爭中，夢陽自有其狂狷使氣的一面；但就本質而言，他並沒有錯。無論頂抗總督也罷，拒揖御史也罷，鞭撻淮王府校也罷，執布政使親信吏也罷，侵官也罷，夢陽所衝擊、毀壞的，無非是達富貴人們的威勢與尊嚴而已。從這個意義上講，空同子自有其獨立的人格、耿介的氣骨、可貴的精神。夢陽在當時當地是大得人心的，當他被羈廣信獄時，竟有「諸生萬餘為訟冤」。（《明史・李夢陽傳》）可見一斑。

然而，事情並沒有完。嘉靖初，宸濠謀反被誅後，夢陽「坐為濠撰《陽春書院記》，獄辭連染」，（《列朝詩集小傳・李副使夢陽》）「御史周宣劾夢陽黨逆，被逮。大學士楊廷和、尚書林俊救之」，（《明史・李夢陽傳》）才又一次免於殺身之禍。

夢陽雖為當時黑暗官場所不容，但在士林中威信極高。「卒後，弟子私諡文毅」（《明詩綜》卷二十九），可看作是時人對他的高度評價。

縱觀李夢陽的一生，二十一歲中舉，二十二歲成進士，歷官戶部主事、員外郎、郎中，終江西提學副使，四十三歲罷官家居。二十年宦海生涯，他格抵勳璫、指斥國戚、彈劾閹豎、陵轢臺長，曾幾番下獄、數次罷官，可謂清節不渝、膽氣過人。論其詩，褒貶毀譽，自可再議；然論其人，則足稱封建時代正直士大夫的典型。從他的宦海浮沉中，我們也可以感受到封建官場之黑暗。

（原載《文史知識》1989 年第七期）

李夢陽三考

　　李夢陽是明代前七子領袖之一。對他的文學主張、詩歌創作等方面的問題，學術界已多有涉及，但對其生平事蹟卻缺乏系統深入的探究。今不揣譾陋，作李夢陽生卒、家世、仕宦三方面的考證，以求教於方家。

一、生卒

　　關於李夢陽的生卒年，一般有兩種說法：其一，謂生於一四七二年，卒於一五二九年。鄭振鐸《插圖本中國文學史》、譚正璧《中國文學家大辭典》、科學院《中國文學史》均如此認為。而游國恩等人《中國文學史》載其生年相同，卒年則作一五二七。其二，謂生於一四七三年，卒於一五三〇年。劉大杰《中國文學發展史》、79 年版《辭海》、80 年版《辭源》均主此說。首先可以肯定，認為夢陽卒於一五二七年的說法是錯誤的。因為在這一年以後，夢陽還作過不少詩文。如《戊子元夕》、（《空同集》卷二十三）《己丑五日》（同上）、《己丑八月京口逢五嶽山人》（同上，卷二十七）等，戊子為一五二八，己丑為一五二九，作者自然不會卒於一五二七年。

　　李夢陽生於明成化八年十二初七日。《空同集》卷三十二《戊辰生日》詩云：「三十七年吾底事」。戊辰為正德三年（1508），古人以虛歲紀年，正德三年夢陽實歲三十六，上推二十六年，為成化八年（1472）。值得注意的是：夢陽生於這一年的十二月初七。《空同集》卷二十三《生日寫懷》詩云：「臘日明朝是」，卷三十《生日答李濂秀才》詩云：「臘前此日梅花劇」，可知夢陽生於臘日前一天。按梁宗懔《荊楚歲時記》：「十二月八日為臘日」，可知十二月初七為夢陽生日。按陰曆，我們可定夢陽生年為成化八年（壬辰），然是年十二

月初七日按陽曆則已入下年，即公元一四七三年元月五日。由此可見，定夢陽生於一四七二之說，實在是「陰錯陽差」。

夢陽卒年也是這個問題。據夢陽同時人徐縉《明江西按察司副使空同李公墓表》載：「嘉靖己丑十二月二十九日，前江西按察司副使空同李公卒於大梁。」嘉靖八年（己丑）本是公元一五二九年，但夢陽卻卒於是年十二月二十九日。按陽曆，同樣已入下年，即公元一五三〇年元月二十八日。

綜上所述，李夢陽生於明成化八年十二月初七日，卒於明嘉靖八年十二月二十九日。按陽曆，則應作生於一四七三年元月五日，卒於一五三〇年元月二十八日。終年五十八（虛歲）。

二、家世

李夢陽的家世，以目前材料，只能推到其曾祖輩。夢陽曾祖李恩，號貞義，連夢陽自己也說：「號貞義公者，不知何里人也。」（《族譜·大傳》）李恩入贅河南扶溝人王聚家，後隨王聚徙甘肅慶陽（時屬陝西），乃謂「慶陽李氏」。恩有二子，長名忠、次名敬。李忠即夢陽祖父，號處士，「洪武二十八年正月二十一日生，正統十二年八月二十九日卒，年五十三歲。」（《族譜·家傳》）李忠八歲時，李恩因參加建文、永樂叔侄之間的南北戰爭而戰死於白溝，其母王氏又改適他人。於是，忠、敬兄弟均從外祖父家姓王。少年李忠「往來邠寧間學賈，為小賈，能自活。乃後十餘歲，而至中賈」。（《族譜·大傳》）後來，寧州一李媼以女李綿妻忠，忠自認王姓，不知李綿為同姓，遂成婚姻。生三男二女：長男剛、次慶、次正，長女海、次喜。李正即夢陽父。

對於這一段李冒王姓的家史，夢陽深感悲痛，曾在《族譜》中寫道：「嗚呼！我李冒王氏者蓋三世矣！至我先大夫而始復李氏云。」

夢陽父李正，號吏隱，「年九歲喪父，而依於伯氏」。（《族譜·大傳》）「以正統四年十二月二十二日酉時生，弘治八年五月十六日巳時卒，年五十七歲。」（《族譜·家傳》）娶赤城高成女高慧為妻，生三男三女：長男孟和，次男即夢陽，少子孟章；長女香、次女真、又次三姐。李正於三十五歲時（成化十年）始為貢生，同年為阜平（今屬河北）縣學訓導。按《明史·職官志》：「縣教諭一人，訓導二人。……教諭掌教誨生員，訓導左之。」可知訓導為一縣之中掌管文化、教育的副職小官。八年後，李正徙周府封邱王教授，攜家

赴河南。據高叔嗣《大明北墅李公墓表》：「北墅公，始自慶陽徙開封，當成化十八年。蓋為儒無所成。有弟曰夢陽，世稱空同先生。」北墅公即夢陽兄李孟和。夢陽《亡弟汝含祭文》也說：「昔我先君徙官河藩，挈吾兄弟僦居垠坻。」可知在成化十八年（1482），李夢陽兄弟均隨其父遷居開封。王府教授的官職也很低微，據《明史·職官志》：王府「教授無定員，從九品。」李正出身貧賤，四十餘歲才當上一個從九品小官，對官場自然有自己的看法，據夢陽追憶：「公在王門十三年，沈晦於酒，然時人莫識也。公酒酣嘗擊缶歌曰：人慾為貪吏，貪吏殃及子孫；人慾為廉吏，廉吏窮餓不得行。我今既不為貪吏，又何可稱廉吏？王門之下，可以全身避世，於是乃自稱吏隱公云。」（《族譜·大傳》）這種寒微的家世，以及其父這種明哲保身、甘於寂寞的人生觀，對李夢陽的生活道路有很大影響。首先便影響到夢陽的婚姻大事。

李夢陽岳父左夢麟，字應瑞，時為宗人府儀賓，其妻封廣武郡君，家世自然比李家顯赫。據李夢陽《封宜人亡妻左氏墓誌銘》云：「初，李子妁婚，妁咸不婚也，曰教授微而貧。及妁左氏，儀賓則顧獨喜，入白其母並郡君氏。母、郡君乃亦咸不之婚也。曰：夫非李教授兒邪？微而貧。儀賓曰：李氏子才，竟婚李氏。是時李子生十有九年矣。」如此幾經周折，幸虧遇到一位獨具慧眼的岳丈，夢陽才得以娶左氏為妻。

李夢陽有子四人，「長枝，嘉靖癸未（1523）進士，南京工部主事，謫海州判官。……次楚、梁、柱。女二。孫男四。孫女一。」（徐縉《空同李公墓表》）再往下，就不得而知之、也無須考證了。

綜上所述，並參照李夢陽《族譜·世系》，可列李夢陽家世簡表如下：

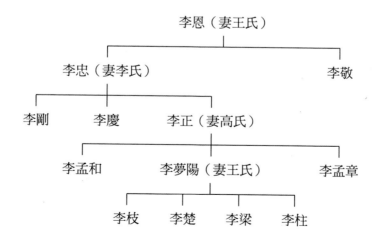

　　此表僅以李夢陽一脈為主要線索，夢陽之叔伯、兄弟輩妻室後裔均不載，女性外適亦不載。如其叔祖李敬有子二：曰璉、曰瑄，而李璉有子曰釗，李瑄無嗣；又如夢陽大伯父李剛有子曰麟，二伯父李慶有子曰孟春；再如夢陽大姑母李海適任昌，二姑母李喜適黃景；夢陽大姊李香適曹經，二姊李真適王璽，三姊李三姐未嫁而卒。此等旁系及姻親，為簡明醒目起見，一概從略。

三、仕宦

　　李夢陽的仕宦生涯是曲折的，三起三落，幾度下獄。這與他剛直不阿、桀驁不馴的性格不無關係。

　　《明史·李夢陽傳》載：「弘治六年，舉陝西鄉試第一，明年成進士。」此乃誤記。李夢陽《亡妻左氏墓誌銘》云：「壬子，李子舉陝西鄉試第一。」徐縉《空同李公墓表》中也說：「弘治壬子，舉陝西鄉試第一。」可知夢陽中舉是在弘治五年（壬子，1492）而非弘治六年（癸丑，1493）。由於中舉之年記誤，《明史》中的「明年成進士」也跟著往後錯了一年。夢陽恰是在弘治六年成進士。《列朝詩集小傳·李副使夢陽》：「弘治癸丑進士。」李夢陽《亡妻左氏墓誌銘》：「癸丑，登進士第。」徐縉《空同李公墓表》：「癸丑，舉進士第。」都清清楚楚地記載著夢陽乃弘治六年（癸丑）進士。更有趣的是：同一部《明史》，在其《孝宗紀》中寫著：弘治六年「三月癸未，賜毛澄等進士及第、出身有差。」而弘治七年則根本無進士考試的記載。舊時科考，春榜三年一次，一般沒有連年的進士。《明史》兩處所記，自相矛盾，當以《孝宗紀》為準。

　　李夢陽能夠舉陝西鄉試第一，除了他自己少有才名而外，與當時提學陝西的楊一清之賞識、提攜也有一定的關係。「時邃庵楊提學陝西，見公，大奇之，補為弟子員。」（徐縉《空同李公墓麥》）「賞識李獻吉，召置門下。」（《列朝詩集小傳·楊少師一清》）李夢陽雖是慶陽（時屬陝西）人，但從小就隨父徙居河南。這次回陝西參加鄉試，如果沒有楊一清的賞識，「補」為弟子員，恐怕總會受到一些阻礙的。然而，夢陽成進士後，卻仍然將河南視為故籍，「曹潔躬云：獻吉雖產於秦，其父正教授封丘，遂徙家大梁，故《登科錄》直書河南扶溝人。」（《明詩綜》卷二十九）這裡，記下了夢陽在填寫《登科錄》時自視為河南人的事實，但對這一事實的解釋卻是不對的。夢陽自認河南籍，

並非因其少時隨父居開封，而是因為他曾祖李恩「不知何里人也，而贅於扶溝人王聚。」(《族譜・大傳》)後來，李恩隨王聚歸軍於蒲州，又從蒲州徙慶陽後，才被稱為「慶陽李氏」。因此，與其說慶陽為李氏祖籍，倒不如承認扶溝更為合理。況且，王聚「不欲盡徙於慶陽，而以其弟王三公守扶溝，而世居扶溝大岡。」(同上)就連夢陽胞弟李孟章死後，也「葬扶溝縣東北四十里，地曰大岡者，王氏居也。」(《族譜・家傳》)可知，李夢陽家族有時以「河南扶溝」為故籍，乃是追蹤到曾祖李恩之一「贅」也。

就在夢陽中進士的當年八月，其母高慧卒。「高氏，吏隱公。諱曰慧。……卒弘治六年八月二十九日巳時。」(《族譜・外傳》)夢陽未及授官，丁憂歸河南。弘治八年夢陽父李正又卒 (見本文「家世」)。父母連喪，夢陽只好歸慶陽守孝。具體地點，在離慶陽北城樓不遠的華池。「李子曰：余如華池，在弘治乙卯年焉，居蓋三年雲。」(《華池雜記》)直到弘治十一年 (戊午，1498)，夢陽才服滿除官。「戊午，李子拜戶部主事，居京師。」(《亡妻左氏墓誌銘》)按《明史・職官志・戶部》：「主事二人，正六品。」

在戶部主事任上，夢陽曾監稅三關。所謂「三關」，即指「內三關」，明代以今河北境內沿內長城而設的居庸關、倒馬關、紫荊關為「內三關」。就在監稅三關時，夢陽第一次觸犯權貴而下吏逮獄。「常監三關，招商，用法嚴，格勢人之求，被構下獄。尋得釋。」(崔銑《江西按察司副使空同李君墓誌銘》)「公初稅三關也，立法嚴整，請謁不行。勳瑄誣之，逮獄，尋釋。」(徐縉《空同李公墓表》)「權關格勢要，構下獄，得釋。」(《明史・李夢陽傳》)

夢陽此次下獄，所得罪的具體對象雖不可知，但其被誣的罪名和時間卻可以從他自己的《下吏》詩自注中找到線索：「弘治辛酉年，坐榆河驛倉糧。」辛酉年即弘治十四年 (1501)。榆河驛在今北京附近，離居庸關不遠。

弘治十五年，夢陽恢復戶部主事職務後，曾「榷舟河西務」。(今天津市武清西北運河西岸)第二年，他又奉命「餉軍西夏」。(《亡妻左氏墓誌銘》)弘治十八年 (乙丑，1505)，夢陽回京城後，又因彈劾壽寧侯而第二次下獄。

壽寧侯即張鶴齡，明孝宗張皇后弟。鶴齡與其弟延齡「並驕肆，縱家奴奪民田廬，篡獄囚，數犯法。帝遣侍郎屠勳太監蕭敬按，得實，坐奴如律。敬覆命，皇后怒，帝亦佯怒。已而召敬曰：汝言足也。賜之金。給事中吳世忠、主事李夢陽皆以劾延齡，幾得罪。」(《明史・外戚傳》)

此事詳細過程，夢陽自己說得更為清楚：「於是密撰此奏，蓋體統利害事。

草具，袖而過邊博士（貢）。會王主事守仁來，王遽目予袖而曰：有物乎？必諫草耳。予為此即妻子未之知，不知王何從而疑之也。乃出其草示二子。王曰：疏入，必重禍。……及疏入，不報也，以為竟不報也。一日，忽有旨拿夢陽，送詔獄。乃於是知張氏有本辯矣。張氏論我斬罪十，然大意主訕母后，謂疏末張氏斥後也。……奉聖旨，李夢陽妄言大臣，姑從輕，罰俸三個月。此十八年四月十六日也。」（《上孝宗皇帝書稿》秘錄附）

　　張鶴齡對李夢陽進行反撲的手段是非常卑劣的。他抓住夢陽奏疏最後一句中「厚張氏者至矣」幾個字，斷章取義、移花接木，硬將揭露張國舅之「張氏」說成是訕罵張皇后之「張氏」。又加上「時皇后有寵，後母金夫人訴不已。帝不得已，繫夢陽錦衣獄。」（《明史‧李夢陽傳》）幸虧孝宗心裏是明白的，很快就將夢陽放了出來。同時，「帝獨召鶴齡語，左右莫得聞。遙見鶴齡免冠，首觸地。自是稍斂跡。」（《明史‧外戚傳》）但是，李夢陽受此冤屈，怒氣難平，「他日，夢陽途遇壽寧侯，詈之，擊以馬箠，墮二齒。壽寧侯不敢校也。」（《明史‧李夢陽傳》）

　　夢陽出獄後一個月，即弘治十八年（乙丑）五月，孝宗卒。武宗即位，夢陽官升一級。「乙丑，李子進戶部員外郎。」（《亡妻左氏墓誌銘》）第二年「正德改元，進郎中。」（《列朝詩集小傳‧李副使夢陽》）按《明史‧職官志‧戶部》：「員外郎一人，從五品。」「郎中，……正五品。」不到兩年的時間，夢陽一升再升，真可謂飛黃騰達、官運亨通。實際上，這不過是新皇帝登基時總要搞的那一套。提升一些在朝中頗有影響的臣子，以表示新君能用人才。絲毫不標誌著武宗對夢陽有什麼特殊寵信。恰恰相反，更大的危險卻正在等待著李郎中。

　　武宗即位後，原在東宮的一幫舊閹當權。劉瑾「掌鍾鼓司，與馬永成、高鳳、羅祥、魏彬、丘聚、谷大用、張永並以舊恩得幸，人號『八虎』。而瑾尤狡狠，嘗慕王振之為人，日進鷹犬、歌舞、角抵之戲，導帝微行。帝大歡樂之，漸信用瑾，進內宮監，總督團營。……大學士劉健、謝遷、李東陽驟諫，不聽。」（《明史‧劉瑾傳》）同時，又有禮部尚書張昇等人交章諫之，帝亦不聽。因此，朝中正直之士多有不滿。

　　當時的戶部尚書韓文，亦乃正直之士，目睹此情，滿懷憂慮。「每朝，退對屬吏，言輒泣淚數行下，以閹故。而朗中李夢陽間說之曰：公，大臣也！義共國休戚，徒泣何益？韓公曰：奈何？曰：比諫臣有章入，交論諸閹，下之閣

矣。夫三老者，顧命臣也！聞持諫官章甚力。公誠及此時率諸大臣殊死爭，閣老以諸大臣爭也，持必更易，力易為辭，事或可濟也。韓公於是捋鬚昂肩，毅然改容曰：善！即事弗濟，吾年足死矣！不死，不足以報國。翌日早朝，韓公密叩三老，三老許之；而倡諸大臣，又無不踴躍喜者。韓公乃大喜，退而召夢陽，令具草。」（李夢陽《代劾宦官狀疏》秘錄附）

夢陽代韓文草擬了《代劾宦官狀疏》，據其自注，是在「正德元年九月。」緊接著「疏入，帝驚泣不食，瑾等大懼。」「於是帝命司禮王岳等詣閣議，一日三至，欲安置瑾等南京。遷欲遂殺之。健推案哭曰：先帝臨崩，執老臣手以付大事。今陵土未乾，使若輩敗壞至此。臣死，何面目見先帝？」「尚書許進曰：過激將有變。健不從。王岳者，素謇直，與太監范亨、徐智心嫉八人，具以健等語告帝，且言閣臣議是。健等方約文及諸九卿詰朝伏闕面爭，而吏部尚書焦芳馳白瑾。瑾大懼，夜率永成等伏帝前環泣。帝心動。瑾因曰：害奴等者王岳。獄結閣臣欲制上出入，故先去所忌耳。且鷹犬何損萬幾？若司禮監得人，左班官安敢如是？帝大怒，立命瑾掌司禮監，永成掌東廠，大用掌西廠，而夜收嶽及亨、智，充南京淨軍。」「而健等不知，方倚嶽內應。明日，韓文倡九卿伏闕固爭，健逆謂曰：事且濟，公等第堅持。」「諸臣入朝·將伏闕，知事已變，於是健、遷、東陽皆求去。帝獨留東陽，而令焦芳入閣。追殺嶽、亨於途，箠智折臂。時正德元年十月也。」「瑾既得志，遂以事革韓文職。」「初，健、遷持議欲誅瑾，詞甚厲。惟東陽少緩，故獨留。健、遷瀕行，東陽祖餞，泣下。健正色曰：何泣為？使當日力爭，與我輩同去矣！東陽默然。」（以上分別引自《明史》之《武宗紀》、《劉健傳》、《韓文傳》、《劉瑾傳》、《李東陽傳》）

這就是當時震驚朝野的聲討八虎事件。這場鬥爭，雖以失敗而告終，但對朝中諸大臣，無異於一次嚴峻的考驗。上至閣臣、下至各部院屬員，許多人都在這場政治鬥爭中作出各自充分的表演。這次事件，雖由劉健、謝遷作後盾，以韓文出面領頭，但主動策劃並代寫奏疏的卻是區區五品郎中李夢陽。並且，在事件發生後，劉健等人慘遭迫害，李夢陽並未屏息斂聲、全身遠禍。反而滿懷義憤，作《送河東公賦》以贈劉健。（劉健因得河東薛瑄之傳，故有此稱）同時，夢陽還寫下《去婦詞》一詩，為韓文等人鳴不平。詩前小序云：「正德元年，戶部尚書韓文暨內閣師保等咸相繼去位。李子作此詞也。」

正德二年春，夢陽本人也遭到打擊。因為當時劉瑾尚不知劾章出夢陽手，僅將其視作一般「奸黨」成員而放歸田里。離京時，夢陽作《發京師》詩，自注：「正德二年春二月，與職方王子同放歸田里。」當年三月，「逆瑾矯詔，戒諭百官，勒罷公卿臺諫數十人。又指內外忠賢為奸黨，矯旨榜朝堂。」而「郎中李夢陽」之大名亦赫然榜上。（鄭曉《今言》卷二）

夢陽潛居開封不久，劉瑾得知劾章乃夢陽所為，於正德三年五月矯旨將夢陽抓到京城。李夢陽《離憤》詩自注：「正德戊辰年五月，閹瑾知劾章出我手，矯旨詔獄。」劉瑾必欲殺夢陽而後快，幸「康海為說，乃免。」（《明史·李夢陽傳》）關於康海說劉瑾以救夢陽一節，《列朝詩集小傳·康修撰海》及《雍正陝西通志》六三之中述之甚詳，文長不引。直到當年八月，夢陽才逃脫牢獄之災。「李子曰：余以正德三年五月十七日摯而北行。至秋八月乃赦之出。」（李夢陽《述征集後記》）

正德五年（1510）八月，劉瑾伏誅。次年四月，詔夢陽起復，遷江西按察司副使。夢陽當即便寫下《正德辛未四月十七日簡書至，於時久旱，甘澍隨獲，漫爾寫興》一詩，略云：「璽書況屬臨門日，江漢須看放舸時。肯信吾遊兼吏隱，五峰彭蠡是襟期。」表達了他久旱逢甘雨的心頭喜悅。但他哪裏知道，江西之行竟是他仕宦的終點呢？

按《明史·職官志》：「提刑按察使一人，正三品。副使，正四品。僉事無定員，正五品。……按察司副使、僉事分司諸道，提督學道、清軍道、驛傳道。」夢陽所任，即是四品提學副使。因此，他於正德六年（1511）六月到南昌以後，便忙於在江西境內各地巡視學校、禮拜先賢、表彰節義、採訪風俗。當年八月，到九江、南康。九月，登廬山。十一月，至建昌府。十二月，至饒州府。年底，又登廬山。次年正月，在南昌。五月，巡視南昌豐城。正德八年四、五月，又巡視贛州。六月，再登廬出。在江西三年時間裏，李夢陽輾轉跋涉於出山水水之間，也將自己的文字留在各地的樓臺亭閣之上，從而在當地士林中獲得了極高的聲譽。誠如他的朋友顧華玉贈別時所言：「南省文儒化，中朝國士名。」（《息園存稿詩》卷八《贈李副使獻吉江西視學》）然而，在官場上夢陽卻混得糟透了，上下左右的關係都很緊張。且看：「副使屬總督，夢陽與相抗，總督陳金惡之，監司五日。會揖巡按御史，夢陽又不往揖。且敕諸生毋謁上官，即謁，長揖毋跪。御史江萬實亦惡夢陽。淮王府校與諸生爭，夢陽笞校。王怒，奏之。……參政吳廷舉亦與夢陽有際，上疏論其侵官。」（《明

史‧李夢陽傳》）

　　如此倨傲不群，自然四面樹敵、動輒得咎。夢陽自己也說：「僕此一言一動，悉為仇者所搜羅。江御史搜羅者二，吳廷舉者二，淮人者三。」（《與何子書二首》其一）

　　淮王祐楑怒而上奏之後，本應由御史按治此事。夢陽料到江萬實會袒護淮王而加害於己，於是先發制人，對江御史進行主動攻訐，使之成為矛盾的一方而不便按問。詔下，轉由總督陳金行勘此事，陳金又檄命布政使鄭嶽具體處理。夢陽仍感到壓力很大，便採取了相應的手段反擊。一方面，他抓住了鄭嶽的親信，供出鄭嶽之子受賄之事，作為要脅鄭嶽的把柄；另一方面，他又偽撰了江萬實劾奏陳金的疏文，想以此激怒陳金。糟糕的是，寧王宸濠對鄭嶽早有成見，值此機會，他又借夢陽的力量來打擊鄭嶽。夢陽與宸濠確有過交往，「寧王宸濠者，浮慕夢陽，嘗請撰《陽春院記》。」（《明史‧李夢陽傳》）但很快就結束了，「宸濠乃以詭術誘公，弗察也。未及乃覺，絕弗與見。」（徐縉《空同李公墓表》）這一次，宸濠趁機插手其間，就把事情越弄越大。

　　江萬實抓住夢陽一些短處之後，又一次上奏彈劾夢陽。參政吳廷舉在奏夢陽侵官之後，「因乞休，不俟命，竟去。」（《明史‧吳廷舉傳》）這樣一來，從總督、巡按御史、布政使、提學副使、右參政直到淮、寧二藩，當時江西諸上層人物之間搞得劍拔弩張、天翻地覆。面對這種錯綜複雜的矛盾，江西行政長官巡撫任漢一籌莫展，「顧慮不能決。」（《明史‧鄭嶽傳》）只好由中央派人來解決這場大糾紛。

　　「正德八年秋八月，給事中王爌有章言此事。」（李夢陽《廣信獄後記》）「帝遣大理寺卿燕忠會給事中黎奭按問」。（《明史‧鄭嶽傳》）是年十二月，燕忠等至江西廣信府（今上饒）勘問此事。當時，夢陽「寓南康府，臥病待罪。」（李夢陽《廣信獄記》）正德九年（1514）正月二十八日，夢陽至廣信就獄。

　　赴獄前，夢陽還抱著一線希望，自認「勘官勘畢，必酸心流涕，痛我之冤而憤讒說之易扇」，（《與何子書二首》其一）但實際過程卻與他的天真幻想截然相反。本來，「勘事一二日畢矣」，卻被一拖再拖，從正月底「淹至三月廿五日始發回省城候命。」本來，「是時赦下已久」，卻有人從中阻撓，「有使之無引赦者，而勘官遂不之引赦。」本來，「勘官初許只在廣信候，命下，形諸

言矣」，卻又有人從中作梗，「已又發回省城，此亦有使之者」。就連勘官燕忠也感到受人掣肘，頗有怨言：「臨發第歎曰：斯非我意，你眾人所知耳！」（同上其二）

「廣信獄」最後結果如何？誠如夢陽本人所言：「正德九年，是歲甲戌，厥月辛未，臣以居官無狀，得蒙寬譴，罷歸。」（《宣歸賦》自注）不善為官的李夢陽徹底失敗了，他在仕途上翻了最後一個大跟斗，在宦海的風濤中永遠沉沒下去了。

綜觀李夢陽二十年宦海生涯，曾數次下獄、幾度罷官，「遘禍幾危，氣節本震動一世。」（《四庫全書・空同集提要》）堪稱封建時代耿直士大夫之典型。

（原載《湖北師範學院學報》1989 年第四期）

明代詩壇的復古傾向與
復古派中堅李夢陽

　　在中國詩歌發展史上，大概沒有任何一個朝代像明代那樣，二百餘年被復古思潮貫串始終；在成千上萬的詩國臣民中，似乎也沒有任何一位詩人像明中葉的李夢陽那樣，以貨真價實的復古為己任（並非打著復古的旗號而創新），而且表現得那麼執拗、偏激。為什麼會出現這種異常現象？李夢陽的復古理論和創作實踐的大概情況如何？明代詩壇復古的總體趨勢與復古派中堅分子李夢陽之間究竟有何種關係？怎樣看待李夢陽的復古活動？這些，便是本文所力圖探討的問題。謬誤之處，望請方家、讀者教正。

　　中國詩歌經過了萬紫千紅的唐詩和別開生面的宋詩之後，金、元二代，幾乎無從開拓新的局面。然而，大明帝國的建立，卻又峰迴路轉，給詩歌發展帶來了一線生機。洪武初年，出現了一個短暫的詩壇小陽春局面。其間作手，主要是一批由元入明的詩人。他們有著對元末痛苦生活的回味，有著對新朝一統天下的歡欣；他們有的經過鐵馬金戈的戰鬥洗禮，有的抱定經世濟國的政治雄心：他們有生活、有理想，積極向上，昂揚奮發，沒有必要故作姿態、無病呻吟；他們的詩歌創作，各有各的風格、面貌、韻致、精神。其中之佼佼者，如劉基「詩沉鬱頓挫，自成一家」。汪廣洋詩「清剛典重：一洗元人纖媚之習」。袁凱詩「氣骨高妙，天然去雕飾」。高啟詩「緣情隨事，因物賦形，橫縱百出，開合變化」，「為一代巨擘」。楊基「近體之佳者，亦自清俊流逸」。張羽「歌行筆力雄放，音節諧暢」。徐賁「法律謹嚴，字句熨貼」。林鴻「所作以格調勝」。孫蕡詩「獨卓然有古格」。藍仁詩「規摹唐調，而時時流入

中晚」。藍智詩「清新婉約，足以肩隨其兄」（以上引文分別見於《四庫全書總目提要》《列朝詩集小傳》）。雖然這種欣欣向榮的局面僅有十餘年時間，但畢竟給明代詩歌創造了一個良好的開端，誠如《四庫全書總目·明詩綜提要》所言：「洪武開國之初，人心渾樸，一洗元季之綺靡。作者各抒所長，無門戶異同之見。」

有趣的是，明初詩人們雖然洗將元季綺靡之風，但他們賴以改變元末詩風的潛在力量卻是「復古」。請看：劉基「獨標高格，時欲追逐杜、韓」（《明詩別裁集·劉基小傳》）。高啟「振元末纖穠縟麗之習而返於古」（《四庫全書總目·大全集提要》）。「閩中詩派以子羽為首，宗法唐人，繩趨尺步」（《明詩別裁集：林鴻小傳》）。高棅「選《唐詩品匯》，專主唐音」（《四庫全書總目·嘯臺集提要》）。此外，如劉嵩、劉炳、汪廣洋、孫蕡、藍仁等人，無論他們在理論上是否提倡復古，但在寫作實踐中都或多或少地存在著模擬古人的現象。

自建文朝的南北戰爭之後，永樂一系的統治日漸鞏固，社會相對穩定，明王朝步入了它的「太平時代」。於是，以楊士奇、楊榮、楊溥為代表的「臺閣體」便應運而生，佔領了詩壇。這些臺閣大臣們於承平之日、執政之暇，弄出了一批反映和融溫釋的君臣關係的詩作。就其內容而言，旨在歌詠太平，就其風致而論，大都雍容平易。總之是太平天子太平朝，太平宰相太平詩。但這麼一來，詩歌本身的藝術生命力被閹割了，詩人本應具有的創作個性被磨滅了。數十年間，終於造成了這麼一種可悲的局面：「永樂以迄弘治，沿三楊臺閣之體，務以舂容和雅、歌詠太平。其弊也冗沓膚廓、萬喙一音，形模徒具、興象不存。」（《四庫全書總目，明詩綜提要》）

繼「三楊」而起的是「茶陵派」領袖李東陽，他於成化、弘治間主持文柄。這是一位寫作態度相當嚴肅的詩人，但由於他生活範圍過於狹窄，且又嚴肅得近乎拘束，故其作品便顯得內容空泛、靈氣缺乏、詩味不足。儘管清代的沈德潛說：「永樂以後詩，茶陵起而振之，如老鶴一鳴，喧啾俱廢。」（《明詩別裁集》卷三）但究其實質，李東陽的詩歌大體是「臺閣體」之延續，並未別開生面。在理論上，李東陽反對模擬剿竊，與「復古派」異趣；但他又過分強調法度音調，從形式方面著眼提倡宗唐法杜，這無疑又給「復古派」的李夢陽、何景明輩以啟發和影響。故王世貞說：「長沙（東陽）之於何、李，其陳涉之啟漢高乎？」（《藝苑卮言》）

　　當青年詩人李夢陽步入詩壇時，面臨著的就是這麼一種狀況。一方面，詩歌園地已籠罩著沉悶的空氣近百年之久，另一方面，復古思潮正在明代前期詩壇上若明若暗地運行、發展。就是在這麼一種大背景下，李夢陽率先公開豎起了「復古」的旗幟，並為之呼喊號叫。

　　李贄說：「弘治初，北地李夢陽始為古文詞，變宋元之習，文稱左、遷，賦尚屈、宋，古詩體尚漢、魏，近律則法李、杜。學士大夫，翕然從之。」（《續藏書》卷二十八）這話基本不錯，但並不十分準確，問題在「弘治初」這三個字。李夢陽乃弘治六年（1493）進士，但在他中進士的當年八月，就因其母高慧卒，夢陽未及授官而丁憂守制。弘治八年，其父李正又卒。父母連喪，李夢陽歸老家慶陽守孝，具體地點即在離慶陽北城樓不遠的華池。此事有李夢陽《華池雜記》可證：「余如華池，在弘治乙卯年（1495）焉。居蓋三年云。」直到弘治十一年（1498），李夢陽才服滿銓官戶部主事。事情很清楚，弘治六年之前，李夢陽年不及二十歲，連進士都未中，不可能發起什麼「學士大夫，翕然從之」的復古活動；而弘治六年至弘治十一年之間，李夢陽又守孝在家，也不可能在文壇上一呼百應。李夢陽復古活動的真正發起時間，是在弘治十二年左右。根據《列朝詩集小傳》與《明詩綜》中有關材料，我們可以大致瞭解當時的基本情況：首先是喬宇「與李獻吉（夢陽字獻吉）、王伯安切摩為古文」。王伯安即王守仁，乃弘治十二年進士，除刑部主事，「在郎署，與李空同（夢陽號空同）諸人遊，刻意為詞章」。同時又有杭淮，亦弘治十二年進士，與其兄杭濟「與李空同結社」。而弘治九年的進士邊貢，很快就加入這一行列，「時獻吉主盟，群英為輔，君其一也」。接下去，才是康海、何景明、王廷相（均為弘治十五年進士）的相繼介入。至於王九思，雖乃弘治九年進士，但他參與復古活動，卻是在「康、李輩出，唱導古學」之後，方「捨所學而從之」。在這場復古活動中，姍姍來遲者乃是弘治十八年進士徐禎卿。徐氏「登第之後，與北地李獻吉遊，悔其少作，改而趨漢、魏，盛唐」。此外，尚有顧璘、孟洋、陸淵、朱應登、陳沂、鄭善夫等參與唱和或結社。正是在此基礎上，才產生了所謂「前七子」，即：「北郡李夢陽、信陽何景明、武功康海、鄠杜王九思、吳郡徐禎卿、儀封王廷相、濟南邊貢」。從而形成了「弘治間作者倡復古學，同調六七人，李、何實為之長」的局面。嚴格地講，以「前七子」為代表的明代詩壇第一次大規模的復古活動，應該是發生在明孝宗在位的最後幾年，即弘治十二至十八年之間，而其高潮則在弘治、

正德之交。

李夢陽所以「倡復古學」的動機，黃宗羲認為是：「自空同出，突然以扶衰起弊為己任。」（《南雷文約》卷四）但這「扶衰起弊」四字太原則，而《明史·文苑傳序》則說得更具體一些：「弘正之間，李東陽出入宋元，溯流唐代，擅聲館閣，而李夢陽、何景明倡言復古，文自西京、詩自中唐而下，一切吐棄。」以李夢陽為首的七子們復古的目的很明確，那就是：扶衰起弊，力追風雅，反撥臺閣，排抑長沙。也就是在明代前期詩壇復古傾向的影響之下，力圖通過對西漢文章、盛唐詩歌的摹仿、學習，來打破近一百年的詩壇沈寂。

就李夢陽個人而言，其復古思想也有一個逐步形成、發展的過程。早在中進士之前，他就已開始與其弟李孟章探研古學。據夢陽本人回憶：「有弟有弟青雲姿，以兄為友兼為師，十五遍探古人籍，十九不作今人詩。」（《弘治甲子屬我初度追念往事死生骨肉愴然動懷擬杜七歌用抒憤抱之耳》（本文所引李夢陽詩，均見於四庫本《空同集》，以下僅注篇名）在京為官期間，李夢陽大力「倡復古學」，已略述如上。弘治十八年，李夢陽在給徐禎卿的信中說：「元白韓孟皮陸之徒，為詩始連聯鬥押，累累數千百言不相下。此何異於入市攫金、登場角戲也。」（《與徐氏論文書》）表示了對中晚唐諸家的極度蔑視。接著，他還以兵戰為例，說孫武、司馬穰苴輩乃「變詐之兵也」，而尚父《六韜》才是「真莫善」者。「夫詩固若是已！足下將為武與穰苴邪？抑尚父邪？」以居高臨下的口吻，告誡徐禎卿為詩要依規矩正道而行，不應出奇制勝；持論要高，不可流於元、白、韓、孟、皮、陸的左道旁門。即所謂「圖高不成，不失為高，趨下者未有能振者也」。那麼，李夢陽心目中所謂格調之「高」者何所指呢？弘治十七年，他在《吹臺春日懷古》詩中就說過「天留李杜文章在」的話。正德二年，他被驅逐出京、潛居開封時，其內弟在黃河邊上迎接他，他作詩贈之，又說：「曹植白馬篇，李白飛龍引，流光耀千古，不與日星邪。」（《世不講曹李詩尚矣，內弟會余河上，能章章道也，驚有此贈》）正德十年，他由江西再次罷官居開封時，還寫詩給邊貢說：「吾企杜高名不及，汝追枚馬涕何從。」（《七夕邊馬二憲使許過繁臺別業不成輒用七字句述我志懷二十韻》）可見，李夢陽所推崇的，乃是曹植、李白、杜甫、高適等建安、盛唐詩人。這些詩人的作品，也就是他所認為的作詩的規矩，只有效法這些有成就的詩人，才能依規矩然後成方圓，否則，便是旁門左道、變詐之兵。李夢陽的這種理

論，到了正德後期他與何景明進行的一場詩歌創作大論戰時，又進一步加以強化與發揮。從而也更加走向極端化。他說什麼：「規矩者，法也。僕之尺尺而寸寸之者，固法也。……規矩者，方圓之自也。即欲捨之，烏乎捨？」（《駁何氏論文書》）甚至十分荒謬地將作詩與臨帖當作一回事，說：「夫文與字一也。今人模臨古帖，即太似不嫌，反曰能書；何獨至於文，而欲自立一門戶邪？」（《再與何氏書》）直到晚年，李夢陽還念念不忘那一段輝煌的復古的歷史，他說：「僕少壯時，振翮雲路，嘗周旋鵷鷺之末。謂學不的古，苦心無益；又謂文必有法式，然後中諧音度。」（《答周子書》）雖然在生命的最後幾年，李夢陽終於認識到：「予之詩，非真也。」「每自欲改之以求其真，然今老矣！」（《弘德集自序》）可時間來不及了。李夢陽在明代詩壇上，最終只留下一個「塑謫仙而畫少陵」（謝榛語）、「高處是古人影子」（何景明語）的復古旗手的形象。

當我們對李夢陽的復古思想進行了一番粗略的巡閱之後，不妨再來考察一下他在詩歌創作方面所存在的擬古傾向。四庫本《空同集》收李夢陽各體詩計兩千一百五十餘首，其中有大量的擬古之作，而這些擬古之作大致上又可分為兩種類型：一種是有意識地擬古，亦即某些低劣地仿傚和拼湊古作的贗品；另一種則是無意識地擬古，亦即在某些詩作中不自覺地搬用古人成貨，從而寫出那種不好不壞的圓熟之作。聯繫到李夢陽倡言復古的文學主張來看，前者是其致命傷，後者是其後遺症。

我們先看第一種情況。其《豔歌行》一詩，早已被人分析、批評，此不贅述。這裡，不妨順手再拈二例：如其《石城樂》一詩：「盈盈窈窕女，當門是誰家？十三學畫眉，十五擅琵琶。邑中有盧家，此女名莫愁。向前問此女，女聞雙淚流。二十嫁夫郎，重門阿閣房。臨窗種桐樹，五年如身長。自渠下揚州，置妾守空樓。悔不快剪刀，斷水不東流。」再如其《雜詩六首》之一：「煜煜雲中電，流光西北馳。僕夫夙嚴駕，吾欲遠遊之。出門履微霜，四顧何茫茫。豺狼當路遶，鷗鶪薄雲翔。改轍理方舟，欲逝川無梁。俯仰歲將宴，愴側涕沾裳。」如此種種，不一而足。從樂府民歌到文人之作，從立意布局到遣詞造句，模擬痕跡宛然，有的簡直就是對古人詩作的拆洗組裝。李夢陽還有些擬古詩，甚至比古詩還要古，如：「於鑠是興，皇用錫祉。苞有八業，侯茂侯採。」（《甘露》章一）

我們再看第二種情況。為了說明問題，不妨作一點簡單的排比。李夢陽

《吹臺春日懷古》：「百年懷古一登臺」。「白頭吟望黃鸝暮」。（杜甫《登高》：「百年多病獨登臺。」《秋興》：「白頭吟望苦低垂。」）李夢陽《林良畫兩角鷹歌》：「迥如愁胡睎欲裂」，「草間妖鳥盡擊死，萬里晴空灑毛血」。（杜甫《畫鷹》：「側目似愁胡」，「何當擊凡鳥，毛血灑平蕪」。）李夢陽《石將軍戰場歌》：「追北歸來血洗刀」。（杜甫《悲陳陶》：「群胡歸來血洗箭」。）李夢陽《出塞》：「弓箭行人各在腰」。（杜甫《兵車行》：「行人弓箭各在腰」。）李夢陽《天馬》：「天馬從西來」，「瘦骼突礁兀」，「猶能肆橫行」。（杜甫《房兵曹胡馬詩》：「胡馬大宛名，鋒棱瘦骨成」，「萬里可橫行」。）李夢陽《秋夜徐編修宅宴別醉歌》：「徐郎三杯拂劍且莫舞」。（杜甫《短歌行贈王郎司直》：「王郎酒酣拔劍斫地歌莫哀」。）夠了！李夢陽對盛唐詩歌讀得太熟了，尤其是老杜詩歌，恐怕能夠倒背如流哩！李夢陽曾贈詩稱讚一位後學之輩：「杜甫遺詩人罕全，鮑生記之將及千。」（《徒步東門行贈鮑激》）可見他對熟讀杜詩的重視。而他自己寫起詩來，少陵、太白們便老是在冥冥之中向他發出詩魂的召喚，以至他動手輒李、開口即杜。有時甚至不止於搬運詞句，而是整首地套用。如《別李生》：「華也南來送我行，青絲挈酒玉壺輕。滕王閣下江千尺，一曲滄浪萬古情。」這樣一首明代的「李白」詩，不知唐代的李白聽了當作何感想。

上述兩種情況，雖有「自覺」與「不自覺」之分，但根源卻都是來於李夢陽的復古思想。這種思想，導致了他吞剝古人的習慣，使得他這位本來很有才氣的詩人終究未能在學習古人的基礎上超越古人而自成一家，從而寫出真正屬於李空同的千古名篇。他沒能在詩國的長河中披沙揀金，完成自我；卻給自己套上了鍍金的鎖鏈，臣服於人。說到底，李夢陽是沒能超越自我、戰勝自我。

然而，李夢陽畢竟生活在政治、經濟、軍事等各方面都已走下坡路的明中葉，生活在那一個北蒙屢侵、內患迭起、奸宦當道的時代。而他本人又以剛直名世，不畏權豪、敢於直諫，曾幾番下獄、數次罷官。晚年十幾個春秋的家居生活，他仍然時時不忘國事、寸心猶憶朝廷。於呼鷹走馬、醉酒悲歌的同時，他還親身參加過一點農業勞動。天災之年，他也有著與農夫們一樣的焦燥與擔憂。這一切，足以使李夢陽的詩作只須從古人那裡討形式，而無須討內容。況且，李夢陽原本是一個很有才華的詩人，才氣縱橫，文名早負。他自己曾說：「十五飛觚翰，冠年志典刑。」（《冬野觀射三十四韻》）就連他能以

低微的出身而聯姻於宗人府儀賓的左氏，也是由於其岳父左夢麟看中了「李氏子才」，才將女兒「竟婚李氏」的（李夢陽《亡妻左氏墓誌銘》）。他二十歲時赴陝西鄉試，提學楊一清一見而「大奇之，補為弟子員」，從而「舉陝西鄉試第一」（徐縉《空同李公墓表》）。上述種種原因，使李夢陽的某些詩作內容充實、豪氣縱橫，在明中葉詩壇如異軍突起，很快就產生了較大的影響。其古體詩，尤其是一些七古長篇，堪稱跌宕雄豪、才富力健；其近體詩，尤其是一些七言律詩，也顯得開合有法、沉鬱頓挫。試舉幾個片斷為例。其七古詩句如：「百騎橫矛血提刀，我軍菜色馬蝟毛。誰謂河廣不容舠，北旗獵獵風黃蒿。」（《歲暮四篇》其二）「爾時射策黃金闕，三百人中最英發。驊騮舉足狹萬里，便欲登天攬日月。」（《東園翁歌》）「去年穿塹長城裏，萬人齊出千人死。陸海無毛殺氣蒸，五月零冰凍河水。」（《再贈陳子》）「黃雲橫天海氣惡，前飛鷙鵰後叫鶴。陰風夜撼醫巫閭，曉來雪片如手落。」（《送李中丞赴鎮》）「彎弓西射白龍堆，歸來洗刀青海頭。崑崙沙磧不入眼，拂袂乃作東南遊。」（《戲作放歌寄別吳子》）「黃風北來雲氣惡，雲州健兒夜吹角。將軍按劍坐待曙，紇干山搖月半落。」（《送李帥之雲中》）「豫章城樓饑啄烏，黃狐跳踉追赤狐。北風北來江怒湧，土兵攫人人叫呼。」（《土兵行》）我們再看他的幾首七言律詩：「宋家行殿此山頭，千載來人水一丘。到眼黃篙元玉砌，傷心錦纜有漁舟。金繒社稷和戎日，花石君臣棄國秋。漫倚南雲望南土，古今龍戰是中州。」（《艮嶽篇》）「黃河水繞漢宮牆，河上秋風雁幾行。客子過壕追野馬，將軍弢箭射天狼。黃塵古渡迷飛輓，白日橫空冷戰場。聞道朔方多勇略，只今誰是郭汾陽。」（《秋望》）「咸東天險設重關，閃日旌旗虎豹閒。隘地黃河吞渭水，炎天白雪壓秦山。舊京想像千官入，餘恨逡巡六國還。滿眼非無棄繻者，寄言軍吏莫嗔顏。」（《潼關》）這些作品，正可以視為李夢陽推崇所謂「高格」、「正格」而產生的結果。李夢陽這些高格調的作品，曾被明代中後期的一些詩人們所肯定。「前七子」之一的王廷相謂之「以雄渾為神樞」，「後七子」領袖王世貞謂之「才氣高雄、風骨遒利」，「後七子」之一的吳國倫謂之「縱橫跌宕」，明末詩人陳子龍謂之「才氣沉雄」。（均引自《明詩綜》卷二十九）與李夢陽同時的詩人顧璘則將李夢陽、何景明、徐禎卿三人詩作進行比較，得出如下結論：「弘治間詩學始盛，獻吉、仲默、昌穀各有所長，李氣雄、何才逸、徐情深，皆準則古人，鍛琢成體。」（《明詩綜》卷三十一）這個評價，是比較切合實際的。以摹古的形式來反映現實、抒發感情，正是李夢陽詩歌的基本

特點。李夢陽所服膺者，乃是建安風骨和盛唐氣象，因此，在他的詩作中幾乎看不到那種浮豔、孱弱、輕佻、油滑的東西。憑藉著那麼一種超乎尋常的高格調，李夢陽崛起於明中葉詩壇而雄視海內。但是，他之所以能夠立起來，乃是由於三曹七子們骨骼的支撐；他之所以能夠放光采，乃是因為少陵大白們餘輝的映照。以古人高格傳自家赤心，李夢陽的成功在此，失敗也在此；長處在此，短處亦在此；他被人推崇的原因在此，被人攻擊的癥結恰恰亦在乎此。

綜上所述，李夢陽之崛起於明中葉詩壇，並以倡復古學為己任，實在是多方面因素之所致。需要指出的是：當時如果沒有出現一個李夢陽，也會有邊夢陽、何夢陽、康夢陽站出來大聲疾呼的。為什麼？中國詩歌發展到唐，已臻極致，宋人另闢蹊徑，以理趣爭衡於盛唐氣象，已是在險峻的山路上顛簸；金、元兩代，更流於夾縫之間的掙扎。明人何以為詩？別開天地？力量不足、火候不到；順坡下滑？又不甘心情願。路倒是有一條：返於古，宗唐法杜，向著詩國的高峰靠攏。洪武詩人可謂群星燦爛，但弄來弄去，垂照後人的卻是以林鴻、高棅為代表的「閩中詩派」。高棅所選《唐詩品匯》，「《明史·文苑傳》謂終明之世，館閣以此書為宗。闕後李夢陽、何景明等摹擬盛唐，名為崛起，其胚胎實兆於此」（《四庫全書總目·唐詩品匯提要》）。復古，是沒有辦法的辦法，大概也可算作一種權宜之計吧。但這麼一「權宜」，竟至「權」了兩百餘年，使「復古」成為明代詩壇貫串始終的一大特色和論爭焦點。明代，是我國詩歌史上流派眾多的一個朝代，但卻沒有能夠產生一位第一流的詩人。這種文學現象說明了什麼？說明了明代詩人們正在進行著艱苦的、各個不同方面的探索。而這種探索過程中所出現的停滯、彷徨、迷茫乃至走回頭路的現象，恰恰標誌著有明一代乃是我國詩歌發展史上的一個充滿曲折和矛盾的過渡時期。造成這麼一種局面，能由某一個詩人來負完全責任嗎？不能！這是為當時詩歌發展自身運行的趨勢和內在調節的規律所決定的。它帶有一種歷史的必然性。

明代詩壇的現狀造就了李夢陽，李夢陽也給明代詩壇的發展以極大的影響，而這位空同先生對明代詩壇的反作用力又是功過並存的。

首先，李夢陽之所作為，是對由「臺閣體」與「茶陵派」所造成的詩壇百年沉悶局面的有力衝擊，從而把明詩導致一個以古人高格調為楷模但畢竟比較活躍的境地。當臺閣大臣們把明詩引向絕路，詩壇上籠罩著一層令人窒息

的凝滯、板重的空氣之時，亟需有人起來提出相反的意見，甚至是矯枉過正的口號。需要以騷動、喧鬧來打破那四平八穩的僵局，李夢陽正是率先擔當了這麼一個角色。他這樣幹，自然會有弊端，也自然會遭到後世一部分人的反對和攻擊。但如果他不這樣幹，讓明詩照舊地「溫文爾雅」下去，恐怕前景更為不佳。假若不看到這一點，而是脫離從永樂到弘治間的詩壇狀況，孤立、靜止地評價李夢陽的文學活動，當然可以持否定態度，甚至一筆抹倒。明末清初的錢謙益正是這樣看待李夢陽的，因此，他對李夢陽一再貶斥、諷刺挖苦，乃至破口大罵。其實，在錢氏或前或後的另外一些詩人，有不少對李夢陽的評語，似乎比錢氏要中肯和客觀一些。李夢陽同時人顧璘嘗言：「獻吉詩卓爾不群，或失則粗，矯枉之偏，不得不然。」（引自《明詩綜》卷二十九）明代後期的王王稺登也說：「李君之詩，撥亂反正之力多，粉飾太平之事少。」（同上）而明末的陳子龍則站在更高的層次上說：「夫詩衰於宋，而明興尚沿餘習。北地（李夢陽）信陽（何景明）力返風雅，……其功不可掩，其宗尚不可非也。」（《彷彿樓詩稿序》）清代的朱彝尊也聯繫當時詩壇現狀評價道：「成弘間詩道傍落，雜而多端，臺閣諸公，白草黃茅，紛蕪靡蔓。……北地一呼，豪傑四應。……霞蔚雲蒸，忽焉丕變，嗚呼盛哉。」（《靜志居詩話》）清代另一位詩人沈德潛的看法也大致如此：「永樂以還，體崇臺閣，骫骳不振。弘正之間，獻吉、仲默力追雅音，廷實、昌穀左右驂靳，古風未墜。」（《明詩別裁集序》）

其次，就李夢陽倡言復古的主觀願望和客觀效果而言，實際上在明代詩壇造成了一種蜿蜒行進著的矛盾的鏈狀反映。李夢陽主觀上企圖通過高格調的標榜來反對三楊之膚廓與長沙之萎弱，但他並沒有充分建構真正屬於自己的理論體系，只是自覺不自覺地繼承了明初詩壇的復古之風，借助古人的力量來打破沉悶的僵局，這種做法，實際上已經蘊含著它本身必然失敗的因子。正如同服用副作用較大的藥物一樣，雖能暫時治療一種疾病，卻又導致或加深了另一種病症。當他這種以枉攻枉的做法愈演愈烈、尤其是形成了一股潮流、一種風氣之後，其弊端、流毒便愈益明顯。誠如《四庫全書總目·明詩綜提要》所言：「正德、嘉靖、隆慶之間，李夢陽、何景明等崛起於前，李攀龍、王世貞等奮發於後，以復古之說遞相唱和，導天下無讀唐以後書，天下響應，文體一新，七子之名，遂竟奪長沙之壇坫。漸久而摹擬剽竊，百弊俱生。」的確給中晚明詩風以不良影響。但是，與這種不良影響同時產生的便是關於要

不要復古以及怎樣學習古人的曠日持久的激烈爭執，而這種一直延續到清初的大爭鳴局面，本身又未嘗不是一件好事。中國詩歌發展到元明兩代與清初，已十分痛苦地遭受到通俗文學的猛烈衝擊，傳統詩歌如何繼續發展，是到了該進行理論大總結的時候了。不塞不流，彷徨、思辨，是繼續前進、走向新的境界的先兆。事實上，不少精闢的詩學見解正是湧現於這場大論戰之中，而這場大論戰又給清代的詩歌理論與創作實踐以直接、巨大的影響。在這場大論戰中，對李夢陽的所作所為，無論是持贊成態度者，還是持反對態度者，抑或是半贊成、半反對者，都不約而同地將他當成爭議的對象甚至焦點。人們往往通過對李夢陽為首的復古派的毀、譽、褒、貶，正面闡述各自的詩歌主張。從這個意義上講，他們都很重視李夢陽。而這種「重視」本身，又恰恰證明了李夢陽對明代詩壇的影響是功中有過、過中有功的。

再次，就整個明代詩歌發展的軌跡來看，正好可以借用元曲家喬吉論製曲法的一個比喻：「作樂府亦有法，曰鳳頭、豬肚、豹尾六字是也。大概起要美麗，中要浩蕩，結要響亮。」（陶宗儀《輟耕錄》卷八引）洪武詩星，正是明詩一個美麗的「鳳頭」，自「臺閣體」直至「竟陵派」，則是明詩一個浩蕩的「豬肚」，而明末愛國詩人們的光輝詩作，無異於是明詩一個響亮的「豹尾」。值得注意的是，在這三大段中，詩人們都與「復古」二字脫不了干係。「鳳頭」中之復古傾向，已如上述。在中間這個時間最長的浩蕩「豬肚」之中，乃是以不斷地否定為其特色的。「茶陵派」不滿於「臺閣體」之膚廓，而七子們則連臺閣之膚廓與茶陵之萎弱一併反對，「公安派」以獨抒性靈來否定七子們的模擬之習，「竟陵派」又以幽深孤峭來修正三袁們的淺率之風。在這一不斷否定的過程中，李夢陽的地位是十分突出的。他否定別人最為著力、偏執，而他自己所遭到的否定也最為激烈、尖銳。從本質上看，明代詩壇顛來倒去的論爭焦點集中在復古與反復古的問題上，而李夢陽毫無疑問正是復古勢力的領袖人物和中堅分子。對明初詩人的復古傾向而言，他是總大成且率先推向極端的主將；對明代後期的復古與反復古的鬥爭而言，他又是一面旗幟或一個箭靶。再者，終明一代，在復古與反復古的抗爭中，從理論上講，公安、竟陵二派的主張的確比復古派進步得多，但在詩作實踐方面，占上風的其實是復古派。三袁、鍾、譚實際上還不具備真正實踐他們各自詩歌理論的能力。或者說，他們一些很好的詩學見解在實踐過程中卻弄變了樣。他們只給後人留下寶貴的理論遺產，並不能代表明詩創作的主流。相反，終明一代，復古派

的勢力是過於強大了，就是在那響亮的「豹尾」之中，我們仍可不時聽到復古派叫呼聲的迴響。陳子龍「力闢榛蕪，上追先哲，厥功甚偉。而責備無已者，謂仍不離七子面目」（《明詩別裁集·陳子龍小傳》）。顧炎武、夏完淳等也都有不少擬古之作。不過因為明末動盪的政治風雲和激烈的民族鬥爭，使這些作家現實主義精神的光輝掩蓋了他們復古的瑕疵而已。但在「以古人之高格寫自家之赤心」這一點上，他們不是也與李空同相差無幾嗎？

總之，有明代那麼一種詩歌發展的定勢，然後才有這麼一個李夢陽：而這麼一個李夢陽，又在明代詩壇上作出了他影響至大的表現。這大概就是復古派中堅李夢陽與以復古為總體傾向的明代詩壇的基本關係吧。對這麼一個李空同、以及以他為首的復古派，簡單否定恐怕不妥，而將其置於那特定的歷史階段中加以考察、分析，倒不妨一試。至於結論，各人之所得盡可大不相同。

（原載《湖北師範學院學報》1991 年第二期）

李夢陽何景明詩論詩風比較談

　　如果我們要從整體上研究明代詩歌，似乎難以繞開「復古派」。談到「復古派」，「前七子」的兩大領袖李夢陽、何景明又首當其衝。然而，我們過去對他們的研究實在過於薄弱，文學史中往往一筆帶過，專題論文更寥若晨星。為此，本文試圖對明中期復古思潮的興起，李、何二人之交往、友情，李、何詩歌理論上的分歧，李、何各自的擁護者，以及李、何各自詩歌寫作的主要特色等問題，作一點初步的探究，以就正於方家、同好。

一、明弘治後期復古思潮的興起

　　談到「前七子」，人們通常李、何並稱，似乎明代中葉詩壇的復古浪潮是由他們二人同時掀起的，其實不盡然。

　　李贄云：「弘治初，北地李夢陽始為古文詞，變宋、元之習，文稱左、遷，賦尚屈、宋，古詩體尚漢、魏，近律則法李、杜，學士大夫翕然從之。」（《續藏書》卷二十八）這話基本不錯，但不十分準確，問題在「弘治初」三個字。李夢陽雖在弘治六年成進士，但就在當年八月，其母高慧卒，李夢陽未及授官而丁母憂，因其父李正當時任周府封邱王教授，早在成化十八年（1482）就帶著李夢陽兄弟舉家居開封，故李夢陽歸開封守制。不料弘治八年，夢陽父李正又卒，父母連喪，李夢陽歸原籍慶陽守孝，具體地點在離慶陽北城樓不遠的華池。李夢陽自己說：「余如華池，在弘治乙卯年焉。居蓋三年云。」（李夢陽《華池雜記》）直到弘治十一年（1498），李夢陽才服滿除官，「拜戶部主事，居京師。」（李夢陽《封宜人亡妻左氏墓誌銘》）由此可見，從弘治六年到弘治十一年的五年多時間裏，李夢陽分別居於開封、慶陽守制，不可能

在京中發起什麼「學士大夫翕然從之」的復古活動。這場復古活動真正的發起時間不在「弘治初」，而在「弘治中期」，說準確一點，當在弘治十二年（1499）左右。據錢謙益所言，喬宇嘗「與李獻吉、王伯安切摩為古文」。（《列朝詩集小傳》）喬宇比李夢陽資格還老，且不論。王伯安即王守仁，乃弘治十二年進士，除刑部主事，「在部署，與李空同諸人遊，刻意為詞章」。（同上）可知復古之事，不可能早於弘治十二年。此外，又有杭淮，亦弘治十二年進士，與其兄杭濟均「與李空同結社」。（同上）而弘治九年的進士邊貢加入這一行列時，李夢陽已儼然領袖了。「時獻吉主盟，群英為輔，君其一也。」（朱彝尊《明詩綜》卷三十一）

何景明乃弘治十五年（1502）進士，當他從河南進京應試時，李夢陽已頗具影響。「孟望之云：是時關中李獻吉、濟南邊廷實（貢），以詩文雄視都邑。何君往造，語合，乃力變之古。」（同上，卷三十）孟望之即孟洋，乃何景明姐丈（或云妹夫），何景明卒後，又為何氏作墓誌銘，其言當可信。黃宗羲也說過：「自空同出，突然以扶衰起弊為己任，汝南何景明起而應之，其說大行。」（《南雷文約》卷四）

由此可見，「前七子」的復古活動，於弘治十二年左右由李夢陽等人發起，至弘治十五年何景明起而應之，聲勢愈大，由此到弘治、正德之交，又有康海、王廷相、王九思、徐禎卿、顧璘、孟洋、陸淵、朱應登、陳沂、鄭善夫等先後參與唱和或結社，並在此基礎上，產生了所謂「前七子」，即：「北郡李夢陽、信陽何景明、武功康海、鄠杜王九思、吳郡徐禎卿、儀封王廷相、濟南邊貢也。」（《列朝詩集小傳》）從而形成了「弘治間作者倡復古學，同調六、七人，李、何實為之長」的局面。」（朱彝尊《靜志居詩話》）

二、李、何二人之交往和友情

李夢陽、何景明雖年齡相隔十歲，但文學觀念上的同氣相求將他們聯在一起了。史載：「李夢陽、何景明倡言復古，文自西京、詩自中唐而下，一切吐棄。」（《明史·文苑傳序》）就個人關係而言，李、何二人也曾達到推心置腹、親密無間的地步。正德元年，何景明奉命出使西南一帶，李夢陽作詩送行。分別不過數月時間，李夢陽又一再作詩表示掛念。如：「向南沖瘴癘，藥物去曾攜。」（《得何子過湖南消息》）「去已窮滇海，歸應滯嶽城。」（《憶何子》）「川原一回首，雲日其徘徊。」（《何子至自滇》）表達了朋友之間的深情

厚誼。不久，李夢陽因反對劉瑾而被罷官，潛居開封。正德三年，又被劉瑾從開封抓到京城，繫之獄中。當時，剛剛棄官不做的何景明即向夢陽致以問候，李夢陽隨即作《答何子問訊三首》，發出了同命相憐、同仇敵愾的感歎：「伊汝投簪日，憐余冒網羅。江湖鴻雁絕，道路虎狼多。」（其一）「日暮千行淚，天寒一雁來。亦知張季子，不為食鱸回」。（其二）「弱冠真憐汝，投閒更可哀。」（其三）二人雖不能見面，但書信往來卻已訴盡朋友間的衷情。正德六年，李夢陽起為江西提學副使，由開封赴江西，在離信陽還有九十里地的明港驛，就寫信通知何景明：「久擬申城醉，香醪語爾沽」。（《阻雨明港寄何子二首》其二）要到老朋友家中討一杯酒吃。及至見面之後，隨即又得分手，兩人百感交集，李夢陽當即寫下《申州贈何子》一詩，表達了分別數年的思念之情和隨即分手的無比惆悵：「翩翩雙黃鵠，凌風各將去。哀鳴歧路側，一步一回顧。何異同心子，失散在中路。別君倏五載，我髮忽已素。今逢不須臾，趨駕一何遽。臨分但踟躕，道語不及故。山川何悠悠，白日奄欲暮。努力愛玉體，慰我長思慕！」正德九年，李夢陽在江西因種種原因被羈廣信（今上饒）獄時，又一連寫了兩封信給何景明，信中說：「自僕罹此難，友朋多不復通書問，結交在急難，徒好亦何蓋？僕交遊偏四海矣，赤心朋友惟世恩、德涵與仲默耳！」（《與何子書二首》其二）何景明收信後，隨即寫下《得獻吉江西書》一詩：「近得潯陽江上書，遙思李白更愁予。天邊魍魎窺人過，日暮黿鼉傍客居。鼓柁襄江應未得，買田陽羨定何如。他年淮水能相訪，桐柏山中共結廬。」一個把對方當作赤心朋友，一個將對方視為曠世知音。此後，兩人還在開封見過一面，然時間極為短促。李夢陽有《贈何舍人》一詩，謂：「朝逢康王城，暮送大堤口。相對無一言，含淒各分手。」真有點「相見時難別亦難」的情味。

然而，誰能料到，這對「含淒各分手」的老朋友，居然在詩歌理論問題上真正分道揚鑣、乃至發展到相互詆毀的地步呢？

三、李、何關於詩歌理論的爭執

錢謙益云：「仲默初與獻吉創復古學，名成之後，互相詆諆，兩家堅壘，屹不相下。」（《列朝詩集小傳》）

李、何之爭發生在正德後期，論爭由李夢陽首先挑起。他寫了一封信給何景明（原書今不存），大意是批評何氏作詩有乖先法。何景明即寫下《與李

空同論詩書》予以答辯，書中首先指出：「追昔為詩，空同子刻意古範，鑄形宿鏌，而獨守尺寸。僕則欲富於材積，領會神情，臨景構結，不仿形跡。」尖銳地提出二人雖皆由學古入手而為詩，但夢陽僅得其形貌，獨守尺寸、一意摹仿；而何氏自己則重在領會神情，希望學古而又有所變通。接著，何景明又對古人詩、李夢陽詩與自己的詩進行了大段的比較、分析之後說：「今為詩不推類極變，開其未發，泥其擬議之跡，以成神聖之功，徒敘其已陳，修飾成文，稍離舊本，便自杌隉。如小兒倚物能行，獨趨顛仆。雖由此即曹、劉，即阮、陸，即李、杜，且何以益於道化也？佛有筏喻，言捨筏則達岸矣，達岸則捨筏矣。」進一步提出李夢陽依規矩過甚，看不到事物的發展，離開規矩，便要摔跤。同時又指出古人成法，只能作為後人到達彼岸的工具，要想真正到達彼岸，則應及時捨棄這個工具。否則，永據於筏，將永遠不能達於彼岸。這正是李、何二人詩論的最大分歧之處。摹擬古人，到底是手段，還是目的？顯然，在這裡何景明是對的。最後，何景明又明確提出：「今空同之才，足以命世，其志金石可斷，又有超代軼俗之見。自僕遊從，獲睹作述，今且十餘年來矣。其高者不能外前人也，（此句依夢陽《駁何氏論文書》中所引，作「高處是古人影子耳」，或為夢陽故將何氏語強化，或為景明最後編集時所修改）下焉者已踐近代矣。自創一堂室，開一戶牖，成一家之言，以傳不朽者，非空同撰焉，誰也？」這段話的確擊中了夢陽的要害，也符合夢陽大半輩子詩歌寫作的實際。李夢陽並非無才，但他卻固執地抱住古人成法不放，其結果，取法其上，得乎其中，終未能自成一家。何景明在這裡從正面提出「自成一家」的要求，在理論上無疑是正確的。何氏自己的詩作雖不盡符合此要求，但這種認識本身，應當看作是對「前七子」擬古理論的一種自我反省和修正。

　　李夢陽收何氏信後，一連幾信予以詰難。在《駁何氏論文書》中，他態度強橫，首先對何氏說他「高處是古人影子」，要他「自築一堂奧、開一戶牖」的話大為不滿，並諷刺說：「此非仲默之言，短僕而謏仲默者之言也。」又宣稱：「規矩者，法也。僕之尺尺而寸寸之者，固法也。』『規矩者，方圓之自也。即欲捨之，烏乎捨？子試築一堂、開一戶，措規矩而能之乎？措規矩而能之，必並方圓而遺之可矣，何有於法？何有於規矩？」這種話，很有些強詞奪理。何景明的意思，並非不要規矩，而是在達到一定的境地之後，再捨棄規矩而自成一家，猶如捨筏而登岸。李夢陽並非不明白這層意思，卻反過

來說自築一堂難道不要規矩嗎？這在邏輯上是偷換論題的做法。尤為荒謬的是，李夢陽在《再與何子書》中，竟至以臨模書帖為例而言作詩的道理：「夫文與字一也，今人模臨古帖，即太似不嫌，反曰能書。何獨至於文，而欲自立一門戶邪？」這簡直是信口雌黃了。從中，也暴露了夢陽所謂「法」、所謂「規矩」，不過是臨模的代名詞罷了。把話說到這種地步，如此極端、如此偏激，簡直無法辯論下去，無怪乎何景明只好罷戰了。

四、李、何二人各自的擁護者

對於李、何之爭，「末五子」之一的胡應麟似有左右調和之意，他說：「今人因獻吉祖襲杜詩，輒假仲默捨筏之說，動以牛後雞口為辭。……古今影子之說，以獻吉多用杜成語，故有此規，自是藥石。非欲其盡棄根源，別安面目也。」（《詩藪續編》卷一）何景明作為復古派的領袖之一，當然不可能盡棄根源、別安面目。但是，何氏在後期對復古的認識，至少與李夢陽有兩大相異之處：其一，學古是由領會神情入手，還是獨守尺寸？其二，學古之後，要不要有所創造，力爭自成一家？在這兩個問題上，何景明顯然比李夢陽要高明得多。李、何之爭，在明清的一些詩人中引起不同的反響，從中，也可看出何氏的理論容易為後人所接受、發揚。而李氏的過激言辭，卻易引起某些不良後果。

謝榛認為：「詩無神氣，猶繪日月而無光彩。學李、杜者，勿執於句字之間，當率意熟讀，久而得之，此提魂攝魄之法也。」「歷觀十四家（指王勃、楊炯、盧照鄰、駱賓王、陳子昂、沈佺期、杜審言、宋之問、孟浩然、王維、高適、岑參、李白、杜甫）所作，咸可為法。當選其諸集中之最佳者，錄成一帙，熟讀之以奪神氣，歌詠之以求聲調，玩味之以裒精華。得此三要，則造乎渾淪，不必塑謫仙而畫少陵也。」（《詩家直說》）王世貞也說過：「吾輩篇什既富，又須窮態極變，光景常新。」（《與徐子與書》）屠隆也說：「愚意作者必取材於經史而溶意於心神，借聲於周漢而命辭於今日，不必字字而琢之，句句而擬之。」（《文治》）這些言論，大致可認作是對何景明「領會神情」、「捨筏達岸」的觀點的認同與發揮。就是在「公安派」的理論中，也可隱約看到何景明的影響。至於清代「神韻說」的鼓動者王士禎，則更以詩歌的形式對何景明的「領會神情」式的「妙悟」大加讚揚：「接跡風人明月篇，何郎妙悟本從天。王楊盧駱當時體，莫逐刀圭誤後賢。」（《戲仿元遺山論詩絕句》）

　　與何氏相反，李夢陽的影響則不甚佳。「後七子」領袖李攀龍，「於本朝獨推李夢陽」。（《明史・李攀龍傳》）主張「視古修辭，寧失諸理」。（《送王元美序》）甚至提出：「於法，不必有所增損，而能縱其夙援，神解於法之表，句得而為篇，篇得而為句，即所稱古作者。」（《與王元美書》）這種完全繼承李夢陽主張的極端復古理論，導致李攀龍本人創作上的嚴重缺陷，「所擬樂府或更古數字為已作」。（《明史・李攀龍傳》）七律「用字多同，十篇而外，不耐多讀」。（引自《明詩綜》卷四十六）

　　總之，無論是就李、何二人論爭的觀點本身而言，還是就他們各自觀點對後世的影響而論，都可說是何優於李。《明史・何景明傳》云：「夢陽主模仿，景明則主創造。」可謂一語中的。但必須是將他們二人放在一起比較、尤其是共同置於復古的大前提下，方能作如是觀。

五、李、何詩作所共有的擬古傾向

　　顧璘嘗言：「弘治間詩學始盛，獻吉、仲默、昌穀各有所長，李氣雄、何才逸、徐情深，皆準則古人，鍛琢成體。」（引自朱彝尊《明詩綜》卷三十一）

　　顧璘是與「前七子」倡和結社的好朋友，他這段話可謂切中肯綮、符合實際。這裡，既指出了李夢陽、何景明、徐禎卿各自詩作的基本特色，又指出他們的共同之處：「準則古人，鍛琢成體」。可以這麼說：李、何二人在詩歌寫作上的共同傾向正在於不同程度地模擬古人，尤其是模擬六朝、盛唐諸大家。明清兩代的某些詩人，在談到李、何詩作的來源時，都明確地指出了這一點。

　　先看人們對李夢陽的評價。王廷相云：「獻吉遊精於秦漢，割正於六朝。」（同上，卷二十九）楊慎云：「空同以復古鳴弘、德間，觀其樂府，幽秀古豔，有鐃歌童謠之風。其古詩緣情綺靡，有徐、庾、顏、謝之韻。」（同上）陳子龍雲：「其詩漢魏以至開元，各體見長。」（同上）孫枝蔚云：「先生五言古詩，本於陸、謝，句中皆有筋骨。」（同上）朱彝尊云：「惟七古及近體專仿少陵，七絕則學供奉，蓋多師以為師者。」（《靜志居詩話》）

　　再看人們對何景明的評價。王廷相云：「仲默侵風匹雅，歆騷儷選，邇追漢魏，俯視六朝，溫醇典雅。豐容色澤，靡不備舉；規治古調，無所不及。」（引自《明詩綜》卷三十）樊鵬云：「古詩擬曹劉，賦尚屈宋。」（同上）胡應

麟云：「就仲默言，古詩全法漢魏，歌行短篇法杜，長篇王、楊四子，五七言律法杜之宏麗，而兼取王、岑、高、李之神秀，卒於自成一家，冠冕當代。」（《詩藪續編》卷一）孫枝蔚云：「大復五言，句琢字煉。長歌滔滔洪遠，又復清爽絕倫。五律全法右丞，清和雅正。七律自少陵以外，無所不擬。絕句獨不摹盛唐，秀峻莫比。」（引自《明詩綜》卷三十）

以上這些評價，雖有許多對李、何詩作的讚譽之辭，但終離不開「法」、「仿」、「擬」、「學」字樣，這就標明了李、何詩歌儘管各有特色，但均未能衝出前人樊籬。當然，由於李、何二人在詩歌理論上的分歧，因而在同是取法古人的前提下，二人程度有所不同。李夢陽模擬古人往往十分明顯、痕跡宛然，而何景明則經過一定的融匯、不太外露。

若將李、何詩歌放在一起比較，我們又可發現他們兩人各有所長短、各具其特色。就其所擅長的詩體來看，古體詩李勝過何、近體詩何優於李。就其整體風格來看，李氏以骨力勝，充滿雄豪之氣；何氏則以神韻超，多具深婉之情。下面，分而述之。

六、李夢陽何景明詩歌特徵異同

李夢陽最擅長七言古詩，其中有不少佳作好句。我們不妨略舉幾個片斷，以見一斑。

「豫章城樓饑啄烏，黃狐跳踉迫赤狐。北風北來江怒湧，土兵攫人人叫呼。……彭湖翩翩飄白旗，輕舸蔽水陸走車。黃雲卷地春草死，烈火誰分瓦與珠。」（《土兵行》）

「去年賊掠開城縣，黑山血迸單于箭。萬里黃塵哭震天，城門晝閉無人戰。今年下令修築邊，丁夫半死長城前。城南城北秋草白，愁雲日暮鳴胡鞭。」（《朝飲馬送陳子出塞》）

「冬十二月胡馬來，白草颼颼黃雲開。沿邊十城九城閉，賀蘭之山安在哉？……去年穿塹長城裏，萬人齊出千人死。陸海無毛殺氣蒸，五月零冰凍河水。」（《再贈陳子》）

「黃雲橫天海氣惡，前飛鷺鷀後叫鶴。陰風夜撼醫巫閭，曉來雪片如手落。……塞門蕭蕭風馬鳴，長城雪殘春草生。低飛鴻雁胡沙靜，遠遁鯨鯢瀚海清。」（《送李中丞赴鎮》）

「黃風北來雲氣惡，雲州健兒夜吹角。將軍按劍坐待曙，紇干山搖月半

落。槽頭馬鳴士飯飽，昔為完衣今繡襖。沙場緩轡行射雕，秋草滿地單于逃。」（《送李帥之雲中》）

「紫荊關頭畫吹角，殺氣軍聲滿幽朔。胡兒飲馬彰義門，烽火夜照燕山雲。……將軍此時挺戈出，殺敵不異草與蒿。追北歸來血洗刀，白日不動蒼天高。」（《石將軍戰場歌》）

「彎弓西射白龍堆，歸來洗刀青海頭。崑崙沙磧不入眼，拂袂乃作東南遊。」（《戲作放歌寄別吳子》）

從以上這些片斷中，我們已可看到李空同七言古詩的確顯得豪宕縱橫、雄渾遒勁、氣勢磅礴、格調高古。即使在他的近體詩中，也不乏這種雄健可喜的詩句，如：「風霜留檜柏，陰雨見旌旗。」（《朱仙鎮廟》）「日抱扶桑躍，天橫碣石來。」（《鄭生至自泰山》）「黃塵古渡迷飛挽，白日橫空冷戰場。」（《秋望》）「隘地黃河吞渭水，炎天白雪壓秦山。」（《潼關》）

無論是寫作者親眼所見的戰亂，還是送友人出塞；無論是發懷古之幽情，還是在政敵面前表現自己的豪邁氣概。總之，這些詩都顯得那麼才氣縱橫、豪情滿腹。倘若沒有盛唐詩歌，沒有李、杜、高、岑，李夢陽的這些作品，倒也稱得上千古絕唱了。可惜的是，即便在李空同的這些較好的作品中，我們仍可不時看到「古人影子」的晃動。不過，在李夢陽的優秀之作中，也充滿了那些能充分體現北國風光的詞句。這裡有塞外的鹹水枯草、萬里黃塵，有城邊白骨、軍營號角，有縱橫的胡騎、按劍的將軍、冰涼的河水、漫天的雪片，有烈火、有黃雲、有陰風、有沙磧，……總之，它們帶給讀者的是大漠風光、草原氣息，是黃土高原的情調，而決不是南國水鄉那水靈靈的風味。說到這裡，我們應該注意到這位空同先生乃北地所產、且又曾出塞餉軍，這種詩風大概與他的出生地和個人經歷有一定關係吧！

較之李夢陽，何景明的詩作又是一種風味。俊逸、神秀、和朗，以神韻見長，是何大復的特色。我們且看何氏的幾首五言律詩。

「院靜聞疏雨，林高納遠風。秋聲連蟋蟀，寒色上梧桐。短榻孤燈裏，清笳萬井中。天涯未歸客，此夜憶江東。」（《雨夜似清溪》）

「念汝書難達，登樓望欲迷。天寒一雁至，日暮萬行啼。饑饉饒群盜，徵求及寡妻。江湖更搖落，何處可安棲。」（《答望之》）

「逐客滇南郡，雲天此路長。高秋行萬里，落日淚千行。作賦投湘水，題書寄夜郎。殊方氣候異，去矣慎風霜。」（《送曹瑞卿謫尋甸》）

「斷雨懸深壁，餘雷震遠空。蒼林橫落日，碧澗下殘虹。萬井波光靜，千家樹色同。何因共朋好，歸詠舞雩風。」（《雨霽》）

這些詩，寫得是那樣從容不迫而又意味深長。作者將感情埋在心頭，然後像抽絲剝繭般一層一層地寫出，不露聲色、適可而止。尤其是與李夢陽的詩作比較一下，我們似乎從一派喧囂聲中走出來，進入一個寧靜的世界；仿拂在聽過金鐘大鼓的轟鳴之後再來品味絲竹之樂那娓娓不盡的餘音。

如果說，上述幾首詩所寫內容乃友情和風景，容易造成寧靜、悠長的意境的話，那麼，我們不妨再來看何氏的《武關》一詩：

「北轉趨劉壩，西盤出武關。微茫一線路，回合萬重山。天地幾龍戰，風雲惟鳥還。關門鎖溪水，日夜送潺湲。」

像《武關》這種詠懷古戰場的題目，要是讓李空同來放聲高歌，不知又要寫出多少黃雲、風沙、烽煙、戰火、白骨、鮮血、刀光劍影、號角軍聲，而何大復則僅用「微茫一線路，回合萬重山，天地幾龍戰，風雲惟鳥還」二聯，既寫了武關之險要，又抒發了懷古之幽情。而結尾兩句，便很快地將剛剛興起的頗帶雄豪的氣氛沖淡，讓讀者跟隨那緩緩流動的溪水，去慢慢地回思歷史，慢慢地品味詩中的雋永的意味。

何景明很喜歡在詩中呈現出一種幽靜的、帶有冷色調的畫面。如「明朝又下章華路，江月湖煙縮別愁。」（《岳陽》）如「雙井山邊送客時，滿林風雪倍相思。」（《別相餞諸友》）如「江白如練月如洗，醉下煙波千萬里。」（《秋江詞》）如「十二峰頭秋草荒，冷煙寒月過衢塘。」（《竹枝詞》）都體現了一種清冷、淒迷的情味。更典型的還是他的《泊雲陽江頭玩月》一詩：

「扁舟泊沙岸，皓月出翠嶺。開窗鑒清輝，照我孤燭冷。高林散疏光，遠渚接餘景。縱橫銀漢回，三五玉繩耿。彌望幾更易，客行尚殊境。佳期邈山嶽，端坐令人省。」

這樣的詩，真帶有十足的陶、謝、王、孟的風致。那扁舟、皓月、清輝、高林、疏光、遠渚，那縱橫的銀漢、那耿耿的玉繩，所有這些，真令人心曠神怡，仿拂有一隻溫柔的手在輕輕撫摸著你的靈臺，你不要激動，也無須激動，只須靜靜地與作者一起去玩味那月色籠罩下的銀灰色世界。

李夢陽、何景明各自的詩歌，給人的審美感受是絕然不同的。就其主要特色而論，似乎可以這麼說：李夢陽的許多詩，往往通過醒目的物象，給人以強烈的感官刺激。作者讓讀者隨著他的如椽大筆，不斷地更換視線，讓你

自始至終處於一種亢奮的狀態。那廓大的意境、壯美的風物、雄豪的氣概，以及一些充滿陽剛之氣的詞句，使讀者周身熱血沸騰，跟著作者的號呼吶喊之聲，去獲得一種壯美的感受。

何景明的許多詩，則不慌不忙地將讀者帶到作者所描寫的一個個貌似平靜的境界中，讓你在不知不覺中受到感染。那幽遠的意境、秀美的風物、清淡的韻味，以及一些體現陰柔之美的詞句，使讀者閉目養息，跟著作者的吟哦詠歎之聲，去求得一種優美的感受。

對於李、何二家詩作孰為優劣的評價，從明代中葉起就有不同意見。抑李伸何者有之、貶何褒李者有之，謂二人各有千秋者亦自有之。其實，李、何二人各自代表著一種風格，大可不必一定要分出半斤八兩，倒是屠隆的一段評價比較全面、中肯和切合實際：

「空洞雖極力摹古，天才故高，不沒雄渾之氣；大復雖不盡摹古，法度故在，都無纖豔之習，此其所以並傳也。」（引自《明詩綜》卷三十）

（原載《咸寧師專學報》1992 年第一期）

李攀龍與「後七子」

　　明代嘉靖、隆慶年間的詩文流派「後七子」，先後有三位領袖人物——謝榛、李攀龍、王世貞。其中，李、謝兩位都是山東人。因此可以說，「後七子」是一個與山東關係緊密的文學流派。

　　李攀龍（1514～1570），字于鱗，號滄溟，歷城（今山東濟南）人。嘉靖二十三年（1544）進士，官至河南按察使。有《滄溟集》。謝榛（1495～1575），字茂秦，號四溟山人，山東臨清人，布衣終身。有《四溟集》。

　　「後七子」是一個非常講究幫派門戶之見的流派，他們的結社過程異常複雜，一會兒「七子」，一會兒「五子」，有時又只有六人，最後竟「後」、「廣」、「續」、「末」至二十多人。其組成、變化情況大略如下：

　　最初是謝榛、李攀龍、李先芳、吳維岳等結社，當時李先芳「詩名籍甚齊、魯間，先於李于鱗」。嘉靖二十六年，王世貞舉進士，由李先芳介紹加入詩社。嘉靖二十九年，梁有譽、宗臣、徐中行、吳國倫同榜進士，此時，詩社中摒棄李先芳、吳維岳，乃以謝榛、李攀龍、王世貞、徐中行、宗臣、梁有譽為「五子」，實際上是六人，而謝榛「以布衣執牛耳，諸人作五子詩，咸首茂秦，而于鱗次之」。不久，李攀龍之名日盛，謝榛與之論文，頗相鐫責，攀龍遂與謝絕交。王世貞等人均站在李攀龍一邊，排斥謝榛，遂黜謝榛而進吳國倫，又加上南昌余曰德、銅梁張佳胤，「則所謂七子者也」，而實際上又有八人。因此，所謂後七子，實際上是一筆糊塗賬。

　　由是，李攀龍得「操海內文章之柄垂二十年」。至攀龍卒後，王世貞「操文章之柄」又二十年，並寫了《五子篇》，以李、徐、梁、吳、宗為「五子」，又寫了《後五子篇》、《廣五子篇》、《續五子篇》，最後，又弄了個「末五子」。

所謂「後五子」，即余曰德、魏裳、汪道昆、張佳胤、張九一；「廣五子」，乃俞允文、盧柟、李先芳、吳維岳、歐大任；「續五子」，為王道行、石星、黎民表、朱多煃、趙用賢；「末五子」，則仍有趙用賢，外加李維楨、屠隆、魏允中、胡應麟。五個「五子」，實際上只有二十四人。誠所謂「援引同類，咸稱五子」。（以上引文均見錢謙益《列朝詩集小傳》）現在文學史上提及「後七子」，一般認為是指李攀龍、謝榛、王世貞、梁有譽、吳國倫、徐中行、宗臣七人。

後七子在文學理論上與李夢陽、何景明等「前七子」有根本一致的地方，那就是復古，就是崇尚西漢文章盛唐詩。《明史》載李攀龍「持論謂文自西京、詩自天寶而下具無足觀，於本朝獨推李夢陽」。王世貞「持論文必西漢、詩必盛唐，大曆以後書勿讀」。（各見其本傳）在學習古人方面，後七子更強調格調、法式。李攀龍說：「於法，不必有所增損，而能縱其夙援，神解於法之表，句得而為篇，篇得而為句，即所稱古作者。」（《與王元美書》）王世貞也說：「盛唐之於詩也，其氣完，其聲鏗以平，其色麗以雅，其力沉而雄，其言融而無跡。故曰：盛唐其則也。」（《徐汝思詩集序》）當然，正如前七子不是鐵板一塊一樣，後七子在繼承前七子時也是各有所取的。李攀龍堅決擁護李夢陽，主張「視古修辭，寧失諸理」。（《送王元美序》）為了在形式上摹擬古人，即便對作品內容有損傷也在所不惜。李攀龍而外，其他諸人則多傾向何景明，提倡「領會式」學古，或學古而有所變通。其中最突出的是謝榛，在其《詩家直說》中，他一方面批評當時摹擬太甚的風氣，指出：「今之學子美者，處富而言窮愁，遇承平而言干戈，不老曰老，無病曰病。此摹擬太甚，殊非性情之真也。」另一方面，又一再強調師法前人重在奪其神氣，以妙悟為宗。他說：「詩無神氣，猶繪日月而無光彩。學李、杜者，勿執於句字之間，當率意熟讀，久而得之，此提魂攝魄之法也。」又說：「歷觀十四家（指明代張遜業輯《唐十二家詩》加之李白、杜甫二家。唐十二家為：王勃、楊炯、盧照鄰、駱賓王、陳子昂、沈佺期、杜審言、宋之問、孟浩然、王維、高適、岑參）所作，咸可為法。當選其諸集中之最佳者，錄成一帙，熟讀之以奪神氣，歌詠之以求聲調，玩味之以裒精華。得此三要，則造乎渾淪，不必塑謫仙而畫少陵也。」

就詩歌創作而論，後七子中唯李攀龍、謝榛、王世貞可割據三分。

李攀龍所作樂府上薄漢魏，但抄襲太甚，五律雜出於盛唐諸家，絕句時

有佳製，七律則為人所共推，但頗多重複，胡應麟說：「于鱗七律高華，傑起一代宗風，而用字多同。十篇而外，不耐多讀。」（《明詩綜》卷四十六引）正指出了李攀龍七律長處中的短處。李攀龍詩，若去其重複因襲的雜蕪之作，取其雄姿英發的精粹篇章，亦能得到《和許殿卿春日梁園即事》、《古意》、《歲杪放歌》、《登黃榆馬陵諸山是太行絕頂處》、《寄元美》、《同元美與子相公實分賦懷泰山東順甫》、《同張滑縣登清風樓》、《塞上曲送元美》、《送子相歸廣陵》、《於郡城送明卿之江西》、《和聶儀部明妃曲》等比較好的作品。

謝榛諸作，若大要而言，古體不如今體；進而言之，則七言以七絕為佳，五言以五律見長。錢謙益稱「茂秦今體，功力深厚，句響而字穩，七子、五子之流，皆不及也」。（《列朝詩集小傳》）此語甚為允當。尤其是謝榛七絕，休說五子、七子，即就整個明詩而言，亦只有明初的袁凱能與之分冠亞。如《漠北詞》之三、《搗衣曲》、《遠別曲》、《送劉將軍赴南郡》、《塞上曲》之二等，均為七絕好篇。而像《登榆林城》、《榆河曉發》、《送王端甫歸蒲阪》、《暮秋即事》、《薄伐》等，亦堪稱五律佳作。

王世貞為詩眾體兼備，汪洋磅礴，然難免繁縟博雜之病，晚年漸造平淡自然。其樂府古體，冠絕一時；近體詩中，五律沉雄，七律高華，七絕典麗。長篇短製，時有佳章。如《太保歌》、《過長平作長平行》、《登太白樓》、《陪段侍御登靈巖絕頂》、《九日風阻鄭家口》、《飲歐陽鎮朔即事有贈》、《戚將軍贈寶劍歌》等。

總之，後七子繼前七子而高舉復古旗幟，尤其是王世貞接替李攀龍主持文壇之後，聲勢更大，「一時士大夫及山人詞客、衲子羽流，莫不奔走門下，片言褒賞，聲價驟起」。（《明史》本傳）在當時造成一股勢力大、時間長的復古潮流，這對明代詩歌的發展是有阻礙作用的。但由於他們中的某些人，在理論上對復古問題有所反省，甚至提出了一些有價值的觀點，更兼之他們大多在創作上亦有所成就，因此，他們對明代詩歌的發展又有某種程度的貢獻。當然，作為一個文學流派，後七子們的復古主張終究是不符合文學發展的正常規律的，因此，當新的文學思潮對它進行強有力的衝擊時，它畢竟經受不了這種衝擊而分崩離析，走向它的末路，在歷史的潮流中沉沒下去。

簡單地介紹了李攀龍與「後七子」之後，為了讓讀者領略李攀龍這位山東籍作家的詩壇領袖風采，特錄其寫齊魯風物和自家心態的詩歌二首如下：

域內名山首岱宗，側身東望一相從。河流曉掛天門樹，海色秋高日觀

峰。金篋何人探漢策，白雲千載護秦封。向來信宿藤蘿外，杖底西風萬壑鍾。（《同元美與子相公實分賦懷泰山得鍾字柬順甫》）

終年著書一字無，中歲學道仍狂夫。勸君高枕且自愛，勸君濁醪且自沽。何人不說宦遊樂，如君棄官亦不惡。何處不說有炎涼，如君杜門亦不妨。終然疏拙非時調，便是悠悠亦所長。（《歲杪放歌》）

前一首描寫東嶽泰山的雄偉壯麗和文化底蘊，詩題中的元美即王世貞、子相即宗臣、公實即梁有譽、順甫即唐宋派領袖茅坤，均乃一時英俊。後一首夫子自道，體現了作者超然物外，潔身自好的情操。據《明史》本傳載：「攀龍既歸，構白雪樓，名日益高。賓客造門，率謝不見，大吏至，亦然，以是得簡傲聲。獨故交殷、許輩，過從靡間。」從這兩首詩中亦可初步窺見李攀龍的胸襟懷抱。如此人物，方可當得詩壇領袖。

（原載《聯合日報・文史週刊》2007 年 4 月 14 日第三版）

布衣詩客自風流
——謝榛的生性為人與詩論詩作

　　在明代詩壇上，有一位奇特的詩人。他曾經以布衣身份執詩壇牛耳，領導一群新進之士，而後又被那些進士們逐出詩社。他雖是復古派「後七子」早期的領袖，其詩論卻頗與七子們異趣。他的近體詩在七子中獨樹一幟，其七言絕句幾乎可以「亂唐」，為有明一代之冠冕。他年過七旬，卻能得到一位絕代佳人的傾心愛慕。他平生作詩可謂癡迷至極，竟至為逞詩才嘔心瀝血而死。他，就是謝榛。

一

　　謝榛（1495～1575），字茂秦，自號四溟山人，又號脫屣山人，山東臨清人。少年時即通音律，喜度新聲。「年十六，作樂府商調，臨、德間少年皆歌之。」（錢謙益《列朝詩集小傳》）謝榛為人放蕩不羈，酷愛遊覽。二十左右，任俠齊魯間，且多作豔曲。成年後，非常認真地閱讀各種書籍，尤其注重詩歌創作，並且以熟識聲律而聞名於時。

　　據王兆雲《皇明詞林人物考》卷九所載，年輕時的謝榛「貧無以衣食，單身旅遊」。當時的趙康王欲學古之賢王，於彰德府（府治在今河南安陽）招攬天下英才。謝榛也投奔那裡，趙康王給了他一些資助。但由於謝榛眇一目，體貌頗為醜陋，又加上他很不善於口頭表達，因此，趙康王並沒有怎樣重視他，僅僅應付而已。謝榛憤而進一步學詩，「冥搜苦索至徹日夜不寐。抵面見客，語悵悵若呆人，終席不自客所謂何。或偶觸堅壁，跌足下坑塹，不覺也」。（李慶立、孫慎之《詩家直說箋注》）經過刻苦學習，他的詩越作越好，終於

得到趙康王的青睞和推崇，延為上客。

謝榛為人性格豪爽，尤重俠義，朋友間肝膽相照，周濟別人時乃至傾囊相助而無所顧惜。河南浚縣太學生盧柟因態度傲慢得罪了當地縣令，被誣入獄，險些送命。在謝榛等人的營救下，新的浚縣縣令細審此案，終於為盧柟平反冤獄。

嘉靖二十三年（1544），李攀龍中進士，居京師。因為是山東老鄉的緣故，李攀龍對謝榛頗為推崇。據《皇明詞林人物考》卷九載：「攀龍以鄉里故，間操其詩示同社曰：『有布衣人若此！』眾大駭曰：『若布衣也，大是行家中人！』因拉入社。」在李攀龍的引薦下，謝榛入京師，與李攀龍及李先芳、吳維岳等達官進士結詩社。一時間京城轟動，文人學士爭睹布衣詩人的風采。謝榛在京城出盡了風頭，後來又當上詩社社長，與李攀龍、王世貞等人並稱「七子」「五子」。大家對謝榛的詩交口稱讚，「於時子與（徐中行）、公實（梁有譽）、子相（宗臣）、元美（王世貞）撰五子詩，咸首四溟，而次以歷下（李攀龍）」。（朱彝尊《靜志居詩話》）

物極必反，謝榛很快就走向命運的另一端。作為詩社社長的謝榛竟被社員們逐出詩社之外。個中發起者，恰恰是當初極力引薦他的李攀龍。事情是這樣的：李攀龍出知順德府（治所在今河北邢臺），謝榛以老朋友的身份去拜訪他，因為謝榛脾氣古怪，二人發生了不愉快。回京城後，謝榛逢人便講李攀龍不是好官。詩社中人弄清原委之後，分別寫信給各地朋友責備謝榛，因此，謝榛的名聲猛跌。「已而于鱗（李攀龍）名益盛，茂秦與論文，頗相鑴責，于鱗遺書絕交，元美諸人咸右于鱗，交口排茂秦，削其名於五子七子之列。」（《列朝詩集小傳》）謝榛只好離開京城。

然而，謝榛在京城之外的很多地方仍有極高的威信，尤其是在秦晉一帶的藩王和官員們那兒頗受青睞，他們爭著請這位「山人」上門做客。河南河北許多人都尊稱謝榛為「先生」，他的詩作也在北國廣為流傳。

萬曆元年（1573）春，趙康王曾孫趙穆王從鄭若愚那裡得到謝榛所作《竹枝詞》十章，異常高興，命平時最寵愛的琵琶妓賈扣度曲而歌之。當年冬天，謝榛從關中回到彰德，鄭若愚約他一起去參見趙穆王。這次，七十高齡的謝榛不僅得到了趙王的青睞，而且還得到了一位絕代佳人的傾慕。對此，當時人潘之恒在《賈扣傳》中有生動的描敘：

> 酒行，大雅協作，王曰：「止，請鼓瑟以琵琶佐之。」聲繁屏後，

王復止眾伎，獨奏琵琶。方一闋，謝動容曰：「此異音也。」細審之，乃己所製竹枝詞。再闋，離席請曰：「此山人鄙俚之辭，安足污王宮玉齒，辱柔指調之。顧聞其聲矣，可得見其人乎？」王請觀雜劇而罷之，令諸伎擁賈姬以出，光華射人，藉地而竟竹枝詞十章。王跽而前曰：「此先生所自娛者，願為不穀賦數章以續其後。令賈姬彈之，不穀一側耳，而死不憾矣。」俄改席林亭看雪，謝不勝酒力，仆臥石畔。賈以袿代薦，承以肱。謝醒，顧賈姬：「大王安在？」曰：「在主席。」謝惶恐起，辭曰：「老夫醉而狂，罪萬死莫贖。」王曰：「先生休矣。強為不穀終之。」宴罷，明日上竹枝新詞十四闋。王令賈姬習而譜之，合以律，不失纖毫。元夕奏技便殿，王即盛禮而歸賈姬於客次。

就這樣，年邁的布衣詩人謝榛憑著自己高超的詩藝，在一個充滿酒香和詩意的雪夜，得到了來自大王和美人的雙重「青睞」，同時，也將其頗富傳奇色彩的生命推向最輝煌的亮點。

謝榛最後死於河北大名。他的死，同樣具有傳奇色彩。萬曆三年（1575）冬十一月，年過八旬的謝榛應邀為大名府的一位客人賦壽詩一百章，寫到第八十三首的時候，他丟下詩筆，奄然而逝。據《賈扣傳》載，謝榛死後，「賈姬率二子奉柩停大寺之旁舍，……每夜操琵琶一曲，必痛哭而絕，即先生之竹枝詞云。」後來，賈姬又將千兩白銀交給兩個兒子，命令他們將父親的靈柩歸葬家鄉。而她本人則大哭一場，毀掉琵琶，歸老於街市之中。賈扣之於謝榛，相遇於樂章，相愛於樂章，相思於樂章，亦可謂高山流水遇知音也。

二

四庫本謝榛《四溟山人全集》二十四卷，最後四卷為《詩家直說》，亦有稱之為《四溟詩話》者，共 416 條，集中表達了這位布衣詩人在詩歌理論方面的建樹。

謝榛雖曾為「後七子」領袖，但他的詩歌理論與「持論文必西漢，詩必盛唐」（《明史》）的前後七子中某些人相比，是有較大區別的。

首先，謝榛提出取法盛唐但又反對模擬太甚。

向盛唐詩人學習，是謝榛的一貫主張，這在《詩家直說》中反覆表現出

來。如：「詩以漢、魏並言，魏不逮漢也。建安之作，率多平仄穩帖，此聲律之漸。而後流於六朝，千變萬化，至盛唐極矣。」再如：「七言絕句，盛唐諸公用韻最嚴，大曆以下，稍有旁出者。作者當以盛唐為法。」然而，謝榛並不是無原則、無限制地標舉和學習盛唐詩。對於那種模擬盛唐詩皮毛的不良風氣，他尤其反對：「今之學子美者，處富有而言窮愁，遇承平而言干戈，不老曰老，無病曰病。此摹擬太甚，殊非性情之真也。」毫無疑問，謝榛的這種批評是切中肯綮的。

其次，謝榛強調師法前人而重在奪其神氣，以妙悟為宗。

謝榛說：「詩無神氣，猶繪日月而無光彩。學李、杜者，勿執於句字之間，當率意熟讀，久而得之。此提魂攝魄之法也。」謝榛還轉述康海的言論來支持自己的觀點：「徐伯傳問詩法於康對山，曰：『熟讀太白長篇，則胸次含弘，神思超越，下筆殊有氣也。』」謝榛甚至還提出了具體的做法：「歷觀十四家（王勃、楊炯、盧照鄰、駱賓王、陳子昂、沈佺期、杜審言、宋之問、孟浩然、王維、高適、岑參、李白、杜甫）所作，咸可為法。當選其諸集中之最佳者，錄成一帙，熟讀之以奪神氣，歌詠之以求聲調，玩味之以裒精華。得此三要，則造乎渾淪，不必塑謫仙而畫少陵也。」與此同時，謝榛還認為「詩固有定體，人各有悟性」，強調詩歌以「自然妙者為上」。這些理論，以「妙悟」為宗，實際上已經越過前七子中的何景明而接近宋代嚴羽的詩論了。

第三，謝榛追求自然美與人工美的結合、情與景的交融。

謝榛論詩，不僅提倡師法古人，同時也提出師法自然，進而達到自然美與人工美相結合的境地。他一方面認為作詩應以「自然妙者為上」。「詩有天機，待時而發，觸物而成，雖幽尋苦索，不易得也。」另一方面，他又非常重視靈感、心聲爆發或流露後的反覆推敲和修改。他強調要反覆修改作品以求得穩妥，如果詩篇中「一句齟齬，則損一篇元氣」。這種將「自然」與「精思」相結合的要求，應該說是詩歌創作的正確途徑。

情景交融，是詩歌創作的一種高級境界。謝榛在他的《詩家直說》中，反覆申述了對這種境界的執著追求。他說：「作詩本乎情景」。他還說：「情景相觸而成詩。」他甚至還提出了「情景適會，與造物同其妙」的情景交融的高級狀態。在情景交融的過程中，謝榛認為「情」是主導、能動的一面。他還舉例說明了這一觀點：六朝時沈約的《詠月》詩中「方輝竟入戶，圓影隙中來」兩句，若論描寫月光，可謂刻意形容，但卻沒有韻致，因為他只是寫景而已。

而像漢代宮中的班婕妤將心意寄託在「團扇」之中，建安七子之應德璉將懷抱寄託在「飛雁」身上，那才是情景交融的好作品。

謝榛詩歌理論之精華當然不止以上數端，但僅憑以上簡明的評介，我們已可大略知道，這位布衣詩人在詩歌理論和批評方面的勤於思考和獨特見地。

三

謝榛的詩歌創作，尤其是其格律詩，在後七子中堪稱佼佼者。明末清初詩壇領袖錢謙益曾經對謝榛的格律詩予以高度讚揚：「茂秦今體，功力深厚，句響而字穩，七子、五子之流，皆不及也」。（《列朝詩集小傳》）這是符合謝榛的創作實際的。進而言之，謝榛格律詩則五言以五律見長，七言以七絕為佳，其次為七律。

謝榛的五、七言律精深宏麗，氣逸調高，既存本色，又遵法度，尤善鍊字鍊句，更兼懷抱沖和。尤其是其五言律詩，於嘉靖、隆慶間首屈一指，在後七子中獨佔鰲頭。具體而言，其五、七言律詩具有以下特點。

第一，內心世界與自然景物融為一體，真情抒發而毫不雕琢。如《榆河曉發》：「朝暉開眾山，遙見居庸關。雲出三邊外，風生萬馬間。征塵何日靜，古戍幾人還？忽以棄繻者，空慚旅鬢斑。」詩中最好的句子在領聯，尤其是「風生萬馬間」一句簡直是神來之筆。無怪乎有人要發出由衷的讚歎了：「讀『風生萬馬間』，紙上有聲。」（沈德潛、周準編《明詩別裁集》）與此篇情趣相近的還有《渡黃河》《春日山村漫興》等作品。

第二，表達發自內心的親情、友情、思鄉之情，讓人讀後倍感親切。《秋日懷弟》是謝榛寫親情的佳篇：「生涯憐汝自樵蘇，時序驚心尚道途。別後幾年兒女大，望中千里弟兄孤。秋天落木愁多少，夜雨殘燈夢有無。遙想故園揮涕淚，況聞寒雁下江湖。」與此相類似者，還有《夜餞周時隆表兄東歸》《送王端甫歸蒲阪》《送顧汝修歸上海》等。其思鄉之作則以《暮秋即事》最佳：「十見黃花發，孤樽思不勝。關河秋雁後，風雨夜深燈。留滯悲王粲，交遊憶李膺。相隨少年子，走馬獵韓陵。」此外，如《苦雨後感懷》《大梁冬夜》等也都不錯。

第三，寫邊塞風景如畫，隨機發表深刻而切實的議論。其《塞上曲》云：「百戰多枯骨，秋高白草深。飛雕盤大漠，嘶馬振長林。柔遠君王德，封侯壯

士心。華夷自有限，邊徼莫相侵。」其《有感》云：「薄伐原中策，論兵自古難。漢唐頻拓地，將帥幾登壇。絕漠兼天盡，交河蕩日寒。不知大宛馬，曾復到長安？」在抒發自己的反戰思想的同時，作者還通過對邊疆風物的描寫，非常細緻地表達了對邊庭戰士艱苦生活的同情。《登榆林城》就是這樣一篇作品：「憑高望不極，天外一鴻過。萬嶺夕陽近，孤城寒色多。蘆笳滿亭堠，羽檄度關河。遙憶龍庭士，嚴霜正荷戈。」這類作品還有《關山月》《居庸關》《北塞》等。

至於謝榛七言絕句，更是令人刮目相看。其藝術水平，休說「七子」、「五子」不能相比，就是置於整個明代詩歌中，也是數一數二的。前有袁白燕（凱），後有謝茂秦，明代七絕，當以此二人為冠亞。

四庫本《四溟集》卷十所錄，均為七絕，計115題，176首。百多首詩，自非篇篇過硬，如某些應酬、閒適之作就無甚意味。但就大體而言，茂秦七絕終是明代上流水平，其中自有不少出類拔萃的佳作。

謝榛七絕的基本特點，是深厚而真摯的情意、通暢而明麗的語言、豪爽而平順的氣勢的有機結合。如《重九雨中懷弟》一詩：「天空朔雁不成行，秋色年年似故鄉。門掩菊花人獨臥，冷風疏雨過重陽。」詩人對那種特殊氛圍（重九、雨中）產生了某種特殊感受（懷弟）之後，依情造景、以情馭景，傳達出一種真摯而又深長的情感境地。在這裡，景就是情，情就是景，是一種極其自然的融合和表現。這種自然，既是情感的自然，也是語言的自然，是從內容到形式的「徹里徹外」的自然。

謝茂秦在寫作七言絕句的時候，極少摳出一些令人莫名其妙的字、詞去為難讀者。他的詩，總是那麼明白曉暢。我們不妨再看幾首：「阿郎幾載客三秦，好憶儂家漢水濱。門外兩株烏柏樹，丁寧說向寄書人。」（《遠別曲》）「家近城西綠水塘，荷花開落幾悲傷。採蓮遙寄阿郎去，妾抱苦心終為郎。」（《採蓮曲》）「湖上西風吹綺羅，靚妝越女照清波。折將蓮葉伴遮面，棹過前灘笑語多。」（《採蓮曲》）這樣一些詩，若按之管絃，翠袖紅衫定能開喉頓嗓而歌之，其婉曲的意味深藏於明白通暢的語言之中，有的簡直就像是民歌，清水芙蓉、天然無飾，且具有音樂美。陳鴻緒《寒夜錄》引卓人月言：「我明詩讓唐、詞讓宋、曲又讓元，庶幾《吳歌》、《掛枝兒》、《羅江怨》、《打棗竿》、《銀絞絲》之類，為我明一絕。」明代，是民歌非常發達的時代；謝榛，是一位努力向民歌吸取營養的詩人。他的七言絕句之所以有較高的成就，與其語言的

明麗流轉、自然通暢是密不可分的。

　　然而，謝榛七絕之極品還在於那些既帶唐人風采又具時代特色的邊塞之作。

　　這裡有呈現出雄渾廓大意境，充溢著昂揚奮發精神，令人讀過之後精神為之一振的作品：「虯髯丈夫乘鐵驄，自云征戰老雲中。憑陵仗劍出門去，原上枯桑鳴朔風。」（《老將行》）「旌旗蕩野塞雲開，金鼓連天朔雁回。落日半山齊逐北，彎弓直過李陵臺。」（《塞上曲》之二）這裡也有描寫艱苦卓絕的邊疆生活，同情辛勞戍邊的龍庭將士的深情之作：「秋生關塞曉霜飛，日上轅門探騎歸。百戰將軍驚白髮，不知凋敝幾征衣。」（《塞上曲》之一）「沙磧茫茫黑水流，健兒六月換羊裘。駱駝背上吹蘆管，風散龍荒作冷秋。」（《金笳曲》之一）謝榛甚至還以斑斕的畫筆，給我們留下一幅幅動人的邊疆風物圖：「委羽山橫塞北天，學飛雛雁夕陽邊。留犁歲歲無爭戰，白馬黃駝傍草眠。」（《漠北詞》之二）「石頭敲火炙黃羊，邊女低歌勸酪漿。醉殺留犁不知夜，鵏兒嶺下月如霜。」（《漠北詞》之三）「牧馬深山白草中，不聞鼙鼓動西風。老兵閒坐斜陽裏，盡說今秋魏絳功。」（《塞上曲寄少司馬蘇允吉》之五）他甚至「背面傅粉」，換一個角度寫出了戰爭給人們帶來的種種災難，尤其是生動地描述了征人之婦那種期待中的痛苦、痛苦中的期待：「秦關昨寄一書歸，百戰郎從劉武威。見說平安收涕淚，梧桐樹下搗征衣。」（《搗衣曲》）

　　北蒙南倭，是明代軍事上的兩大問題。尤其在明中葉，這兩大問題都體現得比較尖銳。當時的一些詩人，也往往愛在自己的詩歌創作中涉及戰爭這一主題。就七絕而論，寫南倭問題比較充分的是歸有光，而多寫北方軍事題材的即是謝榛。歸有光雖然也能反映倭寇的燒殺擄掠給東南沿海人民造成的苦難，而且比較大膽、深刻，但其才氣遠遜謝榛，沒有謝榛那麼嫻熟的藝術表現手段。因此，歸有光的那些描寫南倭問題的七絕，作為史料，極有價值，但作為詩來讀，卻總差那麼一點兒韻味。邊塞七絕，不僅歸有光，甚至可以說有明一代的詩人，無有出謝榛之右者。

　　從謝榛在世之日起，就有人對他的詩作進行評價：朱中立說他「詩法盛唐，而氣格不逮」。彭子殷說他「壯麗類大曆以上」。穆敬甫說他「志在學杜，庶幾升堂」。陳玉叔說他「窮極而後工，思工而語至。」胡元瑞說他「融和流暢，自是中唐，與諸公大不同」。蔣仲舒吹噓他「詩宗少陵，窮體極變，近時之麟鳳哉？」江進之讚揚他「求真詩於七子之中，則謝茂秦者」。王元美鄙薄

他「排比聲偶，為一時之最，第興寄小薄，變化差少」。（均引自朱彝尊《明詩綜》卷四十六）各執一端，莫衷一是。

實際上，怎樣吸取唐人精華，怎樣做詩，謝榛自有主見。他要得到的是盛唐詩歌的整體精神，而不是枝節的模仿。他所謂「造乎渾淪」，其實就是一種對藝術整體美的追求和鍛鍊。無論是神氣抑或聲調，唐代諸家都有各自的優長，如果僅作某一方面、某一家數的模擬，即便是達到畢肖的地步，也不過是精美的贗品，是「塑謫仙而畫少陵」而已。況且，詩歌的創作過程，應是某一作家一種整體的藝術修養的再現過程。一個優秀的詩人，必須有他自成一體的風格，否則，即便他能夠雜取眾家之長，得甲之神氣、乙之聲調、丙之格律，也只能算是各種美味佳餚的大雜燴。融匯眾長是前提，自成一家才是目的，融匯眾長最終是為了自成一家。

謝榛是一個學唐的詩人，但他並不單純、膚淺、機械地摹擬某一個唐代詩人。前後七子，均以學唐相標榜，然而，真正得唐人三昧的還是這位布衣終身、又被開除出「五子」「七子」之列的謝山人。

布衣詩客自風流！

（原載《2007年明代文學論集》，海峽文藝出版社，2009年6月出版）

謝榛七絕初探

　　談到明詩，前後七子多被視為復古派的代表，似乎「文必秦漢、詩必盛唐」就是他們共同的文學綱領。其實，摹擬古人乃整個明代詩壇的通弊，二百餘年綿綿不斷，絕不止於前後七子十數人而已。即就前後七子內部而論，無論是文學觀點還是詩作水平，他們之間也都存在著很大的差別和差距。概而言之，前七子中，李夢陽豪氣縱橫，但失於摹擬；何景明詩才俊逸，頗傾向創造；徐禎卿情致深婉，略露清代神韻派之端倪；此三家堪稱鼎足。邊貢詩雖樸實流暢，然文采稍乏，已略遜一籌。至於康海、王九思、王廷相三家詩，相差甚遠，不足並論。後七子中，李攀龍雄風英發，終有重複因襲之嫌；王世貞汪洋磅礴，難免繁縟博雜之病；謝榛功力深厚，尤得唐人精華。三家而外，徐中行詩雖宏大嚴整，然少深沉之致，已非作手。若宗臣、梁有譽、吳國倫輩，論其詩應愧入七子之列。可見，對前後七子十四家詩，實不可一概而論，而應作深入、具體的分析。

　　不僅對一個文學流派諸家要作區別對待，即使具體到某一作家，他對各種詩體掌握、運用的水平也不可能整齊劃一。即以謝榛而言，他在後七子中堪稱佼佼者，誠如錢謙益所言：「茂秦今體，功力深厚，句響而字穩。七子、五子之流，皆不及也。」(《列朝詩集小傳》丁集上）然其古體詩卻相形見絀，成就不高。再進一步，僅就謝榛今體詩而言，則七言以七絕為佳，五言以五律見長。尤其是他的七言絕句，休說七子、五子，即置於整個明詩中，也是數一數二的。「前有袁凱，後有謝榛」。明代七絕，當以此二人為冠亞。

　　謝榛（1495～1575），字茂秦，自號四溟山人，又號脫屣山人，臨清（今屬山東）人，初與李攀龍、王世貞等組織詩社，被推為社長。後為李、王諸人

所排斥，客遊諸藩之間，遊歷甚廣。雖以布衣終身，而聲名不減。有《四溟集》。

　　四庫本《四溟集》卷十，均為七絕，計一百一十五題，一百七十六首。百餘首詩，自非首首過硬，如某些應酬、閒適之作就比較一般，無甚意味。但就大體而言，茂秦七絕終是明代上流水平，其中，還有不少出類拔萃的佳作。

　　謝榛有《五嶽吟》五首，分詠五嶽。其中以寫西嶽華山一首最佳，詩云：

> 漠漠秦雲望欲迷，好乘鴻鵠過關西。
>
> 盤容鐵索三千丈，玉女峰頭日月低。

這首詩，作者先用大筆橫掃而去，以磅礡的氣勢寫出華山的氣勢磅礡。首句遠望，雲氣山色，漠漠一片。次句則借著心靈的「鴻鵠」漸次接近，慢慢將華山全景推入讀者眼簾。後二句，作者又以直立兀然之筆，寫出了玉女峰的兀然直立。尤其是最後一個「低」字，若作動詞理解，更令人感到玉女峰活了，似乎還在不斷上升，有一種「力」的衝越感。經過這樣由遠及近、有點有面、縱橫交錯的描寫，讀者便有些識得華山真面目了。

　　也許有人會說，此詩雖好，但畢竟得力於華山本身的雄姿。沒有如此壯景，謝榛能寫出如此美妙的詩篇嗎？這話只說對了一半。在日常生活中，造物主給人類安排了無窮無盡的美的寶藏，大自然對每一個人都是平等而慷慨的。重要的是看你能否去敏感地發現它、及時地佔有它了。我們不妨再看謝榛的《登封道中值雨》一詩：

> 山雨生寒接遠煙，水中亂石綠苔鮮。
>
> 幾家茅屋疏林外，雞犬無聲薄暮天。

山雨、亂石、茅屋、疏林，該有多少人見過呀！但又有多少人能如此和諧自然地把這種種平凡的景物排列、組合在一起構成一幅完美的圖畫，進而抒發自己的某種特定情緒呢？謝茂秦卻有這種本事。他能使平凡的景物產生不平凡的意義，能讓讀者從司空見慣的景物中去領略其中蘊藏著的美，能把那種人人都經歷過但說不出的感受用特定的語言形式表達出來，然後又把讀者領回到那種感受之中去。這首詩，粗粗讀過，只覺平平，但若反覆讀之、閉目思之，人人都會產生一種似曾相識的感覺，給人以真切感。

　　狀景之詩如此，抒情之詩又何嘗不是這樣？試讀謝榛《登輝縣城見衛水

思歸》一詩：

> 城外河流白練長，城中萬戶共秋光。
>
> 秋來偏作還家夢，河水東流到故鄉。

本詩所寫的是傳統的內容——思歸，而且是借迢迢秋水來表達遊子思鄉之情。這種題材，這種形式，不知被古人重複過幾千百回，但，四溟山人卻能夠獨抒機杼，以迴旋反覆的手法、樸素無華的言辭，把自己的思鄉之情抒發得淋漓盡致而又韻味深長，同樣給人以真切感。

評價詩歌，人們常愛用「借景抒情」的讚語。對某些詩而言，這自然不錯。然而，一首好詩、尤其是一首諸如七絕一類的短詩，并非全然如此。恰恰相反，有時往往是詩人對某種特殊氛圍率先產生某種特殊感受之後，才依情造景、以情馭景的。景不必定在情之先，情亦非定然在景之後。有時候，景就是情，情就是景，何曾分得清楚？即如謝榛《重九雨中懷弟》一詩就是如此：

> 天空朔雁不成行，秋色年年似故鄉。
>
> 門掩菊花人獨臥，冷風疏雨過重陽。

這首詩，乍一看，句句都在寫景。其實不然，全詩寫的只是一種感受，一種通過詩人的生理而導入心理的感受。作此詩時，謝山人不一定要抬頭看雁、俯首對菊。他只是在這種身處異地、時值深秋的氛圍中不自覺地產生了一種懷念親人的感情，而這種感情的宣洩又自然而然地借助於他的生活經驗、文化素養、作詩技巧而得到表達。當時的天空是否真有孤雁呢？無既謂，反正人們常以雁行比喻兄弟。當地的秋色到底與故鄉是否相同呢？無所謂，反正詩人的「自我感覺」如此。重陽佳節，總有菊花；客居他鄉，難免獨臥。這種種風物、景致是否真的存在於作者眼前，並不重要。關鍵在於作者內心的情感可以外化為這些景致、風物，它們是積澱、儲藏在作者的心靈深處的，只要有相應的情感之光去照亮它們，他們就會顯現出來。詩人在他情感的王國中遨遊時，不僅可能忘我，也可能忘掉周圍的一切，甚至在某種程度上還可能造就周圍的一切，這就行了。至於評論家們要去考究詩中何處是實景描寫，何處是借景抒情，那是他們的事，作者自可概不負責。然而，就在這種最不負責的狀態中，詩人其實盡到了最大的責任，因為他已經十分成功地把他的某種感受傳染給你了。讀一首好詩，得其真心為上，得其意義為中，若僅得其言辭，恐為之下也。

　　詩人亦是情人，無情必無好詩。謝榛可算一位情真意摯的詩人。他的許多詩，往往令人讀後有身臨其境之感，能使讀者產生心靈的共鳴。明中葉是「真性情」的文學理論萌動的時代，茂秦雖為「七子」中人，但其詩中真情實感的自然流露，卻為七子五子所不及，並可作為稍後的「公安派」性靈理論的率先實踐。三袁等人的理論絕非僅僅由他們自己的詩作而得以證明，也絕非向壁虛造，而應當是在包括謝榛在內的某些傾向於抒發真情實感的作家創作實踐基礎之上的總結。

　　表達濃厚而真摯的情意，給人以真切感，正是茂秦七絕的一大特點。

　　詩貴曲而忌直、貴深而忌淺、貴含而忌露，但所有這些，應該是指詩的意味而不是它的言辭。在我國幾千年的詩歌史上，能夠流傳百代而膾炙人口的絕不是那種大家都看不懂的東西。恰恰相反，一首好詩，尤其是短小精悍的絕句，在字面上應該是明白曉暢的。茂秦七絕亦大體如此。他極少摳出一些令人莫名其妙的字、詞去為難讀者，上述諸詩，已可證明，我們不妨再看幾首：

> 阿郎幾載客三秦，好憶儂家漢水濱。
> 門外兩株烏桕樹，丁寧說向寄書人。
>
> ——《遠別曲》
>
> 家近城西綠水塘，荷花開落幾悲傷。
> 採蓮遙寄阿郎去，妾抱苦心終為郎。
>
> ——《採蓮曲》
>
> 湖上西風吹綺羅，靚妝越女照清波。
> 折將蓮葉伴遮面，棹過前灘笑語多。
>
> ——《採蓮曲》

這樣一些詩，若按之管絃，翠袖紅衫定能開喉頓嗓而歌之，其婉曲的意味深藏於明白通暢的語言之中，有的簡直就像是民歌，清水芙蓉、天然無飾，且具有音樂美。陳宏緒《寒夜錄》引卓人月言：「我明詩讓唐、詞讓宋、曲又讓元，庶幾《吳歌》、《掛枝兒》、《羅江怨》、《打棗竿》、《銀絞絲》之類，為我明一絕。」明代，是民歌非常發達的時代；謝榛，是一位努力向民歌吸取營養的詩人。他的七言絕句之所以有較高的成就，與其語言的明麗流轉、自然通暢是密不可分的。

　　也許有人會說，像這樣的擬民歌之作，既不表現重大題材，又沒有什麼

政治意義，讀著雖也有味，到底有何功用？殊不知這「有味」二字，正是詩之所以成其為「詩」的一個重要因素，也正是詩歌最起碼的功用。一個真正的詩人，無論寫大題目還是小題目，都必須有味。謝榛的那些擬民歌的情詩是有味的，他的某些具有政治意義的詩同樣是有味的。請看：

> 客子登臨望野田，銅鞮城上月初懸。
> 清光遍照農家婦，織得春衣辦稅錢。
>
> ——《晚登沁州城有感》之二

> 江風吹棹送人寒，一劍橫秋只自看。
> 應過淮陰弔韓信，月明曾照漢家壇。
>
> ——《送劉將軍赴南郡》

> 梁國河山草樹空，英雄異代氣相同。
> 侯生慷慨無餘恨，獨立夷門嘯晚風。
>
> ——《大梁雜興》之五

第一首，反映的是民間疾苦。作者並沒有大聲疾呼，也沒有熱淚飛濺，而只是借助於月光，照出了農婦們為交稅而織衣的一派繁忙。但是，讀過這首詩，誰不感到當時農民身上負擔的沉重和農家婦女的可悲可憐呢？第二首是送別詩，對方是一位將軍。詩的第一句平平，第二句卻寫得光華四射、豪氣逼人，然已略露悲涼情味。後兩句突然一轉，點出了「飛鳥盡，良弓藏，狡兔死，走狗烹」的歷史事實。聯繫從明初到明中葉多少忠臣良將被誅殺的現實，這二句詩，無異於給前途未卜的被送者以當頭棒喝，也無異於戳穿了當時殘酷的政治鬥爭的紗幕。第三首更妙，懷古、抒情、寫景、言志，融為一體，足見作者的胸懷、抱負、氣質、精神。像這樣一些詩，該不算瑣屑的題材吧。但它們的語言特色仍然是明白自然、毫不矯飾。這樣的詩，讀起來同樣有「味」。

當我們順著明詩發展的軌跡，讀過表面春容和雅、實際上卻冗沓膚廓的臺閣體詩之後，讀過格律精嚴而缺乏靈氣的李茶陵的詩之後，讀過機鋒圓熟卻又吞剝前人的空同子的詩之後，再來讀謝山人的這些美妙的小詩，真好似走過一片漫漫的黃沙地而吮吸清澈的泉水，爽口、清心，可堪久久回味。

通過看似平淡無奇的言辭，追求一種淳厚深長的詩「味」，這大概可算是茂秦七絕的第二大特點吧。

上述諸作，已略見謝榛七絕之造詣不凡，然而，他的拿手好詩還在於邊

塞諸作。那裡面有不少既帶唐人風采又具茂秦特色的妙作佳製：

> 虯髯丈夫乘鐵驄，自云征戰老雲中。
> 憑陵仗劍出門去。原上枯桑鳴朔風。
>
> ——《老將行》

> 旌旗蕩野塞雲開，金鼓連天朔雁回。
> 落日半山齊逐北，彎弓直過李陵臺。
>
> ——《塞上曲》之二

> 燈下呼盧幾夜殘，今秋召募到長安。
> 相期白刃清狐塞，要使黃金飾馬鞍。
>
> ——《少年行》

> 風吹楊柳作寒聲，直北龍沙一望平。
> 雲壓旌旗飛暮雪，將軍坐嘯受降城。
>
> ——《塞下曲》之四

在這些詩中，所呈現出的是雄渾廓大的意境，所充溢著的是昂揚奮發的精神，讀過之後，令人精神為之一振。然而，謝榛的邊塞七絕並非一味豪邁，它既有大氣磅礴的一面，又有情致深厚的一面。從中，我們可以領略到作者的豪情，又可以體會到作者的深情。我們不妨移動一下鏡頭：

> 秋生關塞曉霜飛，日上轅門探騎歸。
> 百戰將軍驚白髮，不知凋敝幾征衣。
>
> ——《塞上曲》之一

> 沙磧茫茫黑水流，健兒六月換羊裘。
> 駱駝背上吹蘆管，風散龍荒作冷秋。
>
> ——《金笳曲》之一

> 雁拂同雲過戍樓，菊花含凍不成秋。
> 迷茫夜擁金微路，未寄寒衣人正愁。
>
> ——《九月雪》

謝榛歌頌烽煙滾滾的邊疆生活，也同情辛勞戍邊的龍庭將士，他寫出了他們的豪氣，也寫出了他們的憂愁。這就使他的邊塞七絕具有相當程度的真實性。這種真實性，不僅體現在對邊疆之人的描寫，而且體現在對這些人所生活、戰鬥的場景的描寫。對邊疆的山川草木、雲月雪霜，謝榛有一種特殊的感情。

他能以斑斕的畫筆，給我們留下一幅幅動人的邊疆風物圖：

飛將龍沙逐北還，夜驅駝馬入燕關。

城頭殘月誰橫笛，吹落梅花雪滿山。

——《塞上曲》之三

暮雲黯淡壓邊樓，雪滿黃河凍不流。

野燒連山征馬絕，何人月下唱涼州。

——《塞上曲》之四

窮邊寒日慘無光，沙草連天走白狼。

百戰健兒爭射獵，秋風躍馬黑山陽。

——《塞下曲》之三

石頭敲火炙黃羊，邊女低歌勸酪漿。

醉殺留犁不知夜，鷂兒嶺下月如霜。

——《漠北詞》之三

謝榛的邊塞七絕雖具有相當的藝術魅力，但他本人卻是十足的厭戰主義者。他的不少邊塞七絕體現的是戰爭給人們帶來的種種災難，尤其是生動地描述了征人之婦那種期待中的痛苦、痛苦中的期待。如《搗衣曲》：

秦關昨寄一書歸，百戰郎從劉武威。

見說平安收涕淚，梧桐樹下搗征衣。

這是勤勞而善良的婦人，對出征在外的親人的滿懷思念。在「見說平安收涕淚」的驚喜之後，仍然是默默無言地「梧桐樹下搗征衣」。在這無言之中，該有多少回憶、思念包含其中，又有多少憂患、期待蘊藏於內啊！在這默默的搗衣動作中，這位女主人公是認定命該如此，還是暫覺心頭寬慰？是想鼓勵征人，還是在可憐自己？這個女性，是剛強的，還是脆弱的？是激動的，還是冷靜的？也許她想得很多很多，也許她什麼都沒有想。所有這些，作者並沒有寫下來。他無法寫，也無須寫。怎麼辦？給讀者留下大片空白，讓他們思索去！古人所謂「不寫之寫」，所謂「言有盡而意無窮」，所謂「不著一字，盡得風流」，不就是指的這種高超的藝術境界嗎？最好的詩，往往是由作者與讀者共同創造、一起完成的。

諸如此類的詩，《四溟集》中不在少數。再看《塞上曲寄少司馬蘇允吉》之二：

白登城上早霜淒，黑水河邊暮雁低。

還憶去秋明月下，金笳吹過七陵西。

年年歲歲，霜落雁飛；歲歲年年，金笳明月。一壁廂「斷雲飛去遼天闊，北望燕然萬古情」，（《塞上曲寄少司馬蘇允吉》之一）一壁廂「鐵馬無聲關塞靜，征夫月下唱梁州」。（《塞下曲》之五）戰爭，撕破了多少個溫柔的夜幕，斬斷了多少根脈脈的情絲。詩人描寫戰爭，也譴責戰爭。這並不矛盾，因為他描寫戰爭正是為了能夠沒有戰爭可描寫。

謝榛還有一首似乎與邊塞無關的邊塞詩，從一個特有的角度反映了戰爭所引起的併發症：

阿郎裘馬欲從軍，空說邊庭有戰雲。

夜夜青樓買歌舞，愁人風雨不曾聞。

——《古怨》

這首詩，無論是取材角度還是表現方法，都有其新奇獨特之處。

謝榛反對戰爭，渴望和平。但他這種願望在當時不可能成為長期的現實，而只能在邊庭上局部地、短期地得以實現。然而，有這些和平的種子已經夠了。它足以在詩人的心中開花結果，足以使詩人把他的期望、渴求、乃至於想像，幻化成一幅幅寧靜、美妙的邊境和平圖景：

委羽山橫塞北天，學飛雛雁夕陽邊。

留犁歲歲無爭戰，白馬黃駝傍草眠。

——《漠北詞》之二

牧馬深山白草中，不聞鼙鼓動西風。

老兵閒坐斜陽裏，盡說今秋魏絳功。

——《塞上曲寄少司馬蘇允吉》之五

驛使燕京納貢回，春風相送過榆臺。

單于無事耽歌舞，夜敞穹廬海月來。

——《漠北詞》之六

這裡有利用柔和的色彩所構成的寧靜的畫面，也有希望熄滅戰火、發展生產的呼聲，還有對雙方友好往來的歌唱。作者雖然力圖用筆委婉柔和，但實際上他那一種渴望之情到底按捺不住。鼓吹、誇耀、奉勸、警告，那一些在詩歌創作中本應深含的內蘊都不自覺地流露於字裏行間。可見，要想在詩歌中直接宣揚某種思想、意願，的確是一件大難事。這些詩，與其說是邊境和平景象的濃縮，還不如說是作者心中和平之光的擴散。

　　北蒙南倭，是明代軍事上的兩大問題。尤其在明中葉，這兩大問題都體現得比較尖銳。當時的一些詩人，也往往愛在自己的詩歌創作中涉及戰爭這一主題。就七絕而論，寫南倭問題比較充分的是歸有光，而多寫北方軍事題材的即是謝榛。歸有光雖然也能反映倭寇的搔掠給東南沿海人民造成的苦難，而且比較大膽、深刻，但其才氣遠遜謝榛，沒有謝榛那麼嫻熟的藝術才能。因此，歸有光的那些描寫南倭問題的七絕，作為史料，極有價值，作為詩來讀，總差那麼一點兒味。邊塞七絕，不僅歸有光，甚至可以說有明一代的詩人，無有出謝榛之右者。

　　那麼，謝榛邊塞七絕的特色何在呢？最根本的一點就在於這些詩中蘊含著一種「勢」，一種豪爽而又平順的氣勢。謝榛是一個宗唐的詩人。唐人詩歌，尤其是唐人邊塞七絕詩對他的影響極大。但謝榛的邊塞七絕又有他不同於唐人的特點，他具有自己的風格。僅以唐代著名的邊塞七絕詩人王昌齡和李益二人與謝榛作一比較吧。三人邊塞七絕，有某些共同之處，如都能在諧和的節奏、響亮的音調中表現出一種感人的憂傷，尤其是他們寫「邊愁」的作品都於愁怨之中具有一種豪邁的氣勢。然而，王昌齡筆觸溫柔，顯得深沉含蓄，他是將那種豪邁的氣勢蘊藏在纏綿委婉、耐人反覆吟味的情致之中得以體現的。李益則與王昌齡不同，他雖然也造境蘊藉，但更多一些淒涼感傷的色彩，他的豪邁，讀者須在盪氣迴腸之後方能領略。謝榛呢？則從平順之中見其豪邁的氣勢。他在《江南李秀才過敝廬因言及詩法賦此長歌用答來意》一詩中說：「平順卻難險巇易」。這句話，最能說明謝榛邊塞七絕的特色，也正是謝榛區別於那些以「險巇」虛張聲勢的叫囂派作家的根本點。這種「平順」不同於「平直」，而是經過慘淡經營之後又回復自然的一種高級狀態。王安石有云：「看似尋常卻奇崛」，也正是這個意思。四溟山人極言「平順」之難，的確是經過長期的藝術實踐之後才得出的深切體會。

　　無庸贅言，於平順之中見其豪邁的氣勢，自然也可視作謝榛七絕的第三大特點。

　　必須聲明：以上將謝榛七絕的特點分作三大方面來談，只是為了行文的方便。這三者之間是斷斷不可分割的。謝茂秦七絕的總特點，正是那深厚而真摯的情意、通暢而明麗的語言、豪爽而平順的氣勢的有機結合。謝榛是一個學唐的詩人，但他並不單純、膚淺、機械地摹擬某一個唐代詩人。前後七子，均以學唐相標榜，然就七絕而論，真正得唐人三昧的還是這位布衣終

身、又被開除出「五子」「七子」之列的謝山人。從謝榛在世之日起，就有人對他的詩作進行評價：有人說他「詩法盛唐，而氣格不逮。」（朱中立）有人說他「壯麗類大曆以上」。（彭子殷）有人說他「志在學杜，庶幾升堂」。（穆敬甫）有人說他「融和流暢，自是中庸，與諸公大不同」。（胡元瑞）有人讚揚他「求真詩於七子之中，則謝茂秦者」。（江進之）有人鄙薄他「排比聲律，為一時之最，第興寄小薄，變化差少」。（王元美）各執一端，莫衷一是。實際上，怎樣吸取唐人精華，怎樣作詩，謝榛自有主見。他說過：「選李、杜十四家之最者，熟讀之以奪神氣，歌詠之以求聲調，玩味之以哀精華。得此三要，則造乎渾淪，不必塑謫仙而畫少陵也。」（《列朝詩集小傳》丁集上引）論者往往容易把謝榛的這段話等同於王李諸人的模擬理論。實際上，謝榛這裡所說的熟讀之、歌詠之、玩味之，無非是要得唐人詩歌之整體精神，而不是作枝節的模仿。所謂「造乎渾淪」，其實就是一種對藝術整體美的追求和鍛鍊。無論是神氣抑或聲調，唐代諸家都有各自的優長，如果僅作某一方面、某一家數的模擬，即便是達到畢肖的地步，也不過是仿造的贗品，不過是如謝榛所批評的那樣「塑謫仙而畫少陵」而已。況且，詩歌的創作過程，應是某一作家一種整體的藝術修養的再現過程。一個優秀的詩人，必須有他自成一體的風格，否則，即便他能夠雜取眾家之長，得甲之神氣、乙之聲調，也只能算是各種美味佳餚的大雜燴。融匯眾長是前提，自成一家才是目的，融匯眾長也還是為了自成一家。所謂自成一家的風格，除了作家從前人那裡吸收進來以及個人自己培養而成的許多方面的長處之外，還有一種能將這許多長處有機地組合在一起的整體規律。而這種整體規律性的東西，既依賴於各方面的長處而存在並受諸長處的制約，又可以獨立於諸長處之外並調節諸長處。只有這樣，他才算形成了他自己的一個完整而獨立的世界，才算具有了自成一體的風格。謝榛的「造乎渾淪」，雖不一定從理論上有如此明晰的認識，但已約略接近這個意思。而他的《四溟集》中那些寫得好的七絕，則正是這種理論的實踐。

　　總之，無論是詩歌創作的實踐還是理論，四溟山人都不是李、何、王、李所能牢籠得了的。

（原載《湖北師範學院學報》1989 年第一期）

袁小修遊記探勝

　　公安三袁中的小弟袁小修，不但是個文學家，還是一個旅遊家。他一生中，曾多次遊歷祖國的名山大川，「泛舟西陵，走馬塞上，窮覽燕、趙、齊、魯、吳、越之地，足跡幾半天下，而詩文亦因以日進。」（錢謙益《列朝詩集小傳》丁集中）在遊歷過程中，他寫下了大量遊記，給我們再現了塞北江南大自然的美景，同時，也留下了他自我性情的真實寫照，留下了公安派文學主張實踐的足跡。

　　讀袁小修遊記，我們首先不能不被他筆下所描繪的自然美景所陶醉。在那裡，我們可以感受到大自然的勃勃生機：「玉泉早發，山中野花盡開，沿途青李及棠黎花皆如雪。」（《由玉泉至高安記》）也可以領略到造物主的無盡威力：「石為水所蝕，若龜魚仰面昂首，出沒水閘。灘聲雷轟，霏珠濺雪，小舟復不可往。」（《再遊花源記》）這裡有雄奇廓大的壯景的描繪：「登妙高臺，風濤際天，簸蕩川嶽，東望大海，水氣浩白無際。」（《東遊日記》）也有細緻入微的幽境的刻畫：「見古木蕭蕭，柯韻悠揚，石橋流水，悄然如話。」（《遊太和記》）袁小修以其神奇的畫筆，給我們留下了一幅又一幅賞心悅目的山川美景圖畫。

　　如果說，像上述這些靜止的景物描寫還不算什麼稀奇的話，那麼，我們再從袁小修靈動的筆端來看一看他對那流動的景物所作的動態描寫吧。「山欲起而復伏，如馬受啣而未即馳，如帆將掛而未即張，如鸞翔鳳翥欲往而尚有待也。」（《遊桃源記》）這是有生命的山，是如奔馬將馳、風帆將掛、鸞鳳將飛的山。「然九水發，巴江之水亦發。九水方奔騰皓淼，以趨潯陽；而巴江之水卷雪轟雷，自天上來。竭九水方張之勢，不足以當巴江旁溢之波。九水始

若屏息斂衽雨不敢與之爭。九水愈退，巴江愈進。」（《遊岳陽樓記》）這是人格化的水，是如英雄、如鬥士、如戰神的水。在這裡，山山水水都給人以力量的衝越感，給人以生命的爆發力。這不僅是寫山水的風貌，更是在傳達山水的精神。到底是小修寫山水，還是山水寫小修？不得而知之。

讀一篇好的遊記，人們往往不僅要用眼睛，甚至要用耳朵、鼻子，乃至要將眼、耳、鼻、舌、身諸種感覺器官一齊開動，才能得到美的享受。小修遊記中的某些篇章正是如此。請看：「夜中雨滴竹葉，時復鏗然。曉枕上聞黃鸝聲，入耳圓滑。起視初日出松中，一山皆霧露。」（《遊德山記》）如此筆墨，堪稱有聲有色。「予乃竊步弛道間，至桃花下，月色轉朗耀，花香薰人。」（《再遊花源記》）這種感受，非得鼻、身並用不可。「漸入萬山中，青松拂面。過清化驛，見山色波頭起伏，遠黛可餐，如剡筍解籜。」（《過藥山大龍山記》）觸覺、視覺、味覺，在這裡融為一體。「路上之松風，與溪下之泉響相競。行近溪，則松風為泉聲隱；從嶺脊上行，則松風喧甚，泉聲亦少隱。」（《玉泉閒遊記》）在蜿蜒的山間小路的指揮下，松濤泉流作出了動人的二重鳴奏。袁小修的遊記是視覺藝術，它給讀者提供了丹青美景；它也是聽覺藝術，給讀者獻上了交響樂章；它能讓你飽餐秀色，亦能讓你呼吸芬芳，還能讓你隱隱約約感受到大自然的愛撫。它是那麼地神奇虛幻，又是那麼地切實可感。在造物主的懷抱與讀者的靈臺之間，作者總保持著那麼一段若即若離、不即不離的間距。然而，這正是審美的間距，是讀者的感覺器官向大腦反饋美的信息的間距，也是在理智的默許下，人們的眼、耳、鼻、舌、身活躍非凡、大顯神通的間距。畫家作畫，講究色彩、光線的運用。遊記是以文字作畫，離開了對色彩、光線的描寫，同樣會興味大減。袁小修正是一位以文字作畫的藝匠，其中三昧，自當了然於心。「近洞有樵家，牆外青石如碧煙，石隙紅杏兩三株盛開。」（《玉泉閒遊記》）這是補色並列而引起強烈對比的色覺，使人感到紅的更紅、碧的更碧。「洞庭觀水，最為雄奇。然宇宙間數百里，一片軟嫩芳草，翠綠嬌媽，與水色相漾。」（《涉小洞庭記》）這是冷色融合而形成沉靜、平和的色調，使人感到水草一色、水天一體。「時新篁作嫩綠色，照耀几案。」（《東遊日記》）嬌嫩的綠竹反光入室，使房子裏一片碧玉的輝映，這是精巧的移色作光。「水常親曦月之光，而不勝爛然。」（《遊太和記》）明亮的月光直射清波，使水面上一派爛銀的閃爍，這是絕妙的借光著色。「於時宿霧既收，初日照林，松柏膏沐之餘，楊柳浣瀚之後，深翠殷綠，媚紅娟美，至於原隰隱畛，

草色麥秀，莫不淹潤柔滑，細膩瑩潔，似薤簟初展，文錦乍鋪矣。」（《遊西山十記》之八）這就更是一個光照著色、色映著光，充滿無限生機、無邊情趣的美妙境界了。

通過以上對一幅幅美妙畫面的瀏覽，我們已經知道袁小修在描物狀景方面具有何等的能力了。但是，就此為止，我們還不能算是領略了小修遊記的真正藝術造詣。我們還應看到在這些美妙的景色中活動著的人，尤其是袁小修本人，看到小修遊記對風俗人情的寫照傳真，尤其是對自我性情的誠摯袒露。

在袁小修遊記中，不乏對風俗人情的描寫。這裡有對某地土特產的記述：「過富池，富水發青溢山，注於江上。多市笛竹簟者，竹本笛材，以作簟，亦名薤葉。」（《東遊日記》）也有對民間佳節的描繪：「五色龍舟，飛渡水滸。弄舟者多美少年，舟與裝一色，分部角勝，簫鼓若沸，歌笑聲動天地。」（同上）這裡有遊春的少女：「遊女多攀楊柳，採其苗。」（《南歸日記》）還有屠沽的和尚：「寺僧亦不知有律儀，屠沽治生。」（聰遊龍泉九子渚勝記》）這裡有貧民覓食的昔辛：「見路人採輪時食之，取嘗甚甘。陽城屑榆為粥，即此口。」（《南歸日記》）也有行人患盜的警惕：「時已昏黑，依岸行。見一樵人，予呼之，其人急走，意以予為盜也。」（《再遊彰觀山記》）天南地北，男女老少，各種人物，各種風俗，都積聚於小修筆端，構成了迷人的風俗畫。

然而，寫他人畢竟是其次，寫自我才是小修遊記最為精彩之處。首先，我們來看一些比較直接的自我感受的描寫：「山行七八里，倦極，五內皆熱。忽聞泉瀉澄潭，心脾頓開，煩火遂降，乃知泉石之能療病也。」（《遊桃源記》）這是環境對自我的由生理到心理的刺激。「日暮，炮車雲生，猛風大起，湖浪奔騰，雪山淘湧，震撼城郭。予始四望慘淡，投箸而起，愀然以悲，泫然不能自己也。」（《遊岳陽樓記》）這是氣氛對自我由心理到生理的震撼。「向來居重垣內：如螺如繭，至是始與山色泉聲親。」（《柴紫庵記》）這是脫離樊籠後的鳥兒樣的喜悅。「予居此數月，無日不聽泉。初曦落照往焉，惟長夏亭午，不勝爍也，則暫去之矣；斜風細雨往焉，惟滂泥淋漓，偃蓋之松不能蔽也，則暫去之矣。暫去之，而予心皇皇然若有失也。」（《爽籟亭記》）這則是難見情侶時的戀人般的惆悵。一山一水，一草一石，在袁小修的眼中、筆下、心頭，都是那麼情深意長、息息相關，袁小修的「自我」，常常自覺不自覺地被「化」到那瑰麗奇偉的景物中去了。

　　要將「自我」打入大自然之中，首先必須真正熱愛大自然。這兒來不得半點的虛偽和做作，而需要地地道道的真情實感。袁小修說：「古今之樂，自八音止耳。今而後始知八音外，別有泉音一奇。世之王公大人不能聽，亦不暇聽，而專以供高人逸士陶寫性靈之用。雖帝王之威英韶武，猶不能與此泠泠世外之聲較也，而況其他乎？」（同上）這是何等的情致，大有「得泉聲如此，南面王不足尊也」的勢概。袁小修又言：「目對堆藍積翠之色，自謂毛嬙西施不如也；耳聆轉石奔雷之聲，自謂韓娥宋臘不如也。」（《玉泉拾遺記》）山色水聲，勝似蛾眉，只要領略了大自然的真諦，其他一切均可置之不顧。人言袁小修之為人「以豪傑自命，視妻子如鹿豕之相聚，視鄉里小兒如牛馬之尾行」，（《列朝詩集小傳》丁集中）信非虛語。

　　有如許真性情，方能不拘格套地抒寫而出，方能做到人境一體。請看這樣的描寫：「朱魚萬尾，匝池紅酣，爛人目睛，日射清流，寫影潭底，清慧可憐。或投餅於左，群赴於左，右亦如之，咀呷有聲。然其跳達刺潑，遊戲水上者，皆數寸魚，其長尺許者，潛泳潭下，見食不赴。安閒寧寂，毋乃靜燥關其老少耶？」（《遊西山記》之四）是魚兒寫影潭中，還是小修寫影潭中？是小修戲賞魚兒，還是魚兒感化小修？是魚兒像人一樣，還是人兒像魚一樣？只好請讀者自己慢慢回味咀嚼了。人，是大自然的主人，也是大自然的兒子。在美麗的大自然面前，人的童心、人的真性情往往會由靈魂深處脫離皮囊跳脫蹦達而出，往往會衝破所有的束縛奔流迸發而來。在這裡，時光老人會停下他拘板的步履，人們往往會回到那孩提歲月，蕩漾在人們心胸的，正是那童年的幼稚、天真與赤誠。在小修的遊記中，曾多次向讀者展現、裸露了他這種天真無邪、返老還童的心理、情趣：「獨遊山後，見澄江如委練。侍兒取石，下擲山背，滑不受石，石不得住，數跳而入江，激濤若雪以為樂。」（《澧遊記三》）年輕的小廝在大自然面前歡呼雀躍，情不自禁地將自己投入母親的懷抱，盡情地嬉戲。「有老道人從石壁上，復緣而下，欲見其捷，失足仆地，眾皆笑。」（《再遊花源記》）年邁的道人在大自然面前躍躍欲試，迫不及待地想大顯身手，不料功敗垂成，引來了開懷的大笑。「潭邊石路淨滑，可據以濯足。諸人皆鳥緣上。予初怖之，後於近舟乞二篙，上下各以一人持之，予攀挾而上，石狹淺不受足，幾墮，上復投予以繩，乃得至洞。」（《遊佛耳岩記》）作為士大夫的作者，也放下身份，冒著生命危險去涉險探勝，感受奮鬥而成功的樂趣。「日已西，見道人執畚者插者帶笠者野歌而歸，有老僧持杖散

步塍間，水田浩白，群蛙偕鳴。」（《遊西山十記》之一）在這麼一幅被作者所美化了的田園詩般的圖畫中，人們在妝點大自然的同時，也在用大自然來妝點自己。

袁小修不僅是一個旅遊家，甚至可以說還是一個旅遊理論家。他的遊記，在描物、狀景、寫人、抒情的同時，又常常從理論上來總結自己的旅遊經驗。「大都山以樹而妍，以石而蒼，以水而活。」（《遊德山記》）不經歷百壑千峰，能有如此深刻而系統的認識嗎？「吾著腳名山多矣，未有秀邃如鹿苑者。蓋因峰為牆，因水為池，因岩為室，因隘為門戶。不修飾而自極煙雲之美。」（《遊鹿苑山記》）這是對天然無飾整體的山水美的感受和總結。「天下惟夏雲最奇，而湖上之夏雲尤奇。」（《遊君山記》）這是一般人不易領略到的獨特美景的經驗之談。「故樓之觀，得水而壯，得山而妍。」（《遊岳陽樓記》）這大概也是登臨送目的遊人內心有所感而不得言傳的體會吧。「大都一洞皆千年溜乳所成，窮工極變，色如陳雪，佛大士及鍾鼎像兒花鳥之類，以意模之，皆得其彷彿，正不必真似也。」（《遊靈巖記》）求神似而不求形似，這難道不是把中國繪畫的理論運用於旅遊之中了嗎？不僅如此，小修甚至還有「五宜居山」、「四快」等大段的旅遊理論闡述，甚至還有《書太和記後》那樣的「導遊者言」。這樣一些豐富的旅遊經驗和理論，就是對我們今天的旅遊愛好者來說也不無幫助。

袁小修遊記有三種體制。一種是日記體的遊記，如《東遊日記》、《南歸日記》，都是行程數千里、洋洋萬餘言的大型遊記，並且嚴格按時日順序記載遊歷各地的所見所聞所感。這類遊記的特點是文筆簡練，有話則長，無話則短，且沿途考據，能使讀者隨作者進行長線漫遊，產生目不暇接的美感。另一種是連續體的遊記，如《澧遊三記》、《遊西山十記》等，拆開來，可單獨成篇，合攏來，又渾然一體，既有相對的獨立性，又有內在的連貫性。這類遊記的持點是詳略勻稱，布置得當，單篇之間的分量大體相近，有利於讀者對某處景致作不同層次、不同角度的理解和欣賞。第三種是短劄體的遊記，這是小修遊記的主體，篇幅有長有短，非常自由，長的如《遊太和記》有兩千餘字，短的如《遊佛耳者記》還不到二百字。作者信筆而揮，不拘格套，或寫一得之景、一得之見、一得之趣，或寫一方風物、一地習俗、一脈靈性，宛如一枚枚橄欖，可供讀者作長時間的咀嚼，並且可以選擇性的閱讀，拿得起，放得下，不會產生閱讀時的疲勞感。總之，這三種形式各有所長，相得益彰，使

袁小修的遊記在體制上也顯得豐富多彩，不拘一格。

袁小修遊記的境界是美的，然而這種美的境界還必須依賴於美的語言，依賴於高超的修辭手段。小修遊記的語言有其獨特的風格，那就是以豪爽恣肆為主，更輔之以靈動跌宕和清新秀逸。請看這麼一段有代表性的描述：「大江自三峽來，所遇無非石者，勢常結約不舒。至西陵以下，岸多沙泥，當之輒靡，水始得遂其剽悍之性，如此者凡數百里，皆不敢與之爭。而至此忽與石遇，水洶湧直下，注射拳石，石齦齶力抵其鋒，而水與石若相持而戰。以水戰石，則汗汗田田，澎澎湃湃，劈之為林，蝕之為竅，銳之為劍戟，轉之為虎兕，石若不能無少讓者；而以石戰水，壁立雄峙，怒儜健鷙，隨其洗磨，簸蕩之來，而浪返濤回，觸而徐邁，如負如北，千萬年來，極其力之所至，止能損其一毛一甲，而終不能齧骨理而動齦齦。於是石常勝，雨水常不勝。此所以能為一邑砥柱，而萬世賴焉者也。」（《遊石首繡林山記》）像這樣的描寫，真可稱得上是「筆墨恣肆，神龍飛舞。」（績溪章衣萍《珂雪齋近集序》）就修辭手法而言，小修遊記有誇張、擬人、對偶、排比、摹擬、反覆諸般之妙，尤以生動的比喻見長。這裡僅拈數語，以作一臠之嘗吧。寫小洲：「山前有洲如月。」（《澧遊記二》）寫孤峰：「孤峰下引，若龍象之飲於江。」（《遊德山記》）寫怪石：「右一石如人吐舌，左一石如郎當舞袖。」（《遊桃源記》）寫山色：「遠視華容東山玄石諸山，如潑墨。」（《遊龍蓋山記》）寫遠城：「正方登其顛，望一城如小盂。」（《南歸日記》）寫石乳：「窟中石作珂色，懸乳如蠟淚。」（《遊玉泉記》）寫瀑布：「見雨瀑，如白龍蜿蜒而行。」（《遊太和記》）

袁中郎嘗稱乃弟小修：「是跡所至，幾半天下，而詩文亦因之以日進。大都獨抒性靈，不拘格套，非從自己胸臆流出，不肯下筆。有時情與境會，頃刻千言，如水東注，令人奪魄。」（《序小修詩》）這是對袁小修詩文總的評價，也是公安派文學觀、創作觀的核心論斷，以袁小修的遊記而言，這難道不也是最為精當中肯的概括嗎？小修遊記，取法自然、發乎胸臆，「小修誠天才也」，然亦為山川日月、草木煙霞之秀氣之所鍾者。

（原載《寧夏教育學院銀川師專學報》1989 年第三期）

明代詩文流派述評

臺閣體

　　明代文壇經過洪武初年的短暫繁榮局面之後，自永樂至天順（1403～1464）六十年間，被一些臺閣重臣們平庸膚廓、點綴太平的詩文所佔領，他們的作品被稱為「臺閣體」。

　　臺閣體的出現絕非偶然，自有其多方面的原因。首先是自建文朝「南北戰爭」之後，永樂一系的統治日漸鞏固，社會相對穩定，經濟也有所發展，明王朝步入了它的「太平時代」。這種社會大背景，正是臺閣體賴以產生的土壤。其次，明太祖朱元璋晚年殺戮大臣，大興文字獄，文人學士噤若寒蟬，永樂帝對文臣的鉗制亦不弱於乃父。這種皇權高度集中的政治緊縮政策，對士大夫文人詩文寫作的視野和膽氣勢必產生一種限制和壓抑作用。其三，在洪武初年某些文人如汪廣洋、劉崧等的一些作品中，便已初露空泛蒼白文風之端倪，種下了不良風氣的種子。至於吳祐（字伯宗，洪武四年狀元，後曾官武英殿大學士）的某些詩句，如「唐堯虞舜今皇是」，「萬歲聲呼山動搖」，「江海小臣無以報，空將詩句美成康」等等（均見吳伯宗《榮進集》），則是歌功頌德的臺閣體的先聲了。到楊士奇、楊榮、楊溥相繼入閣，歷輔永樂、洪熙、宣德及正統之初四朝，「天下清平，朝無失政，中外臣民翕然稱『三楊』。」（《明史·楊溥傳》）臺閣體詩文，便漸臻於極致。

　　楊士奇（1365～1444），名寓，以字行，江西泰和人。建文初，薦入翰林，永樂間累官至左春坊大學士。仁宗（洪熙）即位，任禮部左侍郎兼華蓋殿大學士，旋晉兵部尚書，長期輔政，有《東里集》。楊榮（1371～1440），字勉

仁，建安（今福建建甌）人。建文三年（1400）進士，授編修，永樂間擢文淵閣大學士。仁宗即位，進謹身殿大學士，加工部尚書，與楊士奇同輔朝政多年，有《楊文敏集》。楊溥（1372～1446）字弘濟，湖北石首人。與楊榮同年進士，授編修。仁宗即位，任翰林學士，宣德間任禮部尚書，正統三年（1438）進武英殿大學士。宣德以來，與楊士奇、楊榮「同治內閣事」。（《明史·宰輔年表》）

平心而論，楊士奇等人在政治上頗有才幹，人品亦稱端方正直。他們歷輔四朝，政績頗多可觀，作為政治家，均稱治世之能臣。但是，由他們來主持文壇，領袖縉紳文章，卻是一種歷史的誤會。正是他們大寫「太平天子太平朝，太平宰相太平詩」，將明代前期六十餘年的詩文創作導入了一個令人窒息的死胡同，產生了極其不好的影響。

「三楊」之中，影響最大的是楊士奇，而楊士奇之為詩，追根溯源，乃是承明初江西派詩人（並非宋代江西詩派）而來。楊士奇本是江西人，明初江西派詩人如劉崧、陳謨、梁蘭等，都對他有較大影響。明初江西詩人多講究平易暢達、自然質樸，而他們淵源所自又是元代的虞集、范梈等。虞、范詩風講究藏鋒斂鍔、從容素雅，這種詩風無論對於楊士奇所處的時代還是他所處的地位而言，都是非常適用的。於是，虞、范詩風中經明初江西派詩人而影響到楊士奇輩，從而促進了臺閣體基本格調的形成。故錢謙益云：「江西之派，中降而歸東里，步趨臺閣，其流也卑冗而不振。」（《列朝詩集小傳·劉司業崧》）臺閣體詩文，在內容上是蒼白空虛的，或替皇帝歌功頌德，或表現君臣之間的融洽關係，或粉飾現實、歌唱太平，大都是一種高高在上、空洞褊狹的廟堂之制。在表現形式方面，無論是誥制詔敕類的典質文字，還是墓誌銘、神道碑、題序、贈答這樣一些應酬之作，乃至於題畫、山水等詩歌作品，大都體現了一種「雍容平易」（《四庫全書·楊文敏集提要》）的總體風格。即便是江山風物、羈旅漫遊這一類最能激發感情、引起詩意的題材，到他們手裏，也顯得那麼平正端厚。如楊士奇《漢江夜泛》：「泛舟入玄夜，奄忽越江干。員景頹西林，列宿燦以繁。凝霜飛水裔，回飆蕩微瀾。孤鴻從北來，哀鳴出雲間。時遷物屢變，遊子殊未還。短褐不掩脛，歲暮多苦寒。悠悠念行邁，慊慊懷所歡。豈不固時命，苦辛誠獨難。感彼式微詩，喟然興長歎。」再如楊榮《江南旅情》：「客夢家千里，鄉心柳萬條。片雲遮海嶠，一雨送江潮。戀闕絺袍在，懷人尺素遙。春光看又晚，何處灞陵橋。」如此作品，從中很難找到

多少詩的意境和韻味。況且，上引二首，在臺閣體中尚屬可堪一讀之作，至於那些更為平庸的詩文，則又等而下之了。

詩歌，離不開詩人對生活中美好事物的敏感捕捉，同時也離不開民間文學泉水的滋潤。臺閣體作品之所以如此沒有詩味，關鍵在於他們對生活反映的遲鈍，在於他們遠離了民間文學的源頭活水。「真詩在民間」，似乎是詩人們必須認識到的一條真理。即便是如楊士奇這樣的名臣顯宦，只要他把審美目光投向那充滿詩情畫意的生活，只要他能從民歌中呼吸一絲半點的新鮮空氣，退一步講，只要他模擬一下民歌風調，也有可能從那金殿丹陛之下冒出一痕春的綠色。如其《發淮安）一詩就是如此：「岸蓼疏紅水荇青，茨菰花白小如萍。雙鬟短袖慚人見，背立船頭自採菱。」可惜的是，這樣的擬民歌之作，在臺閣體詩中實在是寥若晨星。

由於「三楊」久居高位，名氣極大，朝中眾多高官顯宦，又紛紛為之羽翼張揚，故「三楊」文章一出，天下風靡，旋即形成一個文學流派——臺閣體。除「三楊」外，此派主要成員尚有胡廣、金幼孜、黃淮、王英、王直、李懋、陳敬宗等，他們或為館閣大臣，或居尚書高位，或充文教長官，各有別集盛行於世。這些人的文學觀可從錢謙益的一段話中略窺一二：「大率前輩別集，經人撰定，恐破壞道學體面，每削去閒情豔體之作，而存其酬應冗長者，殊可歎也！」（《列朝詩集小傳·李祭酒懋》）這大概也算是「臺閣體」的風度吧。久而久之，臺閣體風氣養成並流播四方，乃至不少讀書人先以八股文為敲門磚，待金榜題名後，又去模仿臺閣體，以求青雲之路。長此以往，致使臺閣體風氣浸淫彌漫，不可收拾，籠罩文壇六十餘載，流弊所及幾近百年。

對於臺閣體，我們有必要把它與北宋的西崑體聯繫起來加以甄別。這兩個文學流派表面看來是有某些相同之處。如：二者均產生於社會相對穩定的時代，其間主要作家又大都為顯宦名臣，作品內容又大多空洞無物，都給後世造成了不良影響等等。但是，這兩個文學流派在形式、風格方面卻又有著明顯的不同。西崑派生吞活剝李商隱，堆砌典故，組織華藻，造語生澀，意象深婉，從一定意義上說，是以艱深華麗掩飾其御用文人的空虛，而臺閣體則講究雍容平易，意象顯豁，語言流暢，詞氣安閒，說到底是以溫釋和容來顯示其太平宰相的風度。

對臺閣體及其影響，明清兩代論者多所不滿，常有譏評。胡應麟云：「成

化以還，詩道旁落，唐人風致，幾於盡瀓」。（轉引自《明詩綜》卷二十二）此是就臺閣體的影響而言其平庸。王稚登云：「明興以來，作者絕少。逮乎正統以後，則益猥弱雕瑣，無足採觀。」（同上，卷二十九）這是批評臺閣體本身的萎弱。錢謙益云：「國初相業稱三楊，公（士奇）為之首。其詩文號臺閣體。今所傳《東里詩集》，大都詞氣安閒，首尾停穩，不尚藻辭，不矜麗句，太平宰相之風度，可以想見，以詞章取之則末矣。」（《列朝詩集小傳·楊少師士奇》）既道出了以楊士奇為首的臺閣體的基本風格，又於襃揚之末陡加貶抑。朱彝尊云：「成（化）、弘（治）間詩道旁落，雜而多端，臺閣諸公，白草黃茅，紛蕪靡蔓。」（《靜志居詩話》）這是對臺閣體所造成的百年流弊的不滿之辭。至於《四庫全書·明詩綜提要》對臺閣體的批評，則尤為尖銳：「永樂以迄於弘治，沿三楊臺閣之體，務以春容和雅，歌詠太平。其弊也冗沓膚廓，萬喙一音，形模徒具，興象不存。」這就更把臺閣體自身的弊端以及不良影響和盤托出、貶斥無遺了。

臺閣體對明代文壇的影響是消極乃至惡劣的。它使明代前期詩文創作陷入為封建王朝歌功頌德、粉飾太平的泥潭而難以自拔，它使將近百年的詩文園地籠罩著濃厚的呆板、平庸、膚廓的空氣。這種難堪的局面，直到弘治間前七子出來，才有所改觀。

茶陵派

臺閣體佔領明代文壇六十餘載，終於遭到前七子的反對。但在臺閣體與前七子之間，有一個過渡性的「橋樑」，這便是茶陵派。此派的得名，乃是因其領袖人物李東陽為湖南茶陵人的緣故。

李東陽（1447～1516），字賓之，號西涯，天順八年（1464）進士，歷仕成化、弘治、正德三朝，累官至吏部尚書兼文淵閣大學士，有《懷麓堂集》。

李東陽「歷官館閣，四十年不出國門」。（《列朝詩集小傳》）「獎成後進，推挽才彥，學士大夫出其門者，悉粲然有所成就。自明興以來，宰臣以文章領袖縉紳者，楊士奇後，東陽而已」。（《明史》本傳）流風所及，便形成了不以「臺閣」命名的新臺閣體派——「茶陵派」。

與「三楊」不同的是，李東陽有一套系統的詩歌理論。從形式方面著眼而提倡宗唐法杜，是李東陽詩歌主張的中心內容。他說：「長篇中須有節奏，

有操、有縱、有正、有變，若平鋪穩布，雖多無益。唐詩類有委曲可喜之處，惟杜子美頓挫起伏，變化不測，可駭可愕，蓋其音響與格律正相稱。回視諸作，皆在下風。然學者不先得唐調，未可遽為杜學也。」「詩用實字易，用虛字難。盛唐人善用虛，其開合呼喚，悠揚委曲，皆在於此。用之不善，則柔弱緩散，不復可振，亦當深戒。」（均見《懷麓堂詩話》）不難看出，李東陽提倡宗唐法杜，主要是從詩歌的音調、法度著眼。這種理論注定了他只能得杜詩之皮毛而非精髓。與此同時，李東陽還提出了學古但又不能泥古的見解：「今之為詩者，能軼宋窺唐已為極致。兩漢之體已不復講，而或者又曰：必為唐，必為宋，規規焉俯首縮步，至不敢易一辭出一語，縱使似之，亦不足貴矣，況未必似乎？」（《鏡川先生詩集序》）他主張對古詩精華反覆地長時間地諷詠，「心領神會，自有所得」。（《懷麓堂詩話》）這種觀點為前七子中何景明所繼承，即所謂「領會精神，臨景結構，不仿形跡」。（《與李空同論詩書》）又為後七子中謝榛所發揮：「學李、杜者，勿執於句字之間，當率意熟讀，久而得之。此提魂攝魄之法也。」（《詩家直說》卷二）由此可見李東陽對前、後「七子」的影響，誠如王世貞所說：「長沙（東陽）之於何、李，其陳涉之啟漢高乎！」《（藝苑卮言》）

在李東陽的詩歌理論中，還有一些見解也頗有價值，值得一提。首先，他從辨體入手，反對把詩與文、尤其是論著文混在一起來衡量，主張加以區別認識。他說：「古之六經《易》《書》《春秋》《禮》《樂》皆文也，惟風、雅、頌則謂之詩，今其為體固在也。」（《春雨堂稿序》）兩者各不相混。其區別在於：「文者言之成章，而詩又其成聲者也。章之為用，貴乎紀述鋪敘，發揮而藻飾；操縱開合，惟所欲為，而必有一定之準。若歌吟詠歎，流通動盪之用，則存乎聲，而高下長短之節，亦截乎不可亂。」（同上）他還對當時某些辨體不明者進行了批評：「詩與文不同體。近見名家大手，以文章自命者，至其為詩，則毫釐千里，終其身而不悟。」（《懷麓堂詩話》）關於這一點，前人如柳宗元等已有論述，但李東陽則加以發揮和補充，在認識上更進了一步。其次，就詩論詩，李東陽也考究了詩歌這一藝術形式的特質，尤其是詩與樂的關係。他說：「詩在六經中，別是一教，蓋六藝中之樂也。樂始於詩，終於律。……後世詩與樂判而為二，雖有格律，而無音韻，是不過排偶之文而已。」「觀《樂記》論樂處，便識得詩法。」（同上）此外，李東陽還提倡詩要發人之性情，要有所寄託，要含蓄，詩貴意，意貴遠不貴近，貴淡不貴濃，貴情思而輕事實

等等。這些認識，都是基本可取的。

李東陽是一個創作態度相當嚴肅的詩人，他試圖以較為質實的內容來矯正臺閣體平庸膚廓的風氣。但由於他本人「四十年不出國門」，長期生活於館閣之中，缺乏對生活廣泛而深刻的認識體會，因此，常常為作詩而作詩，寫的是題目而不是生活和感情。他有些精闢的詩學見解，並未能真正在其創作實踐中得以貫徹實行，這就使他的作品最終未能越出臺閣體陰影的覆蓋。再者，由於嚴肅得過分，他的詩大多令人感到平穩有餘而靈氣不足。李東陽有近千首七律，大多詩味不足。如：「匹馬緣溪卻度橋，蓽門疏樹影蕭蕭。東鄰舊路元相接，北郭幽期豈待招。滿地明月如白晝，一燈人語共清宵。悠悠二十年前事，都向春風夢裏消。」（《宿海子西涯舊鄰》）這便是典型的李西涯七律，對仗工穩，音調和諧，平仄協調，鍛鍊齊整，從法度音調上均無從挑剔，讀來卻淡乎寡味。當然，李東陽也有寫得比較好的詩，尤其是他某些暫時走出京門、投向生活而後為之的作品，就顯得描寫真切生動、情感自然溢發，與那種敷衍吟歎的臺閣風氣迥然不相同。如《馬船行》、《風雨歎吳江舟中作》、《夜過仲家淺閘》、《九日渡江》、《與趙夢麟諸人遊甘露寺》等，均可作如是觀。可惜這類佳作，在《懷麓堂集》中為數太少。就總體而言，李東陽的七古長篇反映生活較為開闊，題材多樣，比他那些取材於歷史的樂府和四平八穩的七律要強得多。

由於李東陽以臺閣重臣領袖縉紳文章，門生滿天下，又由於他有成套的詩歌理論，因此，當臺閣體日趨消歇之時，「李、何未出之前，東陽實以臺閣耆宿主持文柄」。（《四庫全書·懷麓堂詩話提要》）茶陵派也因之聲名大振。茶陵派主要成員除李東陽外，尚有張泰、謝鐸、陸釴、彭民望、邵寶、何孟春等人。

張泰（1436～1480），字亨父，江蘇太倉人。官至翰林修撰，有《滄洲集》。詩與李東陽齊名，「弘治間藝苑，則以李懷麓、張滄洲為赤幟，而和之者，或流於率易。」（《列朝詩集小傳》引唐元薦語）因張泰早卒，故知之者甚少。李東陽曾為其《滄洲集》作序，略謂：「先生於文，無所不能，而必工於詩。縱手迅筆，眾莫能及。及其凝神注思，窮深鶩遠，一字一句，寧闕然而不苟用。晚乃益為沉著高簡之辭，而盡斂其峭拔奔洶之勢。」（轉引自《列朝詩集小傳》）然究其實，張泰詩「大抵圓轉流便，而短於含蓄。……視東陽《懷麓堂集》，實相去徑庭」。（《四庫全書·滄洲集提要》）謝鐸（1435～1510），字鳴治，浙

江太平人。官至禮部侍郎兼國子祭酒，有《桃溪淨稿》等。謝鐸與李東陽同館十年，嘗聯句唱和，輯為《同聲集》。據李東陽說：「既其老也，每出一詩，必令余指疵，不指不已。予有所質，亦頓心應之，必使盡力。」（《列朝詩集小傳》）可見二人實乃同聲相應、同氣相求之摯友。陸釴（約 1441～1490 左右），字鼎儀，江蘇崑山人。官至太常少卿，有《春雨堂稿》。陸釴與張泰、陸容齊名，號「婁東三鳳」。釴為詩「意識超詣，凌高徑趨，擺落塵俗」。（《列朝詩集小傳》）李東陽嘗為其詩集《春雨堂稿》作序。李東陽還歎息張泰、陸釴「二人者，天假之年，其所成就，不知到何等地位，而皆不壽以死，豈不重可惜哉！」（同上）

以上三人，均為李東陽同年進士，或與李東陽遞相唱和，或被李東陽推崇悼惜，均可作為茶陵派中李東陽的同輩詩人看待。此外，尚有彭民望，名澤，湖南攸縣人。景泰七年（1456）舉人，嘗任應天通判，有《老葵集》。李東陽有《寄彭民望》詩云：「斫地哀歌興未闌，歸來長鋏尚須彈。秋風布褐衣猶短，夜雨江湖夢亦寒。木葉下時驚歲晚，人情閱盡見交難。長安旅食淹留地，慚愧先生苜蓿盤。」對彭的沉淪不遇深表同情，可謂一唱三歎、感情真摯。李東陽在《懷麓堂詩話》中還談到此事，略云：「彭民望失志歸湘，得余所寄詩，潸然淚下，為之悲歌數十遍不休。不閱歲而卒。」彭氏亦可謂李茶陵同輩詩人。

茶陵派的後起之秀有邵寶、何孟春等。邵寶（1460～1527），字國寶，號二泉，江蘇無錫人。成化二十年（1484）進士，累官至南禮部尚書，有《容春堂集》。邵寶受業於李東陽之門，東陽以衣鉢門生期之。當「前七子」反對李東陽時，邵寶獨守其師法，確然不變。邵寶為文典重和雅，作詩清和淡泊，尤能抒寫性靈，如：「歸興時來案牘邊，故山風景自年年。綠分一水橋南北，青擁群峰屋後前。明月半窗空有夢，清風兩腋竟何緣。祗應獨上金山寺，吟倚滄江萬里天。」（《寄林鎮江》）堪稱佳製。故後來竟陵派鍾惺曾對錢謙益說：「空同（李夢陽）出，天下無真詩，真詩惟邵二泉耳。」（《列朝詩集小傳》）邵寶以關於文章方面的理論見長，認為作文要以當代名師為師，上而宋、上而唐、上而兩漢、直至先秦。這種論點，既接近於「前七子」，又不完全相同。何孟春，字子元，湖南郴州人。弘治六年（1593）進士，官至禮部侍郎。有《燕泉集》。何孟春少游於李東陽之門，對李東陽推崇備至，甚至夢中猶誦東陽詩，欲傳茶陵衣鉢，但因其才力不及，故往往失之平衍。何孟春的文學主

張，主要見於其《餘冬敘錄》一書，詩、文兼論。他認為，詩之拘於聲律乃因不學古詩，文之豔靡不振乃因不學古文，希望恢復古代詩文的傳統。這已與「前七子」理論十分相近了。

除上述諸人外，還有石珤、羅玘、顧清、魯鐸、儲巏、汪俊、汪偉、陸深等輩，均為李東陽門下文人，均與茶陵派有著或深或淺的關係。

明、清諸家，對李東陽及茶陵派之評價，毀譽褒貶，各各有之。「前七子」之反對李東陽，如《明史》所記：「弘（治）、正（德）之間，李東陽出入宋元，溯流唐代，擅聲館閣，而李夢陽、何景明倡言復古，文自西京、詩自中唐而下，一切吐棄。操觚談藝之士，翕然宗之。」（《文苑傳序》）「弘治時，宰相李東陽主文柄，天下翕然宗之，夢陽獨譏其萎弱。」（《李夢陽傳》）稍後，「嘉靖初，山東李開先趨風附和曰：『西涯為相，詩文取絮爛者，人才取軟滑者，不惟詩文靡敗，而人才亦從之。』王渼陂（九思）為詩喜之曰：『進士山東李伯華，相逢亦笑李西涯』。」（《列朝詩集小傳》）而「後七子」領袖王世貞則在《書李西涯古樂府後》中談到了自己對李東陽樂府詩前後不同的認識，他說：「吾向者妄謂樂府發自性情，規沿風雅，大篇貴樸，天然渾成；小語雖巧，勿離本色。以故於李賓之擬古樂府，病其太涉論議，遇爾抑剪，以為十不得一。自今觀之，亦何可少？夫其奇旨創造，名語迭出，縱不可被之管絃，自是天地間一種文字。」至胡應麟，一方面認為李東陽「才具宏通，格律嚴整，高步一時」；同時又指出李東陽、謝鐸、石珤等人「凡所製作，務為和平暢達，演繹有餘，覃研不足」。（轉引自《明詩綜》卷二十二）錢謙益對李東陽頗為推崇：「公以金鐘玉衡之質，振朱弦清廟之音，含咀宮商，吐納和雅，渢渢乎，洋洋乎，長離之和鳴，共命之交響也。」（《列朝詩集小傳》）朱彝尊對李東陽的評價則於褒揚之中有所貶抑：「昔賢以大謝繁蕪為累，大陸才多為患，此翁（指東陽）亦然。若其擬古樂府，因人命題，緣事立義，別裁機杼，方之楊廉夫、李季和輩，似遠勝之。至或剛而近虐，簡而似傲，文之佳惡，文正（李東陽卒後謚文正）蓋自得之矣。」（《靜志居詩話》）沈德潛對李東陽評價卻比較高：「永樂以後詩，茶陵起而振之。如老鶴一鳴，喧啾俱廢。」（《明詩別裁集·李東陽小傳》）

總的看來，茶陵派在理論和創造上雖不無可取之處，但終究未能突破臺閣體的樊籬，它處在從臺閣體到前七子之間，並未給當時詩壇帶來多少新鮮空氣。

前七子

正當以李東陽為首的茶陵派步臺閣體之後塵風靡天下時，青年進士李夢陽、何景明等崛起於弘治（1488～1505）年間，以復古為己任，將明代詩文的發展導入了另一條崎嶇的道路。

錢謙益云：「弘治時，朝士有所謂七子者：北郡李夢陽，信陽何景明，武功康海，鄠杜王九思，吳郡徐禎卿，儀封王廷相，濟南邊貢也。」（《列朝詩集小傳·邊尚書貢》）這就是所謂「前七子」。李夢陽（1473～1530），字獻吉，號空同子，慶陽（今屬甘肅）人，弘治六年（1493）進士，官至江西提學副使，有《空同集》。何景明（1483～1521），字仲默，號大復山人，河南信陽人，弘治十五年（1502）進士，官至陝西提學副使，有《大復集》。徐禎卿（1479～1511）字昌穀，一字昌國，吳縣（今江蘇蘇州）人，有《迪功集》。邊貢（1476～1532），字廷實，號華泉，歷城（今山東濟南）人，有《華泉集》。康海（1475～1540），字德涵，號對山，陝西武功人，有《對山集》。王九思（1468～1551），字敬夫，號渼陂，陝西鄠縣人。有《渼陂集》。王廷相（1474～1544），字子衡，號濬川，蘭封（今河南蘭考）人，有《王氏家藏集》。

前七子的復古活動，始於弘治初，盛於弘治末，率先發起者是李夢陽。「弘治初，北地李夢陽始為古文詞，變宋元之習。文稱左遷，賦尚屈宋，古詩體尚漢魏，近律則法李杜。學士大夫，翕然從之。」（李贄《續藏書》卷二十八）當時響應李夢陽的，並不限於「七子」中人。李夢陽進士時二十出頭，在京中，他結識了喬宇，所謂「二十逢君同躍馬」也。（李夢陽《喬太卿宇宅夜別》）。喬宇乃成化二十年（1484）進士，比夢陽年長，又早入仕途，二人文學觀點比較接近。幾年後，喬宇便開始「與李獻吉、王伯安切摩為文」。（《列朝詩集小傳》）王伯安即王守仁，弘治十二年（1499）進士，除刑部主事，「在郎署，與李空同諸人遊，刻意為詞章」。（同上）同時，還有抗淮、杭濟兄弟「與李空同結社」。（同上）而弘治九年進士的邊貢也很快加入這一行列：「時獻吉主盟，群英為輔，君（邊貢）其一也。」（《明詩綜》卷三十一引黃清甫語）隨後才是何景明、康海、王廷相（均為弘治十五年進士）的相繼參與，「是時關中李獻吉、濟南邊廷實以詩文雄視都邑，何君（景明）往造，語合，乃力變之古。」（同上卷三十引孟望之語）「德涵於詩文持論甚高，與李獻吉興起古學，排抑長沙（李東陽），一時奉為標的。」（《列朝詩集小傳》）「子衡起何、李之後，凌厲馳騁，欲與並駕齊驅。」（同上）而王九思雖於弘治九年獲進士，但

參與復古，卻稍晚一點：「敬夫館選試端陽賜扇詩，效李西涯（東陽）體，遂得首選，有名史館中。……既而康、李輩出，唱導古學，相與訾謷館閣之體，敬夫捨所學而從之，於是始貳於長沙矣。」（同上）「七子」中之姍姍來遲者，乃是弘治十八年進士的徐禎卿，「其持論於唐各家獨喜劉賓客、白太傅，沉酣六朝繁華流豔文章煙月之句。……。登第之後，與北地李獻吉遊，悔其少作，改而趨漢魏盛唐。」（同上）此外，尚有顧璘、孟洋、陸淵、朱應登、陳沂、鄭善夫等參與結社唱和。這樣，就掀起了一股強大的復古狂潮。正如李夢陽事後回憶的那樣：「當是時，篤行之士，翕然臻向。弘治之間，古學遂興。」（《答周子書》）在此基礎上才形成了「弘治間作者倡復古學，同調六、七人，李、何實為之長」的局面。（朱彝尊《靜志居詩話》）

李、何等人復古的動機，黃宗羲認為：「自空同出，突然以扶衰起弊為己任。汝南何景明起而應之，其說大行。」（《南雷文約》卷四）這「扶衰起弊」四字只是比較原則的看法，《明史·文苑傳序》則說得更為明確：「弘（治）、正（德）之間，李東陽出入宋元，溯流唐代，擅聲館閣，而李夢陽、何景明倡言復古，文自西京、詩自中唐而下，一切吐棄。」由此可見，前七子倡言復古的動機乃是：扶衰起弊、力追風雅、反撥臺閣、排抑長沙。

李、何等人的復古之舉，看似突然，實則有其淵源所自，遠者不說，在明初詩壇上，便可發現其中端緒。雖然在「洪武開國之初，人心渾樸，一洗元季之綺靡，作者各抒所長，無門戶之見」，（《四庫全書·明詩綜提要》）但是，洪武詩人們用以改變元季詩風的武器卻往往是「復古」。如劉基「獨標高格，時欲追逐杜、韓」；（《明詩別裁集·劉基小傳》）高啟「振元末纖穠縟麗之習而返於古」；（《四庫全書·大全集提要》）而「閩中詩派以子羽為首，宗法唐人，繩趨尺步」，（《明詩別裁集·林鴻小傳》）更形成了明代第一個「詩惟主唐音」的派別，乃至於該派高棅「選《唐詩品匯》專主唐音」，（《四庫全書·嘯臺集提要》）「終明之世，館閣以此書為宗。厥後李夢陽、何景明等摹擬盛唐，名為崛起，其胚胎實兆於此。」（同上，《唐詩品匯提要》）此外，如劉嵩、劉炳、汪廣洋、孫蕡、藍仁等，無論他們在理論上是否提倡復古，在寫作實踐中卻都或多或少地存在著模擬古人的現象。所有這些，無疑給前七子復古理論和擬古實踐以很大的影響。

前七子的復古理論，我們可以先看李夢陽的《與徐氏論文書》。在這封給前來參加進士考試的徐禎卿的書信中，李夢陽以居高臨下的姿態，大談其復

古主張，他說：「元、白、韓、孟、皮、陸之徒，為詩始連聯鬥押，累累數千百言不相下。此何異於入市攫金、登場角戲也。」表示了對中、晚唐諸家的極度蔑視。接著，又以兵戰為例，說孫武、司馬穰苴輩實乃「變詐之兵也」，而尚父《六韜》才是「兵莫善」之者。「夫詩固若是已！足下將為武與穰苴邪，抑尚父邪？」實際上是告誡徐禎卿，作詩要行正道，不應出奇制勝；持論要高，不可入中唐以降的左道旁門。即所謂「圖高不成，不失為高，趨下者未有能振者也」。而徐禎卿在其《談藝錄》中則進一步提出：「魏詩，門戶也；漢詩，堂奧也。入戶升堂，固其機也。……故繩漢之武，其流也猶至於魏；宗晉之體，其敝也不可以悉矣。」「古詩三百，可以博其源；遺篇十九，可以約其趣；樂府雄高，可以厲其氣；離騷深永，可以裨其思。然後法經而植旨，繩古以崇辭，雖或未盡臻其奧，吾亦罕見其失也。」這種愈古愈高的論調，顯然是李夢陽復古理論的延續與發揮。由此可見，前七子就是企圖摹仿、借助古人的「高格調」，來反對臺閣體的膚廓與茶陵派的萎弱，力圖打破百年詩壇的沈寂局面。

弘、正之交這一陣倡復古學的狂飆刮過之後，「七子」們很快就風流雲散了。而「七子」的兩大首領李夢陽、何景明則因意見不同，在正德後期展開了一場關於如何進一步對待復古問題的理論爭執。這場爭論由李夢陽發起，他寫了一封信給何景明（原書今不存），大意是譏評何氏作詩「有乖先法」。何景明即寫《與李空同論詩書》予以答辯，尖銳指出雙方雖皆由學古入手而為詩，但「空同子刻意古範，鑄形宿模，而獨守尺寸。僕則欲富於材積，領會神情，臨景構結，不仿形跡」。並提出學古只是手段而不是目的，如同據筏，「捨筏則達岸矣，達岸則捨筏矣」，最後奉勸李夢陽要「自創一堂室，開一戶牖，成一家之言」。李夢陽收信後，又一連數書反駁何氏。意氣用事，堅持要像寫字「模臨古帖」（《再與何氏書》）一樣奉守固法。

何景明作為復古派領袖之一，當然不可能盡棄根源而別安面目，但他的復古，在後期理論上至少與李夢陽有兩大相異之處：其一，學古是領會神情入手，還是固守規矩尺寸？其二，學古要不要有所創造？在這兩點上，何景明顯然要比李夢陽高明得多，其觀點也容易為後人所接受。故此，《明史·文苑傳》稱「夢陽主模仿，景明則主創造」，可謂一語中的，道出了李、何二人在倡復古學後的理論分歧。儘管何景明的創作實踐並非與理論完全吻合，但這些認識本身，卻無疑是對「七子」們擬古理論的一種反省和修正。

　　當然，即便是在比較頑固地堅持擬古的李夢陽的詩歌理論中，也並非沒有一些可取之處。如他說：「夫詩，發之情乎？聲氣其區乎？正變者時乎？」（《張生詩序》）「夫詩者，人之監者也。夫人動之志，必著之言，言斯永，永斯聲，聲斯律，律和而應，聲永而節，言弗睽，志發之以章，而後詩生焉。」（《林公詩序》）「夫天下百慮而一致，故人不必同，同於心；言不必同，同於情。」（《敘九日宴集》）尤其是在晚年，李夢陽傾聽了曹縣王叔武關於「真詩乃在民間」的一番議論後，終於認識到「予之詩，非真也」。並發出了「每自欲改之以求其真，然今老矣」的喟歎。（《弘德集自序》）

　　前七子中，李、何二人影響最大，並由之而形成了兩個小派別。當時服膺李學的有袁裘、黃省曾、周祚、左國璣、王維楨、江以達等；而傾向何氏的則有孟洋、戴冠、樊鵬、孫繼芳、張詩等。

　　就詩作成就而言，前七子參差不齊。袁裘有言：「李、何、徐、邊，世稱四傑，邊稍不逮，只堪鼓吹三家耳。」（轉引自《列朝詩集小傳》）邊貢詩之不及三家，要在內容貧乏且華采不足，然亦有清婉流暢、調逸氣舒之佳篇，如《謁文山祠》、《重贈吳國賓》、《運夫謠送方文玉督運》等。徐禎卿雖與李、何鼎足，然詩的風格各不相同。顧璘嘗言：「獻吉、仲默、昌穀各有所長，李氣雄，何才逸，徐情深，皆準則古人，鍛琢成體。」（轉引自《明詩綜》卷三十一）徐禎卿為詩，不乏指陳時事、隱寓諷刺之作，情深意摯，天然妙麗，七言勝於五言，絕句尤勝諸體，如《寄華玉》、《青門歌送吳郎》、《舟懷》、《安南歌送沈使君》、《濟上作》、《送蕭望思》等。對於李、何二首領，「薛君采詩云：『俊逸終憐何大復，粗豪不解李空同。』自此詩出，而抑李申何者漸多」。（朱彝尊《靜志居詩話》）其實，薛蕙的評價未必中肯，倒是屠隆說得更確切：「空同雖極力摹古，天才故高，不沒雄渾之氣；大復雖不盡摹古，法度故在，都無纖豔之習。以其所以並傳也。」（轉引自《明詩綜》卷三十）要之，李夢陽為詩，撫時感事、幽訴悲懷之作屢見，格高調古，眾體兼長，七言歌行開合有法，七言律詩深於少陵，五律及五、七言絕亦時詣妙境。如《朝飲馬送陳子出塞》、《送李帥之雲中》、《鄭生至自泰山》、《朱仙鎮廟》、《艮嶽篇》、《秋望》、《石將軍戰場歌》等。何景明為詩，亦常寓不滿時政昏濁之情，神秀和朗，古詩法漢魏，五律法王維，七律自杜甫而外更兼岑、高之長，絕句雖不摹唐而得唐之三昧。如《得獻吉江西書》、《泊雲陽江頭酖月》、《武關》、《答望之》、《岳陽》、《雨夜似清溪》、《送韓汝慶還關中》、《竹枝詞》等。至於康海及二王

詩作，則根本不能與李、何、徐比肩。

　　前七子的出現於明代文壇，正、反西方面作用都有。其一，對從永樂至弘治間詩壇的膚廓、萎弱之風，具有矯枉反正的意義。關於這一點，前人的某些評價頗為中肯：「夫詩衰於宋，而明興尚沿餘習。北地、信陽，力返風雅。……其功不可掩，其宗尚不可非也。」（陳子龍《彷彿樓詩稿序》）「永樂以還，體崇臺閣，骩骳不振。弘、正之間，獻吉、仲默力追雅音，廷實、昌穀左右驂靳，古風未墜。」（沈德潛《明詩別裁集序》）其二，復古之風既熾，又對明代中、後期文壇產生了不良影響。這一點，前人的一些評價也切中要害。前七子同時人李濂即有絕句云：「唐人無選宋無詩，後進輕狂肆貶詞。真趣盎然流肺腑，底須摹擬失神奇？」（轉引自《列朝詩集小傳》）薛蕙也說：「近日作者，摹擬蹈襲，致有拆洗少陵、生吞子美之譏。求近性情，無若古調。」（同上）至於唐宋派、公安派等對於前七子的批評就更多了。其三，前七子本身雖功過並存，但由於他們所提倡的復古理論而引起的後人曠日持久的激烈爭執，卻激發了明後期直至清前期許多人對傳統詩文及其理論的進一步反思和總結。最後，如果我們把視野放得開闊一點，便不難發現：我國傳統詩歌經歷了盛唐隆宋的高峰峻嶺之後，到明代，正處於一個如何繼續發展、繼續前進的醞釀、調節階段。明代沒有產生如唐之李杜、宋之蘇黃那樣的大詩人，甚至也無人可與金代的元好問比肩，卻給後人留下了復古與創新這麼一個反覆論爭的命題，而這正標誌著明代文人們對傳統文學的某種反思與探索。儘管前七子將明詩導入了「山重水複疑無路」的迷茫曲折的歧途，但卻從反面刺激了清代詩人對那「柳暗花明又一村」的豁然開朗的新境的追求。如此看來，前七子應該說是明代文壇上出現的一個功中有過、過中有功的文學流派。

唐宋派

　　明代嘉靖年間，當前七子風行一時，而後七子尚未掌壇坫之前，興起了一個以王慎中、唐順之、茅坤、歸有光為代表的散文流派，因為他們竭力主張學習唐、宋文章，故名「唐宋派」。

　　王慎中（1509～1559），字道思，號南江，別號遵岩居士，晉江（今福建泉州）人。嘉靖五年（1526）進士，官至河南參政。有《遵巖集》。唐順之（1507～1560），字應德，一字義修，人稱荊川先生，武進（今江蘇常州）人。嘉靖八年會試第一名，官至僉都御史。有《荊川先生集》。茅坤（1512～1601），字

順甫，號鹿門，歸安（今浙江吳興）人。嘉靖十七年進士，官至廣西按察司副使。有《茅鹿門集》。歸有光（1506～1571），字熙甫，號震川，江蘇崑山人。嘉靖四十四年進士，官至南京太僕寺丞。有《震川先生集》。

唐宋派始自王慎中。他早年受前七子的影響，認為文章「自漢以下無取焉」。二十八歲後，認識到秦漢文與唐宋文之間的淵源關係，「始盡棄其少作，一意為曾、王之文」。唐順之與王慎中一樣，「為文始尊秦漢，頗效空同」。後來，與王慎中相識，「聞王道思之論，灑然大悟，盡改其少作」，「遂捨所學從之」。王慎中曾十分自負地對李開先說：「公但敬服荊川，不知荊川得我之緒餘耳。」（以上引文均見錢謙益《列朝詩集小傳》）實際上，在理論方面唐順之比王慎中更有建樹。

王、唐二人共同推重唐宋散文，並以此與前七子文必秦漢的觀點相對抗。他們把自己視為唐宋諸散文大家的繼承人，唐順之的外孫孫慎行曾指出這種「千古一脈」的繼承關係：「唐之韓、柳，即漢之司馬遷；宋之歐、曾、蘇、王，即唐之韓、柳。」而「國朝之先生，即宋之歐、蘇、曾、王，唐之韓、柳也」。（《荊川詩文集序》）正因如此，王慎中認為唐宋諸散文大家均繼承了「六經」、兩漢之遺風，而一意師仿之，並在學習唐宋諸家的基礎上進一步提出：「文字法度一不敢背於古，而卒歸於自為其言。」（《與江午坡書》）儘管他仍然從學古入手，但這種在學古的基礎上「卒歸於自為其言」的觀點，就與以模仿古人為能事的前七子有了根本的區別。在對前七子模擬傾向的批判方面，唐順之比王慎中更為尖銳。他在《答茅鹿門知縣二》中嘲笑復古派「番來覆去，不過是這幾句婆子舌頭語」，並針鋒相對地提出為文「但直據胸臆，信手寫出，如寫家書，雖或疏鹵，然絕無煙火酸餡習氣，便是宇宙間一樣絕好文字」。這種觀點，唐順之曾反覆強調：「近來覺得詩文一事，只是直寫胸臆，如諺語所謂開口見喉嚨者，使後人讀之如見真面目，瑜瑕具不用掩，所謂本色，此為上乘文字。」（《與洪方洲書》）除了講究本色自然、文從字順而外，他也非常重視文章「法度」：「漢以前之文，未嘗無法，而未嘗有法，法寓於無法之中，故其為法也，密而不可窺。唐與近代之文，不能無法，而能毫釐不失乎法，以有法為法，故其為法也，嚴而不可犯。」（《董中峰侍郎文集序》）儘管前七子講究「法」，但他們看不到秦漢古文寓於無法之中的「法」，只是從詞彙與句法等方面去機械摹仿，結果，「決裂以為體，餖飣以為詞」，寫出一種「朧腫佶澀浮蕩之文」。而唐順之則悟出了唐與近代之文繼

承的「自古以來開合首尾經緯錯綜之法」，並由此進而提倡要「守繩墨，謹而不肆，時出新意於繩墨之餘，蓋其所自得未嘗離乎法」。（同上）這正把王慎中「文字法度一不敢背於古，而卒歸於自為其言」的觀點闡發得更為全面了。在這裡，唐宋派主張「自為其言」、「時出新意」的一面，對前七子的摹擬主張無疑是一個突破和反撥；但他們那「守繩墨」、「不敢背於古」的一面，又表明他們並來真正擺脫仿傚古人的習氣，終究不能在理論和實踐上作出更大的貢獻。而且，對所謂「法」的追求，他們與前七子在本質上其實是一致的，不過角度不同罷了。前七子從格調著眼，提倡學習秦漢古文，由於秦漢古文離明代時間距高太大，語言上的隔閡也太大，再加上七子們並未領略到秦漢古文的精華，只是涉及皮毛，故更多地遭到後人的譏評；而唐宋派從神態入手提倡學習唐宋古文，且唐宋古文離明代時間距離較近，語言隔閡不太大，再加上他們講究文從字順，並有一定程度的創新精神，所以比較容易被人們接受。

在唐宋派中，茅坤的貢獻主要在於承明初朱右之後，評選了《唐宋八大家文鈔》，明確表達了對唐宋八大家文章的提倡和肯定。茅坤評選《唐宋八大家文鈔》的用意很明確，乃是「疾世之為偽秦漢者，批點唐宋八大家之文以正之」。（《列朝詩集小傳》）不僅如此，茅坤還批判了前七子的「文章與時相高下，而唐以後且薄不足為」一類的觀點，指出「文特以道相盛衰，時非所論也」。（《唐宋八大家文鈔總序》）他認為文章的興衰因道的盛衰而轉移，並勾畫出一個由孔子而西漢、直至韓柳、再到歐蘇曾王的文統源流。這種道文合一的觀點，實際上是對韓愈「文以載道」思想的繼承，也可看作是唐宋派的文學發展觀。茅坤把唐宋古文精華集中於八大家，其目的還在於開闢門庭，指示途轍，為唐宋派擴大影響。正如《明史・茅坤傳》所載：「其書盛行於海內，鄉里小兒無不知有茅鹿門者。」但茅氏的這種選法，又帶有相當嚴重的門戶之見，不免有其狹隘性的一面。而且，他在評點八家文時，又停留在抑揚開合、起伏照應的「法」上，反而拋棄了唐順之論「法」時尚重神明變化的優點，而顯得膚淺、追求形式。故明末吳應箕批評說：「彼其一字一句，皆有釋評，逐段逐節，皆為圈點。自謂得古人之精髓，開後人之法程，不知所以冤古人、誤後生者正在此。」（《答陳定生書》）黃宗羲也指出：「其圈點句抹多不得要領，故腠理脈絡處不標出，而圈點漫施之字句之間者，與世俗差強不遠。」（《答張爾公論茅鹿門批評八家書》）

　　唐宋派中影響最大、能在散文寫作方面達到最高成就、較少受到本派理論弱點影響的是歸有光。歸氏早慧而不達，雖「九歲能屬文，弱冠盡通六經、三史、六大家之書，浸漬演迤，蔚為大儒」，卻「八上春官不第」，直到六十歲始成進士。當歸有光以老舉人的身份「獨抱遺經於荒江虛市之間」時，正是王世貞繼武李夢陽、接踵李攀龍獨主文壇「聲華煊赫」之際，亦即後七子復古思潮的極盛時代。歸有光對王世貞輩專從形式上模擬古人的做法極為不滿，曾多次「詆毀俗學」。（以上引文均見《列朝詩集小傳》）他針鋒相對地表示：「余好古文辭，然不與世之為古文者合。」（《送同年孟與時之任成都序》）又尖銳指出：「僕文何能為古人，但今世相尚以琢句為工，自謂欲追秦漢，然不過剿竊齊梁之餘，而海內宗之，翕然成風，可為悼歎耳！」（《與沈敬甫》）甚至以一個窮鄉僻壤的老儒身份，起而直斥文壇鉅子王世貞：「蓋今世之所謂文者難言矣。未始為古人之學，而苟得一二妄庸人為之鉅子，爭附和之，以詆誹前人。」（《項思堯文集序》）王世貞知道後說：「妄誠有之，庸則未敢聞命。」歸有光反駁說：「惟妄故庸，未有妄而不庸者也。」（見錢謙益《題歸太僕文集》）王世貞晚年文學觀念有所變化，頗悔其少作，極力推崇歸有光文，作《歸太僕贊》，序云：「先生於古文詞，雖出之史漢，而大較折衷於昌黎、廬陵，當其所得意，不事雕飾而富有風味，超然當名家矣。」贊曰：「千載有公，繼韓歐陽，余豈異趨，久而自傷！」大致上已指明了歸有光散文的淵源與特點。歸有光提倡學習歐陽修、曾鞏，主張變秦漢為歐曾，講究文從字順，注重神情。他的作品數量不少，但一者由於他一生的大部分時間僻處荒江之上，足跡不廣，見聞有限，視野不夠開闊；二者又由於他受儒家思想影響太深，恪守傳統的文統思想，以「貫道」為己任，思想不夠解放；三者還由於他屢試不第，用力於八股時文，時間浪費太多；因此，他的為數不多的好文章主要體現在那些追憶家庭瑣事、悼念親舊離合生死的短篇之中。這些文章，不事雕飾而自有風味，紆徐平淡而真切感人，形成了歸有光特有的風格。如其《寒花葬志》，僅百餘字，選取了生活中印象最深的小事，以簡潔樸素的語言，便刻畫出一個天真幼稚的小婢女寒花的動人形象，再現了作者及其妻子與小婢女之間的融洽關係，同時宛轉細膩地表達了作者對妻子的深切懷念。再如《項脊軒志》，圍繞一間「室僅方丈，可容一人居」的小小書齋，生動地回顧了自己青年時代刻苦好學的生活和志趣，並借這間「百年老屋」的幾經興廢，引出自己同祖母、母親、妻子的一段段「多可喜，亦多可悲」的往事，文筆隨事

曲折，舒卷自如，寫景、敘事、議論、抒情，融為一體，而又以抒情為主，既充滿生活情趣，又顯得一往情深，使人能從中得到一種平淡而又淳厚的審美享受。此外，如《先妣事略》、《杏花書屋記》、《思子亭記》、《筠溪翁傳》等，都是帶有抒情意味的敘事散文。它們「無意於感人，而歡愉慘惻之思，溢於言語之外，嗟歎之，淫佚之，自不能已已。」（王錫爵《歸公墓誌銘》）

對於歸有光在中國散文史上的地位，黃宗羲有一段話頗為公允：「近世文章家，共推震川以為第一，已非定論。不過當王李之波決瀾倒，為中流之一壺耳。夫震川之所以見重於世者，以其得史遷之神耳。神之所寓，一往情深，而迂迴屈折次之。」（《鄭禹梅刻稿序》）總之，歸有光的某些作品，對於繼承、發展古代散文的優良傳統，對於廓清前、後「七子」盲目摹擬秦漢的不良風氣，都起到了積極作用。他雖然並不能與唐宋諸大家比肩，但在明代散文中仍應稱為一大家。歸有光散文對清代桐城派影響極大，姚鼐編《古文辭類纂》，於元明兩代作家中獨推歸有光，即可為證。

唐宋派作為前、後「七子」的反對派而出現於明代文壇，他們欲挽狂瀾於既倒，但畢竟只是「中流之一壺耳」，並未能真正消除『七子』們對文壇的影響。究其原因，一是他們本身理論上的侷限。他們強調「道學」，在反對復古派的同時，本身也未擺脫仿傚古人的習氣，而且立門戶、講宗派，所有這些，都不足以樹立一套新的理論與七子們抗衡。二是他們本身在創作方面成就不大。他們雖偏重散文，但除歸有光外，其他幾人在散文創作方面成就均不高。即便是歸有光散文，就整體而言，也由於題材狹窄、氣魄不足而難以振起一代文風。至於詩歌方面，唐宋派諸家更不能與前後「七子」、尤其是詩名卓著的李何王李等人比高低。故而，唐宋派的出現，雖在某種程度上對前後「七子」獨霸文壇的局面有所衝擊，但未能從根本上動搖「七子」們執牛耳、掌壇站的地位。真正能從理論上給「七子」們以致命打擊的，乃是從李贄到公安三袁的新的文學思潮的崛起。

竟陵派

明代後期，公安派以其「獨抒性靈，不拘格套」的創新思想對前、後「七子」的復古思潮發起了衝擊，繼之而起，又產生了一個試圖「別出手眼」的新的文學流派，因其首領鍾惺、譚元春均為竟陵（今湖北天門）人，故稱「竟陵派」。

　　鍾惺（1574～1624）字伯敬，號退谷。萬曆三十八年（1610）進士，官至福建提學僉事。有《隱秀軒集》。譚元春（1886～1631），字友夏。天啟七年（1627）始舉鄉試第一。有《譚友夏合集》。

　　以年輩而論，譚元春稍後於鍾惺。當譚元春為解元時，鍾惺已死數年。鍾、譚理論，始於鍾惺成進士之後。錢謙益云：「伯敬少負才藻，有聲公車間，擢第之後，思別出手眼，另立深幽孤峭之宗，以驅駕古人之上。而同里有譚生元春，為之應和，海內稱詩者靡然從之，謂之鍾譚體」。」（《列朝詩集小傳》）

　　竟陵派在反對復古派方面，與公安派有相近的一面。他們認為：「今非無學古者，大要取古人之極膚極狹極熟、便於口手者，以為古人在是。」（鍾惺《詩歸序》）「口頭筆端，機鋒圓熟，漸有千篇一律之意，如子瞻所稱斥鹵之地，彌望皆黃茅白葦，此患最不易療。」（鍾惺《與譚友夏書》）「人咸以其所愛之格，所便之調，所易就之字句，得其滯者、熟者、木者、陋者，曰我學之古人。自以為理長味深，而傳習之久，反指為大家，為正務」。（譚元春《詩歸序》）他們雖深受公安派的影響，但又決不願意在公安派的後面亦步亦趨，並對當時文壇上那種一陣風似地推獎或貶損的做法極為不滿。鍾惺說：「勢有窮而必變，物有孤而為奇。石公（袁宏道）惡世之群為于鱗（李攀龍）者，使于鱗之精神光焰不復見於世。李氏功臣孰有如石公者？今稱詩者，遍滿世界化而為石公矣，是豈石公意哉？」（《問山亭詩序》）這才是站得高、看得遠的通達之論，既沒有曲解袁宏道，又公允地評價了李攀龍，表現了一種不隨波逐流、不意氣用事的對待前人的態度。然而，這裡又產生了另一種傾向，即在對復古派的批判上，竟陵派遠不如公安派那樣堅決、徹底。而且他們在反對復古派模擬膚廓的同時，又抓住公安派草率浮泛的弊病作為對立面，以求通過「專其力，壹其思，以達於古人」。（譚元春《詩歸序》）希望「引古人之精神，以接後人之心目」，「而第求古人真詩所在」。（鍾惺《詩歸序》）

　　那麼，何謂「真詩」呢？他們的回答是：「真詩者，精神所為也。察其幽情單緒，孤行靜寄於喧雜之中，而乃以其虛懷定力，獨往其遊於寥廓之外。」（同上）「夫人有孤懷，有孤詣，其名必孤行於古今之間，不肯遍滿寥廓。」（譚元春《詩歸序》）也就是說，真詩乃在遠離現實的虛無飄渺間，在極無人間煙火處，「譬如狼煙之上虛空，嫋嫋然一線耳，風搖之，時散、時聚、時斷、時續。而風定煙接之時，卒以此亂星月而吹四遠。」（同上）鍾、譚對於那種王、李盛時人人說王、李，中郎盛時人人又說中郎的不良風氣極為不滿，想

通過「取異於途徑」來「求其高」，想通過求古人之「精神」來矯正王、李之模擬古人與中郎之信心信口。這在理論上固然有其獨到之處，但由於他們過分強調「幽情單緒」、「奇理別趣」，實際上不僅未能救復古派和公安派之弊，反而暴露了自身的狹隘性。誠然，七子們擬古，是一種不良風氣，但他們往往因襲古人的形式來反映現實，並且多以古人之高格為標準，故李、何、王、李等人尚有不少精神充沛，骨力深厚的作品行世。公安派雖有脫離現實的傾向，也畢竟還創作出了一些獨抒性靈、不拘格套、反對禮法、追求自由的作品，畢竟還對現實有所涉及，對道學有所批判，憤懣之情、嘲弄之語畢竟不時湧現於筆端。竟陵派之崛起，卻並未能從根本上清除復古勢力的消極影響，求得古人之「精神」，反而比復古派的格局更狹小，比公安派更加脫離現實了，這是令人遺憾的。

竟陵派在追求「幽情」、「孤懷」的同時，在詩歌的表現方式上則提倡一種「尖新割剝」、「作似了不了之語，以為意表之言」，「寫可解不解之景，以為物外之象」，（《列朝詩集小傳》）大量地採用怪字、險韻，致使語言拙澀，節奏扞格。如「樹無黃一葉，雲有白孤村」。（鍾惺《晝泊》）「竹半夕陽隨客上，岩前積氣待人消」。（鍾惺《虎丘訪章眉生看殘雪作》）「魚出聲中立，花開影外穿」。（譚元春《太和庵前坐泉》）「暗泉新月事，遙火野舟魂」。（譚元春《舟出南溪尋鴻第三泉》）都是似通非通，近乎文字遊戲的句子。

當然，鍾、譚在注重獨創，要求別出手眼的思想指導下，也寫出了一些比較好的作品。如鍾惺《西陵峽》、《無字碑》、《夜歸》，譚元春《江行》、《忽憶》等等。或初覺拗口而頗耐咀嚼，或未免刻痕卻較為清新。甚至有時也能切入實際，略洩憤世之情。但就大體而言，鍾、譚詩作的毛病乃在於：一是題材狹窄，深壑獨峰、奇山異水、羈旅征程、寒霜冷月乃是他們的主要描寫對象；二是求之過深，鍾鍊太甚，刻意雕鏤，以致達到了冷僻、怪誕的境地。本來，鍾惺論詩「特不敢以膚者、狹者、熟者塞之也。」（《詩歸序》）若聯繫實際，我們卻發現一個很耐人尋味的現象：如果說復古派之擬古，多有「熟者」之作，公安派求「性靈」而過於率意，不免「膚者」之作，那麼，竟陵派欲避開七子之溪徑、免蹈三袁之舊轍，而十分勉力地到古人詩中去尋求性靈，卻求到了幽深孤硝一路，恰恰成了過於狹隘之「狹者」。這正是竟陵派招致非議的地方。

竟陵派在當時造成了較大的影響，對於他們的得與失，人們的意見也不

一致。在天啟、崇禎間，「鍾譚體」相當流行，「浸淫二十餘年，風移俗易，滔滔不返」。（《列朝詩集小傳》）以致坊肆刊書，冒名鍾惺閱定多得不可數計。傾心附和鍾、譚者，尚有蔡復一、張澤、華淑等人。至於鍾、譚合編的《詩歸》，更是「盛行於世，承學之士，家置一編，奉之如尼丘刪定」。就連罵竟陵之詩「為孽於斯世」的錢謙益，早先也是維護鍾、譚的。清代凌樹屏《偶作六首》云：「阿誰爛把《詩歸》讀，入室操戈汝太能。」自注：「錢牧齋少時亦頗取徑《詩歸》。」（《瓠息齋集》）錢謙益與鍾惺乃同年進士，又由鍾惺介紹與譚元春相交相好。當「吳中少俊多訾謷鍾、譚」時，錢氏「深為護惜」，並認為鍾惺「初第之作，習氣未深，聲調猶在」，「得採而錄之」。（《列朝詩集小傳》）大抵清人對竟陵派頗多排貶。錢謙益後來的非議竟陵，其《列朝詩集小傳》、《劉司空詩集序》等已載之甚詳。與錢氏觀點相近，朱彝尊也對竟陵派大加撻伐。沈德潛編《明詩別裁集》竟至不收竟陵派代表作家的詩。《明史·文苑傳》說鍾、譚「兩人學不甚富，其識解多僻，大為通人所譏。」《四庫全書·明詩綜提要》則謂「竟陵標幽冷之趣，麼弦側調，嘈囋爭鳴」。今人對竟陵派的評價，大多褒貶兼之，終不似清初上述諸家那樣極盡譏諷排擊之能事。其中，尤以鄭振鐸的評價為高：「鍾惺……為詩喜生僻幽峭，最忌剿襲，其苦心經營之處，不免時有鐫刻的痕跡；實為最專心的詩人的本色。不能不說是三袁的平易淺率的進一步。譚元春……所作有極高雋者，然常人往往不能解。……他的深邃悟會處，有時常在伯敬之上。伯敬尚務外，而他則窮愁著書，刻意求工，確是一位徹頭徹尾以詩為其專業的詩人。」（《插圖本中國文學史》）近年吳調公、張國光等學者更著力為竟陵派洗垢正名，在學術界引起了不小的反響。

要之，竟陵派的得與失，均在於他們將詩歌隔絕於時俗而苦心經營奇理別趣。他們潛思深鑽的作風，應該說比復古派的剽竊古人和公安派的隨意淺率更具詩人本色；而他們遠離現實的創作，又將自己逼向了一條並不光明並不寬闊的崎嶇小路。至於清初那些正統文人將國運之沉淪歸罪於竟陵，視其為詩妖、亡國之音、異端邪說，則顯然是不公允的、荒謬的。無論如何，竟陵派對明代盛行百年之久的擬古主義，畢竟繼公安派之後給予了再一次的衝擊和批判，他們的求變精神仍是可取的。

（原載《古代文學流派述論》，武漢出版社，1991 年 5 月出版）

顧炎武《廉恥》節選

　　顧炎武（1613～1682），初名絳，字寧人，號亭林，自署蔣山傭，崑山（今屬江蘇）人。年輕時參加復社，明亡，與同里歸莊等人起兵抗清。失敗後，顧炎武遍遊華北，訪問風俗，搜集材料，尤致力於邊防與西北地理研究。晚年定居華陰，康熙十七年，詔舉博學鴻詞科，次年又詔修國史，皆辭不赴。

　　顧炎武是民族志士，又是傑出的學者詩人。他學問廣博，著述宏富，尤著力於經世致用之學，主要著作有《日知錄》、《天下郡國利病書》、《音學五書》、《亭林詩文集》等。

【原文】

　　《五代史·馮道傳論》曰：禮義廉恥，國之四維；四維不張，國乃滅亡。善乎管生之能言也。禮儀，治人之大法；廉恥，立人之大節。蓋不廉則無所不取，不恥則無所不為。人而如此，則禍敗亂亡亦無所不至，況為大臣？而無所不取，無所不為，則天下其有不亂，國家其有不亡者乎？然而四者之中，恥尤為要。故夫子之論士曰：行己有恥。孟子曰：人不可以無恥，無恥之恥，無恥矣。又曰：恥之於人大矣，為機變之巧者，無所用恥焉。所以然者，人之不廉而至於悖禮犯義，其原皆生於無恥也。故士大夫之無恥，是謂國恥。吾觀三代以下，世衰道微，棄禮義，捐廉恥，非一朝一夕之故。然而松柏後雕於歲寒，雞鳴不已於風雨，彼昏之日，固未嘗無獨醒之人也。

【導讀】

　　本篇節選自顧炎武《日知錄》卷十三《廉恥》篇。在作者生活的明清改朝換代之際，有不少曾食明朝俸祿的士大夫轉而改仕新朝，其中，還有人表

現出極端的無恥和奴顏婢膝。正如本文作者顧炎武在《薊門送子德歸關中》一詩中所說的那樣：「薊門朝士多狐鼠，舊日鬚眉化兒女。生女須教出塞妝，生男要學鮮卑語。」顧炎武是一個標舉民族氣節的文人，他看不慣這種不良的社會現象，於是，從孔子、孟子、管子那裡搬出了「行己有恥」等言論，用以批判當時某些士大夫的這種無恥行徑，並且由此上升到理論分析：一切禍亂敗亡，皆由於某些人的「不廉」和「無恥」，尤其是士大夫的「無恥」，更是影響重大的「國恥」。

眾所周知，愛國主義和民族氣節都是一個歷史的概念。從今天的角度看問題，漢人和滿人都是中國人，他們所建立的政權都是中國人建立的政權，似乎不存在「愛國」問題。但是，就明清之際的角度看問題，當時人對於出仕新朝者是否為貳臣有一個衡量的標準，那就是看他是否食明朝之俸祿。如果先為明代大臣而後投清，便被人們認為是「無恥」之叛臣；但如果是未食明朝俸祿者到新朝去當官，人們一般是不會譴責的。由此可見，只有將問題置於那個特殊的時代去作符合實際的考察和評論，我們才可能明白顧炎武對那些「無恥」貳臣的批判並不與我們今天的民族大團結發生衝突。

本文的批判對象是針對性極強的，這也是它的寫作特點之一。另外，本文引用眾所公認的名人的言論來批判被作者所厭恨的對象，也是很成功的論證方法。至於語言的精練準確，則是本文的第三個寫作特點了。

（原載《大學語文新讀本》，湖北教育出版社，2006 年 8 月出版）

「滿漢全席」中的「蔥薑蒜韭」

　　大體而言，小說是一種敘事文體，而且是以散文為主的敘事文體。然而，如果僅僅依靠正兒八經的「敘事散文」體式來結撰小說，其結果是萬萬不可能取得成功的。這就好比那令人神往的美食巨製——滿漢全席，如果在烹飪過程中只用諸如豬、羊、雞、鵝、鴨的若干部位以及燕窩、海參、鮮鯉、鮑魚、魚翅、螃蟹、熊掌、猩唇、駝峰、鹿尾、兔脯、鱘魚、甲魚、鴿子等種種高檔原料，而沒有油鹽醬醋、蔥薑蒜韭之類的調料和佐料，那也是無法炮製出美味佳餚的。那麼，小說作品中的調味品是什麼呢？且看林鈍翁在《姑妄言》卷二十四的卷前總評中所說的一段話：「此部書內，或詩、或詞、或賦、或贊、或四六句、或對偶句、或長短句、或疊字句、或用韻、或不用韻，雖是打油，然而較諸小說中，無一不備。」

　　完全沒有上述文字中林鈍翁所提到的那些「蔥薑蒜韭」的小說作品基本上是不存在的，而越是著名的小說作品越是體現了這種「調味」的重要性。

　　在所有的「蔥薑蒜韭」中，最為常見的乃是通俗易懂的歌謠。

　　《紅樓夢》第一回《好了歌》附近，甲戌本有不少朱筆眉批和旁批。尤其是最後一段帶有總結意味的朱筆眉批堪稱切中肯綮：「此等歌謠原不宜太雅，恐其不能通俗，故只此便妙極。其說得痛切處，又非一味俗語可到。」

　　曹雪芹對「色空」的領悟，至少可以通過兩種方式表達：一種是正兒八經的長篇大論，甚至是令人難以盡快領會的理論闡述；另一種就是雅俗共賞的歌謠。相比較而言，後者比前者更能達到最佳效果。

　　這種歌謠往往短小精悍，能起到出人意料而又發人深思的作用。

　　有時候，它「孤軍深入」。如下例：「原來士子中了，有四件得意的事：

起他一個號，刻他一部稿，坐他一乘轎，討他一個小。」（《八洞天・補南陔》）

這篇擬話本小說，通過以上言簡意賅的四句，強烈地諷刺了那些一朝得以骨頭就只有四兩輕的封建士子，但同時，又深刻體現了千百年來「知識分子」辛酸而又卑微的人生追求。

再如《三國演義》第九回中那首帶有讖語意味的小兒之歌：「千里草，何青青！十日卜，不得生！」毛宗崗批曰：「『千里草』乃『董』字，『十日卜』乃『卓』字，『不生』者，言死也。」以一首小兒信口而歌的童謠預示了一代權奸董卓的可恥而又可悲的結局，真正是「秤砣雖小壓千斤」哪！

有時候，這些歌謠又「排兵佈陣」，在一部作品中多次有意味地出現，如《水滸傳》中的幾首「挑酒歌」。

該書第三回，寫魯智深在五臺山半山亭正想酒喝，忽聽得一個漢子挑酒上山唱道：「九里山前做戰場，牧童拾得舊刀槍。順風吹動烏江水，好似虞姬別霸王。」這首「插曲」妙在何處？不妨請大評點家金聖歎來解讀：「不唱酒詩，妙絕。卻又偏唱戰場二字，拖逗魯達，妙不可當。」「第一句風雲變色，第二句冰消瓦解，聞此二言，真使酒懷如湧。」

該書第五回，寫一位流氓道人崔道成挑著魚肉酒菜邊走邊唱：「你在東時我在西，你無男子我無妻。我無妻時猶閒可，你無夫時好孤恓。」這首歌雖是道人唱的，但並非道人的「創作」，而是作者為表現道人、和尚在感情生活方面的無聊和無賴而「強加」給和尚、道人的，但它從內裏將出家人的空虛心靈照亮，傳神至極！

該書第十五回，寫楊志押送生辰綱，眾軍士挑著擔子在炎熱的夏天趕路，又渴又累，只好在黃泥岡上歇息。這時，遠遠看見一個漢子挑著一擔酒唱著歌走上山來，歌曰：「赤日炎炎似火燒，野田禾稻半枯焦。農夫心內如湯煮，公子王孫把扇搖。」這種描寫，亦乃妙不可言。還是讓金聖歎先生引導我們品嘗這道美味：「挑酒人唱歌，此為第三首矣。然第一首有第一首妙處，為其恰好唱入魯智深心坎也。第二首有第二首妙處，為其恰好唱出崔道成事蹟也。今第三首又有第三首妙處，為其恰好唱入眾軍漢耳朵也。作書者雖一歌不欲輕下如此，如之何讀書者之多忽之也。」

如果哪一位讀者在閱讀《水滸傳》的過程中，由於粗心大意而忽視了這幾首「挑酒歌」的妙用的話，讀過金聖歎的批語就會恍然大悟：施耐庵先生

原來是一位善於運用「蔥薑蒜韭」的烹飪大師！

當然，這種俚俗的歌謠，在更多的時候，主要是用來描摹市井風俗、世態人情的，如清代末年在上海青樓堂倌流行的《竹枝詞》就是如此，聊舉一二：「申江妓習日堪嗤，聽我新詞唱竹枝。第一令人心好笑，先生大小盡由之。不抱琵琶唱惱公，豈真個個啞喉嚨。分明自己裝身份，推說連宵傷了風。……滿街夾道強遮留，不管行人願與不。減價招徠遷就甚，一無二角有虛頭。講到成功夜已深，居然就此賦同衾。魷魚蝦米潮州麵，買得歸來做點心。」（《海上繁華夢後集》第九回）

這些歌唱，將當時十里洋場中的妓院生活的方方面面做了淋漓酣暢的描寫，完全可以作為文化資料而保留。同時，也對當時生活在燈紅酒綠、紙醉金迷的大上海的無聊文人的生活背景進行了充分的渲染，對於那些土洋結合的風流才子形象的塑造大有裨益。

上述那些，是組合成方陣的《竹枝詞》，也有單篇寫市井情態的。例如《水滸傳》第五十回，寫都頭雷橫到瓦舍聽說書，勾欄女子白秀英念了一首定場詩：「新鳥啾啾舊鳥歸，老羊羸瘦小羊肥。人生衣食真難事，不及鴛鴦處處飛！」這四句詩，充分表達一個民間藝人「人生衣食真難事」的內心苦痛，同時，又起到了一種烘托環境、推動情節、描寫人物的作用。故而金聖歎於此處有接二連三的批語：「一二句刺入雷橫耳，第三句刺入合棚眾人耳，到第四句忽然轉到自家身上，顯出與知縣相好。只四句詩，便將一回情事羅撮出來，才子妙筆，有一無兩。」

還有的時候，這種歌謠也可以格律詩的形式出現。如一部晚清小說寫兩個無賴談論一個女伶作的一首絕句中的後兩句，就是對無聊的十里洋場的生活的一種調侃性的諷刺：

> 茂承道：「……桂芳的詩其實不行的。記得末一首押著一個來去
> 的『來』字，弄來弄去押不到這個，於是馬馬糊糊的做出兩句笑話
> 來了。我念給你聽，他說：『支使他人白相去，好教你老暗中來。』」
> （《商界現形記》第十回）

這種調笑文字，除了「絕句」，當然還有「律詩」。如《平山冷燕》第六回，寫才女冷絳雪作了一首《風箏詠》，詩云：「巧將禽鳥作容儀，哄騙愚人與小兒。篾片作胎輕且薄，遊花塗面假為奇。風吹天上空搖擺，線縛人間沒轉移。莫笑腳跟無實際，眼前落得燥虛脾。」這樣的詩句，用來嘲諷作品中人物宋信

那樣的幫閒篾片中的「文化人」，真是再恰當不過了。故而天花藏主人在這一回的回前總評中寫道：「《風箏詠》字字體切風箏，字字譏嘲宋信，妙莫能言，非小說所有。」

其實，這樣一種「字字體切風箏，字字譏嘲宋信」的詩作，已經具有了「謎語」的意味。中國古代有很多不錯的謎語，就是以歌謠的形式出現的。而且，非常符合製謎人的身份和文化素養。更有趣的是，當作者將謎底揭開以後，讀者會感到恍然大悟，趣味無窮。這種謎語，在《紅樓夢》中大量存在，此不贅錄，僅以最具俚俗色彩的「作品」為例。第二十二回寫賈環所作的燈謎，那真是獨一無二的環哥口吻：「大哥有角只八個，二哥有角只兩根。大哥只在床上坐，二哥愛在房上蹲。」眾人看了，大發一笑。庚辰本於此有墨夾連連批道：「可發一笑，真環哥之謎。」「諸卿勿笑，難為了作者摹擬。」接著，當賈環告訴別人謎底是「一個枕頭，一個獸頭」時，庚辰本又有墨筆夾批：「虧他好才情，怎麼想來？」

「雅」如《紅樓》尚且有如此大俗之作，至於那些趣味本來就通俗得可以的小說作品就更不用說了，這類俗而有味的「謎語歌謠」隨處可見。僅以《濟公全傳》的一個片斷為例：

> 濟公說：「蟲入風窩飛去鳥，七人頭上長青草，大雨下在橫山上，半個朋友不見了。……」惟有廣亮嘴快說出來，這是「風花雪月」四個字。……濟公又說：「東門以外失火，內裏燒死二人，留下一兒一女，燒到酉時三更。……」旁邊有人猜著，這是「爛肉好酒」四個字。……濟公又說：「三人同日去觀花，百友原來是一家。禾火二人同相坐，夕陽西下兩枝瓜。」旁邊又有人猜著，這是「春夏秋冬」四字。（第二百三十一回）

如此佳製，是最為廣大民眾、尤其是下層文人所津津樂道的。

毫無疑問，那些詩謎正是歌謠的變體。而這種歌謠的變體除了詩謎以外，還有其他多種樣式。如「寶塔詩」。《儒林外史》中新秀才梅玖諷刺老童生周進的，就是一首單寶塔詩：「呆，秀才，吃長齋，鬍鬚滿腮，經書不揭開，紙筆自己安排，明年不請我自來。」（第二回）而《西湖二集》中譴責宋光宗正宮皇后李鳳娘之兇狠夕毒的則是兩首雙寶塔詩：「惡，惡，堪驚，可愕！笑中刀，人中鴞。眉目戈矛，心腸鋒鍔。殺戮同羊豕，砍剁做肉臛。粉面藏著夜叉，嬌容變成鮫鱷。只因這一點妒忌，便砍去兩隻胳膊。」「毒，毒，最深，

極酷！千般罵，百樣辱。斷手剭心，碎剮零劇。人間活夜叉，世上狠地獄。枉冤自有天知，鬼神暗中寫錄。殺人少不得償命，何苦爭這些淫慾！」（《李鳳娘酷妒遭天譴》）

「寶塔詩」而外，歌謠的另一種變體便是詞曲。如《螢窗清玩》中小才子水平《遊春詞》云：「錦帳初春初到，刮地春光好。曉來風送海棠春，早早早。花柳分春，玉樓春樹，沁園春草。喜太平春鬧，花醉春風掃。迎春樂處奈愁何？惱惱惱。乍燕春臺，錦堂春去，畫堂春老。——調寄《醉春風》」還有小才女桃碧仙《賞花詞》云：「昨夜後庭花點綴，正賞花時節。盡日語花嬌，沉醉花陰，鬥百花奇絕。一叢花映黃昏月，蝶戀花須折。遍地落花紅，閒惜花飛，揉碎梅花雪。——調寄《醉花陰》」這兩首詞的妙處並不僅僅是小詞而已，而是每一首詞中還隱藏著若干詞牌。正如書中諸公評語所謂：「寫遊賞處，含蓄不露。押牌名處渾脫無痕。」（第一卷《連理枝》）

「詞」而外，還有小曲。如下面這幾首《十供養》小曲：「這副骨牌，好像如今的脫空人。轉背之時沒處尋，一朝撞到格子眼，打得象個折腳雁鵝形。這把剪刀，好像如今的生青毛。口快舌尖兩面刀，有朝撞著生磨手，磨得個光不光來糙不糙。這把等子，好像如今做篾的人。見了金銀就小心，有朝頭重斷了線，翻身跳出定盤星。這個銀錠，好像如今做光棍的人。面上妝就假絲紋，用不著時兩頭蹺，一加斧鑿便頭疼。」（《鼓掌絕塵》第二十六回）

如此小曲，堪稱遊戲墨花，罵盡諸色。再如擬話本小說《載花船》中，寫輕薄子弟以一首商調過曲《黃鶯兒》諷刺了武則天派宮女到民間訪求陽壯的美男子的醜惡行為：「貂璫勢恁豪，奉皇恩賜紫袍，尚方在握誇榮耀。聘賢良要驍，訪材能更麃，原來單取龜如㩵。語兒曹，龜身養大勝似讀書高！」

當然，這種遊戲墨花般的小曲有時也能成為小說中人物之間的戲謔，從而增添作品的諧趣色彩。且看下面這兩則出自《南村輟耕錄》中的故事：

> 錢唐道士洪丹谷，與一妓通，因娶為室。病且革，顧謂洪曰：「妾死在旦夕，卿須自執薪，還肯作一轉語乎？夫妾，歌兒也，卿能集曲調於妾未死時，使預聞之，雖死無憾矣。」洪固滑稽輕佻者，遂作文曰：「二十年前我共伊，只因彼此太癡迷。忽然四大相離後，你是何人我是誰。共惟稱呼，秀鍾穀水，聲遏楚雲。玉交枝堅一片心，錦纏道餘二十載。遽成如夢令，休憶少年遊。哭相思兩手託空，

意難忘一筆勾斷。且道如何是一筆勾斷，孝順哥終無孝順，逍遙樂永遂逍遙。」聽畢，一笑而卒。（卷十五《與妓下火文》）

　　因記《中吳紀聞》載一事云：崑山倡周氏，係籍部中。張子韶為守時，倡暴亡，適道川來訪，因命作下火文云：「可惜許，可惜許，大家且道可惜許個甚麼。可惜巫山一段雲，眼如新火點絳唇。昔年繡閣迎仙客，今日桃源憶故人。休記醜奴兒臉子，便須拌擻好精神。南柯夢斷如何也，一曲離愁別是春。大眾還知某人向甚麼處去，這裡分明，會得蕎山溪畔，頭頭盡是喜相逢，芳草渡頭，處處六么花十八。其或未然，更聽下句，咦，與君一把無明火，燒盡千愁萬恨心！」其事頗相類，並附於此。（同上）

上述而外，就連一些更為大眾化的文字遊戲，也能作為中國古代小說這種「滿漢全席」的「蔥薑蒜韭」。如對聯、如銘文、如笑話、如故事、如口號，甚至包括諧音、雙關、俚語、方言、歇後語等各種文字遊戲，都能各盡其能、各顯神通。聊舉數例如下：

《紅樓夢》第一回寫太虛幻境的石牌坊兩邊有一副對聯是：「假作真時真亦假，無為有處有還無。」甲戌本夾批云：「迭用真假有無字，妙。」

《西湖佳話・放生善跡》中寫西湖邊上岳墳山後「無門洞」兩邊有一副對聯，也是講「色空」的道理，也是用疊字造成一種特殊的效果。聯曰：「何須有路尋無路？莫道無門卻有門。」

《彭公案》第七十四回寫陰曹地府中的一幅對聯也饒有趣味：「陽世英雄，傷天害理都有你；陰曹地府，古往今來放過誰！」橫披是：「你可來了！」

《聊齋誌異・狐諧》中，有一位名叫「萬福」者，得一狐婦，聚會時，有一個名叫「得言」的人出一對聯以調笑萬福：「妓者出門訪情人，來時『萬福』，去時『萬福』。」狐娘子當即反唇相譏，對曰：「龍王下詔求直諫，鱉也『得言』，龜也『得言』。」

《紅樓夢》第八回在寫了賈寶玉的「寶玉」上的銘文「莫失莫忘，仙壽恒昌」之後，又寫了薛寶釵的「金鎖」上的銘文「不離不棄，芳齡永繼」，諸本對此亦多有批語。甲戌本夾批：「合前讀之，豈非一對？」己卯本批曰：「『不離不棄』與『莫失莫忘』相對，所謂愈出愈奇。」「『芳齡永繼』又與『仙壽恒昌』一對。請合而讀之，問諸公歷來小說中，可有如此可巧奇妙之文，以換新

眼目。」

晚清小說《傀儡記》第二回，更有兩句做官的「口號」，也是絕佳的對句：「『烏龜肚量賊脾氣，牛馬精神狗骨頭。』要有了這十四個字的資格，方才可以做官。」

擬話本小說《五色石》中，則有一段諷刺讀寫錯別字者的文字也非常俏皮：

> 當時有篇文字，誚那寫別字、念別字的可笑處：先生口授，訛以傳訛。聲音相類，別字遂多。「也應」則有「野鷹」之差錯，「奇峰」則有「奇風」之揣摩。若乃謄寫之間，又見筆劃之失。「烏」「焉」莫辨，「根」「銀」不白。非訛於聲，乃謬於跡。尤可怪者，字跡本同，疑一作兩，分之不通，「擊」為「般」「殳」，「暴」為「日」「恭」。斯皆手錄之混淆，更聞口誦之奇絕。不知「毋」之當作「無」，不知「說」之或作「悅」。「樂」「樂」罔分，「惡」「惡」無別。非但「閟」之讀「葵」，豈徒「臘」之讀「獵」。至於句不能斷，愈使聽者難堪。既聞「特其柄」之絕倒，又聞「古其風」之笑談。（《選琴瑟》）

另一部擬話本小說集《生綃剪》中，也有一篇作品利用雙關的手法對市井小人進行了辛辣的嘲諷：「卻有那上海知縣姓周名睦，號太和，浙東人氏。看他申氏異注《本草》，倒也扭捏聰明，便傾心道是醫門才子。那《本草》怎的？姑道一二：『戀綈袍－陳皮，苦相思－黃連，洗腸居士－大黃，川破腹－澤瀉，覓封侯－遠志，兵變黃袍－牡丹皮，藥百啗－甘草，醉淵明－甘菊，草曾子－人參。』如此之類，不過是市語暗號，欺侮生人。」（第九回）

至於《冷眼觀》中一位名叫雲卿的人講的一個故事，就更是流傳廣遠了：「一位村學究同著一位財東、一位政界中人三人在一處吃酒。忽然天降大雪，他們三人便鬧了要聯句，還要特別聯法，做六個字一句的詩。那學究便先開口吟道：『六出飛花落地。』做官的接口道：『正是皇家瑞氣。』富翁說道：『就下一月何妨？』三人說得正在高興，不防門外有個乞丐，在簷下避雪，聽他們三個所聯的句，未成一韻，且雪下一月，與他大有不利，不覺忿怒應聲續道：『放你娘的狗屁！』」（第八回）

還有一些更為大眾化的文字遊戲方式，如《躋春臺‧雙冤報》中用一連串的「子」字作尾，形成連珠炮的句式，來諷刺一個發了小財就趾高氣揚的

市井小人：「有仁見銀錢來得便易，於是肘起大架子，縫套新衫子，頭戴高帽子，足穿花鞋子，行路擺袖子，說話俗言子，看見那樣子，儼然像個富家子。」該書《巧報應》一篇中，又有相類似的描寫：「國昌見錢來得便易，於是肘起大架子，縫些好衫子，走路攘袖子，說話斬言子，銀錢當草子，不然是個富家子，不管父母過日子，要錢還要挨頭子。」再往後的《螺旋詩》一篇中，作者又故技重演。不過，這一次諷刺的卻是一位輕狂的女子：「挺起肚子，劣起性子，走路甩袖子，說話帶櫺子，開腔充老子，見人肘架子，常與長年訕談子。」

更有趣的是《金瓶梅》第三十二回寫妓女鄭愛香兒和應伯爵調笑鬥嘴，則完全是市井黑話：「不要理這望江南、巴山虎兒、汗東山、斜紋布。」張竹坡在此處的眉批中將這些「黑話」解釋得「明明白白」，他說：「『望』作『王』，『巴』作『八』，『汗』同『汗』，『斜』作『邪』，合成『王八汗邪』四字，蓋婊子行市語也。」

《聊齋誌異·念秧》篇中也有這方面的例子，當書中人物說「作老娘三十年，今日倒繃孩兒，亦復何說」時，但明倫夾批云：「其言曰：老娘倒繃孩兒。吾以一語贈之曰：賠了夫人又折兵。」馮鎮巒夾批云：「念秧妙計高天下，賠了男兒又折妻。吾性不飲，讀至此浮兩大白。」這些評點家用一連串的俚語、方言、歇後語來評價書中人物俚俗的語言，真可謂相得益彰。

夠了！例子已經太多，也足以說明問題。我想，作為一名技藝高超的廚師，他不可能不知道「油鹽醬醋」「蔥薑蒜韭」的重要性。同樣的道理，作為一位成功的小說作家，他也不可能不知道文字遊戲在小說創作過程中的不可或缺。至於那些食客、或者說是讀者，他們只看到色、香、味、型俱全的大餐而無視蔥薑蒜韭，或者只看到一篇小說的主題呀、情節呀、人物呀等等等等而感受不到遊戲墨花，那除了說明他的視覺、嗅覺、味覺的遲鈍以外並不能說明其他的什麼。

（原載《稗史迷蹤》，中州古籍出版社，2012 年 6 月出版）

絕妙的「女兒酒令」的
演變及其句法來歷

　　《紅樓夢》中薛蟠等人的「女兒悲」、「女兒愁」、「女兒喜」、「女兒樂」的「女兒酒令」為許多讀者所熟悉。這種切合人物身份的文字遊戲在此後的《秦續紅樓夢》中得到了延續發展。書中寫賈寶玉、甄寶玉、馮紫英、蔣玉函、薛蟠等人在一起飲酒，所行的酒令就是「女兒酒令」的變種——「佳人酒令」。請看這段描寫：

　　馮紫英道：「寶兄弟，我的意思，咱們仍舊行那年在我家行的那個令兒，好不好？那年說的是女兒，如今改做佳人。那年說的是悲喜愁樂，如今改做生死去來。你道何如？」寶玉……道：「佳人死，香消玉滅魂飄矣。佳人生，花又重開月又明。佳人去，芳魂一點歸何處。佳人來，卻喜珠從合浦回。」……甄寶玉……道：「佳人死，仙郎寂寞空閨裏。佳人生，依舊花前締舊盟。佳人去，斷送楊花無氣力。佳人來，一朵芙蓉並蒂開。」……馮紫英……道：「佳人死，窮通天壽原如此。佳人生，積善之家福自增。佳人去，天涯海角難尋覓。佳人來，乍見雲環金鳳釵」……蔣玉函……道：「佳人死，活活坑了多情子。佳人生，天涯咫尺不相逢。佳人去，悲歡離合真如戲。佳人來，只剩了一鉤羅襪一弓鞋。」……薛蟠……道：「佳人死，房中丟下個小孩子。」眾人聽了，笑道：「這也很是的，就這樣說罷」。薛蟠又道：「佳人生，依舊嫌我是個楞頭青。」眾人又笑道：「這也不錯。」薛蟠又道：「佳人去，丈母娘來找女婿。」……薛蟠

道：「佳人來，」說了半晌，自己也笑道：「這兩個月的經水又沒見

他來。」（第二十四卷）

這樣一段描寫，較之原著而言，當然在韻味上相去甚遠。但無論如何，其中諸人的性格倒也都與所行酒令相符。尤其是薛蟠，仍然保持了呆霸王的趣味。

那麼，除了《秦續紅樓夢》之外，是否還有古典小說也描寫了這種呆霸王們的「女兒酒令」？答案是肯定的，就在與《秦續紅樓夢》幾乎同時出現的《蜃樓志全傳》中，這種酒令又從「佳人」回到「女兒」的身上，並且再一次得到了發揚光大。且看該書兩男兩女一起飲酒所行的戲令：

春才道：「不許喧嘩！如今各說一句女兒怕、女兒喜，也要押個韻。我是個令官，要老蘇先說。」笑官便說道：「女兒怕，金蓮忽墜秋韆架，女兒喜，菱花晨對看梳洗。」春才道：「不大明白，吃一杯。」笑官飲了。素馨說道：「女兒怕，兩行花燭妝初卸；女兒喜，繡倦停針看燕子。」春才道：「花燭是最可喜的，反說可怕，不通不通，也吃一壞。」原來蕙若的才貌不減素馨，且是賦性幽閒，不比素馨放浪，自與笑官議親，父母雖則瞞他，卻已有三分知覺，往往躲避笑官。這日行令，看見姐姐風騷，早已紅暈香腮，因道：「我不懂什麼令，情願罰一大杯。」春才道：「你天天做詩寫字，怎麼不會令！要不說，吃十大杯！」即便斟一大杯酒。蕙若怕他用武，只得吃了，說道：「女兒怕，女伴更闌談鬼怪；女兒喜，妝臺側畔翻經史。」春才道：「第二句最惹厭的，吃一杯，聽我說。」蕙若又吃了酒。春才道：「女兒怕，肚裏私胎栲栳大。」又指著笑官道：「女兒喜，嫁個丈夫好像你。」（第五回）

其實，該書還有比這篇幅更大的三字加七字的文字遊戲，只不過不是「女兒酒令」罷了。一開始，書中人物說的是一個三字句加三個七字句，後來，到了兩位「薛蟠」一般的人物岱雲、春才面前，便省略為一個三字句配一個七字句了：

岱雲道：「學生只每樣說一句，情願再罰幾杯。」匠山道：「你且說。」岱雲便道：「最怕聞：隔壁人家新死人——」匠山道：「這是抄吉士的意思。」岱雲道：「我先想著。」又說道：「最怕見：陰司十殿閻羅面。最愛聞：琵琶絃索摸魚聲。最愛見：家中姊妹娘親

面。」匠山道：「過於粗俚，況《摸魚歌》是廣東的曲名，去了『歌』字卻搭不上『聲』字。」春才道：「我也只說一句：最怕聞：門前屋上老鴉聲。」匠山道：「虧你！」春才將手指著匠山，又說道：「最怕見：書房裏頭先生面。」眾人大笑。匠山也笑道：「他倒說的實話。」春才又道：「最愛聞：家人來請吃餛飩。最愛見：臘梅花開三四片。」匠山道：「末句卻好。你且說，有何可愛之處？」春才道：「到臘梅花開兩三片時，先生要放學了，豈不愛見麼？」眾同窗大家噴飯。（第四回）

《紅樓夢》中的呆霸王薛蟠，在《蜃樓志全傳》一書中，被作者一分為二：「呆」的一面分給了春才（蠢材），「霸」的一面屬之於岱雲。但是，不管「呆」也罷「霸」也罷，搞起文字遊戲來總是低能兒，總帶有薛蟠味兒。更有趣的是，這裡的私塾先生匠山居然教學生們玩這種低級俚俗的文字遊戲，這也就決定了他只能培養出一大批薛蟠式的「高足」。而這些薛蟠式的學生們一見到女兒做起「女兒酒令」來，當然就只有呆霸王的聲口了。

《蜃樓志全傳》以後十餘年，又有《補紅樓夢》一書，寫賈寶玉、秦鍾、柳湘蓮、馮淵等人（或鬼）在一起飲酒，又行起相類似的酒令，不過又把「女兒酒令」改成了「丈夫酒令」：

寶玉道：「我想起頭裏在馮紫英家行的那個酒令兒，倒很有些意思。那是要說女兒悲、愁、喜、樂四樣，咱們如今把女兒改作丈夫，這是酒面，還有酒底是要唱一支曲子，不會唱的說個笑話兒罷。就先從我起，說不上來的罰三大杯。」因斟起門杯，就說道：「丈夫悲，季子無顏下第歸。丈夫愁，詩書未可博封侯。丈夫喜，忽地題名金榜裏。丈夫樂，談笑且傾金鑿落。」……下家便是柳湘蓮。湘蓮也斟起門杯，便說道：「丈夫悲，唾壺擊碎寸心摧。丈夫愁，襟懷抑鬱撫吳鉤。」……「丈夫喜，遨遊任意誇仙體。丈夫樂，苦趣全無多快活。」……下家便挨著秦鍾。……因想了一想道：「丈夫悲，少年夭折咎誰歸。」……「丈夫愁，玉人何日始梳頭。」……「丈夫喜，舊雨重逢如願矣。丈夫樂，嬌妻久已拋衣缽。」……馮淵便說道：「丈夫悲，埋沒陰曹是也非。丈夫愁，白髮星星欲上頭。丈夫喜，仇讎解釋婚姻起。丈夫樂，閨房小語鳴絃索。」……下首卻該崔子虛。子虛便說道：「丈夫悲，拆散鴛鴦兩處飛。丈夫愁，義不孤

生負好逑。丈夫喜，孟光俟我黃泉裏。丈夫樂，團圓永遠無蕭
索。」……賈珠斟上門杯，便說道：「丈夫悲，將生白髮此心灰。丈
夫愁，花月空留舊畫樓。丈夫喜，故鄉不異他鄉里。丈夫樂，自在
逍遙殊不惡。」（第四十五回）

這幾位陰陽兩界的人兒在一起，將《紅樓夢》原作中對女兒的哀歎改成男兒
心中悲哀與痛苦的宣洩，其整體精神當然是不如原著那樣光芒四射，反而有
些愁眉苦臉或百無聊賴的意味。但有一點還是可取的，那就是他們「創作」
的「丈夫酒令」，都還大體符合各自的身世、遭遇、現狀和心理，也算著一種
「詩言志」吧！

然而，更引起我們興趣的並非上述這些人物「作品」的內容而是其形
式。從《紅樓夢》中的呆霸王到《秦續紅樓夢》、《蜃樓志全傳》中的呆霸王，
再到《補紅樓夢》中的人與鬼，他們所做的三字句加七字句的佳作，從句法
上講還有更早的來歷，最遲在宋代就有他們的「先聲」了。

我們不妨看看《夷堅志·半山兩道人》中的一段描寫：「遂約聯詩句，要
疊字三個，而續以七言一句。黃衣曰：『覺覺覺，三個葫蘆一個藥。』青衣曰：
『喜喜喜，一團秋水清無底。』胡曰：『悅悅悅，日月星辰無間別。』因更迭
酬詠不止。」

這樣的絕妙好辭，正是怡紅公子和呆霸王們三字句加七字句「女兒酒
令」的「句法」源頭。

（原載《閒書謎趣》，河南人民出版社，2010 年 4 月出版）

通俗小說作家對「去年元夜時」一詞作者的投票選擇

有一首宋代的〔生查子〕詞，全文如下：

> 去年元夜時，花市燈如晝。月到柳梢頭，人約黃昏後。　今
> 年元夜時，月與燈依舊。不見去年人，淚滿春衫袖。（據唐圭璋編
> 《全宋詞》）

唐圭璋先生將此詞置於歐陽修名下，並作案語云：「此首別又誤作朱淑真詞，見《詞品》卷二。又誤作秦觀詞，見《續選草堂詩餘》卷上。方回《瀛奎律髓》卷十六又引『月上柳梢頭』句以為李清照作，亦誤。」

由此可知，這首詞的作者在文學史上至少有四種說法：歐陽修、秦觀、李清照、朱淑真。

其實，這些不同意見早就出現了。

「斷腸詞一卷，宋朱淑真撰。……楊慎升菴《詞品》載其〔生查子〕一闋，有『月上柳梢頭，人約黃昏後』語。」（《四庫全書總目》卷一百九十九「集部」五十二「詞曲類」二）

「朱淑真《斷腸詞》一卷。……謹案：陳振孫《書錄解題》載有是編，世久不傳。今本為毛晉所刊。其〔生查子〕一闋，有『月上柳梢頭，人約黃昏後』句，晉跋遂指為白璧微瑕。然此闋見歐陽修《廬陵集》中，不知何以竄入。晉不考正，亦誣甚矣。」（《續文獻通考》卷一百九十八）

「〔生查子〕（或刻秦少游）：『去年元夜時，……淚滿春衫袖。』」（四庫本宋・歐陽修撰《六一詞》）

「《朱淑真元夕辭》，朱淑真《元夕》〔生查子〕云：『去年元夜時，……淚濕春（羅）衫袖。』辭則佳矣。豈良人家婦所宜耶？其行可知。此永叔辭也，或云少游。指為淑真，不重誣人耶？」（明・陳耀文《正楊》卷四）

此外，同意此詞為歐陽修作品的還有宋・曾慥《樂府雅詞》，元・陶宗儀《說郛》，明・陳耀文《花草萃編》以及四庫本《文忠集》等。而認為此詞乃朱淑真所作者則有清・朱彝尊《詞綜》，清・徐釚《詞苑叢談》等。根據上述諸家本身所處的時代而論，應該說「歐陽修」創作此詞的說法是比較可靠的。

然而，以上都是文人學者的說法，通俗小說中的說法卻大相徑庭。那些通俗作家們並沒有將這首〔生查子〕的創作權認定為歐陽修，而是這一票投給了朱淑真，甚至秦少游。目前，筆者尚未發現通俗小說中認定此詞作者為李清照者。

先看認定此詞為朱淑真所作的說法：

> 不覺過了一年，次年上元佳節又到，燈景光輝。朱淑真看了往來看燈之人，心想：「縱使未必盡是佳人才子，難道有我這樣一個丈夫不成？我前世怎生作孽，受此苦報？」做首詞兒名《生查子》道：「去年元夜時，……淚濕春衫袖。」（《西湖二集・月老錯配本屬前緣》）

再看認定此詞為秦少游所作的說法：

> 再說舜美在那店中，延醫調治，日漸平復。家中父母令回去，瞬息又是上元燈夕。舜美追思去年之事，仍去十官子巷中一看。可憐景物依然，只是少個人在目前。悶悶歸房，因誦秦學士所作《生查子》，詞云：「去年元夜時，……淚濕春衫袖。」（《熊龍峰刊行小說四種・張生彩鸞燈傳》）

馮夢龍將此篇改收入《古今小說》中，更名為《張舜美燈宵得麗女》。對上述文字雖略有修改，但「因誦秦學士所作《生查子》」一句卻是隻字未改。可見馮夢龍有意無意之間也同意此詞的作者為秦少游。

為什麼通俗小說中的說法與文人學士的說法大相徑庭呢？原因是多方面的，但其中最重要的一點是文品與人品是否一定要對號。通俗小說作家一般認為文品與人品是對號的。因此，像歐陽文忠公這樣的正派人物是不會寫出這種兒女情長甚至有傷風化的作品的。而朱淑真這樣能寫出許多斷腸情感的

女作家偶而出格一點，寫點兒女私情，倒是很合適的。至於秦少游，在通俗小說中，他可不同於歷史上的秦觀，而是一位倜儻風流的才子，一個多情種子，讓他偶而「人約黃昏後」，又有什麼不可以呢？於是，通俗小說作家就更傾向於這首〔生查子〕的作者是朱淑真或秦少游了。

通俗文學「改變」歷史的力量不知道有多大！謂予不信，可以做一個問卷調查。至少有一半以上的國人那一點可憐的歷史知識，都來自於小說作品、戲曲舞臺，當然，還有電影和電視。

這種現象，不知到底是可悲的還是可喜的。

（原載《稗史迷蹤》，中州古籍出版社，2012 年 6 月出版）

被「惡搞」的「新月詩」及其作者之謎

　　清代小說《雲鍾雁三鬧太平莊全傳》中，有一首雁公子在文小姐面前為爭強好勝而寫作的「新月詩」，其「創作」過程如下：

　　　　這雁公子聽了這番言語，心內想道：「這分明是笑我只會舞劍，不會作詩的話。也罷，待我吟詩一首與他聽聽，也見我能文能武。」便抬頭向那一鉤明月道：「如此好月，不可無詩。不免高吟一絕，以贈知音便了。」遂向月朗吟道：「是誰紅指甲，畫就碧天痕？影落長江裏，魚龍不敢吞。」雁羽吟罷，文小姐吃了一驚，道：「看他才情敏妙，口氣高強，必非凡品。」（第十三回）

這位雁公子的「新月詩」果然奪得了佳人的青眼，於是，他們的婚事也就開始了萬里長征的第一步。然而征途漫漫，俠義公子與紅粉佳人之間的戀情總是會遭到某些小人撥亂其間的。可不，出身豪門的花花太歲刁虎帶著喬裝成跟班的箋片包成來搶奪愛情果實了。但他們萬萬沒有想到，欲得小姐，必須進行面試。而面試題目恰恰就是雁公子作過的「新月詩」。這一下，可夠豪門公子和幫閒箋片手忙腳亂一陣子了：

　　　　這刁虎鋪開花箋，假意吟哦思索。卻好包成裝家人在旁服事，看看題目是「詠新月」，韻腳是「痕」「吞」二字，想了半會，一字也做不出。刁虎暗暗催促道：「快些來，好包成。」包成道：「韻難得狠。這『月』如何用『吞』字？」刁虎道：「難道不做罷了？」包成被催，便謅成四句，道：「你看何如？」刁虎喜道：「有……有就好了。」拿來一看，上寫道：「明月當空掛，四面總無痕；老天張大口，平白把他吞。」刁虎道：「好！好！就是他，就是他！」忙忙寫

了。叫書童送與文翰林看。書童接去，不防文小姐在樓窗看得明白，笑道：「不知謅些什麼胡話！」忙令丫頭下樓：「接來我看。」丫頭答應，下樓接上來。小姐一看，不覺哈哈大笑，道：「該死的夯貨，甚胡話！我嘲他一嘲。」遂寫四句於後道：「皎皎銀鉤掛，纖纖玉一痕；仙蟾非俗品，蝦蟆莫想吞。」（第十四回）

包成代刁虎作的「新月詩」令人噴飯，而文小姐的諷刺之作也令人忍俊不禁。將雁公子、包成、文小姐這三首「新月詩」放在一起閱讀，自有一番特別的風味。這種寫法，也是才子佳人或市井家庭小說作者慣用的伎倆。但必須指明，這三首「新月詩」都有一個共同的「祖宗」，雁公子的作品只是對「祖宗」的因襲，而惡霸公子和紅粉佳人的作品則有點兒「惡搞」的意味了。

為了說明問題，我們不妨請這幾首「新月詩」的祖宗「現身」。那是在另一篇小說作品之中：

一日，太祖坐於便殿，正值新月初見，此時太孫正侍立於旁，太祖因指新月問太孫道：「汝父在日，曾有詩詠此道：『昨夜嚴灘失釣鈎，是誰移上碧雲頭？雖然未得團圓相，也有清光遍九州。』此汝父詩也。今汝父亡矣，朕每憶此詩，殊覺慘然。今幸有汝，不知汝能繼父之志，再詠一詩否？」太孫忙應奏道：「臣孫允炆，雖不肖不才，敢不勉吟，以承皇祖之命。」遂信口長吟一絕道：「誰將玉甲指，搯破青天痕。影落江湖裏，蛟龍不敢吞。」（《續英烈傳》第一回）

此處所謂「太祖」，乃是明太祖朱元璋，「太孫」乃是朱元璋的孫子朱允炆，亦即後來的建文皇帝。朱元璋對孫子所說的「汝父」即是懿文太子朱標，因為這位太子先於朱元璋而死，故而明太祖臨終直接將皇位傳給皇太孫朱允炆。再後來，建文皇帝的位置又被他的一位叔父燕王朱棣奪得，是為永樂皇帝。而可憐的建文帝下落不明，或曰逃亡在外、流落民間，或曰縱火自焚、死於皇宮，總之是下場悲慘。

明白了上述背景，我們才能讀出明代小說《續英烈傳》這一段描寫的意味。懿文太子的詩雖然氣魄不小，但總有點悲涼的意味。至於皇太孫的那首詩，雖然風雅新奇，但失之纖弱，更帶有幾分淒切，似乎有一點「詩讖」意味。仔細玩味「影落江湖裏，蛟龍不敢吞」兩句，不正是以上關於建文帝結局第一說「逃亡在外、流落民間」的悲慘寫影嗎？因此，這樣一篇小說中引述

皇太孫的這樣一首「新月詩」是非常恰當的，甚至可以說是「詩如其人」、「人如其詩」。

或許有人會說，《續英烈傳》畢竟只是一部小說，用「小說家言」來解釋一首詩的背景和意趣不是有點兒荒唐嗎？此話不錯。但是，建文帝與「新月詩」之間的瓜葛其實並不僅止於《續英烈傳》中的描寫，在明清文人頗為「正兒八經」文字中，也不乏對這一問題的記載和討論。

錢謙益《列朝詩集小傳・建文帝惠宗讓皇帝朱允炆》引述鄭曉《遜國記》云：「帝幼穎敏能詩，太祖命賦新月，應聲云：『誰將玉指甲，抓破碧天痕。影落江湖上，蛟龍不敢吞。』太祖淒然久之，曰：『必免於難。』」

錢牧齋先生顯然不太相信鄭曉的記載，他接著說道：「考楊維楨《東維子詩集》，此詩為維楨作，則諸書皆傳會也。」

然而，《文淵閣四庫全書》所收之楊維楨著《東維子集》《鐵崖古樂府》《復古詩集》《麗則遺音》以及顧嗣立編《元詩選初集》之《辛集》中所選「鐵崖先生楊維楨三百六十七首」中均未見此詩，不知錢牧齋所據係何種版本。

相較於錢謙益而言，清代另外一些人卻大都傾向於這首「新月詩」為建文帝所作，但也有「或曰」。且看如下資料：

姚之駰《元明事類鈔》卷一「命詠新月」條載：「《明通紀》：懿文太子與太孫侍太祖，命詠新月。懿文詩曰：『昨夜嚴陵失釣鉤，何人移上碧雲頭。雖然未得團圓相，也有清光遍九州。』太孫詩曰：『誰將玉指甲，搯破碧天痕。影落江湖裏，蛟龍不敢吞。』太祖覽之不悅。」

康熙帝御定《淵鑒類函》卷三載：「明建文帝賦新月詩曰：『誰將玉指甲，抓破碧天痕。影落江湖上，蛟龍不敢吞。』」

查繼佐《罪惟錄》卷三十二下云：「太祖見宋太祖《詠月》詩有『未離海底千山暗，才到天中萬國明』之句，因指新月，令太子諸皇子賦之。東宮詩有句：『雖然未得團圓相，也有清光照九州。』太孫詩云：『誰將玉指甲，搯作天上痕。影落江湖裏，蛟龍不敢吞。』上以『未得團圓』、『影落江湖』，滋不悅。或又云『誰將』四句為太宗所作，未詳。」

這最後一則最後一句中的「太宗」，即為明成祖朱棣。據《明史・成祖紀》載，永樂二十二年（1424）朱棣駕崩後：「九月壬午，上尊諡曰體天弘道高明廣運聖武神功純仁至孝文皇帝，廟號太宗，葬長陵。嘉靖十七年九月，改上

尊謚曰啟天弘道高明肇運聖武神功純仁至孝文皇帝，廟號成祖。」可見，朱棣原來的廟號是「太宗」，直到一百多年後的嘉靖十七年（1538）才成為「成祖」的。

由上可知，那首「新月詩」的作者至少有楊維楨、建文帝、永樂帝三說。然此詩究竟屬誰，很難定論。不過，若從「詩如其人」的角度出發，筆者寧願投悲劇天子朱允炆一票。

（原載《稗史迷蹤》，中州古籍出版社，2012 年 6 月出版）